冰壁

[日]井上靖 著

傅玉娟 译

HYOHEKI

HYOHEKI
by INOUE Yasushi
Copyright © 1957 by The Heirs of INOUE Yasushi
All rights reserved.
Originally published in Japan.
Chinese (in simplified character only) translation rights arranged with
The Heirs of INOUE Yasushi, Japan
through THE SAKAI AGENCY and Beijing Kareka Consultation Center, Beijing.
Simplified Chinese translation copyright © 2020 by Chongqing Publishing House Co., Ltd.
All rights reserved.

版贸核渝字（2018）第165号

图书在版编目（CIP）数据

冰壁 /（日）井上靖著；傅玉娟译 . —重庆：重庆出版社，2020.1
ISBN 978-7-229-14290-2

Ⅰ.①冰… Ⅱ.①井… ②傅… Ⅲ.①长篇小说—日本—现代 Ⅳ.①I313.45

中国版本图书馆CIP数据核字（2019）第148130号

冰壁
BING BI

[日] 井上靖　著　　傅玉娟　译
责任编辑：魏雯　许宁
装帧设计：谢颖设计工作室
责任校对：刘小燕

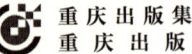
重庆出版集团 出版
重庆出版社

重庆市南岸区南滨路162号1幢　邮政编码：400061　http://www.cqph.com
重庆出版社艺术设计有限公司 制版
重庆豪森印务有限公司 印刷
重庆出版集团图书发行有限公司 发行
E-mail:fxchu@cqph.com　　邮购电话：023-61520646
全国新华书店经销

开本：890mm×1230mm　1/32　印张：17　字数：304千
2020年1月第1版　2020年1月第1次印刷
ISBN：978-7-229-14290-2
定价：79.80元

如有印装问题，请向本集团图书发行有限公司调换：023-61520678

版权所有　侵权必究

目录 / Contents

- *001* 第一章
- *044* 第二章
- *083* 第三章
- *149* 第四章
- *191* 第五章
- *251* 第六章
- *308* 第七章
- *358* 第八章
- *408* 第九章
- *451* 第十章
- *492* 第十一章
- *518* 译后记
- *521* 附录　井上靖年谱

第一章

列车快要开进新宿车站时,鱼津恭太醒了。周围的乘客都已经站了起来,有人正从行李架上往下拿行李,有人正在穿厚外套。从松本坐上这趟列车之后,鱼津很快就睡着了,中间醒来过两三次,其余时间几乎都是在熟睡中度过的。

他看了看表,八点三十七分,再过两分钟就到新宿站了。于是他伸了个大大的懒腰,把手伸进毛衣外的夹克口袋中,掏出一包和平牌香烟,抽了一支叼在嘴上,眼睛朝车窗外望去。无数霓虹灯闪烁着,将新宿的天空映照成一片散发着糜烂气息的红色。每次从山上归来,看到东京的夜景时,鱼津都会感到不知所措,此刻这种不知所措又再次袭上了他的心头。他的身心在山林的寂静中沉醉了一段时间,却又不得不被拖回都市的喧嚣,每当此时他都会产生一种类似痛苦挣扎的情感。只是今天这种挣扎似乎特别严重。

列车停下后,鱼津把背囊挂在左肩,把黑色的鸭舌帽微微歪戴在头上,叼着香烟,踏上了站台。他身高约一米六五,肩膀宽阔,体格壮实。鱼津站在那里,没有立刻往外走。

来呀,走吧,走向人群密集的地方。来呀,迈步吧,迈向芸芸众生生存着、挣扎着的世俗漩涡。鱼津嘴里并没有说什么。他只是在心中这样默念着。鱼津并不是一个不爱见人的人,也并不是特别喜爱孤独,但是每次从山上下来时他总要对自己这样说。只是以前在车上就可以完成这种心理准备,不用等到走上站台之后。而今天,在山上被下的咒语似乎比以前更强了。

鱼津走到新宿车站外,上了一辆出租车。不走路,而是被人从一个地方运送到另一个地方,这是都市人的习惯。他也遵从了这一习惯,但山林中夜晚的黑暗和寂静还是如影随形,和他一起被运往东京的灯海中。

过了数寄屋桥,鱼津就下了车,走进银座的一条小巷子。银座还是很热闹。鱼津掀开 D 通信社旁那家写着"浜岸"的小料理店的门帘,走了进去。来银座,正是为了到这家相熟的店里,给肚子里塞点稍微正儿八经的食物。

"欢迎光临。这是又去了山上吗?"

穿着白色罩衣的胖店主在正对着门的厨房里招呼道。

"去登了奥穗①。"

---

①即奥穗高岳,日本第三高峰,是位于日本长野、岐阜县内的穗高岳的最高峰,海拔3190米。

"已经没什么人了吧?"

"只遇到了两队人。"

鱼津把背囊交给走过来的女服务员,然后坐到离厨房最近的一张桌子边上。

"红叶很漂亮吧?"

"比起红叶,星星更漂亮。涸泽①的——"

昨夜,在涸泽的休息点仰望夜空时,鱼津看到了冰冷闪烁的星星。此刻那些星星还清楚地印刻在他的眼帘上。

鱼津就着烤松茸喝了一瓶酒,又就着炖鲷鱼和鱼肉酱汤吃完了饭。正在这时,店主的弟弟,也是在这家店里帮忙的阿纹,也穿着白色罩衣,不知道从什么地方回来了。看到鱼津,阿纹招呼道:

"欢迎光临!"接着又说:

"刚刚小坂先生也来了呢。"

厨房里的店主也说:

"是的是的,小坂先生也来过。这回可稀奇了,他竟没有喝酒,吃了饭就回去了。"

"好久没见他了。还挺想见一面的呢。"

鱼津说道。

"他好像说要去常磐会馆的二楼跟什么人见面呢。应该

---

①即涸泽岳,位于奥穗高岳的北部,为日本第8高峰,海拔3110米。

003

还在那里吧。就他那磨叽劲儿。"

"是吗。"

自上个月一起前往谷川岳①之后,鱼津和小坂乙彦就再也没见过面。鱼津想着如果能够见到的话就最好了。

鱼津结了账,走出浜岸,前往距离浜岸约半町②的常磐会馆二层的咖啡厅。走上楼梯,就是结账台,鱼津站在那里环顾了一圈。明亮宽阔的店内零散地放着十五六张桌子。穿着登山服装进去的话,感觉跟店内的氛围有点格格不入。大部分客人都是年轻的情侣。

鱼津没能立刻发现小坂的身影。小坂乙彦一个人背对着鱼津的方向坐在窗边的桌子旁。修长的身体前倾着,似乎有点坐立不安。

鱼津穿过桌子与桌子中间,来到小坂身旁,拍了拍他的肩膀:"喂!"小坂吃惊地回过头:"呀,是你啊。"

"有这么打招呼的吗?"

鱼津说着,坐到了旁边的椅子上。

"不是,我在这里等人呢。"

小坂看着鱼津,又问道:

"去哪里了?"

---

①位于日本群马县北部,海拔1977米。
②日本长度单位。一町约109米。

"穗高①。"

"一个人?"

"嗯。"鱼津又问,"你说在等人,是等谁呢?已经等很久了吧。"

此时,鱼津看到小坂乙彦那张看似精干的脸上忽然闪过了一丝阴影。

"白等了吗?"

正这么说着,鱼津看到对面一个穿和服的女人,正穿过桌子中间朝这边走来。她穿着偏黑色的和服,系着红色腰带,右手抱着一个黑色漆皮的大手提包。当鱼津确定这个女人确实是朝自己这边走来时,心里猜想这是不是就是八代美那子。他记得不知哪次小坂曾经跟自己说过对这个女人的暗恋之情。他想,如果是这样的话,那自己来得还真不是时候。刚从山上下来,还什么都没做呢,就感觉一脚踩进了人际关系的漩涡中。

女人来到旁边,对小坂说道:

"不好意思,让您久等了。"

"这是鱼津君。是我一起登山的朋友。"

小坂说道。对方"哎呀"一声轻呼,似乎很惊讶似的。

"我是八代。"

---

①即奥穗高岳。

她说着，客气地朝着鱼津低头致意。

当对方的眼神在自己身上闪过时，鱼津才回过神来。从这个女人走进店里开始，到她走到桌子边，现在朝自己低头致意，自己的目光一直都没离开过对方。与其说是目光没离开过对方，不如说是无法离开。但鱼津虽然意识到了这一点，却并没有为自己的不礼貌感到羞愧。对于原本应该会很快对这种事感到羞愧的鱼津来说，这是很不可思议的现象。鱼津感觉自己的目光似乎毫无抵抗力地、自然而然地就被对方吸引过去了。

但是，从八代美那子坐到空位子上开始，又有别的东西进入到了鱼津心里。他无法直视那个坐在自己和小坂中间的华丽女人。鱼津把目光移向了窗边。

"就是一个无聊的聚会，我以为中途应该很容易就能溜出来的。但是晚了一个小时才开始——把您叫到这里，真是不好意思了。"

"不不，没事。"

"您一直都等在这里吗？"

"我已经习惯了在这样的地方待上半小时一小时的。你说的急事，是什么事？"

"有东西想要交给您。"

"是什么？"

"我后面再给您。"

女人说完，很快又改变了主意似的，打开了手提包：

"是这个。"

"是什么呢？"

"哎呀，不行！请您回家之后再打开吧。"

在鱼津听来，此时八代美那子的语气中带着几分紧张。

鱼津朝两人看去。小坂正把一个似乎是用商店的包装纸包裹着的小纸包放进自己的包里。

"那么，我的事情做完啦，就先告辞啦。"

八代美那子说道。似乎她就是为了这点事过来的。

"哎呀，再坐会儿吧，喝个茶什么的。"小坂说道。

"我已经什么都吃不下啦。"

鱼津听着两人这样的对话，赶紧站了起来：

"我先告辞了。有点累了。"

他对小坂这么说着，准备离开座位。

"哎呀，您请坐，我才应该告辞了。"

说着，八代美那子也站了起来，又说了句"您请坐"，想让鱼津再坐下。稍稍夸张地说，鱼津感到美那子想要阻止自己离开的言行中有一种拼尽全力的感觉。他觉得自己如果无视对方的劝阻，就这样离开座位的话，会有点过分，但是如果自己留下来，让八代美那子离开的话，对小坂乙彦来说，再是朋友，这么做也有点不识趣了。

"啊呀，不用这么着急吧。鱼津你坐下。夫人你再坐个五分钟十分钟的也没事吧？"小坂说道。

"那好吧。"

看到八代美那子再次坐了下来，鱼津也坐回了座位上。

"我想要个冰淇淋。鱼津先生呢？"

"我吗？我来杯咖啡吧。已经三四天没有喝咖啡了。"

"您到山上去了几天？"

"在山上的休息点住了三个晚上。"

小坂叫来女服务员，点了两份冰淇淋和一杯咖啡。

"小坂先生最近都没有去吧？"

"老是请不出假来。不过，接下来就算是旷工也一定要去。从年底到正月准备和鱼津一起去登奥又白①，所以必须先把身体锻炼好。"

两人说着话的时候，鱼津在思考一个问题。此刻坐在自己旁边的这位女性，从刚才小坂称呼她为"夫人"这一点来看，肯定是已经结了婚的。他想起小坂以前也提过这位女性，但那时候并没有说她已为人妻。

但是，真正令鱼津感到困惑的，并不是小坂从未提过而

---

①即奥又白池，位于前穗高岳(穗高岳的山峰之一，海拔3090米)的东南部，是登山者的扎营地。

自己现在才知道的八代已婚这件事。令他困惑的原因其实更直接。在鱼津看来，八代美那子这个女人怎么看都不像是已经结了婚的。确实，如果是未婚女性的话，可能不会这么稳重。她的言谈举止中都透着稳重，而且她的美貌本身也带着一种沉静。

对于对方已为人妻这一点，鱼津觉得自己多少有点沮丧。当他意识到这种沮丧的情绪完全无视了好友小坂的立场时，不禁暗想自己这是怎么了。穗高夜空中美丽的星星在自己身上所下的咒语，大概还没有完全解除吧，他暗叹道。

透过窗户，可以看到夜色中，药品广告的霓虹灯上红色和蓝色的文字，在远处交替隐现，鱼津的目光一直看着这种单调而空虚的重复。小坂乙彦和八代美那子一直说着一些被第三人听到也无妨的话。不久，鱼津听到美那子说"那么，我准备告辞了"，感到她准备回去了。

"不不，还是我先告辞了。我过来也没什么事，就是来看看小坂。"鱼津说着，先站了起来，匆匆说了声"再见"，从旁边的椅子上拿起了自己的背囊。

"不过，我也得回去了。"

美那子也站了起来。只有小坂还坐着。鱼津看到小坂的脸上闪过一丝跟刚才看到的一样的阴影。再看美那子，她的脸上也是刚才那样的拼尽全力的神情，以至于脸上的肌肉都有点僵硬似的。

跟刚才一样的情形。只不过鱼津喝了杯咖啡，美那子吃了杯冰淇淋，中间隔了十分钟而已。

但是，鱼津没有再迟疑，他把背囊挂在肩上，朝两人说了声"那就再见了"，离开了座位。他走下楼梯，来到马路上，穿过被出租车堵得严严实实的道路，朝新桥方向走去。

鱼津知道自己有点兴奋。因为遇到了一位美丽的女性，自己变得与平时不大一样了。等到离开那位女性再来看这样的自己，他不由得感觉有点怪异。说是个美女，但其实她的美貌也并没有多么惊世骇俗。只不过刚从山上下来的人，多多少少都会贪恋别人的温暖，会想要见到不同的人。

不过，虽然鱼津并不清楚具体情况，但是他知道对方是一位与小坂乙彦有着某种特殊关系的女性。因为这样一位女性而打破自己内心的平静，鱼津觉得这事怎么想都要怪自己太没界限感了。鱼津心说，我现在有点胡闹了。说起来，自己昨天半夜醒来后走出休息点，一边冻得瑟瑟发抖，一边抬头仰望星空，沉醉于星空的美丽，这种行为从某种意义上来说也是一种胡闹。想要一人独占美丽的事物，这种想法本身就像是一种胡闹吧。

"终于追上了。"

听到这声音，鱼津回过头去。八代美那子微微喘息着走了过来。

美那子的脸色看起来很苍白。两人站着的地方旁边是一家酒馆，霓虹灯闪烁，把路面都染成了一片蓝色。美那子看起来脸色苍白肯定也是由于这个原因，但是鱼津认为不仅仅是这样。八代美那子表情很严肃，似乎在想一件对她来说极为重要的事情。

"您去哪里？"

"大森。"

"我去田园调布。我们是一个方向，如果不麻烦的话，我们叫辆车，您可以把我送到家吗？"

"可以是可以。"鱼津说道，"那小坂怎么办？"

"我刚刚在店里跟他告别了。其实我有点事想听听您的意见。在没见到您之前，我也没这个想法，见了您之后，忽然就想问问您。您是小坂最好的朋友，我经常听小坂说起您。"

"嗯，我跟他应该算是最要好的吧。从学生时代开始，我俩就经常搭伴去登山。"

鱼津和八代美那子并肩往土桥方向走去，准备在那里坐出租车。看到一辆比较新、比较大的出租车开过来了，鱼津赶紧拦了下来，先让美那子坐进去，然后自己再坐进去。

"请到田园调布。"鱼津跟司机说道。

"哎呀，真是不好意思了。"美那子说道，接着就再也不说话了。

车开了，鱼津稍稍郑重地问道："你要说的是什么事？"

"您是小坂先生最好的朋友，所以想听听您的意见。"

鱼津觉得关于自己和小坂的友情有必要做些补充说明，但是他没有说。

自己是不是小坂最好的朋友，这个问题需要认真思考。同为登山家，两人关系紧密。如果自己要跟谁一起死的话，那应该就是小坂乙彦吧。但是，鱼津相信，登山家之间的羁绊，仅限于大山这一特定场所。如果山上的羁绊，在下了山之后也必须要维持的话，那该多烦人啊。大山绝不会叫人这么做。自己对于下了山的小坂了解多少呢？事实上一无所知。

"对于小坂和我的事情，您应该也听说过了吧。"

美那子说道。鱼津轻轻瞥了一眼美那子放在腿上的白皙的双手，摇头说道："没有听说过。"

鱼津对于他们之间的事情并没有了解多少，所以这么说也不算是撒谎。

"其实刚才，我是把小坂写给我的信还给他了。是他这三年当中写给我的信。"

鱼津朝昏暗的车窗外看去。车刚开过浜松町附近。看来司机是准备从品川经五反田再到田园调布。此时，鱼津突然又想起了山林中的黑暗与寂静。他不知道八代美那子准备跟自己商量的到底是什么事，但是他觉得自己还没有做好半点倾听的准备。

"老实说，我很珍惜小坂先生的心意，可是这份心意同样也令我感到困扰。我已经有丈夫了。"

"这样啊。"

"所以我就想着能不能请鱼津先生跟小坂先生说一下。"

"该怎么说呢？"

"这……"

美那子不再说话了。面对鱼津嘴里说出的与自己的预想完全不一样的回答，她似乎有点不知所措。

"您很讨厌做这样的事吗？"

"并没有讨厌。"

"我也明白，拜托您去做这样的事，对您来说肯定会是很大的困扰。"

"我只是不太了解小坂和您之间的事。我不记得是在什么时候在哪个休息点，听小坂提过您的名字，仅此而已。那也是在进山很多天大家情绪都有点亢奋的情况下说的。那种情况下谁都会添枝加叶地说一些有的没的。大家都会编故事，假装是自己身上发生的事，除此之外也没有别的方法可以用来发散自己的心情。所以，小坂说的，我也只当是他编的故事，随便听听就过去了。事实上，他说的话，我基本上都忘光了。"

事实上也是这样。在山上，大家都会讲一些自己的恋爱故事，但是这些故事的内容往往都是胡编乱造的。只有其中透露出来的讲述者对人的爱恋之情，在那一刻，是不容怀疑的真实。这样的经历，鱼津自己有过，在别人身上也感受到过。

看来必须要说明自己与小坂的关系了。美那子一副难以开口的样子。

"那我们下车，找个地方说吧。"

"这样啊。"

美那子似乎不想在有司机听着的情况下说，但是鱼津觉得下车再找家咖啡店坐下来说的话，有点麻烦。

"我们索性就先到您家附近吧。您家离田园调布站远吗？"

"走路大概六七分钟的样子。"

"那我们就到田园调布站下车，然后走着去您家，路上可以边走边说。"

这会儿鱼津开始感觉到身体的疲劳。一般他到山里待上两三天也很少会感到疲惫，但是今天为了赶到松本坐列车，原本从涧泽的休息点到上高地要花四个半小时的路程，仅仅用了三个小时左右就走完了。赶路的疲劳这会儿似乎开始显露了。

"我不太了解穗高，不过这会儿应该已经很冷了吧。"

"山上已经下过雪了。"

"啊，都已经下雪了啊！"

"比起往年，这还算迟了。"

两人开始说一些和小坂全然无关的话题。大大小小的车亮着车灯，在国道上川流不息。出租车也在国道上开了很长时间。

两人在田园调布站前下了车，穿过车站前的广场，沿着两边种着行道树的缓坡往上走。路上已经没有行人了，树叶在两人的脚下嘎吱作响。

鱼津一直在等着对方先说，但是迟迟没有听到对方说话，所以走到缓坡的一半的时候，他开口问道：

"你跟小坂是什么时候开始交往的？"

"大概得有五年了吧。从我嫁给八代之前就开始了。结婚之后，有段时间我们没有再见面，但是前年圣诞夜，又在银座遇到了。那以后偶尔会见个面，他也会给我写个信什么的。"

"什么样的信？"

鱼津说完之后，自己也觉得这个问题问得有点不识趣。对方似乎有点为难，不知道该怎么回答似的。鱼津感到她在黑暗中屏住了呼吸。

过了一会儿，美那子开口说道：

"是向我告白的信。"

"就算告白了，也不会有结果的啊。"

"嗯。"

"向别人的妻子告白，小坂这是想干什么？再怎么告白也是没用的啊。小坂究竟怎么想的呢？"

"他说让我离婚，跟他在一起。"

"哦。——那你怎么想的？"

"我当然感觉很困扰。"

"这样的事情，是会让人困扰。"

"所以，我就想麻烦您跟他清楚地说明白。我不能做那样的事情，我也不是会那样做的人。"

"你不能自己亲自跟他说清楚吗？"

"当然，我也好多次跟他说了自己的想法。但是，他怎么都——"

"小坂不理解吗？"

"嗯。"

"那小坂这家伙真是太不对了。"

鱼津想起了小坂在岩壁上扭着身子观察上面情形的样子，那时候他的脸上透着一种令人吃惊的独特的精明强干。或许小坂的性格当中就有这样一些不同于常人的地方，有点认死理吧。

"即使这样，要我去跟他说似乎也不太合适吧。"

鱼津有点不太明白，为什么在此之前八代美那子都默许了小坂的这种态度呢。如果她自己能够明确地说清楚小坂这么做只会给自己带来困扰，那么就算小坂再认死理，也不会一味纠缠，提出那些无理的要求吧。

"你自己对于小坂，究竟是怎样的态度呢？"

对方沉默了一会儿。似乎是在想该怎么说。

"对于小坂先生，我现在没什么别的想法。"

"现在没什么想法啊。"

或许是感觉到鱼津的话里面着重强调了"现在"，美那子又补充道：

"以前也没有。"

"以前我也没有什么特别的想法。"

"也就是说不管是过去还是现在，你对小坂都没有特殊的感情——"

"是的。"

"你确定？"

美那子停顿了一下，回答道：

"嗯。"

"那小坂那边我去跟他说吧。我感觉小坂做的事情，有点不合常理。"

"但是，"美那子停下脚步，"那个，请不要说得太严厉。因为我不能回应小坂先生的感情，所以想请您跟小坂先生说，希望他把心思从我身上收回去。"

美那子站在那里，正对着鱼津说道。

"我明白了。放心，我不会去责难他。事实上，我以前都是很避讳介入到别人的这种事情中去的。我一直都觉得这种事情原本就是当事者自己应当解决的问题，就算有第三人介入，也起不了什么作用。但是在你们的这件事情上，我觉得我可以作为朋友，给小坂一些忠告。如果真如你说的那样，那小坂的态度确实有点荒唐。"

"嗯。"

美那子的回答很模糊。这使得鱼津又产生了新的疑惑。

"不是这样吗？"

"嗯。"

"你们两人之间的关系，你还有什么没告诉我的吗？——比如你其实也喜欢小坂的——"

"没有。"

这次美那子否定得很干脆。

"我没有喜欢他。——不过……"

"不过什么？"

"小坂先生可能有些误会，以为我也喜欢他。"

"为什么呢？你没有清楚地告诉过他你对他的感觉吗？"

"我说过好多次了。"

"那么，小坂也是知道你对他的感觉的了？"

"嗯。"

"那就行了。"

"但是……"

美那子又说道。这次是鱼津停下了脚步。然后，他等着美那子也停下脚步，看着美那子的神情。两人正站在一幢大房子的石头围墙外。庭院中的灯光透过种植的花木打在了美那子的侧脸上。

"我真是不太明白你们俩到底是怎么回事。"鱼津说道。

对方明显有点狼狈，"那个，"她讷讷道，"虽然我对小坂并没有爱情，但是我跟他有过一次……"她的声音突然小了下去，"肉体关系。"

美那子深深地低着头，紧盯着自己的双手，她的十个手指头正用力地扭在一起。她似乎想着既然已经说出来了，那就索性全盘托出。

"我太蠢了。犯下了不可饶恕的过错。——就因为这样，我没有办法严厉地拒绝他。我——"

八代美那子抬起头，神色痛苦。

鱼津沉默地站着。八代美那子的话令鱼津感到震惊。他感觉自己听到了不该听的事情。接着他感到美那子的神情有了些许变化。他觉得美那子似乎想说什么，在她说之前，就赶紧说道：

"我明白了。我会尽量委婉地跟小坂说的。"

说完，他再次迈开步，想着把八代美那子送到家之后就告辞。走了大约五六米的距离，就听美那子说道：

"那个，我家到了。"

鱼津停下脚步。只见石头门柱和门柱中间，结实的大门紧闭着。感觉不花点力气都推不开，就像贝类紧紧闭着壳一样。

"那我就告辞了。"

"你稍微进去坐会儿吧。"

美那子按着大门旁边小门上的门铃说道。

"不，已经太晚了。"

"这样啊。"美那子跟鱼津告别道，"谢谢您这么累了还送我回来。"

鱼津跟美那子告别之后，转身朝来时的路走去。他看到白色的陶瓷门牌上清晰地写着"八代教之助"。虽然他并没有听过也没有看到过八代教之助这个名字，但是能拥有这么气派的房子，应该也是一个有一定社会地位的人吧。

鱼津听到身后小门的门铃响了之后，院子里传来激烈的狗叫声。他沿着八代家长长的石头外墙慢慢离去。

途中，鱼津借着路灯的灯光，看了下手表。已经快十一点了。

回到田园调布站之后，鱼津又在那里坐上了出租车。穗高夜晚的黑暗与寂静再次袭上了他的心头。意外地卷入到一桩男女丑闻中，不得不背负起劝诫小坂的重任，这使得他心里很不痛快。

*

鱼津恭太睁开了眼。

睁开眼之后，他翻身趴着，拿过放在枕边的手表一看，已经八点了。一想还可以在床上赖半个小时，他又翻身仰躺着，伸出右手，拿了放在枕边的和平牌香烟。

鱼津向来禁止自己在床上抽烟，但是从山上回来之后的翌日早晨除外。虽然很少会感觉累得起不了床，但是通常全身都会被疲劳包围，感觉各处的肌肉都被拉伤了。

从山上归来的翌日任由自己放纵在倦怠中。在这段特殊的时间里，鱼津脑子里想的永远是那三件事。

第一件是钱的问题。自己性喜奢华，又爱浪费，再加上进行登山活动，所以经常很拮据。很多东西光靠从公司借来的钱是无法支付的。第二件则是奥又白。自己打算从今年年末到明年正月和小坂一起去那里登山。之前去过两次，都失败了，这次一定要把它征服了。被冰雪覆盖的山岩不时闪现在鱼津的脑海中。

剩下的一件，当然是对于女体的幻想。鱼津幻想有一具女体能够让自己年轻的身体安静下来。从山上回来的翌日早晨，性欲总是特别强烈。疲劳刺激下的欲望，吐着猩红的舌头，无论怎么驱赶都不肯走，变成一种让人窒息的幻想，缠绕着鱼津。

当然，钱、山岩、幻想这三件完全不同的事情，并不是按顺序一件接一件地涌上他心头的。往往是刚把一个念头摁下去，就又出现一个念头，刚把这个念头赶走，又有其他的念头横生出来，三件事情时而交替，时而同时，袭击着年轻的登山家的脑袋。

但是，这天早晨的波浪式进攻与之前的又有些不同。不管是金钱，还是奥又白，或者是幻想，这些其实意味着鱼津恭太此时的精神或者说是肉体的一种强烈愿望，即希望从一种状态转换到另一种状态。但是这天早晨，占据鱼津脑海的却是全然不同的事。

简单地说,这天早晨,鱼津既没有思考钱的事情,也没有想奥又白。当然,也没有受到幻想的折磨。鱼津躺在被子里,抽了两根烟,慢慢地在脑海里描绘昨天晚上才第一次见到的八代美那子在各种情形下的白皙容颜。这天早晨的赖床时间是极其安静而纯洁的。

鱼津在八点半起了床。拉开窗帘,可以看到初冬阴沉的天空,和阴沉的天空下大森的街道。一打开窗,电车、巴士、出租车的声音一下子涌入这间位于高岗上的公寓。

公寓是个边套,有四叠半和八叠两个房间,是这幢面向中等收入工薪阶层的公寓楼中最好的房间,所以房租也是最贵的。

鱼津走到靠里的房间带的小卫生间,洗了脸,然后打开房门,取了之前放在那里的牛奶瓶,把牛奶倒进杯子里,站在窗边就喝了起来。这并不能算是早饭,但是在早上去上班之前能够吃进胃里的就只有这个了。

接着,他从衣柜中拿出还带着干洗店包装的白衬衣穿上,又从挂在衣架上的三件冬装中选了灰色的双排扣西服,没有穿大衣,拿了件雨衣就急急忙忙出了门。

鱼津在走出公寓楼之前遇到了三个住在同一幢楼里的人。两个是年轻的妻子,一个是学生。鱼津轻轻朝她们点了点头，并没有开口打招呼。鱼津和住在同一幢楼里的人接触时，都带着一定的距离感。有人会主动过来接近，这时鱼津会后退一步。他会跟别人点头致意，但是尽量不开口说话。

所以，鱼津跟住在他隔壁的学生也没有说过话。隔条走廊的对门住的是一对年轻和善的双职工夫妻，他也同样没跟人家说过话。鱼津之所以选择住在公寓里，就是为了避开跟人打交道。

鱼津下了坡，来到了大森站前的马路上，朝车站走去。走着走着发现自己鞋子脏了，就在车站前让人擦了个鞋子。然后，他在车站前的小店买了份报纸，带着报纸走进了检票口。他基本上都是在车上看的报纸。鱼津上班的时间刚过上班高峰时段，所以虽然没有座位，但是还是可以拉着车上的吊环，看个报纸什么的。

鱼津在新桥下了电车，朝田村町方向走去。他在十字路口右转，沿着和日比谷公园相反的方向走了约五十多米，走进了南方大楼那个与大楼相比明显过大的大门。他坐电梯到三层，走进了门口的玻璃上写着"新东亚商事"的房间。

"早上好！"

到了这里，鱼津才主动和大家打招呼。房间里有十五六张桌子，大概有十个男女员工在工作。大家听到鱼津的声音，都朝他默默地点了点头。只有一个人的头没有动。那是分公司经理常盘大作。

房间里的时钟显示鱼津已经迟到了四十分钟左右。鱼津刚在自己的办公桌前坐下,对面的清水就问道:"又去登山了?""嗯。"鱼津冷淡地回应道。此时他已不再是登山家的样子了。

"什么时候回来的?今天早上?"

"没有,昨天晚上回的。"

鱼津回答道。听了这话,分公司经理常盘大作用他一贯的大嗓门自问自答似的说道:"为什么要去登山?因为山就在那里吗?"说着,他那足有150斤重的身体离开椅子,站了起来。

"不好意思,昨天没来上班。"

鱼津说道。他昨天一天无故缺勤,本来想走到常盘的位置上跟他说的,没想到常盘朝自己过来了,所以就赶紧先说了。但是,常盘完全没有理会鱼津的话,接着说道:

"登山。一步一步登上高处。背负着重荷,吭哧吭哧去登山。听起来很伟大嘛。从我们这家小小的公司里赚到的菲薄的薪水,有一大半都用于登山了。还真是辛苦了。老家的父母还等着儿子大学毕业了娶个媳妇回家。但是儿子却根本没想过要娶老婆。只要有时间就去登山。完全被山迷了魂了。"

这既不是斥责,也不是训诫。要正确说的话,应该算是演讲。

常盘大作说到这里,稍微停了一下,他那剃着光头,充满精力的脸直直地看向鱼津,盯着鱼津的眼睛,似乎是在选择自己接下来要说的话。

过了一会,他从鼻子里长长地舒了口气。每次他想到了自己满意的话就会有这个动作。

"我和你不一样。我喜欢从高处一步步往下走。每走一步,自己的身体就会随之降低一分。从不安稳的地方向下走到安稳的地方。鱼津,至少这才是自然的哦。"

"这是年龄和体重不同的缘故。"

鱼津说道。说完,他又觉得自己说了多余的话。要是自己什么都不说,默默听着的话,常盘大作的唠叨就像台风过境终归会停下一样,也会自然而然地停下来的。但是,只要稍微回应一下,他的唠叨就会变本加厉。果然,剃着光头、原本一脸无聊的经理脸上瞬间活力四射起来,神情中充满了斗志。

"体重和年龄?开什么玩笑。——你的意思是人在年轻的时候想往高处爬,等到年纪大了,变肥胖了,就想往低处走了?!问题并不在这里。关键看你是喜欢与人相处,还是讨厌与人相处。我完全无法理解那些一步步远离人们所在的地方，独自朝高处走去的家伙，不知道他们在想什么。我自己更喜欢一步步朝低处走。我小时候就喜欢沿着坡道往下走。沿着坡道往下走的时候，我跟你说，我心里——"

你有那么喜欢与人相处吗，这句话在鱼津嘴边转了转，又被他强行咽了回去。因为再跟常盘大作聊下去的话就别想做事情了。常盘大作看着鱼津，似乎在等待他对自己的演讲的反应，但是看到鱼津一言不发，只是窸窸窣窣地整理着自己办公桌上的文件，他也慢慢转开头，"为什么要去登山？因为山就在那里吗？"

他又若无其事地重复了一句自己之前说过的话，回到了自己在窗边的办公桌旁。

鱼津并不讨厌常盘大作经理。虽然正在忙的时候被他抓着聊天会感觉有点烦，但是不忙的时候，与其跟别人闲扯，还不如跟他聊天来得更开心。虽然他说的话常常使人如堕五里雾中，但是在他的话背后，往往有他自己的真实想法。

其他员工常常在背后称常盘为"万年老经理"。也确实是万年老经理。新东亚商事的总部在大阪。原本按照资历也好，经验也好，常盘都是可以当董事的，但是由于他喜欢毫不客气地对着社长指手画脚，硬是要坚持自己的意见，最后就被安排了东京分公司经理这么一个只有名头好听却没有实权的职位。虽然公司上层不太喜欢他，但是他在一些普通员工那里倒是挺受欢迎的。

新东亚商事东京分公司是一个挺尴尬的存在。新东亚商事本身是一家全国知名的企业，但是东京分公司的业务内容却与总公司的完全不同。现在分公司的业务是一种类似广告代理店的工作。具体就是，当日本的公司需要在外国的报纸杂志上刊登商品广告时，分公司承接包括谈判在内的一切具体事务，以此来赚取佣金。

所以公司入口处的玻璃门上写的新东亚商事东京分公司这个名称其实是有点名不副实的。这家公司与其说是商业公司，不如说更像是一家信息服务公司。

起初，这家公司确实是作为新东亚商事的分公司设立起来的，也经营着跟总公司一样的业务，但是不知道从什么时候开始最重要的主营业务越来越少，反而是原本作为副业的广告代理店的业务越来越多，成为了主要业务。据说之所以会这样，原因全在分公司经理常盘大作身上。

有人说是公司上层从常盘手中拿走了主营业务，也有人说是常盘不顾公司上层的命令，一意孤行，只做自己想做的事情。

分公司除了常盘之外，还有十四个内勤员工和十五个外勤员工。内勤员工包括两个调查人员、两个翻译、三个打字员、两个勤杂工、三个会计、以及两个主管——鱼津和清水。十五个外勤人员当中，有八个是经常在外面跑业务的，还有七个是偶尔才会来的兼职人员。

鱼津和清水两人是主管，忙起来的时候忙得脚打后脑勺，闲的时候又闲得发霉。工作内容很繁杂，常盘大作总是什么事情都交给两人去做，所以两人必须要盯着所有工作，根据出现的情况随时下命令。

当然，清水和鱼津各有自己负责的工作范围。清水比鱼津大三岁，今年三十五岁。他进入新东亚商事，原本是为了做主营业务，但是一进公司就被分到了常盘手下。这成了他霉运的开始。他的性格和他的长相一样，属于胆汁质性格，沉默寡言，才学不是特别高，但是也能够很好地完成工作。清水在大学学的是经济，但是他精通外语，所以跟外国报社、杂志社的联系、谈判这一块工作，自然而然就归他负责了。他的办公桌上总是堆满了三个打字员打好的英文文件。他整天坐在办公桌前仔细地看这些文件。有时候也会去大藏省兑换外币。因为从日本公司收到的款项都是日元，所以必须要将它们兑换成英镑或是美元。

因此内勤方面的工作主要由清水负责，鱼津则主管外勤方面的工作。他的工作内容包括敏锐地发现经营状况良好的公司，派外勤员工前去联系，以及预先做好各个公司有可能需要的各种广告方案，交给外勤员工带去。在这方面，鱼津有一种特殊的才能。只要是他觉得有可能成为客户的那些公司，最后基本上都提出了刊登广告的需求。

常盘的工作则是隔上几天，忽然想起来似的问问鱼津和清水："怎么样？工作进展顺利吧？"

跟鱼津说这句话的时候，他话里的意思是有没有拉到广告客户啊，有没有拉到大单子啊。跟清水说的时候，意思就变成了鱼津那边拉来的业务有没有顺利开展起来啊。

鱼津和清水一样，也是作为新东亚商事的员工加入公司的，但是和清水不同的是，他对于自己目前的工作并没有什么不满。因为常盘把工作全权交给他负责了，所以虽然忙起来的时候很忙，但是也很自由，可以由他自己从容地安排。如果是在总部的话，以鱼津的资历是不可能有这么大权限的。他肯定需要看课长的脸色，整天处理那些枯燥乏味的数字。至于登山，就更是不可能了。

这一天，鱼津的办公桌上堆满了必须要处理的工作，但是他没有先做这些事情，而是先进行了一个小小的调查。鱼津把手伸到对面清水的桌上，把桌上放着的人名录拿了过来。他哗啦哗啦地翻着人名录，不一会儿视线落到了上面的一处记录上。

八代教之助几个小字底下，还有三行字体更小的说明。昨天晚上八代美那子进了那幢石头院墙围着的大房子，那幢大房子的门牌上用威严的字体写的就是这个名字。

——明治三十一年生，东大工学部，工学博士，应用物理学专业，东邦化工专务董事。

这么看来，八代教之助应该是一位五十七岁的实业家。既然是工学博士，那么他应当是从工程师做起，后面升为公司董事的，或者是先在大学当教授，退休之后再进入到实业界的。但是，对于五十七岁这个年龄，鱼津稍感怪异。如果这个八代教之助是美那子的丈夫的话，那两人的年龄相差太大了，如果是她公公的话，那又太年轻了。

鱼津又从公司进门处旁边的书架上拿来了更为详细的人名录翻看起来。在八代教之助的名字下面，除了跟刚才一样的介绍之外，又多了一行（妻，美那子，大正十四年生）。毫无疑问，美那子就是八代教之助的夫人。她是大正十四年生人的话，今年就是三十岁。跟丈夫教之助相差了整整二十七岁。

鱼津盯着这几个字看了一小会儿，然后合上了这本厚厚的人名录。他毫无理由地觉得憋闷，感到想不通。为什么美那子会嫁给年龄相差这么大的丈夫呢。或许是填房，可就算是填房，像美那子那样的女人为什么要去给人做填房呢。

但是，很快，鱼津不得不把这些念头压下去。因为常盘大作旁若无人的声音传到了每一个员工耳中。

"基本上呢，"常盘从自己的座位上站起来，像做体操一样，两条胳膊左右伸展着。"最好不要觉得公司上层说的话就都是对的。你回去之后把这话告诉时冈君吧。"

时冈是大阪总部的专务董事。

"你是什么时候进公司的？"

"昭和二十五年。"

"昭和二十五年进的公司，那现在应该已经是公司的中坚力量了啊。怎么还是对公司董事的命令不假思索地就传达过来了呢。"

"唔……"

从大阪过来出差的员工被常盘斥责得呆呆站在他的办公桌前一动不敢动。

"我的想法就是我刚才说的这些。虽然是总部的命令，但是我拒绝。不过，这件事的实际负责人是鱼津君。你可以过去跟鱼津君商量一下。虽然我是拒绝的，但是鱼津君或许有他自己的想法。"

说完，常盘就走出了办公室。他并没有生气。从总部派过来的员工一到了这里，就被他这样对待了。或许常盘多多少少也有点想给总部找茬的想法，但是大多数时候，他说的话还是很有道理的。

从总部过来的员工挠挠自己的头，朝鱼津走来："还是挨骂了。"

"是什么事情?"

"时冈董事说希望在一月十五日之前在美国的大报纸上刊登大和镜片的广告。他好像也是接到了大和镜片的委托。我在说的时候加上了'优先处理'。结果就触逆鳞了。"

"事实上,如果现在开始做的话,有点难度。"

"是吧。"

"不过,我会想办法先和对方谈一下。"

"没问题吗?"

对方说道。他的意思似乎是鱼津这么做会不会触怒常盘。

"没问题的。常盘经理其实是一个很好的人。他是为了跟总部打擂台,才那么说的。"

鱼津说道。他觉得常盘大作原本就是这么打算的,所以才把事情转到自己这边让自己来处理。总部派来的员工慌慌张张地走了之后,鱼津给在神田的登高出版社工作的小坂乙彦打了个电话。小坂似乎正在接其他电话,从电话中可以听到他跟人说话的声音,但是却迟迟没有过来接自己的电话。鱼津正想挂了电话,耳边传来了小坂的声音:"不好意思,不好意思。"

"想跟你见个面。"鱼津说道。

"你过来,还是我过去?"小坂问。

"我过去吧。"鱼津说。

"好难得啊,那么不爱动弹的你要来我这边。——有什么事啊?"

"见面再说吧。"

"是钱的问题吗?"

"开什么玩笑。最不缺的就是钱。"

"那晚上见?"

"晚上我还有其他事。"

如果是其他事情的话,当然可以晚上一边吃饭一边说,但是鱼津觉得今天还是白天见面比较好。考虑到要说的内容,他觉得还是在白天明亮的光线下谈比较好,这样就不会被特殊的阴郁情感和感伤缠绕,他希望像说公事一样和小坂乙彦直截了当地把这件事说了。

"好的,那我过去吧。我再过三十分钟左右就过去。"

小坂说完,两人就挂了电话。小坂最后的话,似乎与他平时的态度不大一样,感觉特别的认真。

小坂按他自己说的,三十分钟之后就来到了鱼津公司。一看到小坂出现在公司门口,鱼津跟清水说了声"我出去一下",就离开了自己的座位。他在电梯旁见到了小坂,然后两人一起进入了电梯。

"什么事?"

也许是很想知道,小坂一见面就问道。

"昨天我跟你分开之后,又见到了八代夫人。"

鱼津直截了当地说道。电梯里很挤,鱼津看不到站在自己旁边的小坂的脸。所以也就看不到他脸上神情的变化。

两人走出南方大楼,来到了马路上,不约而同地朝日比谷方向走去。天空中还有几分阴云,忽而冬日淡淡的阳光又铺满了马路。还有点刮风。小坂穿着大衣,鱼津只穿了身西装,所以他就把双手插进了裤子口袋里。

"那么,你要跟我说的是什么呢?"

小坂催促道。跟高大的小坂走在一起时,鱼津总是需要从一旁仰望似的抬头看小坂。和平时一样,他抬头看了看小坂,说道:

"八代夫人让我给你传个话。其实昨天晚上见到夫人之后,虽然有点绕远,我还是叫了出租车把她送回家了。"

"哦,那真是辛苦了。"

小坂有点不快地说道。

"她就是那个时候拜托我,让我传话给你的。"

"我猜就是这么回事。那会儿,她急急忙忙走了,我就猜她是不是去追你了。看来我猜得没错。那她说什么了?——虽然我大致也能猜到。"

"你猜到了？"

鱼津说道。如果小坂猜到了，那就当他已经知道自己要说什么了，只要听听他的想法就好了。自己要说的话，对于小坂来说无疑是很不愉快的，所以他也不想从自己口中说出那些话。结果小坂说：

"虽然猜到了，但你还是说下吧。"

"好，那我就直说我听到的内容了。简单来说，就是她不能答应你的要求。"

小坂乙彦听了之后，一阵沉默。过了一会儿，他说道：

"我们去对面，到公园里面走走吧。"

两人不知不觉间来到了日比谷的十字路口附近。

横穿电车轨道之后，两人从派出所旁边进入到了公园中。鱼津等着小坂开口说些什么，但是小坂一直没说话，于是他看着小坂，开口问道：

"你到底怎么想的？"

"我太差劲了，真的太差劲了。"

小坂突然用力说道。和他魁梧的身材不符的是，小坂经常会说一些小孩子耍赖似的话。

"我不知道她跟你说了什么，但一切都是我太差劲的缘故。"

"你说的太差劲，是什么意思？"

"我因为跟那位夫人有某种羁绊,才能够这样活在世上。我无法想象跟她断绝关系之后自己会变成什么样。我会活不下去吧。"

"你不要吓人哦。"

鱼津看着小坂说道。他感觉小坂的话有点瘆人。

"不,我说的是真的。"

"即使如此,我还是觉得你的想法中有些不合情理的地方。"

"我跟她之间从一开始就没合过情理。"

"你还真是毫无道理可讲。"

"是啊。"

"你就这样直接赞同我的看法了啊。不过爱情这种东西,即使没有道理可讲也没什么吧。"

"不是这样啊。"小坂说道,"只是就我的情况来说,它是没有道理可讲的。它违背了道德和社会秩序。就是一种不正当的爱慕。从一开始就没有什么道理。——只是,我们的情况——"

小坂又重复了几次"我们",接着说道:"只剩下一条路可以走。那就是她应该更加地正视自己的感情。正视自己的感情,跨越各种障碍。如果她顾虑到面子而去维持那个毫无爱情的家庭,不断压抑自己的情感的话,那么我就失去了存在的立场。"

"她在压抑自己的感情吗?"

"是的。"

"她自己可没这么说。"

"她自己当然不会说。她对我也没说过。"

"她说你好像对她有误解。"

"……"

"我觉得,她对你——"

鱼津没有再说下去。他想说美那子根本不爱小坂,可是这话实在说不出口。结果,小坂自己说了出来:

"你想说她根本不爱我吧。"

"是的。"

虽然有些残酷,但是鱼津还是清楚地说了。

"是吧,她这么说了吧。她跟我这么说了,跟你肯定也会这么说吧。但是,她这是在撒谎。"

"你怎么知道她是在撒谎?"

小坂乙彦听了,停下了脚步,忽然问道:

"你到底站谁那边的?"

他的语气好像一下子改变了。

"我谁那边都不站。"

"你想让我离开八代夫人吗?"

鱼津没有马上回答,过了一会儿,他回答道:

"如果可能的话,是想这么做。"

"你也成了她的俘虏吗?"

小坂的语气很尖锐。

"啊?"

鱼津抬起了脸。小坂似乎也意识到自己的语气太歇斯底里了:"啊,对不起,我失言了。"

他的脸色有些苍白。

"总之,她所说的都是谎话。她说的话都是言不由衷的。因为她曾亲口跟我说过她爱我。"

小坂像摊出最后的王牌似的说道。鱼津听了还是继续沉默着,于是,小坂又接着说道:

"她曾经明明白白地亲口跟我说过她爱我。如果她对我没有爱意的话,怎么会说爱我呢?我觉得她对我是有爱意的,所以才会这么说。爱情怎么可能就这样简简单单、悄无声息地在一个人的心中消失不见呢?"

接着,他又说:

"我们找个地方坐会儿吧。"

鱼津听了,朝四周看了看,看到池塘边有干净的长椅,就朝那边走了过去。

两人并排坐到了长椅上。

"她跟她丈夫年龄相差很大。"

过了一会儿鱼津开口道。

"她连这个也说了?"

突然被反问,鱼津被吓了一跳。总不能说自己特意去调查了吧。

"他们年龄相差很大。差了得有三十岁左右吧。"

"她为什么跟年纪相差这么大的人结婚呢?是填房吧。"

"是的。"

"她为什么要去给人做填房呢?"

"这个我也不知道。不管她是出于什么原因结的婚,对方不是应该主动拒绝吗?完全不考虑自己的年龄,一听是个年轻姑娘,就马上答应下来,我觉得这是一种罪恶。"

"是吗?"

"她说过跟她丈夫在一起,就跟父女一样。"

小坂说道。鱼津听到美那子连夫妻生活都跟小坂说了,不由得生出一种淡淡的嫉妒,就跟刚才他听到小坂说美那子曾亲口说她爱小坂的时候一样。

鱼津把小坂叫出来,把美那子拜托自己说的话都说了,但是虽然都说了,事情却并没有朝着美那子希望的方向发展。

"这个话题,就此打住吧。"

小坂忽然改变了语气：

"你年底的时间没问题吧？"

他说的是年底去穗高的事。

"没问题。"

鱼津了调整了语气，说道。

"钱呢？"

"我这边总能想到办法。你呢？"

"我嘛，就寄希望于年底的奖金啦。"

奥又白东壁那冷峻的白色忽地又闪现在鱼津眼前。

"我的工作到二十七号基本能结束。二十八号早上就能出发。"

这一天，小坂第一次以他一贯的神情说道。鱼津喜欢小坂谈论登山时候的神情。平时小坂端正精干的脸，总是让人感觉阴郁，难以接近，但是只要一说到登山，他就会眉飞色舞，变得积极而开朗。

鱼津这几年接触到的都是这个开朗的小坂。今天他还是第一次接触到了小坂登山家之外的一面。鱼津一边这么想着，一边说道：

"我的工作要到二十八号晚上才能结束。二十九号下午以后出发没问题。"

"那我们就二十九号晚上连夜走吧。那样三十号就能到松本，然后坐车到泽渡，当天就能赶到坂卷。这么一来，三十一号我们就能到达德泽休息点了。"

"元旦在奥又扎营。"

"二号早晨就可以正式登山了。"

"可以。不过，也许我可以早一天出发。那样我们就可以在元旦正式登山了。"

从去年年底的情况来看，要工作到二十八号才能结束。不过，要在二十七号结束工作也并非完全不可能。既然要去登山，那就希望从元旦早上开始。

这时候，小坂打开一个小打火机的盖子，点燃了叼在嘴上的香烟。鱼津突然发现小坂拿的这个打火机是红色的，明显是女人用的。

鱼津伸出手，默默地从小坂手中拿过打火机，啪嗒啪嗒打了两三下，说道：

"你还用这么可爱的打火机啊。"

结果小坂说："这是别人给的。"

说着，就无声地笑了起来。再追问是谁给的就很失礼了，但是鱼津还是问了："是她给你的吗？"

"是的。"

小坂说着拿回了打火机，很珍惜地放进了自己的口袋中。

鱼津觉得眼前的小坂女里女气的，叫人生厌。每次自己打破长期以来给自己定下的规矩，深入了解朋友时，就会这样。同时他又觉得八代美那子既然送了小坂打火机，还拜托自己来处理她跟小坂之间的问题，实在是有点拎不清。

"这周日我们就准备行李吧？"鱼津说道。

"好。"小坂回应道。

登山用的帐篷、食物、登山用具这些都需要事先寄给泽渡的熟人，并请他们搬到上高地。

"锻炼也可以开始了。"

鱼津说道。带着几分命令的口吻。

"好的。"小坂又答应道。接着鱼津带着几分还没说够的遗憾，说道："那个红色的打火机最好就别带了。"说完，他站了起来，跟小坂告别。

第二章

十二月第一个星期天的早上。美那子在厨房和女佣春枝一起准备早餐。等到做完手头的事情，她想着两三天都没有打扫院子了，就走下走廊，准备打扫。这时，从二层的书房中传来了丈夫教之助拍手的声音。

美那子停下了走向草坪的脚步，仔细听了下，但是这时又听不到拍手声了。美那子觉得自己可能听错了。她对丈夫的拍手声有一种近乎神经质的敏感。有的时候教之助都没有叫她，她就自己去二层了。美那子停下了脚步，站在那里竖起耳朵听了一会儿，没有任何声音。于是她又走了两三步。接着又停下了脚步。因为这次她清楚地听到了拍手声。

美那子赶紧回到走廊，走到厨房旁边的过道上，大声地回了句"来啦"，好让二层的人也能听到。然后走进厨房，把冲泡好的茶水倒进一个大茶碗里。教之助喜欢喝茶，他在家的时候，美那子每天都必须往二层的书房送好几次茶。他喝的都是煮出来的浓茶。而且必须得是一般人觉得浓得无法入口的茶水。但是，现在美那子端上去的是冲泡的茶水。早餐之前喝煮出来的浓茶太刺激胃了，所以就喝冲泡的茶水。不喝这种茶的时候，就喝昆布茶。

美那子把茶碗放在一个小盘上，沿着楼梯走了上去。他们家的楼梯比一般人家的楼梯更宽，足可容纳两个人并排上下。感觉就像是从西式别墅中拿来了宽阔的楼梯，安装到了日式房子里，总觉得有点不大匹配。

上了楼梯，往左走两步是丈夫书房的房门，往右是夫妻俩的卧室。再上两三级楼梯就能走上二楼了，但是美那子稍微停了一下，她低头看了看茶碗里面。茶碗里浮着一根粗粗的茶梗。

要去除这根茶梗，只需要打开楼梯尽头的玻璃窗，把茶碗里的茶水倒掉一部分就可以了，但是美那子还知道一个更简单的方法。她飞快地伸出右手的拇指和中指，从茶碗中的茶水表面拈起了茶梗。

美那子在白色的围裙上擦了擦被弄湿的手指，走上楼梯，走进了丈夫的书房。这个家里除了客厅，就只有丈夫的书房是西式的。

"请喝茶吧。"

美那子对着正站在窗边向下看着院子的丈夫说道。枯瘦的教之助身上穿着一件灰色的毛衣。他慢慢转过头，温和地说:"今天早上没落霜吗?"

"唔——我去看下吧。刚刚去了下院子,听到您在叫我就回来了。"

"倒也不用特意去看。"

教之助笑道。他随口说的话,美那子却当真了,这似乎令他感到很有趣,也对妻子的天真感到满意。

"茶放这里了哦。"

美那子将茶碗放到了房间中央的大书桌上。

"原本今天想喝番茄汁的。"

"哎呀,您今天不想喝茶啊。"

"茶也可以的。"

"那我还是去拿番茄汁吧。"

"不用了,喝茶就行。——马上就可以吃早餐了吧。"

"嗯。——不过大概还要再等十分钟。"

教之助端起了书桌上的茶碗,美那子想着今天就委屈丈夫喝茶了,准备离开书房。

"这茶怎么一股大葱味儿啊。"

美那子听了这话吃惊地回过头去。教之助把茶碗拿到鼻子旁,闻了闻味道,才放到嘴边。

"有味道?"

"嗯。"

"那我去换一下吧。"

"不用了,这就行。"

教之助喝了一口,说道:

"你手指上沾了大葱的味道吧。"

"也许吧。"

美那子含糊地说。她想说没有的事,但是却说不出口。她想会不会是书房的门没关紧,所以自己用手指头把茶梗拿出来的那一幕正好让丈夫看到了。她总感觉这个可能性很大。

"你看到了?"

"什么?"

"没,没什么。"

美那子带着一副小孩子恶作剧时被抓包的表情笑着说道。教之助好像对美那子的行为毫不在意,他换了个话题:"难得今天是星期天,但我还是得出去。"说完,又啜了口茶。

"去公司吗?"

"嗯。"

这次美那子真的离开了书房。她一边下楼梯,一边想,丈夫肯定是看到了自己用手拿茶梗那一幕。

十点钟的时候,公司的车到了。平时都是九点钟来接的，今天因为是星期天，所以特意晚了一些。送丈夫离开之后，美那子站在厨房里做了些家事，但是总觉得心里不太爽快，感觉忘记了什么重要的事情。

就这样过了大概一个小时，美那子拿着报纸来到走廊上，但是她并没有看报纸，而是呆呆地看着冬日里枯萎的草坪。

美那子突然意识到自己是因为早餐前的一件小事才心里不爽快的。她知道自己用手把茶梗拿出来那一幕肯定是被丈夫看到了。如果没有看到的话，丈夫不会说自己手指上沾了大葱的味道。如果教之助真的看到了，对于有洁癖的他来说，就算是自己的妻子，用手从茶水中把茶梗拿出来这种事也是无法忍受的。但是，他虽然看到了，却没有明说。他隐晦地提了一下，但是表面上却还是装作毫不知情的样子。

美那子直到今天才发现丈夫有这样一面。她想，或许丈夫在其他事情上也是这样的吧。丈夫的这种态度是对自己这个年轻的妻子的怜恤吧。虽然妻子有很多缺点，但是就当看不到。丈夫或许是这么想的吧。但是，他对茶梗这种小事当然能睁一只眼闭一只眼，可如果——

想到这里，美那子屏住了呼吸。她也知道此刻自己的表情肯定特别僵硬。她无法断定教之助是否真的没有发现自己出轨小坂乙彦这件事。如果他明明知道了，却还是佯装不知的话!

美那子的眼前浮起了过去教之助在各种情况下说的话和他的表情。小坂写信给自己这件事，丈夫应该是知道的。有时候丈夫还会从邮箱里取出小坂写来的信，亲手拿给自己。

记得有一次小坂上门来的时候，教之助应该还说过"请慢慢聊。美那子平时也挺无聊的"这样的话。说完他就离开了，去了二楼的书房。类似的事情还有很多。美那子试着一件件回忆这些事，从中揣测当时丈夫的态度和脸色。

美那子不知不觉间站了起来。等回过神来，她拍了拍手，叫来女佣春枝，吩咐道："去给老爷打个电话。"

她总觉得不跟教之助说说话心里就很不安。美那子嫁入八代家已经五年了，还从没有像现在这样不安过。一直以来美那子只是单纯地以为丈夫的眼神中满是对自己的深深怜爱，而现在她感到这背后还隐藏着更深的意思。

春枝打了电话，但是据说教之助不在座位上，所以过了大概十分钟之后，美那子又亲自给丈夫打了个电话。

美那子不清楚丈夫的公司东邦化工究竟是造什么东西的。只知道那是家生产尼龙的公司。

工厂有好几幢厂房，大概有近两千名员工在那里工作。有的厂房总是弥漫着一种奇怪的臭气，有的厂房里数口大锅总是不停地沸腾着褐色黏稠的液体。当然这些都是美那子的想象。她实际上没有去过工厂,所以并不清楚,但是在她的想象中,丈夫工作的地方就是这样的。

说到不清楚,还有更不清楚的事情。像今天这样,丈夫周日也上班的时候,美那子就不清楚丈夫究竟人在哪里。她给丈夫的秘书打电话,秘书会把电话转给丈夫,但是她完全不知道丈夫接电话时究竟身在何处。有时候,电话那边会传来男人的说话声,应该是工厂的某个角落,但有时候传来的是杯盘交错的声音,那应该是在某个俱乐部开会吧。

美那子问过丈夫好几次,但是教之助总是简单地回答"今天公司的原子能研究委员会开会""今天是原子能产业研究会议"或是"今天开关于同位素的会"。他们公司内部似乎成立了一个原子能研究委员会,教之助好像是主任。一听到原子能呀同位素之类的词,美那子就不懂了。教之助脸上也会露出令人难以理解的高深模样。

但是今天教之助在董事办公室。电话那边没有像平时那样传来秘书可爱的声音,而是很快传来了丈夫苍老低沉的声音。

"喂,什么事?"

美那子可以想象此刻丈夫肯定是一边拿着听筒,一边还在认真地看着办公桌上的文件。

"您先把眼睛从你的办公桌上挪开!"

美那子笑着说道。听筒那边传来"啊""哦"这样模糊的回答之后，又听教之助说道："找我什么事？"感觉他终于认真听自己的电话了。

"我很担心。"

"担心什么？"

"您今天早上看到我用手指头拿茶梗了吧。"

沉默了一下，电话那边传来教之助肯定的声音："嗯。"

"看到了您就直接说我好了嘛。——真讨厌，说什么有大葱味。我不喜欢您那样说！"

美那子说道。很罕见地口气很冲。结果，不知道对方是不是有点吃惊，沉默了一会儿，美那子的耳边传来了低沉的笑声。

"这有什么，一点小事。反正又不是带着恶意去做的。虽然我不知道你拿掉的是茶梗还是别的东西，但总归是想要把它们拿掉嘛。所以手指头才碰到了茶水。——这也是没办法的事嘛。"

"您真这么想的？"

"我没看到你这么做有什么恶意啊，也没什么值得责怪的。"

"我当然是没什么恶意啦。"

这是一场奇怪的对话。如果是第三人来听的话，会以为把手伸进茶碗的是教之助,而美那子是那个抱怨的人。

"你打电话给我是有什么事啊?"

"也没什么事。只是觉得您当时要是直接说出来就好了——"

"你就为了这个事给我打电话的?"

"嗯。"

结果教之助含着笑,一副这算什么事的口吻说道:

"好,那我知道啦。"

他好像接下来还要处理什么急事,紧接着就说道:

"那我挂电话了。"

"没有别的事了?"

"什么事?"

"除了茶梗之外。"

美那子很想问这个问题。虽然她也知道,自己这么问了,对方也不会说"有的",但是不问一下,她总觉得心里放不下。

"除了茶梗之外?你到底要说什么?"

教之助似乎真的不太明白美那子的意思。

"就是我做的事情当中,您不喜欢但没有说的事。"

"你做的事情当中吗?"

"嗯。"

"应该没有吧。"

教之助似乎想了一下说道。

"真的没有吗?"

"没有。"

"那就好。"

"为什么忽然问这个问题呢?"

"我很在意啊。因为有茶梗的事情。"

挂了电话之后,美那子再次走到洒满阳光的走廊上。丈夫应该没有发现自己跟小坂乙彦的事情吧。虽然这么想,但是美那子心中的疙瘩并没有完全消除。

三点左右,春枝让美那子接电话。

"是一位姓鱼津的人来的电话。"

那时,美那子正在起居室把丈夫的冬装和厚外套从箱子里拿出来,挂在衣架上,晾到走廊上能够晒到太阳的地方。一听说是鱼津打来的电话,她一时都没反应过来是谁。

"是女人吗?"

"不,是个男人。"

"是谁呢,我去接下电话。"

美那子朝电话机走去,走到一半,突然想起来鱼津是谁。大概一个月前,他曾经跟自己一起坐着出租车在田园调布站下车,并且还把自己送到了家。鱼津那敦实的身影,迥异于小坂的高大，伴随着一种不安，浮现在美那子眼前。

美那子很后悔那天晚上轻率地把自己和小坂的事情告诉了初次见到的鱼津。那时候，自己太想把跟小坂的关系理清，所以一听说他是小坂的好朋友，就头脑一热什么都说了。

美那子拿起听筒，稍稍离开耳朵：

"您好，我是美那子。"

"是夫人吗？上次不好意思了。"

鱼津恭太的声音清晰地传入了美那子的耳朵。

"我才应该跟您说不好意思。——您那么累，还拜托您送我回来。"

"不好意思回复晚了，今天想和小坂一起跟您见一面，不知道方不方便？"

对方突然说道。听了这话，美那子不由得颤抖了一下。

"您跟小坂两个人吗？"

"我觉得可能两个人一起会比较好。"

"可是，——不知道您要说些什么？"

"我跟小坂见了两三次，也跟他聊了很多。小坂也说想要今天再见您最后一面，以后就不再来往了。"

"……"

"他目前总算下了这个决心。对于他来说，这是很难的决定。他希望能见您最后一次。我也会陪在一边，不会让他说出让您不快的话。"

"他真的下了这样的决心吗？"

"是的。"

"那我们就见一面吧。"

"现在就见面可以吗？我们可以去府上拜访，也可以在田园调布附近找个地方。"

"你们来我家就可以。"

美那子说道。她总算放下心来，挂断了电话，但是，很快又有一种巨大的不安笼罩了她。她想起了小坂乙彦，那个男人说纯情也纯情，但是想法却经常异于常人。现在对美那子来说，他那端正的脸庞，是这个世界上最令人厌烦的东西。

对于美那子来说，三年前的圣诞夜发生的事情，就像做梦似的，没法清晰地回想起来。明明自己做了不应该的事，也没有想过要推卸责任，但是那一夜发生的奇妙的事情，总让人觉得无需承担责任。美那子每次想起那晚的自己，总觉得那不是自己。

那天，教之助去关西出差了没在家，难得的圣诞夜，自己却不得不孤零零地一个人吃饭，美那子有点心烦。正在这个时候，小坂打了电话过来。

两人一起去了银座，在餐厅吃了饭。喝了点酒，脸有点红，但是还没有到醉的程度。走出餐厅，挤在过圣诞夜的人群中间，美那子不知不觉间像变了个人似的。在那之前，她对小坂从未有过特别的感觉，但是，就在那一刻，她忽然觉得有点离不开小坂了。

"我们再去喝点酒？"

美那子主动说道。这一点她至今记得很清楚。但是这句话成了后来发生的所有错误的根源。十点钟左右，美那子坐上车准备回家，但是她生平第一次喝了那么多杯洋酒，已经醉了。她感到头很晕。想下车找个地方先躺会儿。哪里都行。

车停在了离市中心很近的一家门脸干净的小旅馆前。在进入宾馆房间时，美那子拉住了想要回家的小坂乙彦。这一点，美那子也同样记得很清楚。

是谁先主动亲吻，是谁把谁带到床上的，这些已经说不清楚了。那时候，两人的灵魂和身体都不约而同地渴求着对方。

快接近十二点的时候，美那子带着屈辱、悔恨和罪恶感离开了旅馆。走到没有一点圣诞夜气息的马路上，美那子在那里跟小坂告别，独自一个人站在电线杆后面等出租车。身体和内心都一片冰冷。摸了摸衣服，一片潮湿。衣服之所以潮湿，是因为四周都是雾气。

从那以后，直到今天，对于美那子来说，小坂乙彦是这个世上最让她在意的年轻人。小坂的认真、小坂的纯真、小坂的一心一意，都让美那子感到害怕。是她自己点燃了小坂的恋爱之火。正因为如此，对于美那子来说，要处理自己犯下的错误才变得尤为艰难。

——玄关的门铃响的时候，美那子让春枝去玄关把客人领到客厅。她自己对着镜子，用粉扑轻轻拍了拍因为紧张而略显苍白的脸。

美那子走进客厅时，鱼津马上站了起来，小坂乙彦还是坐在沙发一边，高大的身子弯着，一直低着头。

"欢迎两位。"

美那子感觉自己的声音有点僵硬。听到她的声音后，小坂抬起头，说道：

"一直以来给你添了很多麻烦。这次我是真的下了决心。我今天之所以来见你，是因为不想再那样拖着，避而不见了。"

他的语气很冷静。

"对不起。"美那子说道。

"说对不起很奇怪。不是只有你一个人要说对不起，我也应该说对不起。但是对不起这样的话我们还是不要说了。

因为我们俩都很可怜。"

美那子沉默着。因为她觉得不管说什么,都不会让此时的小坂乙彦满意的。小坂又接着说道:

"我还有一个请求。"

鱼津在一旁插嘴道:"别说奇怪的话。我们不是说好了不说的吗?"

"别担心。"小坂对鱼津说道,"你对我的感觉,真的像你跟鱼津说的那样吗?也就是说——"

美那子依旧沉默着。不管对方怎么催促自己说,也无法把自己真正的想法说出口。她张不开嘴说那一切都是错误。她只能沉默。这个时候,沉默是她表达自己意见的唯一方式。

"你也曾爱过我的吧?哪怕只有一点点。我就只想问问这个。"

稍微停顿了一下,小坂又说道:

"是,还是不是?"面对小坂的追问,美那子猛地抬起了头:

"我这么说可能会让你不开心,我想说的是,那天晚上我是爱你的,但是其他时间——"

"你想说其他时间你没有爱过我是吗?"

"嗯。"

美那子坚定地点了点头。于是,小坂稍微换了个语气,说道:

"我明白了。这样的话,可见人心是多么靠不住啊。"

美那子觉得现在无论小坂说什么自己也只能听着。只能如此。那天晚上,自己的灵魂和身体的确都在渴求小坂乙彦。那可以说是一种爱情。但是当她站在夜半雾气弥漫的马路上时,这种爱情就消失了。

"这样的话,我可以说是犯了一个大错误了。人心就是这样的东西啊。——你明明自己亲口说过爱我的——"

小坂说道。

"不要再说了。"鱼津在一旁阻止道。但是小坂乙彦对此置若罔闻,还是继续说着,因为太过激动了,他的额头都显得有点苍白。

"因为你说了,我就完全相信了。完全没想到你只是一时激情。——但是,我还是无法完全相信你现在所说的话。曾经在你心里点燃过的爱情之火,怎么可能悄无声息地就完全消失了呢。——鱼津,你怎么看?"

"我吗?"鱼津说道,但是他没有直接回答,"不要再说了。这跟我们说好的不一样啊。昨天晚上跟你说了那么多,你不也认同的吗?"

结果,小坂似乎有点愤怒起来,说道:"你是来监视我的吗!"接着又倾吐似的说道:"不过,我基本明白了。我知道你希望我们之间形同陌路。从你的角度来说,会这么希望也是理所当然的,我很理解你的想法。但是你说的关于爱不爱我的话,我不相信。你那么说,只是因为比起自己的爱情,你更在乎家庭和体面。"

说完,小坂乙彦站了起来,说道:"鱼津,我先回去了。"

"不,我也回去。"鱼津说道。

"我想自己一个人回去。你就让我一个人走吧。"

这种时候,小坂性格中任性的一面暴露无遗。

美那子还是沉默着。虽然一直不说话显得有些厚颜无耻,但是她怕自己贸然开口的话,会令好不容易快要了结的事情再次变得混乱起来。对此刻的美那子来说,那是她最害怕的。

"那,你先一个人回吧。"

鱼津说道。小坂朝美那子微微看了一眼,说了声:"再见。"说完就朝客厅的大门冲去,走出了房间。美那子把小坂送到玄关处。小坂穿上鞋子,准备离开时,美那子低头说道:"对不起。"小坂似乎想要说什么,但是又最终下定决心似的,推开玄关的大门走了。他的神情中充满了悲伤。

小坂离开之后,美那子在玄关处站了一会儿。

送完小坂，美那子又朝厨房走去，让春枝送茶到客厅。平常春枝都会立马上茶的，但是今天没有，可能春枝也感到两位访客带来的不同寻常的气氛了吧。

回到客厅，美那子看到鱼津正站在窗边朝院子里看着。

"让您久等了。"她说道。

鱼津回到自己的座位上，忽然说道："我不太了解你们之间具体发生的事情。小坂的态度先不说，但是我觉得他刚刚说的话也有一定道理。——正如他说的，你撒谎了，不是吗？"

感觉他刚才看着院子就在思考这件事似的。

美那子还是低着头，过了一会儿，抬起了头，神情有点激动：

"那我就说了。"

她觉得这些话能跟鱼津说。一方面是因为鱼津跟小坂不一样，并不是当事人，但也并不仅仅是这个原因。还因为她觉得这位看起来有些倨傲的登山家或许能够理解自己所说的话。

"我之前也跟您说过我做的那些令人羞耻的事。我什么都没有隐瞒，因为我不想撒谎。在犯下大错的那天晚上，我觉得我是爱他的。只是那份爱只存在了很短的时间。当我们分别的时候，这份爱已经变成了厌恶。而且这种厌恶一直持续到了现在。"

虽然此刻美那子所说的话只是带着自己的感情清楚地重复了之前说的话,但还是令鱼津恭太感到震惊。鱼津一脸怀疑的表情说道:

"真的会有这样的事吗?"

"我想有的。"

"是吗。"接着鱼津一脸严肃地说,"那可真是麻烦。这到底是怎样的一种情感啊。"

听到鱼津突然这么问,美那子也有点手足无措。她微微红着脸说道:

"人们常说鬼迷心窍,大概就是这么回事吧。"

但是美那子自己心里明白那绝不是什么鬼迷心窍。那个时候,自己是真的很需要小坂。而且那时她也明白自己事后肯定会后悔,明白事后肯定会带来很多麻烦,知道对于一个有夫之妇来说,这种行为是要被诟病的。

醉酒削弱了她的自我控制力,但是在美那子的身体里,也确实存在着使她犯错的诱因。只是美那子现在无法相信自己身体里存在着这样一个无法控制的自己。

"明白了。"

鱼津的回答和之前小坂说的一样。而且,跟之前小坂说这句话时一样,这个回答带着一种无奈,好像明明没有完全接受，却也只能说理解了。

"不管怎样，小坂从此会收回他那些荒唐的想法了吧。虽然现在他可能比较痛苦，但是我想时间会解决所有问题的。"

"真的非常感谢您为我做了那么多。"

"我们年底将会去攀登穗高东壁。为了小坂考虑，我也觉得现在这样会更好。"

说着，鱼津恭太站了起来。

"马上就上茶了。"美那子说道。

"不了，这就告辞了。小坂肯定没坐电车，自己一个人走路呢。他在走路，我却坐在这里喝茶，那他也太可怜了。"

"他会一直走路吗？"

"会一直走。可能要一直走回家吧。"

"走回家？！"

美那子吃惊地说道。

"走两三个小时对他来说根本不是事。从学生时代开始他就经常在山上走。最近他正在认真地练走路。"

美那子眼前浮现出小坂认真走路的样子，她心头闪过一丝痛楚。

"你们什么时候出发去山上？"

送鱼津走到玄关处，美那子问道。鱼津没有用鞋拔子，直接把脚伸进了鞋子里。

"计划二十八号左右从东京出发。"

"正月也待在山上吗?"

"元旦那天应该正好在登山。"

"那可真是辛苦。危险吗?"

"不能说完全没有危险,不过应该没事的。都是做惯的事。"

"等你们回来了,能不能给我寄张明信片?我很担心小坂。"

美那子说道。

"应该没事的。好几年都没人能登上东壁了,如果我们能够成功登顶的话,看待世事的角度也会有所不同吧。小坂之前一直登山,大概也是为了这一刻。"

说完,鱼津微微点了下头,走出了八代家。

美那子回到客厅时,春枝正好把红茶端上来。

"哎呀,客人已经走了啊。"

"我在这里喝。"

春枝把红茶茶碗放在了茶几上。美那子带着深深的空虚,用勺子搅动着茶碗中的红茶。春枝吃惊地看着美那子白皙娇小的手拿着勺子一直不停地、不停地搅动着。

＊

因为工作外出的鱼津在傍晚时分回到了公司，看到桌上放着一封来自泽渡的上条信一的信。

上条是鱼津自学生时代就熟悉的登山向导。他年近六十，却依旧精神矍铄，夏天经常给登山者做向导，或是帮他们搬运行李，就如同穗高的主人。这次鱼津和小坂也是把行李先寄给了这位上条，拜托他在积雪还不是很深的时候，帮忙把行李运到上高地，如果可能的话，最好能够运到德泽休息点。那里比上高地更深入，距离上高地约八公里。他的来信正是关于此事的回复。

——您委托的行李包已经在十日前送到了德泽休息点，还请放心。我已经放入休息点并上了锁，应该不会有什么问题。现在这边每天都在细雪霏霏，但是积雪还没有那么深。卡车还能够开到坂卷。穿过坂卷的隧道，积雪大约有一尺五寸厚。不过，等你们过来的时候，积雪大概会很深了吧。今年的雪肯定会很多。到时候估计公交车开不到泽渡，只能停在稻核吧。还请你们做好这样的心理准备。请向小坂先生带好。

信上就写了这些内容。信是用淡淡的墨水写的，中间还夹杂着几个错别字。

鱼津很喜欢看上条信一的信。每次收到上条的信，都会认真地看。他感觉信中洋溢着一种无法用语言表达的朴素的情感，让他感到温暖。

每次去泽渡，鱼津都会顺便去拜访上条。在上条家昏暗的没有铺地板的房间内，吃两口咸菜，喝杯茶。他仿佛能够从这涂鸦般的文字中品尝到咸菜的冰冷以及一种其他地方的咸菜不具有的、独特的风味。

鱼津盯着"今年的雪肯定会很多"这句话，反复看了好多次。这一句话背后隐藏着上条对穗高无人能及的了解。既然上条说了今年雪会很多，那么肯定会很多吧。但，不管怎样，上条已经帮忙把行李都运到了德泽休息点，这使得鱼津稍稍放心了一些。这样就算是做好准备了，随时都可以出发。

接下来就只有钱的问题了。一想到钱的问题，鱼津不由得有些头疼。之前还想着靠年底的奖金，可是奖金到手才两天就没了。他并没有用这些钱去大吃大喝，也没有去买东西。因为是年底了，所以必须把以前借的钱还清，还完钱之后，手里就只剩下了一千两百日元。鱼津自己都吃了一惊。这么点钱连去穗高的车费都不够。

要筹到登山的费用，只有一个办法。就是预支工资。之前鱼津也预支过好几次，对此并没有什么犹豫，但是这次还想提前休假，所以总觉得有点张不开口。

按照往年的惯例，公司都是工作到二十八号，但是今年进入十二月之后来了很多工作，所以就规定所有员工都要工作到二十九日。但是，鱼津无论如何都想在二十八号夜里出发。所以就必须提前一天放假。

又想预支下个月的工资，又想提前一天放假，怎么想都是如意算盘打得太响了。从昨天开始鱼津就想下定决心跟常盘大作开口，但一直都没找到机会。

鱼津把上条的信放进抽屉里，下定决心，站了起来，走到正在看文件的常盘大作的座位旁。

"经理。"

鱼津叫道。常盘大作抬起头来看着鱼津，似乎在问什么事。

"我想预支一下工资。"

听了这话，常盘的目光再次回到自己桌上的文件上，翻了一页之后，他摸了摸自己西装背心上的口袋，从中拿出了一个小小的印章盒，默默地放在桌子边上。

鱼津拿了印章盒，回到自己的位置上，在写着"预支工资"的单子上盖上了常盘的印章，然后再拿过去给常盘。

"谢谢！"

鱼津把印章放在常盘的办公桌上，按惯例把单子给常盘看了一眼，又拿回到自己手上。

"预支工资啊。"

"是的。"

常盘还是眼睛盯着文件，把自己的印章盒放回到背心口袋中。

"经理。"

鱼津又说道。

"想提前休假？"

常盘说道。鱼津感觉自己想说的话被他抢先说了。

"是的。"

"又去登山？"

"嗯，无论如何都想在二十八日晚上出发。"

听了这话，常盘的目光终于离开了文件。他把文件放进办公桌抽屉中，说道：

"就一天的事。如果工作上没什么问题的话，你可以提前走。"

说完，他又说道：

"每到年底你都会来这么一出啊。"

常盘朝鱼津转过头来。这个时候，只能听他说了，于是鱼津点了根烟，做好了迎接常盘唠叨的准备。

常盘从座位上站了起来，两只手拉着裤子上的皮带，精神十足地看着鱼津，问道：

"听说冬天的山上很危险,是真的吗?"

"算是危险的吧。"

鱼津回答道。

"这次要去哪里?"

"穗高。"

"要攀岩吧?"

"是的。"

"一般攀岩者的年龄要求在几岁之前?"

"这个没有规定的。不过一般都是年轻人。主要是各个大学的登山协会的人吧。"

"那也是。像你这样毕业之后还坚持登山的人不多吧。真令人佩服啊。"

鱼津有点茫然,不知道该怎么回答,稍稍沉默了一下。因为他不知道常盘大作说这话是什么目的。

"无论是谁,一生当中都会有这样一个时期。通过肆意张扬生命,来感受自己存在的价值。这个时期大概是在十八九岁到二十七八岁之间吧。冒险其实就是想要将自己的能力发挥到最大的极限。但是,过了二十八九岁,再去冒险就变得有点傻气了。因为这个时候,人开始认识到自己的能力到底有多大。也就是说,在这个时候,人开始认识到,人其实没有什么了不起的。冒险的光环就此消失。青年也逐渐成长为可以独当一面的成熟的人。"

"这么说,我还不算是独当一面的成熟的人啰?"

"你过了年几岁?"

"现在是三十二岁,等过了明年生日就三十三了。"

"唔。——你大概属于晚熟的吧。"

"可是,经理。"鱼津说道,"按你的话来说,我在二十八九岁的时候就停止成长了。不过,就算停止成长了也没什么吧。我觉得我没有必要一定要成长为一个独当一面的成熟的人。"

"那倒也是。也没有规定说人一定要成为为独当一面的人。没问题,你就这么停止吧。——不过,多少会给公司带来点麻烦。"

常盘大作不含恶意地笑了笑,接着说道:

"我刚刚所说的,在二十八九岁的时候,冒险的光环就会消失,说的是因此人们不会再无谓地放弃生命。登山这件事情,如果不适可而止的话,不知道什么时候就会丢了命。你看,登山家们,最后不都在山上丢了命吗?难道不是吗?因为他们总是让自己置身于危险的地方。从概率上来说,也会导致这样的结果。"

说完,他稍微停了一下,紧盯着鱼津的眼睛。

"不过,对您说的这些,我是这么想的。——登山,是与自然的斗争。不知道什么时候会发生雪崩,不知道什么时候会天气突变,不知道什么时候会从岩石上滑下去。这些都是从一开始就知道有可能会发生的事情。为此登山家们做好了万全的准备。正如你刚才所说的,登山的人是不能够冒险的。我们登山也从不冒险。感觉天气稍微有点危险了,就会停止登山,感觉身体稍微有点累了,就算山顶在眼前了,也不会再继续攀登。"

"原来如此。"

"您刚才所说的觉得冒险很伟大的时期,是一名登山家还没有成熟的时候。等真正成长为一名成熟的登山家,就一点都不会觉得冒险这种事伟大,而是会认为那是一种很愚蠢的行为。"

"嗯,如果真是那样的话,那还挺了不起的。但是,应该很难做到吧。按你说的,登山就是选择将自己放入大自然当中,然后在那里与自己战斗。登山大概就是这么回事吧。我这么认为没错吧。山顶就在眼前。只要再稍作努力就能登顶。但身体已经感到疲惫了。这个时候,关键就看登山家是否有自制力了。如果有足够的自制力,那没有问题。但是,人这种生物,往往会在该自制的时候丧失自制力。自我其实是不大值得信任的。你把人与自然的斗争置换成了人与自己的斗争。这没问题。但是危险的概率并不会因此减少一分一毫。"

"那么经理你的意思是让我在差不多的时候就放弃登山啰?"

"我不是劝你放弃。就算我劝你放弃,你也不是会听劝的人啊。我只是说,登山这种活动,到了人生的某一个时期就应该停止去做了。如果你认为我所说的人们去登山是因为认为冒险是伟大的、是为了了解自己能力的极限这些话不对的话,那我收回,换句话来说。——人到了某个时期,自我会变得不再可信。"

"不是这样的。"鱼津说道,"可以相信自己就去登山,觉得无法相信自己了,就放弃去登山。这么做太愚蠢了。登山不应该是这样的。"

随着鱼津的语气激烈起来,常盘大作的眼睛也开始变得熠熠生辉。

"慢,你等下。"

他做深呼吸似的挺了挺胸,接着说道:"那我就说了。你说登山是一场与自己的战斗。山顶就在那里,可以看到了。但是山雾弥漫起来。感性在催促你继续前进,而理性却告诉你必须停下脚步。你会压抑感性,听从理性的命令对吗?"

"当然。所以才说登山是与自己的战斗啊。"

"太遗憾了，在这一点上我们的看法不一样。我觉得在这种情况下必须要赌一赌。如果没有碰碰运气，试试看这样的想法，那么就不会有登山的历史。"

"也有人有跟你一样的想法。之前有登山队第一次挑战攀登玛纳斯鲁峰时，没有登顶就撤退了，当时就受到了这样的批评。批评者认为不管是选择继续前进还是返回，首先必须要先尝试挑战一下。"

听鱼津这么说，常盘大作说道：

"我也赞同这种说法。要在世界登山史上留下一页，就必须要有这样的精神。第一次攀登之前没有人登顶的山，可能多少总会有些生命危险。但是已经走到这里了，那就下定决心再继续往前走吧——"

"但是现代登山家们会更冷静。他们到最后也不会寄希望于侥幸。凭着理性和正确的判断获得的胜利，才具有胜利的价值。碰碰运气，试试看，抱着这样的想法去登山的，即使凑巧成功了，也没什么了不起的。"

"不，胜利、成功就是这样的。八分由理性决定，剩下的两分就靠赌运气了。"

"是吗？"

"是这样的。体育运动这种行为，其根本上是一种与理性无关的精神。人们称扎托比克是人类的火车头，他确实像火车头一样快。因为像火车头一样快,所以才能产生那样的记录。登山家也是如此。他们为什么不同于烧炭工,不同于樵夫呢。因为他们的武器是强健的体魄和不屈的意志。除此之外没什么重要的。"

"登山可不是简单的体育运动哦。"

"那是什么呢?"

"是体育运动再加上某些因素。"

"你说的这个某些因素是什么意思?"

"这个某些因素,可以说是一种非常纯粹的光明磊落的精神吧。正因为有这种精神,所以谁都不会只看有没有登顶。"

"哦。"

常盘大作稍稍松了松系在脖子上的领带,然后像做体操似的把两条胳膊朝左右两边伸开,深深地吐了一口气,好像是在寻找能够一下子置对方于死地的话。

此时,正好有访客来了,常盘大作的桌子上放了访客的名片。常盘拿起名片,稍微瞄了一眼,又马上看向鱼津:"太遗憾了,我们只好暂时休战了。"接着又说:"不管怎样,你去登山的时候自己多注意点。"

鱼津也感觉自己刚才有点兴奋。他经常跟常盘大作争论事情,但是因为刚刚说的是登山,所以才争论得格外地认真。他心想，这个常盘，明明是个门外汉，还说东道西的。

但奇怪的是，鱼津心里并没有感到不快。常盘的主张也有一定的道理。但是，站在登山家鱼津恭太的角度，他必须彻底地反驳常盘的这种主张。因为登山决不是靠赌运气。

鱼津结束与常盘的争论，回到了自己的座位边，这时桌上的电话响了。他拿起听筒，耳边传来的是与刚才常盘高亢的声音不同的、微弱的女声。

"您好，请问是鱼津先生吗？我是八代。八代美那子。"

鱼津拿着听筒，坐在了办公桌上。鱼津很少坐在办公桌上，但是这时候，连自己都不知道为什么，就采取了这种态度。

"你好，我是鱼津。"

鱼津板着脸说道。美那子先是对鱼津上次为了小坂的事情特地拜访自己表示了感谢，接着，她又屏住了呼吸似的说道："他又给我写信了。"

"写信?！是小坂写的？"

"是的。"

"那他真是太不应该了。上次不都说清楚了吗？他写了什么？"

"唔……"美那子似乎觉得有点难以启齿似的说道："该怎么说呢，他似乎很亢奋。说有话要跟我见面说，约我六点见，——还写了见面地点。"

"信是什么时候收到的？"

"就在刚才。是快递送来的。"

美那子似乎是收到快递送来的信，打开看了之后，就马上打了这个电话。

"他让你去哪里？"

"是西银座一个叫浜岸的地方。他在信上画了地图。"

"是浜岸啊？"

"您知道这个地方吗？"

"知道。是我们经常去的一个小饭馆。"

"我该怎么办呢？如果一定要去的话，我也能去。"

美那子言下之意是想让鱼津帮她决定究竟该不该去。鱼津对小坂乙彦有种怒其不争的感觉。一个大男人，做事却这么不干脆。

"你不用去了。我会去那里，跟小坂好好谈谈。"

鱼津说着，挂断了美那子的电话。即使没有这件事，鱼津原本也打算在今晚或什么时候跟小坂见个面，再最后商量一下登山的事。

五点半左右，鱼津走出公司，朝西银座方向走去，准备在浜岸跟小坂乙彦见面。街上一片年末的热闹氛围，但是又不像之前圣诞节的时候那样拥挤得失去控制。鱼津很喜欢从圣诞节到新年前的这短短几天，十二月的大街仿佛刚刚从狂欢中醒来。

可能是因为鱼津每年都会在这一时期出发去登山，所以对岁末的东京有一种特别的感慨吧。去年是二十五号出发去登了北穗，前年和今年一样，是二十七号从东京出发，去登了前穗东壁。这五年来，鱼津没有在山下迎接过新年。

一走进浜岸，鱼津就看到了坐在正面最靠近厨房的位置上的小坂。他正跟厨房里的店主说着话。除了他之外，店里没有其他客人。

小坂看到鱼津走了进来，似乎很吃惊，回过头来招呼道："喂！"

鱼津一边脱外套，一边问道："喝酒呢？"

"没有。"小坂说道。鱼津一看，果然，小坂面前只有一个大茶碗。不知道小坂是不是看到鱼津来了，知道自己暴露了，接着说道："我在等人。"

"是八代夫人吧？"

鱼津的话音刚落，小坂的眼睛就亮了起来。鱼津在小坂开口之前，抢先说道：

"我知道了。她打电话给我了。"

他觉得先把情况说了，才是朋友之义。

"她不会来了。她在电话里拒绝了。"

小坂紧紧盯着鱼津的脸，似乎想着既然美那子不来了那就喝酒吧，开口叫道：

"大叔，上点酒。"

鱼津看到他侧脸的线条有点僵硬。他在小坂旁边坐了下来，以一种不知道算是责难还是体贴的口吻说道：

"心情还没收拾好吗？"

小坂沉默着。

"虽然会很痛苦，但是事到如今，再把人约出来就不合适了啊。"

结果，小坂抬起头，就说了句："我太差劲了。"然后就又沉默了。鱼津感觉眼前的小坂似乎又在任性了，他的语气中也带了几分冷淡，说道：

"你振作点。是个男人就放手。她可是别人的妻子。"

老板娘端着酒壶和下酒菜走了过来，问道："听说你们二十八号出发？"问完这一句，又马上匆匆忙忙地回厨房了。老板娘着急回厨房的样子让人感觉有点不自然，很快鱼津就知道了原因。小坂乙彦两手捂在脸上，轻轻咬着嘴唇，闭着眼睛，似乎在忍受内心的痛苦，有一两滴泪水沿着他的脸颊流了下来。真的是泪水。

鱼津从学生时代认识了小坂至今，已经快十年了，这还是第一次看到小坂的眼泪。他一直以为小坂和眼泪是绝缘的。在他眼里，不管发生什么事情，小坂这个男人只会迎头反抗，绝不会让自己的内心被悲伤淹没。最近这段时间，鱼津已经连续两次听小坂说自己"太差劲了"。这话不像是小坂能说出来的，而且他一直觉得这话里面的感情有些太夸张了。虽然嘴里说着"太差劲了"，但是他之前并没有感到小坂的内心状态真的有那么"差劲"。

但是，小坂的眼泪却出乎了他的意料。他以前完全无法想象小坂会像个女人一样流泪。

"你在哭吗？"鱼津问道。

"不，我没有哭。眼泪只是自己流了出来。"

小坂含混不清地说道。然后毫不掩饰地把泪湿的脸转向鱼津：

"我并不是觉得悲伤。只是觉得痛苦。我真是太傻了。就像你说的，那是别人的妻子。我为什么要跟别人的妻子纠缠不清呢？世界上那么多女人。多得数都数不清。有的是更年轻、更漂亮的单身女人。——可是，我却把所有心思都用在了一个人身上。"

鱼津感觉小坂的话里已经赤裸裸地把自己的想法都说出来了，一时间不知道该如何回应。

"在二十八号之前再忍耐一下吧。二十九号开始不管怎样我们都会踏上雪地。大年三十到又白池。元旦早晨开始攀登东壁，傍晚就能到A峭壁。女人什么的，都会被山风吹得无影无踪。"

鱼津说道。

"不，就算去了山上只怕也无济于事。"小坂低声说道，"老实说，我之前每次登山，感觉都像是在一次次确认自己对她的感情有多深。——你有没有想象过自己跟某个女人一起去登山？肯定有过吧。我想至少这么想过一次吧。事实上我们不能带女人一起去登山。不可能带她们去。都是做梦，是幻想。只是登山的人在这么幻想的时候，幻想中的女人跟这名登山者都不是一般关系。那个时候才能体现出对这个女人的爱情是何等纯粹。我一直都在想，不知道哪一年能跟八代美那子一起去登山。在我的幻想中，每次出来的都是她。你如果有了深爱的女人，也会想带她一起去登山吧。"

鱼津沉默了。至今为止，鱼津从没有在登山的时候想到过女人。从这个意义上来说，他可以明确地说自己没有这种想法。

但是，鱼津在想别的事情。他在想如果要带女人一起去登山的话，能带八代美那子去就太好了。想到这里，他被自己的想法吓了一跳。

自己的朋友因为无法断绝对美那子的执念而身陷痛苦，自己却在想着可以带这个女人一起去登山，这是对朋友最大的不义。鱼津很讨厌这样的自己。

"在山上想到的女人,对于自己来说,应该是真正意义上唯一的女人吧。"

小坂说道。

"也许吧。"

"那你可以理解我的心情了吧。八代美那子当然是别人的妻子。这个女人跟我之间不会有结果。但是,对我来说,她大概是这个世界上唯一的真正的女人。是我想要带去让她也能够仰望白雪皑皑的大岩壁的女人。"

"你说的大岩壁是?"

"就是东壁。"

"那是不可能的。"

鱼津不由说道。

"所以我说这就是个梦嘛。是个梦。在梦里面可以允许这么想吧。在梦里的话,带她去也没问题吧。"

"但是你不是给她写了信,约她出来吗?"

鱼津又把话题带了回去。

"我想见她。想要最后再见她一次。"

说着,小坂突然改变了语气:

"不过,已经没事了。我的心情已经平复下来了。在跟你说话的过程中我已经冷静下来了。我确实不应该再给她写信。也不应该约她来这里。那会儿我肯定是脑子出问题了。"小坂说道。

鱼津沉默着。在小坂说想让美那子也能仰望白雪皑皑的东壁时,鱼津在自己的脑海里让八代美那子站在了完全不同的地方。是森林地带。是夹在桧树、山毛榉、真桦、冷杉等树木当中的阴冷的林间小道。秋日的阳光从树荫中洒落,耳边不断传来梓川清亮的水声。穿着和服的八代美那子直直地站在那里,上半身微微向后转。

小坂想象着带美那子去爬冬天的山,正如他所说,这不过是个梦。但是对于鱼津来说这并不完全是梦,而是与现实有着某种联系。让美那子站在森林地带,这并不是不可能实现的事情。正因为如此,鱼津感觉有点受不了自己的想象。不管是对小坂,还是对美那子本人,鱼津认为自己的这种幻想都是可耻的、不可原谅的。

似乎是为了赶走这种想象,鱼津说道:"上条的信上说,今年雪会很多。好像从今晚开始就会下。"

"是吧,应该正在下吧,都到了这个时候了。"

小坂第一次用自己平常的声音静静地说道。兴奋褪去之后,小坂开始逐渐恢复了他登山家的样子。

第三章

鱼津和小坂按计划，在二十八号晚上二十二点四十五分坐上了从新宿出发的夜行列车。到达松本的时候是凌晨四点五十七分。天还没有亮，两人下了列车，站在月台上，感觉非常冷。走上车站天桥的时候，鱼津问小坂："你睡了吗?"

"睡了有五个小时。"

"那就没问题。我也睡了差不多的时间。"

除了这些，两人没有说别的话。天气太冷，睡眠不足，而且一到了松本站，登山时沉默的习惯又回到了两人身上。

等了大概一个小时之后，两人坐上了前往岛岛的电车，花四十分钟到达了岛岛。在候车室等待前往泽渡的公交车时，天终于亮了起来。

鱼津和小坂从东京出发的时候上身都穿了敞领衬衫，外面套着毛衣，下面都穿的是滑雪裤。到达松本站之后，鱼津觉得冷，又在外面套了件带风帽的厚夹克。小坂则换了件白色的高领毛衣。

两人随身携带的行李都只有一个背囊和一副滑雪板。两人都只在背囊里放了必须要带的东西，尽量减轻背囊的重量。背囊里除了路上要吃的便当以及随身的衣物之外，还有热水壶、手电筒、登山专用的日记本、防寒帽、高山眼镜、手套、防护手套、袜子等东西。

帐篷、防雪帐篷（小型帐篷）、登山绳、登山三大件①、登山绳梯、挂环等登山用具已经提前拜托上条运到了德泽休息点。这次把冰镐也一起放在事先寄过来的行李包当中了。食物、便携式锅碗、奥德赛（煤油炉）等炊具也都在提前寄过来的行李包中。

看了上条的来信之后，两人都以为公交车只能开到稻核，但是在岛岛打听了一下，据说还能开到泽渡。

"可以省出一天时间了。"

小坂说道。如果要从稻核走到泽渡的话，要花一天时间，那样的话，就必须在泽渡住一晚了。

"看来今天能够赶到上高地。"鱼津说道。

"是的。运气好起来的时候，真是万事都顺心啊。"

小坂说得好像已经成功了似的。

公交车载上零星几个乘客，朝泽渡开去。穿过岛岛车站附近的村庄时，天上开始飘起细细的雪花。

---

①指的是钢锥、铁锁、登山锤。

一路上公交车时常会遇到运送木材的卡车。过了二十分钟左右，车子开过了稻核桥，来到了梓川右岸。屋顶上放着石头的稻核村似乎在寒冷中瑟缩着，一片寂静。村庄中不见人影，只有稻核特产的萝卜菜和吊柿子挂在微微倾斜的房子的外墙上。

"听说山上下了大雪？"

司机和一个像是当地人的乘客说着话。

公交车到达终点站泽渡的村庄时，是十点。雪已经积了将近一尺厚了。两人下了车，赶紧跑到了车站旁边的商店西冈屋内。

两人把背囊和滑雪板寄存在商店内，正准备去稍远一点的上条信一家时，商店老板娘带来了上条的留言。

上条说他今天有事，必须要去趟稻核，所以不在家，请他们下山准备回去的时候，一定要去他家坐坐。接着老板娘还拿出了上条留下的一个用报纸包着的小包，放在了木炭炉旁边的桌子上。这是鱼津在信上拜托上条做的年糕。

两人就在店里面从背囊中拿出便当，吃了顿不知道该算早饭还是午饭的饭。这家商店既卖菜干、水果、点心，又卖些山货、杂货，货物杂乱地堆放在一起，在乡下经常能看到这样的商店。但是店里的木炭炉旁边又放着简单的桌子和凳子，又有点像小饭馆。事实上，如果想要吃个乌冬面、荞麦面什么的，这里很快就能做出来。

而且，这还是一家旅馆。在没有铺地板的店面旁边，是一间大约六叠大的房间，里面还有被炉。这会儿有一个像当地人的老人正坐在被炉旁。冬天来登山的人当中谁都在这里住过一两次。鱼津跟上条信一认识之后，大多是住上条家，在此之前，也经常住这家西冈屋。

店里放了一些年货。右手边并排放着几箱干青鱼子和橘子，旁边又放了几束干海带和干鱿鱼。左边除了长筒靴、胶底袜、棉手套之外，还有三件红色毛线织的儿童毛衣。不久，村庄中的某个小女孩大概会穿着其中的一件来迎接新年吧。

一个五十多岁的村民穿着干活的衣服，肩上落着雪，走进了店里。他朝鱼津他们打招呼："这天可真冷啊。"又跟坐在被炉边的老人说道："住持，你这是准备休息了？"

"住持冷了也会缩成一团的呀。"老人说道。这个老人好像是附近某个神社的住持。再一看，他前面的被炉上还放着一壶酒。

鱼津和小坂付了钱，打开商店的门，换上了滑雪板。雪依然在下。

"走吧。"

小坂率先朝雪中滑去。

——十一点从泽渡的西冈屋出发。到达坂卷是下午一点,到达中之汤是下午两点。到釜隧道之前,风雪很大,积雪很深。两点半到达釜隧道。花十五分钟穿过隧道。隧道中的冰柱比预想的少。出口还跟以前一样,被雪堵住了。从这里开始,雪停了,有淡淡的阳光。可以看到烧岳峰。上面有白烟直冲天空。三点四十五分到达大正池。从这里可以看到一部分穗高山峰。在大正池的小店呆到四点零五分。接下来是森林小路,略感疲劳。五点钟到达宾馆的值班室。穿过黑暗,看到值班室的灯光,真令人欣喜。晚上与值班室的T先生围着火炉畅谈。晚上十点入睡,房间在二层。

——三十日,早上八点从宾馆的值班室出发。雪深一尺左右。花三十分钟左右到达河童桥。梓川一直流到德本坡的岔道附近,但是水都已经冻上了。这一带和往年一样,因为是河滩,风很大,所以没什么积雪。河面宽度也跟以前一样。从河童桥到明神,费时一个小时。再花一个半小时,到达德泽休息点。十一点走进德泽休息点。

——德泽休息点的主人下山了,不过还有值守的K在。休息了一下,吃了午饭,开始收拾行李。准备先把一部分行李(帐篷和登山工具)先搬运到松高岩沟入口处,顺便去观察一下情况。预计单程要花三个小时,所以一点钟从德泽休息点出发。每人在背囊上背了一个行李箱。此外还带了少许行李。穿过林间小道,进入河滩。穿过新村桥桥底。从这一带开始,积雪变深,推着积雪,来到了北山脊脚下。到这里费时一个小时。进入奥又的本谷,雪一下子变深。沿着堆满雪的河底走了一个小时。两边已不见森林,视野开阔起来,可以看到整片神圣的北山脊。四周一片雪白,偶尔可以见到干枯的树木。不久到了右岸,穿过一片桦木林,来到松高岩沟的入口处。选了一个没有雪崩危险的地点把行李存放在这里。行李一个解开,一个没解开,就放在那里。插了面红旗作为标识。抽了根烟,马上踏上返途。晚上七点回到德泽休息点。

——三十一日,早上七点出发。沿着昨天在雪上走过的脚印前进。比起昨天轻松很多。十点,到达放置行李的松高岩沟入口处。在这里,脱下滑雪板,把行李分分类,整装待发。为了避免遇到雪崩,沿着松高岩沟左边的山脊,走中畠新道。陡坡。来到山脊处,穿上了冰爪。在这里吃了午饭,已是十二点。穿过山脊,是一片很陡的斜面,积雪深达胸口。抬头可以看到奥又白的全貌。可以近距离地看到向左倾斜的山口(山坳)中的宝树。接下来又花了一个小时,三点到达奥又池畔。在宝树底下搭了帐篷。开始下雪。到了晚上,又开始刮风。

鱼津放下笔,熄灭了插在威士忌空瓶子口上的蜡烛,在一片漆黑中说道:

"刮风了。"

双人帐篷的底部被风刮得呜呜作响。

"明天就会停吧。"

小坂回答道。两人一起在被大雪覆盖的奥又白的半山腰上,在一棵被称为宝树的巨大的桦树底下,度过了昭和三十年的最后一天。

现在两人搭帐篷的地点是奥又池附近唯一一个安全的地方。除了宝树底下,其他地方都有可能遇到雪崩。

两人是下午三点的时候到达这个地方的。到了之后,马上就刨开雪,用脚踩平地面,搭起了高约一米二,长约一米八的双人帐篷。一部分行李放到了帐篷内,其他的就放在了外边。因为下雪,晚饭也是在帐篷里面做的。在锅里面放入雪,用煤油炉加热,有了开水之后,就用德泽休息点带来的饭团和猪肉做了汤饭。

下午五点,在雪山里面已是晚上。鱼津花了一个小时左右的时间,在蜡烛下写了日记。鱼津有个习惯,不管多累,都要把当天的行动简单地记在日记本上。

蜡烛熄灭之后,风声听起来更大了,像波涛似的轰鸣着。

"明天如果雪停了,就三点半起床,五点钟出发。——真希望这风也能停下。"

小坂说道。

"应该没事吧。今天晚上都刮完的话。——睡吧。"

两人都沉默下来。

鱼津钻进睡袋,舒展了下身体,闭上了眼睛。风声依旧很大。鱼津什么都不想去想。如果要想的话,该想的事情太多了。明天就是元旦了。想起元旦,就想到家里正在不停地做准备迎接新年的妈妈,正在喝着跨年酒的爸爸。已经快一年没有见面的弟弟妹妹。还有公司的事情。租的房子。

但是,鱼津每次在冬天登山的时候,都会像这样努力不去想任何事情。因为自己来登山并不是为了到这里来想这些事情的。而是什么都不去想,只是为了登山才来到这里的。

鱼津和小坂这次的计划是要征服前穗东壁。说是东壁,其实是由好几个岩壁组成的。A峭壁、B峭壁、C峭壁这三大岩壁和侧面的北壁,统称为东壁。

攀登东壁也有好几条路线。这次两人选的是从北壁出发,经A峭壁,登上前穗山顶。目前还没有在冬季经这一路线成功登顶的记录。如果是从北壁登顶的话,目前为止已经有三个登山队成功登顶,都花了大约十二个小时。两人计划用一天时间同时攀登北壁和A峭壁。

鱼津和小坂都相信自己能够在一天内登顶。之前在夏季的时候，他们为了勘察地形，已经攀登过好几次了，而且也详尽地研究了前穗东壁的相关记录。还拍了大量秋天初雪时候的照片。

如果说两人还有什么问题没解决的话，那就是不知道为什么那些从北壁登顶的登山队要花上十二小时之多。按照两人在夏季登山的经验，这完全是无法想象的。

鱼津醒了。他从睡袋里爬出来，点了根火柴看了一下，已经三点了。风已经停止了。朝帐篷外一看，天上星光闪烁。鱼津带着要把人冻僵的寒气，把头缩回帐篷内，摇了摇小坂的睡袋。

"赶紧起来！出星星了。"

"嗯。"

小坂答应了一声，也起身了。然后似乎是为了确认鱼津说的话，他也把头伸到了帐篷外。

"满天星斗啊。"

然后他缩回帐篷内，马上跪在煤油炉前点火。昨天锅里烧的水已经结成了厚厚的冰。鱼津把手伸到上面暖了暖，从背囊里取出了上条给的年糕。

"做烩年糕是我每年的任务。"鱼津说道。

"也不知道咱俩是什么缘分,我吃你做的烩年糕已经吃了五年啦。"

说着,小坂也开始准备屠苏酒。

有了煤油炉里的火,帐篷中开始变得暖和一点了。两人每人喝了一杯威士忌,又每人吃了三块徒有其名的烩年糕,两块巧克力。两人在昭和三十一年的第一顿饭从凌晨四点半开始,五点钟结束。

该做出发准备了。——热水瓶里装上红茶,背囊里装上咸饼干、奶酪、巧克力、葡萄干、羊羹等食物。检查了一下登山绳、钢锥、铁锁、登山锤、登山绳梯、防雪帐篷,把它们也都塞进了背囊内。

穿上带风帽的厚夹克,套上滑雪裤。脚上穿的是雪鞋,又套上了冰爪。手上戴的是毛线手套,外面又套了副防护手套。

五点半,两人背上背囊,拿着冰镐,走出了帐篷。四周还是一片漆黑。

两人往下走到奥又本谷之后,横穿山谷,进入了B泽。B泽是个陡坡,幸运的是积雪并没有太软。但即使如此,每走一步,积雪还是会没到膝盖。

"已经用了一个小时了。"小坂在后面说道。

"再有一个小时应该就能到了。"

鱼津回答道。两人的目标地点是北壁的起始处。想要在七点半之前到达那里。

登上B泽,正好是七点。新年第一天的太阳从背后升起,四周一下子变得明亮温暖起来。两边的岩石裸露着,除此之外就是白茫茫一片,连树木都不见一棵。

B泽的尽头耸立着高达一百五十米的岩壁。沿着白雪皑皑的斜坡爬到岩壁底部,如预计的那般,正好是七点半。

两人把斜坡上覆盖的积雪耙到一起,踩平,把背囊放在上面。接着两人带着一种做大事情之前的奇妙的平静,抽了根烟。白雪覆盖下的岩壁,正在前面向自己发出挑战。鱼津这么想着,抬头看着自己即将要开始攀登的这座高达一百五十米的大岩壁。雪又开始窸窸窣窣地下了起来。

——八点整,从热水瓶中倒了杯茶喝,然后系上登山绳。登山绳长三十米。这是第一次使用尼龙登山绳。鱼津领攀。从岩壁底部开始攀登。因为斜坡很陡,又有积雪,所以每次一扒雪,身体也会往下滑。用力把冰镐插入雪中,并使劲借力往上爬。很艰难才爬上第一个积雪覆盖的岩棱。接着使劲伸长绳距,抓到了岩石。从这里开始攀登,不久就到了一个岩石裂口(烟囱状的裂口)。因为上方的岩石呈覆盖状,所以就把钢锥插在岩石中,挂上铁锁,踩着绳梯爬了上去。

——之后是岩石和积雪交杂的地带。

——然后是白雪覆盖的岩棱。

——接下来是最后一片裸露的岩石。非常陡峭。我知道从这里往上有左右两条路线。右边的路线轻松点，但是费时间。所以就决定直接往上爬。以两个绳距通过。但是，光在这里就花了一个半小时。

——下午三点，终于登完北壁，来到了第二平台（阶地）。爬到这里，总共花了七个小时。在这里吃了午饭。

——下午三点半，开始攀登A峭壁。从这个时候开始，太阳躲进了云层，开始刮风，似乎要下暴风雪了。攀登起来很艰难。

——下午五点半，四周已是一片漆黑，已经不可能再继续攀爬。在A峭壁上半部分找地方露营。在这里发现能够露营的地方真是老天保佑。鱼津为了能够站稳（自我保护），用冰镐把岩石凹处的积雪刨了出来，结果发现了岩石和岩石之间有一个很宽的缝隙，足够两人并排坐下。将系索栓（保护支点）打入岩壁，用登山绳将两人绑在一起。把防雪帐篷盖在头上。

——暴风雪从面前刮过来。想要取暖，但是蜡烛芯被雪打到了，怎么也点不着。很后悔没有带打火机。非常疲劳。

鱼津在一片黑暗中用钢笔在日记本上写着。但是他也不知道自己写下的字究竟能不能看得清楚。

之后,鱼津好几次迷迷糊糊睡去,又好几次醒了过来。每次醒过来,最先想到的是现在自己正在A峭壁的上半部分。估计再往上爬三十米,就能爬完这座峭壁了。峰顶就在眼前了。可不能在这里屈服于寒冷,再有一点点时间就可以达成目标了。

"真是倒霉啊。"

小坂说道。虽然看不清他的表情,但是鱼津感到他是在苦笑。

"睡着了吗?"鱼津问道。

"没有,完全没睡着。——等雪停了我们就开始往上爬吧。接下来我来领攀吧。"

小坂说道。鱼津感觉现在小坂比自己更有精力些,想着接下来由他领攀也好。

"不管怎样,注意不要被冻伤了。"

鱼津说道。但是小坂没有回应。他睡着了。鱼津把防雪帐篷上的雪掸了掸,小坂依旧睡着。

不知不觉鱼津也睡着了。不知道睡了多久,这次他仿佛听到小坂的声音从遥远的地方传来,似乎在跟自己说什么。

"没事吧?——喂,你没事吧?"

鱼津感觉小坂的声音突然变得很大,就睁开了眼。

"我没事。"鱼津回答道。

"不要睡了,还是不要睡的好。"

小坂说道。小坂紧贴着鱼津右侧的身体在猛烈地颤抖。他有点不正常似的不停地哆嗦着。

"再抖就要掉下去了哦。这里可不是在榻榻米上。"

鱼津努力打起精神,开玩笑似的说道。

"是你在抖。是你的身体在抖,我是被你带着才抖的。"

小坂毫不示弱地说道。分不清是谁带着谁在抖,总之两个人都抖得厉害。

风稍微小了一点,但是雪还是在不停地下。已经被冻住的防雪帐篷因为积了雪,变得沉重起来。

"几点了?"

"大概四点吧。"

小坂点了根火柴。一瞬间防雪帐篷内就变得明亮起来了。

"四点了。"

"那我们还要再忍耐三个小时。等到了七点就可以从这里出去了吧。"

接着,两人在嘴里含上不知道第几口威士忌,又摸索着从背囊中拿出饼干和奶酪塞进嘴里。从这个时候开始,寒冷变得越发猛烈。拂晓的寒冷袭来，仿佛要把两人冻住一般。

鱼津双手抱胸，尽可能地让自己缩成一团，睁大了眼睛，按小坂说的尽量不睡着。雪还没有渗到手套和衣服里面。疲劳程度也不能说特别深。食物也很充足。除了自己两人现在正蜷缩在三千米高的岩壁缝隙中这一点，别的情况都不算糟。鱼津这么想着。但即使如此，他还是感到防雪帐篷外的空中弥漫着死亡的气息。两人只要稍有松懈，死神就会把他们抓走。

"小坂，你在想什么？"鱼津问道。

"在想怎么天还不亮呢。只要天一亮，就可以开始继续攀登了。"

"就算有暴风雪也要继续攀登吗？"

"风雪应该不会那么大吧。"

似乎是为了验证自己的话，小坂稍稍掀开了防雪帐篷的底部。瞬间，从下方刮来了雪片和似乎要把人冻住的寒风。

"没问题的。到了早上就会停止的。"

小坂半是安慰自己，半是安慰鱼津似的说道。

到了六点半，天亮了起来。暴风雪依旧很大，视野很差。两人在等着暴风雪稍稍变小。准备等暴风雪稍稍变小了继续攀登。不能够继续停留在这里。他们也没有想过往下走。因为再攀登三十米就能登顶了，而且他们觉得到了这里，接下来应该会比较好攀登。

到了七点半，雪还是没有停，但是稍稍变小了一点，两人想着要想继续攀登的话就这在这个时候了。

"走吗?"小坂问道。

"好。"

鱼津回答道。在积雪覆盖的岩石缝隙中蜷缩了一个晚上的两人迫不及待地想要摆脱眼前的状况。他们觉得再差也不会比现在的情况更差了。再往上爬三十米，这片岩壁应该就到顶了。不管多慢，再跟风雪和岩石搏斗三个小时，应该就能站上穗高峰顶了吧。接下来就只要往下走到A泽，回到昨天早上一直搭在宝树下没收的帐篷就可以了。这些比起之前攀登的困难程度，简直就跟玩似的。

当然，回去的路上也有可能会遇上雪崩，有可能会因为暴风雪寸步难行，但是对于昨晚在恶劣的环境下过了一晚的两人来说，这些都不算什么。雪崩只要谨慎一点，是可以躲过去的。如果遇上暴风雪，只要挖个雪洞钻到里面就可以了。比起昨天晚上的露营，能躲进雪洞里，简直就像是住琼楼玉宇啊。

两人花了二十分钟时间把防雪帐篷折叠好，在雪中做好了攀登准备。

"终于到最后一个绳距了。"

检查完登山绳之后，小坂被雪帽完全包裹住的脸上，只有眼睛露出了笑意，仿佛在说"那就出发吧"。今天早晨由小坂领攀。鱼津做好攀登准备之后，感觉已经完全恢复精神了，不用小坂领攀也没事。

小坂高大的身体微微前倾着，每走一步都要确认脚下是否能踩稳，开始攀登被大雪覆盖的岩壁斜坡。

花了一个半小时，向上爬了二十米。再爬十米就可以到达终点了吧。

小坂停了下来。等鱼津走到他站着的地方时，浑身是雪像个雪人似的小坂说道："抽根烟吧？"说着他拿出了香烟盒，从中抽了一根叼在嘴上，又递给了鱼津。鱼津也抽了一根。两人各自用自己的火柴点了烟。

从下面刮上来的风不时地卷起雪烟朝两人袭来，但是跟之前相比，雪已经小了很多。这么下去，雪应该很快就能停止了吧。

"这次最失算的就是没有带打火机。"鱼津说道。

"我都已经放进背囊了，又把它拿了出来。"小坂说道。

鱼津想了起来。小坂之前拿在手里的红色女式打火机浮现在了他的眼前。

小坂没有再说打火机的事，他把抽剩下的香烟扔在地上，说了声"走啦"，深深看了眼鱼津，又马上背过身去。

鱼津把冰镐插在岩石和岩石中间站着。接下来就是最后一处难攀爬的地方了。积雪覆盖下的岩石像屏风一样耸立在面前。在相隔八九米的前方，小坂花了好长时间才找可以搭脚的地方。

由于下雪引起的雪烟，有两次鱼津都看不清楚小坂在哪里。等到雪烟散去，小坂紧贴在岩壁上的身影又出现在了眼前。小坂开始慢慢地朝上爬。但是过了好久，鱼津才看到了小坂打出的手势"好了，过来吧"，于是他把冰镐从岩石中抽了出来，开始朝有点坡度的岩角爬去。

白雪覆盖的岩壁上夹杂着没有被白雪覆盖的完全裸露的灰褐色岩石。鱼津像小坂一样，一步一步确认着可以搭脚的地方，往上爬着。

终于，鱼津来到了比小坂站的地方大约低一米的地方。但是小坂很快又开始往上攀登了。

两人完全没有心情说话。艰难而危险的处境令两人都顾不上说话了。

鱼津把冰镐插在岩石间，看了看好友的样子。风从斜坡的左侧刮来，不停出现的雪烟弥漫在身下。雪花带着一种不吉的声音落在鱼津脚下。

这时候，小坂已经开始攀爬距离鱼津斜上方五米左右的岩壁，他正把登山绳绑在上面突出来的岩石上。不可思议的是，此时小坂乙彦的身影对于鱼津来说，就像一张画一样，清楚地映入了他的眼帘。小坂周围的空间虽然很小，但是就像是被擦洗得干干净净的玻璃窗似的，他仿佛在透过玻璃窗看小坂，岩石、雪花、小坂的身体，似乎都微微带着一种冰冷的光泽。

意外就发生在这时。鱼津看到小坂的身体突然哧溜哧溜地从岩石的斜坡往下滑。下一秒，鱼津耳边传来了小坂发出的短促而激烈的叫声。

鱼津看到小坂这个样子，紧紧抓住了自己的冰镐。此时，小坂的身体似乎被某种巨大的力量从岩壁的垂直面上推开了。他像个物体一般，直直地落入了雪烟中。

鱼津紧紧地抓住了冰镐。等他回过神来，已经再也看不到小坂乙彦的身体了，鱼津此时才意识到这个意外的意思。小坂掉下去了。

鱼津拼命地、用尽全身力气，拖长声音大喊"小——坂——"。接着，他又大喊了一声，然后放弃了。因为他意识到再怎么大声叫小坂乙彦的名字也都无济于事了。

鱼津朝脚下望去。风依然席卷着岩壁上的积雪向上刮来，令眼前一片模糊。就算没有雪烟弥漫，之前插冰镐的地方往下，岩石被深深地风蚀成了大坑，也不可能看清底下的情况。之前两人就是特意避开了那片绝壁，从旁边爬上来的。

鱼津紧紧抓住登山绳。登山绳带着自身的重量，沿着裸露的岩石，被他从高处拉到了手边。他觉得很不可思议，自己完全没有感受到有外力的撞击，但事实上此刻他没有精力去想这个原因。登山绳在小坂滑下来整个身体都挂在上面的时候，不知道什么原因突然断了。

把全部登山绳拉到手边，看到那个像是被磨断的断裂处时，鱼津的内心再次感受到了一种无法用语言表达的恐惧。小坂乙彦掉下去了。虽然不知道他究竟掉到了哪里，但应该就在A峭壁上半部分到溪谷深处这些地方吧。

"小——坂——"

鱼津又开始疯狂地叫起好友的名字。伴随着自己的呼喊声，成倍的恐惧朝他袭来。

鱼津觉得不管怎样自己都必须往回走了。他现在祈祷的是，小坂乙彦的身体会掉在第二平台的某个地方。一般情况下，小坂掉落下来之后不会停在第二平台上，而是会沿着积雪覆盖的陡坡，掉到一个不知深处的地方。但是，或许会有某种偶然的力量，让小坂的身体停留在第二平台上厚厚的积雪中呢。

但是，即使能够如此侥幸，从自己现在所在的地方到第二平台的垂直距离也有将近百米，绝望再次涌上鱼津的心头。

鱼津问自己现在该做些什么呢。他想着自己接下来应该做的事。仅仅一分钟之后,鱼津就明白自己只能往回走。必须要向下回到第二平台。

但是,向下走也是很不容易的事情。现在,他只有一个人了。他必须凭借自己一个人的力量从 A 峭壁上下来。雪花纷纷扬扬地落在呆立着的鱼津身上。鱼津弯下身子。开始朝着小坂可能掉落的第二平台降落。

雪花横拍在鱼津脸上。

降落到第二平台之前,鱼津脑子里什么都没有想。他拼尽全力往下走,心中只有一个目的,那就是尽快到达第二平台。

其间,雪一会儿停,一会儿下,有时被岩壁上掉落的积雪砸得满身都是,有时又被横刮过来的暴风雪逼得只能蹲下,但是鱼津什么都没空去想,他所有的精力都集中在了需要极度小心的悬垂下降上。把钢锥插入裸露的岩石,挂上挂环,把断了一截的登山绳穿到挂环里,然后拉着登山绳往下降。降到登山绳的末端,再把登山绳抽出来,这样不停地重复。把钢锥钉入岩石,挂上挂环,把登山绳穿进挂环,然后拉着登山绳下降。

鱼津已经完全失去了时间概念。不知道到底过了多久。

当下降到A峭壁底部,来到第二平台上白雪皑皑的斜坡时,鱼津整个人都已经摇摇晃晃了。到这里再往下就没有岩壁了,眼前是长约四十米的积雪覆盖的陡峭斜坡。

鱼津一降落在第二平台就开始大声呼喊好友的名字:"小——坂——"他连续叫了两三次。雪地上,昨天鱼津和小坂踩过的脚印又被白雪覆盖了,已经毫无踪迹。到处都没有看到小坂乙彦的身影,连他从这里滑下去的痕迹都没有。地面就像一块美丽又平整的雪做的板子。

鱼津怀着微弱的期待,一边把冰镐插入雪中,一边四处查看。

过了一会儿,鱼津感觉精疲力尽,终于停下了悲伤的脚步,呆呆地站在了那里。接着他意识到自己现在站着的地方正是昨天下午三点和小坂两人一起站着吃午饭的地方,他突然产生了一种在这里坐下来不再动了的想法。

"小坂——"他低声呼喊着,朝四周张望着。小坂乙彦竟然不在自己身边。他简直无法相信小坂已经不在了,现在只有自己一个人站在这里。

鱼津看了看手表。十二点。从上面下来花了两个小时。鱼津在脑海里把自己接下来要做的事情过了一遍。接下来要横穿V字形雪谷,翻过松高第二山脊。然后进入到A泽,经过歇脚点,返回到搭在奥又白的帐篷。这些路程一般情况下两个小时就够了，但是现在自己身体极度疲惫，可能需要花费双倍的时间。但即使如此，四点或四点半左右就能回到帐篷吧。然后必须马上回到德泽。从帐篷回到德泽也必须花上五六个小时。

既然在第二平台上没能发现小坂，那么现在鱼津能够做的，就是尽快赶回德泽，组织救援队来救援。

鱼津爬行似的挪动着身体。他感到精疲力尽，没有在第二平台发现小坂的身影这一点，更是夺走了他最后的力气。从第二平台到V字状雪谷的下降点是个陡峭的斜坡。鱼津把冰镐深深扎入到没及腰部的积雪中，抓着冰镐，一步步往下走。他自己也明白，此刻自己挪动得非常缓慢。

登山绳为什么会断掉呢？登山绳确实是在毫无外力撞击的情况下就断掉了。小坂滑下来，身体离开岩壁的时候，自己正紧紧抓着冰镐。但是那个时候自己确实没有感受到外力的撞击。登山绳并没有承受小坂身体的重量。

为什么会没有感受到外力撞击呢。没有外力撞击，也就意味着在小坂的身体挂在登山绳上的那一瞬间，登山绳就断掉了。怎么会出现登山绳断掉这样的事情呢？

鱼津不停地、不停地思考着同一个问题，慢慢挪动着身体。当他偶尔不再想关于登山绳的事情时，眼前就会浮现出现在不知道躺在哪里的小坂的身影。

鱼津眼前浮现的小坂，不知道为什么，总是脸朝上躺在雪地中。掉落下来之后脸朝上躺着的可能性是很小的，脸朝下趴在雪地里的可能性更大，但是不知道为什么，鱼津眼前浮现的只有小坂脸朝着天空，直直躺在雪地里的样子。

鱼津想象着小坂的样子，坚信小坂肯定还活着。他无法将小坂和死亡这件事联系在一起。

小坂，你等等我、等等我！小坂，一定要活下去、活下去！鱼津想插翅飞回德泽休息点。事实上，比起回到德泽休息点，他更想自己去小坂可能掉落的地方找找看，但是就目前的天气情况和自己的身体情况，他无法做到这一点。

小坂仰面朝上躺着的模样一从眼前消失，登山绳的问题又马上回到了鱼津的脑海里。登山绳为什么会断掉？

其间，雪时而停止，时而又变成暴风雪，但是鱼津对这些自然变化已经变得非常迟钝了。不管雪是停止了，还是变成暴风雪了，他对此都变得毫不在意。登山绳的问题和小坂仰面朝上躺在雪地里的样子交替着，占据了鱼津所有的思考。

到达宝树底下时，鱼津必须要用尽全力才能挪动脚步。他已经累得筋疲力尽了。在雪光的映照中，可以看到帐篷顶上积了厚厚的雪。不知道什么时候，四周已经一片漆黑了。

鱼津走进帐篷，在背囊里装了些食物，坐都没有坐一下，就又往外走了。他想要尽快回到德泽休息点。走出帐篷的时候，被遗忘已久的、雪夜高山上死一般的寂静再次朝鱼津席卷而来。

*

美那子收拾完早餐桌，从咖啡过滤器中把咖啡倒入小小的葡萄色咖啡杯，给正坐在走廊藤椅上看报纸的教之助送过去。

教之助很喜欢喝咖啡。每天早上早饭后必须要喝两杯浓咖啡。喝完一杯之后，他肯定会再拍拍手，要第二杯。只是在家里喝还好，但是他在公司里也是这样，不管是开会，还是接待客人，会成杯成杯地把这种刺激性的褐色液体倒进胃里。

美那子从以前开始就想要减少教之助喝咖啡的量。喝浓茶这一点她已经无计可施了，但是喝咖啡这一点她还是想努力让丈夫做些改变。最近两三年来，教之助的身体明显衰弱了。别的方面倒也没有特别不好的，就是饭量明显减少了。早饭只吃一个流黄的鸡蛋、半片面包、小半杯番茄汁以及一点点生的蔬菜。每天早上，他吃的早饭就像过家家一样，这让美那子心里很不好受。

虽然如此，咖啡他还是照喝不误。美那子一直在想，教之助食欲减退是不是因为喝了太多的咖啡。所以她想把早上的咖啡减到一杯，但是总是很难实行。

年末的时候，美那子买了一种很小的咖啡杯。就是西餐餐后喝咖啡用的那种小杯子。这样就算喝两杯，也只是以前一杯的量。新年里，美那子一直想用这种杯子，但是正月里杂事太多，到今天五号了，才第一次用。

美那子在托盘里放上两杯咖啡，一杯给自己一杯给丈夫，拿到了走廊上。早晨淡淡的阳光透过玻璃窗照在教之助身上，他愣愣地靠在藤椅上。

美那子把托盘放在桌子上，自己也坐在了丈夫对面。

教之助拿起咖啡杯，盯着看了一会儿，似乎是在确认杯子的形状和颜色。

"漂亮吧，这个杯子？"

深紫色的陶器在阳光下显得格外美丽。

"怎么这么小啊？"

"用这个杯子的话，可以给你喝两杯哦。"

美那子以为丈夫拿着咖啡杯会送到嘴边，但是教之助并没有这么做。他放下杯子，拿起同样是今天第一次用的银勺子，还是像检查似的，翻过来看了看。过了一会儿，教之助突然开口道：

"你跟那个叫小坂的人，是什么关系？"

美那子抬起头，看着丈夫。她不明白丈夫突然提起小坂的目的。

教之助没有抬头，摆弄了一会儿手里的银勺子，把勺子放回盘子，才抬起头看着美那子说道："挺漂亮的。"

"你问是什么关系——？"

美那子说道。到底她心中有鬼，感到有些不安。

"单纯是朋友，还是多少有点——"

"当然只是朋友了。"

"不，朋友当然是朋友了。不过是不是也有点喜欢，或是别的感情呢——"教之助含混地说道，接着又加了句："我说的是在感情上。"

美那子担心自己的脸色会不会变得煞白。

她有点猜不透丈夫是出于怎样的想法提出这样的问题的。他说这些到底是有什么目的呢。在这种情况下，她能够想到的是小坂寄来的信被丈夫看到了。这是很有可能的。

美那子用勺子不停地在小小的咖啡杯里搅拌着。勺子显得有点太大了。搅拌的力度稍微大一点，咖啡就有可能从杯子中溢出来。

美那子没有回答丈夫的问题，为了让心里平静下来，她端起咖啡杯喝了口咖啡。把咖啡杯放回到盘子上时，美那子心想还是把自己对小坂的想法跟丈夫说清楚比较好。

美那子抬起头朝丈夫看去。这次教之助正在用勺子搅拌咖啡。

"老实说,我觉得小坂这个人会令我感到困扰。人当然是个好人,可是行事太过鲁莽。说纯粹当然是个很纯粹的人。——所以,我已经跟他说了希望不要再来往。"

"哦。你说他行事鲁莽?!你的意思是他跟你说过他喜欢你?"

"嗯——算说过吧。"

"那你呢?"

"真讨厌。我怎么会——"

"不,我想问问你的想法。那个年轻人的情况,我大致也能猜到。"

"我的想法?!我能有什么想法。您是在怀疑我吗?"

"我没有怀疑你。"

"那你为什么会问这样的问题。——那,我就明明白白说清楚好了。我不喜欢他。很讨厌他。所以,不想跟他交往。"

"明白了。我只需听到这些就可以了。"

"为什么?"

"不,没什么。"教之助打断了已经面露怒容的美那子的话,接着说道,"再给我来杯咖啡吧。然后去客厅帮我拿下今天的早报。——你对小坂没有特殊的感情,那就没问题了。你看看今天的报纸吧。"

美那子听丈夫说看看今天的报纸吧,心中忽然涌起一股不安。她猜想可能是报纸上写了什么关于小坂的事情,但是她猜不到究竟是什么事。

"有什么新闻吗?"

"唔,你自己看吧。"

美那子拿着空咖啡杯站起来准备去给教之助倒第二杯咖啡。但是她没有马上去倒咖啡,而是先走到客厅,拿起了报纸。

她翻开社会版面,浏览了一下主要新闻的标题。当看到"穗高首次登山事故"几个字时,心说就是这个了。美那子想起了鱼津和小坂说过年底要去前穗的事。

——鱼津恭太先生和小坂乙彦先生作为青年登山家有一定名气。为了攀登前穗东壁,从上个月三十号两人开始从上高地出发前往奥又白,但是一月二日,小坂先生在A峭壁由于登山绳断裂从岩壁上坠落了。回到德泽休息点的鱼津先生带回了这个消息。当时在德泽休息点的M大学登山队的六名队员马上出发前往救援。当地积雪很深,搜索极为困难,大家都觉得救援小坂先生没有什么希望。

美那子读完之后,不由得想要大叫起来,好不容易才生生忍住。她眼前浮现出倒在岩石间的小坂的身影。小坂的脸朝着天空。他抬起精干的脸庞，正在努力从岩石中爬出来。美那子不知道冬天的高山是怎样的，也不知道登山是怎么登的，所以她一听说小坂出事，眼前浮现出的就是这样的想象。

美那子走到厨房，想从咖啡过滤器中给丈夫倒第二杯咖啡，但是手一直颤抖着，总也倒不进去。

回到走廊上，她听到教之助说："冬天的高山还真是危险啊。"

为了不再继续这个话题，美那子说道："都是一样的杯子。这个小杯子也挺好的。"

美那子说着关于咖啡杯的话，但是她快忍受不住了，很想赶紧离开丈夫，自己一个人独处一下。两三分钟前，她说不喜欢小坂乙彦，很讨厌他，这绝不是撒谎。但即使如此，一听到他出事了，美那子还是无法保持内心的平静。她对小坂一直很冷淡，但现在一听到他出了事，美那子心中既有自责，又为小坂感到悲伤。

"你脸色很难看啊。"

教之助说道。但事实上，不用教之助说，美那子自己就知道。一种像贫血前兆的、奇特的令人晕眩的疼痛朝她袭来。

美那子觉得今天丈夫比平时要磨蹭很多。平时，教之助总是一喝完咖啡就立刻从椅子上站起来，似乎一刻都不肯多坐，但是今天却慢慢吞吞，一点都不着急的样子。

"有没有泡芙之类的甜点？"

"正好吃完了。本来还有羊羹的，但是昨天晚上被我吃了。"

"水果呢？"

"有苹果。"

"那给我拿个苹果吧。"

美那子心想，明明平时老说苹果太冷，吃了会牙疼的，偏偏今天就要吃。

不过，正因为要给教之助拿苹果，美那子得以从丈夫身边离开。她吩咐女佣把苹果擦成果泥给丈夫送过去，自己则拿了跟刚才看的报纸不同的另两份报纸，站在厨房看了起来。

在这两种报纸上，登山事故也是刊登在社会版，刊登的位置相似，报道的长度也相似。内容也大体一样。唯一不同的是，眼前的这两份报纸上的内容把小坂乙彦的死亡视为了定局，说是搜救将在这一两天暂停，等到五月雪化了再说。

"老爷要出门了。"

耳边传来的声音令美那子的目光离开了报纸。

"换衣服了吗?"

"换了。"

"车来了吗?"

"刚刚到了。"

"是吗,我都没注意到。"

美那子走到玄关处,教之助正在穿鞋子。他弯着腰,身子前倾的模样,已经完全是个老人的样子。美那子总是会在不经意的瞬间看到丈夫的衰老。

送走了丈夫,美那子站在玄关口,忽然想起了刚才丈夫说的话,一股怒气油然而生。

如果我对小坂乙彦有感情的话,他是不是就不准备告诉我报纸上关于小坂登山出事的消息呢?或许他是不想看到我在他面前张皇失措的样子吧。又或者是他有心要保护我远离那种慌乱?

不管是出于什么原因,这都是一个男人拥有一个年龄相差很大的年轻妻子才会有的情感吧。不想看到妻子慌乱的样子,这是一种自私的冷酷,就算那是出于一种不想让妻子在自己面前张皇失措的体贴,那也是一种在年轻妻子面前的自卑。美那子忽然对这样的丈夫感到厌烦。

接着她的脑海里叛逆似的浮现出了小坂年轻的肉体,他曾经紧紧拥抱着自己,几乎令自己窒息。一想到这具肉体现在正躺在岩石间,被大雪覆盖,美那子就感觉自己不停地颤抖起来。

在给小坂工作的公司拨号打电话时,美那子的脸上全然是一种只有担心恋人生死的女人才会有的认真。

小坂就职的登高出版社的电话一直占线,打不通。美那子每隔一小会儿就打一次,打了好几次。

最后终于打通了,耳边传来一个男员工极其冷淡的声音。美那子问道:"我刚在报纸上看到了小坂先生登山出事的报道,您那边有什么更具体的消息吗?"

对方没有回答,反而反问:"你是哪位?"

"我是小坂先生的熟人。"

"是他亲戚吗?"

"不是亲戚,不过我们的关系跟亲戚差不多。"

美那子回答道。结果对方一听她这么说,就一副那就没什么好多说的样子,说道:"我们这边也只收到了一份电报,说是他出事了,其他没有收到任何通知。我们也是在跟报社打听具体情况。"

不知道是不是因为出了小坂的事,公司内一片混乱,对方很快挂了电话。给人一种非常冷淡的感觉。

美那子没办法,准备自己打电话向报社询问。美那子给B报社打了电话,但是因为不知道具体该问哪个部门的人,所以就跟总机的人说了自己想要打听的事。

等了一会儿，负责社会版面的一个记者接了电话。

"这个，我也不太清楚。"

听声音这个记者似乎还很年轻。他好像也有点不耐烦，但还是说，"请稍等一下，我把电话转到其他了解这件事的人那里。"

这次来接电话的，是一个负责地区版面的记者。美那子把事情一说，得到的是跟前面的人一样的回答："这个，我也不太清楚。"然后又说："我给你转一下电话。"又换了一个别的记者来接。这次来接电话的是一个听声音比之前两个记者年纪要大的人。

"我们这边也只有报纸上刊登的那些消息。您是他亲戚吗？"

"嗯。"美那子回答道。

"一定很担心吧。冬天的山上是很危险的啊。我们这边要是有什么新的消息，再联系您吧。"

说完，对方问了美那子的电话号码。

美那子把自己的电话号码告诉给了对方，挂了电话。这时，她忽然想起，小坂乙彦还有一个妹妹，他是跟他妹妹两个人一起住的。于是她又给小坂工作的公司拨了电话，去询问小坂的住址。

美那子一边再次给小坂工作的公司打电话,一边突然发觉,原来自己对小坂乙彦一无所知。从他的来信上可以知道他住在三田,但是究竟是在三田的哪个地方呢,因为信已经全部还给他了,美那子无从知晓。据小坂说,他是跟在某个公司工作的妹妹住在一起的,但是美那子既没有见过小坂的妹妹,也不清楚他们兄妹二人的生活情况。

自己对小坂乙彦的漠不关心,在此刻,令美那子有一种冰冷的感慨。

这次接电话的,是另外一个员工。美那子一问小坂的住址,对方就很热情地告诉了她。

"从山田警察局旁边的路走上去,走到坡顶,快要下坡的地方,向左转,会看到一户叫做原田的人家。那户人家房子很大。不过那一带都是这样的大房子。在这户叫做原田的人家的门上,就有小坂的门牌。很容易找到的。"

"他应该是跟他妹妹住在一起的吧。"

"是的。他妹妹刚才还到我们公司来了,现在已经回去了。"

放下听筒,美那子想着不管怎样先去趟小坂住的地方。他家里可能会有别的消息。

美那子收拾好离开家时,是十点。

她坐电车到了目黑站,因为是第一次去小坂家,所以接着就叫了辆出租车。从前一天开始气温就下降了，天空一片阴沉，似乎要下雪的样子。但是，街上还是一片正月的景象。店铺门口都装饰着门松，街上的行人也比平时少了几分。

车子从山田警察局旁边拐了进去，果然是一个陡坡，右侧似乎是哪个国家的大使馆，建了两三幢很大的西式建筑，占地很广。左侧的两三幢建筑不知道是高级餐厅还是住宅，玄关也都建得很气派。

开到坡顶，向左转，美那子拜托司机帮自己找一户叫做原田的人家。

车子停下之后，美那子看了看门上的门牌，在"原田"旁边还有两个小字"小坂"，似乎正符合他租住厢房的身份。

美那子在这里下了车。挂着门牌的大门看起来已经很旧了，但是院子看着似乎很宽阔。进入大门，马上就是主屋的玄关。主屋的建筑看起来也很有年份了。美那子摁了摁门铃，出来了一个像是女佣的年轻女人，她跟美那子说沿着主屋往右转马上能看到一幢独立建造的房子，那是小坂住的地方。

美那子按女佣说的沿着主屋外面走了过去，看到了一幢可能只有两个房间的小房子。这房子以前大概是给看院子的人住的吧。正好有一个穿着黄色毛衣、黑色西装裤的大概二十二三岁的女孩子踢拉着木屐从里面出来。

女孩子似乎正要出门,发现有客人来了,就停下了脚步,等着美那子走过来。

"请问您是小坂先生的妹妹吗?"美那子说道。

"是的。"女孩子的表情中有几分狐疑,但是很快她的眼睛就亮了起来,问道,"您是八代女士吧?"

她的语气中充满了确定。美那子很意外对方知道自己,但她更惊讶于眼前这张红扑扑的脸庞所显示出来的年轻与美丽。女孩爱盯着人看这一点,与她哥哥小坂很像。

"是的,我是八代。我很担心令兄,所以就——"美那子说道。

"到目前为止,我也只收到了一封说他登山出事的电报,所以也不知道具体情况。不过,我也有心理准备了,哥哥他大概是凶多吉少了。"

说完,她又说道:"您请进屋坐吧。我出去打个电话,很快就回来。"

接着又说:"虽然家里地方很小,但是还是请进屋坐坐吧。"

因为对方再三邀请,美那子就说:"那我就不客气啦。"

小坂的妹妹朝主屋跑了过去。美那子跨过小小的玄关,走到了房间内。正对着走廊,放着一张矮书桌,似乎是小坂用过的，旁边是高高的直达天花板的书架，跟房间相比似乎有点大得过分了。除了这些，房间中空无一物，很清爽的样子。旁边还有一个房间，看着像是妹妹的卧室兼客厅。

大概过了五分钟，小坂的妹妹回来了，脸上依旧红扑扑的。她坐到美那子对面，说道：

"请不要担心。刚刚哥哥工作的公司那边好像又收到了一封电报，说是还在继续搜索。——今天，公司也会派两个人去现场，我也想一起去。"

"几点出发？"

"说是坐十二点二十五分的普通快车去。"

"那没多少时间了。"

手表上的指针已经快指向十一点了。

"那我就不打扰您了。"美那子准备站起身来。

"不不，您请坐。——我没什么要准备的。我去年年底到正月去奥日光滑雪了，昨天刚刚回来。背囊都还没有解开，只要再放两三件替换的衣服进去就可以了。我去给您倒茶。"

说着，她走进了里屋。过了一会儿，端了茶盘出来，上面放了两杯茶。她把茶盘放到了自己和美那子中间，说道：

"我记得不知什么时候哥哥曾经给杂志写过那些在登山过程中遇难的优秀登山家的故事。其中大部分都是外国的登山家，但是其中也有几个是日本的。现在哥哥自己也成了其中一员了。"

在小坂的妹妹说话的时候，美那子一直看着她有些严肃的侧脸。肯定是因为哥哥出事，她脸上的神情才变得如此严肃吧，平时的话，应该会更柔和吧。

"但是，小坂先生——"

美那子说到一半又停住了。她想说小坂的生死到现在还不明了，但是忽然又意识到这话里的希望是多么渺茫，于是话到嘴边，她又咽了下去，转而问道："您听令兄说起过我吧？"

结果，小坂妹妹的回答令美那子脸上微微发烧："我并不知道八代女士是怎样的人。只是记得某一次哥哥在信封上写过这个名字，所以就记住了。"

最后，美那子准备跟小坂的妹妹一起走，在小坂妹妹收拾东西的时候，她一个人坐在小坂的房间里。房间里没有生火炉，非常阴冷。

"让您久等了。"

只过了大概五分钟或十分钟，小坂的妹妹就收拾好了东西，再次出现在了美那子眼前。美那子想起自己每次要出门的时候，起码要收拾三十分钟时间，但小坂的妹妹收拾的时间仿佛只有短短一瞬间。

两人一起走出了玄关。小坂的妹妹锁上门之后，去跟主屋的人说了一声，然后马上回来，背起放在玄关前面的三合土地面上的背囊，说道："好了，这就可以走了。"

两人来到宽阔的路上，坐上了一辆刚好开过来的出租车。

"请到新宿站。"美那子对司机说道。

"您给我放到中途某个地方就可以了。"小坂的妹妹说道。

"我送您到新宿车站。"

"可是……"

"没关系的。我也没什么别的事。"

美那子打算把小坂的妹妹送到车站。在见到小坂的妹妹之前，她还没有那种感觉，但是见到之后，不知道为什么她总觉得小坂或许不会有什么好消息了。

而且，再细想想，事情是在二号早上发生的。今天已经五号了。已经过了三天了，但是从小坂的公司刚刚收到的消息来看，到现在还没有找到他。

美那子一边随着车轻轻晃动着身体，一边眼前又浮现出了小坂身上盖着薄薄的积雪倒在岩石中间的样子。

"如果能够登山的话，我也真想一起去。"

美那子忽然说道。结果小坂的妹妹把这话当真了，说道：

"那您就跟我一起去吧。我虽然会滑雪，但是也没有爬过冬天的高山。所以，应该只是在山下的村子里等消息。而且，您能去的话，哥哥肯定会很高兴的。"

美那子赶紧说："可是我去不了啊。还有家庭要照顾。"

"家庭？"小坂的妹妹反射性地问道，过了一会儿她似乎意识到了美那子话里的意思，慌张地说道："哎呀，我可真是的，那怎么办呢。"接着她就不再说话了。到了新宿车站之后，年轻的姑娘一脸认真地说道："等我回来之后，一定马上把消息告诉您。能给我您的名片吗？"

美那子没有名片，所以就让小坂的妹妹记下了自己的住址和电话号码。

到了新宿站，下了车之后，小坂的妹妹说不用送了，但是美那子还是买了站台票，准备送她上车。

两人进入检票口，沿着台阶朝前往松本的列车停靠的站台走去。走到站台上，熙熙攘攘全是乘客。不一会儿，小坂的妹妹高高举起了右手，但是美那子看不清楚她正朝着做手势的人究竟在哪里。

美那子跟在小坂妹妹的后面，穿过拥挤的人群，靠近了对方。一看，是公司的两个年轻人，一副要去登山的样子，站在列车的车窗旁边。

"真是不好意思。那么忙还给大家添麻烦——"

小坂的妹妹低下头说道。

听了这话，大个子的年轻人说道：

"这次是小坂的事情嘛，他很少会发生这样的事情的。"

"他是不是挖了雪洞躲在那里呢。"另一个人说道。美那子站在后面听着他们说话，感觉他们的话里都透着一种空洞。

"但是，据说是登山绳断了才掉下来的。"

小坂的妹妹反而口气冷静，她确定地说道。

"登山绳会断掉，这种事还真是无法想象啊。"大个子又说道。

"你们有座位吗？"

美那子站在旁边透过车窗向里看着问道。

"不，已经没位置了。不过，过了甲府再往后可能会好些。好歹还有放行李的地方。"

其中一个年轻人说道。站台上还站了几个似乎是要去登山的年轻人。还有人拿着冰镐。美那子平生第一次对这些想要在冬天攀登高山的年轻人产生了兴趣，一直看着他们。

小坂的妹妹上车把行李放到行李架上之后，又回到站台上，再次向美那子表示了感谢。

发车铃声响起的时候，小坂的妹妹站在车厢连接处，微微苍白的脸正对着美那子，脸上浮起了些许微笑。列车开动之后，小坂的妹妹还一直在挥手。美那子一个人站在站台上，感觉非常疲惫。

*

在小坂出事的那天，鱼津拖着疲惫不堪的身体回到德泽休息点，已经是晚上十点。幸运的是，那时候正好有六名M大学登山队的队员住在那里。

没过多久，三号凌晨两点，由五名学生加上休息点的值守人员S六人组成的搜救队就出发了。剩下的一名学生，和搜救队在休息点门口分开，前往上高地，向外界通知所发生的事故。这一切距离鱼津回到德泽休息点不到四个小时。

搜救队出发之后，鱼津就陷入了死亡般的沉睡，一直睡到了中午。然后整个下午，鱼津一直睁着眼睛，躺在被子上。

他离开被子，下楼走到有火炉的门口，不时地透过门上的玻璃窗，看屋外的情形。屋外已经可以看到蓝天了，但是羽毛一般轻若无物的雪花依旧在纷纷扬扬地飞舞着。

鱼津不时地看看手表，算着搜救队这会儿该到哪里了。鱼津事先已经跟搜救队里的学生们商量好了行动方案。

鱼津认为自己是从第二平台那边过来的，所以就没必要重新在第二平台寻找了。此外，此次搜救也可以先省略第一平台。这个地方非常狭窄，与其说是阶地，不如说是B峭壁和C峭壁之间的带状地带。小坂的身体不可能停留在这里。

所以，搜救的重点首先是C峭壁下方。搜救队将一边查看B泽，一边前往C峭壁下方，重点搜索这一带。然后再回到奥又本谷。曾经有松本市高中学生在V字状雪谷遇难，遗体被冲了下来，停在了五峰附近。如果小坂也被冲了下来的话，也有可能停在五峰附近。所以这一片也要重点搜索。

鱼津和学生们一起商量了上述这样的搜救步骤。

鱼津觉得三号这天天黑得特别早。下午尤其短，傍晚一来临，休息点四周白色寂静的世界一下子变成了黑夜。

救援队在晚上八点回到了休息点。浑身沾满雪的男人们一个个走进因为鱼津生起了火炉而变得温暖的房间。谁都没有说话。

当第六个人走进房间，关上门时，鱼津的内心蒙上了一层沉重的绝望，但他还是开口说道："辛苦了！"

"没找到。"

一个人说道。

"辛苦了！"

"一直在到处找，一刻都没有休息。"

又一个人说道。

"辛苦了！"

鱼津嘴里不停地说着同样的话。

六人搜救队搜救无果回到休息点。过了大概一个小时，有一个七人小组出人意料地来到了休息点。这些是第一登山队的成员，这天下午刚刚到达上高地宾馆的冬季休息点。他们原本打算明天早上出发前往横尾攀登北穗，因为听说这边发生了登山事故，就马上组成救援队来了这里。这群人当中最年轻的大概十八九岁，年长的大概三十岁。

这群来自上高地的人，作为第二拨搜救队，同样在凌晨两点从德泽休息点出发了。

四号早上开始下雪了。学生们因为前一天搜救的疲惫，一直睡到了中午，早上起来的只有鱼津一人。鱼津在火炉里生起火，开始为学生们做饭，但还是跟昨天一样，不时地站在门边朝外看。

雪还是在静静地下着。跟昨天不一样，大颗大颗的雪粒子沉沉地坠落下来。接近中午的时候，雪越下越大了。

"要下大雪了啊。"

一个起床了的学生说道。看起来确实像是要下大雪的样子。

到了下午三点，昨天夜里出发的第二拨搜救队也没有找到小坂，无功而返。他们说因为有雪崩的危险，所以无法继续搜救。

大雪到了第二天,也就是五号还是没有停。在这种情况下,搜救行动只能暂停。不管怎样捶胸顿足,焦急万分,也无计可施。一大群年轻的登山家们都被迫窝在逼仄的休息点中。

鱼津努力不让自己去想小坂。因为一想到小坂,他就感觉自己情绪要失控了。大雪已经在小坂仰面躺着(鱼津的想象中是这样的)的身体上积了一两尺厚了吧。

鱼津和其他人一起围着火炉坐着,但是他总是沉默着。其他人也照顾到他的情绪,没有跟他说话。因为大家都知道无论怎样的话语,都无法安慰一个失去了好友的登山家。

鱼津虽然沉默着,但是他的眼睛、耳朵、嘴巴都在积极地活动着。他的眼睛看着小坂的脸,他的耳朵听着小坂的声音,他的嘴巴在不停地跟小坂说着话。比如像这样——

——领攀的位置不应该换啊。应该由我来领攀的。小坂,那个时候你为什么要提议由你来领攀呢?如果没有换领攀的位置的话,就不会发生这样的事情啊!不过,蜷缩在A峭壁的岩石缝里的时候,真的好痛苦。暴风雪从正面刮来。真是太冷了。那时候,你点了根火柴,防雪帐篷内一下子就变亮了。然后又马上回归一片黑暗。那个时候,小坂,你说出了那句可恶至极的话。你说明天由你来领攀。

鱼津还会这样跟小坂说话。

——小坂，你还真是很喜欢杜步拉的诗啊。每次一喝醉，就会背诵杜步拉的"或许有一天"。

或许有一天，
或许有一天，我死于山中，
亲爱的老友啊，
我把这封信留给你。
请代我去见见妈妈。
请代我跟她说，我死得很幸福。请代我跟她说，我就在妈妈身边，所以一点都不觉痛苦。
请代我跟父亲说：我已是真正的男子汉。
请代我跟弟弟说：接力棒就交给你了哦。
请代我跟妻子说：就算我不在了也要好好活下去。就如同你不在我身边时，我也曾好好活着。
请代我告诉儿子们：你们应该能在艾格峰的岩石间看到我手指留下的痕迹。
然后，对于你，我的朋友，我想说的是——
请拿回我的冰镐。
我不希望我的冰镐在耻辱中死去。
请带它一起走向某个美丽的岩壁。

然后为它堆一个小小的石堆，
将它插在上面。

小坂，我会像杜步拉希望的那样，替你把你的冰镐拿回来，为了不让你的冰镐在耻辱中死去。然后，我会把你的冰镐拿到我们曾经露营的那个小小的岩缝里。在那里堆一个石堆，把你的冰镐插在上面。

事实上，鱼津是想着为小坂做这些的。鱼津的脸上时常会有泪水滑落，但是他自己往往都没有意识到。他根本无暇顾及这些。鱼津一动不动地坐着，不停地跟小坂说着话。——小坂，你啊。

但是，一到了晚上，鱼津早早地就能睡着。因为白天不停地跟小坂说话已经耗尽了他的精力。

到了六号，雪依然下个不停。因为眼下小坂的搜救行动不得不暂停，所以M大学的学生和第一登山队的成员们都没有必要再继续留下来，但是因为下大雪，他们也无法进行下一步行动。等天气一好转，这两队人员将出发，各自奔赴他们的目的地北穗和奥穗。

六号夜里，已经挤得像沙丁鱼罐头的休息点，又来了两个人。两人像两个雪人似的走了进来，一进门就不约而同地问道：

"小坂先生怎么样了？怎么样了！"

是那两个小坂公司的年轻员工。

大雪到了七号还是没有停。M大学的学生和第一登山队的成员们似乎在一起商量了下，准备在这一天的早上十点出发，冒雪前往横尾的休息点。虽然学生们要去的是奥穗，第一登山队要去的是北穗，大家的目的地并不相同，但是他们还是想着与其在这里干等着雪停，浪费时间，不如先到横尾的休息点去。

十三个年轻人，都踩着滑雪板，背着背囊，嘴里说着安慰鱼津的话，离开了德泽休息点。鱼津站在休息点门口，目送他们离去。年轻人们在休息点前面右转进入树林时，四周还可以听到他们充满朝气的说话声，不一会儿，他们的身影就一个个消失在了树林间。只有细细的雪花不停地飞舞在天地间。

这一天，在突然安静下来的休息点，鱼津还是一整天都坐在火炉旁，一句话都不说。今天，他没有像昨天那样跟小坂乙彦说话。今天他的情绪比昨天更差了。

休息点的值守人员S和小坂公司的两个年轻人小声说话的声音，不时地传到鱼津的耳朵里。在这个休息点，小坂出事这件事似乎成了一个不能提及的话题，他们说的话也都是跟小坂无关的事情。

但是，到了晚上，他们第一次提到了跟小坂相关的事情。

"不管怎样，如果明天天晴的话，我们准备再去搜寻一番。"

说这话的是一个叫做枝松的二十八九岁的年轻人。

"我们打算在本谷仔细找找。"

另外一个差不多年纪的、名叫宫川的年轻人补充道。因为两人供职于出版登山书籍的出版社，所以似乎在登山方面挺有经验。

听到两人这么说，一直没有说话也鱼津也开口说道："我也去。但是，不知道天气会不会好一点。"

"雪应该会停吧。天空好像变亮了几分。"宫川说完，又接着问道："大雪应该不会成为问题，不过，鱼津先生你可以吗？"

这时，正在做饭的休息点值守人员S停下手里的活，语气严肃地说道："不管雪会不会停，你们走到本谷那边去的话，很容易遇上雪崩的哦。"

鱼津当然也知道会有雪崩的危险，但是就这样回去，放弃搜救小坂的话，对于鱼津来说有些难以接受。

"多少可能会有些危险，但是——"枝松搭话道。

"你可以去问问现在这种时候去那边到底危不危险。"S

说道。

"不用担心,我也会一起去。"鱼津说道。

"不行的。不行,不行!"

S对鱼津的话似乎充耳不闻。平时,S看起来其貌不扬,做事总是慢慢腾腾的,但是此刻他的语气却格外坚持。

两个年轻人站在鱼津和S中间,有点不知所措。S又重复了一遍自己的意见:

"鱼津先生明明不是那种明知不可为还硬要去做的人啊——你现在这样不行啊。我理解你的心情,但是这么做不行啊。"

听到这里,枝松也说道:"鱼津先生,算了吧。虽然由我们来这么说不太合适,但是我还是要说,放弃搜救吧,小坂先生也会同意的。"

"是啊。肯定的。"

S又加了决定性的一句。鱼津沉默了,一直盯着火炉里的火光。

如果连自己都放弃搜救的话,小坂的尸体就会被埋在积雪中,直到春天来临。在四五月份雪化之前,小坂就会一直仰面朝上被埋在雪中。他的脸上、手上、脚上都会积上三四尺厚的雪吧,那该多沉啊!鱼津心中仿佛突然感受到了那种沉重,他抬起了头。S看着鱼津的眼睛说道:

"我会在这里值班一直到春天,所以小坂先生的遗体,你不用太担心。你还不如早点下山,去安慰安慰他的家人们。"

S朴素的语言消除了鱼津心中至今为止莫名的纠结。

"好的。那小坂就拜托S先生你了。我们明天就下山。"鱼津说道。

第二天起床之后,雪已经基本停了。大家走出休息点一看,休息点的房子、门口的空地、树木都被厚厚的积雪包裹着。虽然没有出太阳,但是天空很明亮。鱼津和两个年轻人准备早上就从德泽休息点出发。

早饭是加上S四个人一起在火炉边吃的。吃过早饭,抽了根烟,鱼津马上就着手准备出发了。鱼津一边想着一走出这个休息点寂寞肯定会如影随形而来吧,一边系紧了背囊上的带子。

接着,鱼津和准备在这里过冬的S告别,和两个年轻人一起离开了德泽休息点。时间正好是上午十点。穿过休息点前的空地,鱼津回过头看了看。S还站在休息点的入口处朝自己这边看着。鱼津朝S稍微挥了挥手,转过身子,消失在了S的视野当中。

等到鱼津确定S已经完全看不到自己了,他停了下来,抬头看了看前穗的山峰。虽然没有阳光,但是白雪皑皑的大山就矗立在那里，仿佛触手可及。东壁上的积雪已经滑落了，所以黑乎乎的，看上去似乎特别小。

鱼津知道用不着再往前走多远就会看不到前穗的大山。一想到这里，他就觉得自己无法就这样轻易地离开这里。

"鱼津先生——"

他听到枝松在叫自己。

"在这里——"

鱼津回应着，但还是站在那里没有动。紧接着，枝松的身影出现在了远处，他似乎因为担心鱼津，又返回来了。

就在这时，鱼津开始在雪地上滑动起来。小坂，我先回去一下，很快会再回来的！

接着就是一个劲儿地往前滑。追上两个年轻人之后，三人在原地稍微休息了一下。梓川已经完全上冻了。梓川对岸，明神连峰的数个山峰如同锯齿一般，威严地耸立着。鱼津几人的视野中已经看不到小坂长眠的前穗山峰了。

三人在中午十二点半到达了上高地宾馆的冬季值班室。鱼津三人先向宾馆的T先生表达了感谢，因为承蒙他帮了很多忙。然后又拜托T先生打电话调度从松本到泽渡的汽车。之后他们很快又从这里出发了。

鱼津等人走进泽渡的时候，已经将近傍晚六点了。整个村子都被大雪覆盖着，万籁俱寂。虽然已经是晚上了，但是积雪的路面上还是很亮，村里人在积雪中扫出了一条路。

当鱼津最后到达西冈屋时，看到有一个人背对着店里的灯光，静静地站在那里。鱼津脱下滑雪板时，这个似乎是出门来迎接的人也只是沉默地看着他。

刚开始，鱼津以为是村子里的姑娘，但是当他走到店里，闻到香料的气味时，他才忽然意识到这是小坂的妹妹。两个年轻人应该告诉过自己小坂的妹妹阿薰在泽渡等消息，但是鱼津还是很吃惊，仿佛刚刚才知道这一消息。

鱼津虽然知道对方是小坂的妹妹，但是没有能够马上开口跟她说话。因为他不知道该怎样跟对方说小坂出事的事情。鱼津感到对方正在看着自己。店里的灯光把对方的半张脸照得特别清楚。两人面对面站了几秒钟，鱼津感到对方朝自己走近了两三步。

阿薰两手似乎要撑到鱼津胸口似的朝鱼津倒了过来。鱼津撑着对方的身体，口中说道："请原谅我！"这句话很自然地就从他嘴里出来了。阿薰把脸紧紧靠在鱼津沾满雪的胸口，呜呜地哭了起来。

"他为了照顾疲惫的我，就主动提出由自己领攀。"

"……"

"我当时就不该答应他！"

"……"

"再有十米，就能爬完那片岩壁了。"

鱼津每说一句话，对方就会紧紧地抓住他，把脸紧紧地靠在他胸口。过了一会儿，"我——"小坂的妹妹终于开口了："现在请让我哭一下。后面我绝不会再哭了。就现在，请让我哭会儿！"

说着，她好像得到了允许似的，又开始呜咽起来，像羚羊一样纤细、紧实的身体不停地颤抖着。鱼津站在那里，任由她抱着自己哭泣。

这时候，西冈屋的老板娘出来了，说道："不管怎样，请先进来吧。"一听这话，阿薰条件反射似的离开了鱼津胸口，后退了两三步，跟刚才一样，和鱼津面对面站着。

"总之，请原谅我。都是因为我，才让令兄遇上了那样的事。"

鱼津又说道。这次对方像小孩子摇着头说不要不要那样，慢慢地摇了摇头。两只眼睛还是盯着鱼津的眼睛看着。过了一会儿，她用手擦擦眼泪，说道：

"我想哥哥跟鱼津先生在一起的时候，一定是很开心的。多蒙您照顾了。非常感谢。我代哥哥向您表示感谢。"

语气非常冷静，完全想不到她刚刚才哭过。

鱼津走进西冈屋店内。

"真是不得了啊。"老板娘说道："之前还在这里精神十足地喝着茶的。"

鱼津他们在西冈屋的店里，坐在火炉旁，吃了晚饭。对于鱼津来说，这样正儿八经的晚餐已是久违的了。

还没吃完晚饭，从松本开来的汽车就到了。就是在上高地的休息点拜托T先生打电话调度来的汽车。年轻的司机也走进了店里，吃了碗乌冬面。

"路上积雪很厚，又是赶夜路，所以可能会花上比平时更多的时间。"

听司机这么说，鱼津一行人决定马上出发。接下来不需要滑雪了，也不需要走路了。鱼津换了身衣服，最后整理了一下背囊，他想着如果是平时的话，这会儿应该会有一种完成了任务之后的轻松吧。但是此刻，鱼津只有深深的疲惫，以及一种无法用语言表达也无法忍受的心情。因为好友命丧山中，自己却只能抛下他独自回来。从初中开始，他已经登了十几年山了，但还是第一次如此垂头丧气地从山上归来。

收拾好行李，离开西冈屋的时候，鱼津心想，下次再来的时候，就只有自己孤身一人了。他也不想再跟别人一起来登山了。如果小坂还活着的话，接下来的很多年两人应该都会一起结伴登山吧。现在小坂已经不在了，所以接下来自己就只能一个人来了。

鱼津站在积雪覆盖的路面上。不知道为什么，很不想上车。白天，从德泽休息点离开后不久，一想到很快就看不到前穗的高山了，离开就变成了一件令自己痛苦不堪的事情，现在，跟那会儿一样的痛苦又再次袭上了鱼津心头。

鱼津趁着司机蹲在路上检查轮胎上绑着的铁链的时间，沿着积雪覆盖的道路朝高处走去。他一边走，一边想，啊，我不想离开这里。我接下来将会去一个没有雪的地方。那里的马路上没有一片雪花，那里灯光闪亮，霓虹灯闪烁，到处都充斥着和这件事毫无关系的人。

"鱼津先生，还不上车吗？"

鱼津回过头。阿薰站在那里。

"不过，也可以再等会儿。"

鱼津有点怀疑自己的耳朵。但是，阿薰确实是这么说的。鱼津不由得朝对方看去。当然，在雪光映照下，他看不清楚对方的表情，但是鱼津还是一直盯着她的脸看着。这姑娘知道自己现在不想离开这里。而且她还很体谅自己的这种心情。

"上车吧。"

过了短短一小会儿，鱼津说道。接着，他跟在阿薰身后，裤子上沾满积雪，朝汽车走去。

汽车慢慢地开在积雪的夜路上。车子经常会打滑，这个时候就要稍稍往后退一点，然后猛地冲过去。

鱼津坐在车子左侧的窗边。车窗外，梓川正从悬崖下流过。中间坐的是小坂的妹妹，右侧是枝松。宫川坐在副驾的位置上。很长时间，大家谁都没有说话。把小坂乙彦留在山中，自己却急急忙忙地离开了那里。一种说不清道不明却令人难以忍受的感觉缠绕在每个人心头。

车窗外光线暗淡，不知道是雪光，还是月光，物体的形状模模糊糊地浮现在那里。鱼津不时地透过车窗向外看，但是不管什么时候看，那里都会有某种东西令他想起小坂乙彦。抽着香烟的小坂的侧脸、默默走路的小坂的背影、弯下腰系鞋带的小坂的身影，无处不在。

小坂在那里！小坂无处不在！鱼津这样在心中说道。当小坂的身影看得太多，觉得痛苦了，他就决定不再朝车窗外看了。

"很累吧？"阿薰说道。

"不，我没什么事。"

"但是刚刚你点了烟，却一直没有抽呢。"

"是吗。"

或许吧。或许是自己无意识中点了烟吧。或许自己的神经真的已经很疲惫了。

前川渡一户人家的房子被埋在了厚厚的积雪中。汽车一直沿着山脚开着。不久，开过奈川渡的村庄，进入了稻核。

稻核细长的村庄也一样在积雪中静静地沉睡着。从上条信一家门口经过的时候，鱼津很想下车去跟他说说话，但最终还是放弃了。他感觉如果自己把心上的伤口告诉上条的话，那伤口会变得越来越大。

进入岛岛之后，鱼津让车子停在派出所前，自己下了车，走进了派出所，正式向警察报告了小坂登山遇难一事。

车子开过岛岛车站之后，路就变得很平坦了。离小坂长眠的前穗已经很远了。虽然现在是晚上看不到，但是就算能看到，也只能远远地看到一小部分白雪皑皑的山脉吧。

"对于哥哥的离世，最伤心的是我妈妈，其次是鱼津先生，第三个才是我。"阿薰说道。

当松本市的灯光出现在车辆前方时，鱼津感到自己的胸口忽然热了起来。好多灯！跟雪、跟山、跟岩壁毫无关系的城市中的灯光成群结队地闪烁着。

不久，汽车穿过松本市的繁华区域，来到了车站。枝松第一个下车，阿薰也下了车，最后鱼津也下了车。地上没有积雪。车站的候车室里人潮汹涌。四个人找了个地方放下了行李。枝松出去买四个人的车票，不知道阿薰是不是想自己去买，也小跑着跟了上去。

鱼津看了看车站的时钟，离自己一行人将会乘坐的十点三十多分的普通快车的发车时间还有三十多分钟，他拜托宫川看着行李，自己走出候车室，来到了车站前的广场。天鹅绒般的夜空中，散落着无数颗星子。这里的夜空中看得到星星，鱼津心想。

鱼津一个人走在车站所在的广场上。汽车一辆接一辆地开到广场。人们不停地穿过广场。鱼津慢慢走着。如果这时候有人注意到鱼津，会觉得他就是一个刚刚登山归来的无忧无虑的年轻人吧，为了打发等车时间而在车站前的广场上散步。

但事实上，鱼津此时正处于他三十二年的人生当中至今为止从未曾经历过的孤独当中。他正置身于周围无人能懂的时间当中。鱼津心想，如果现在自己把所发生的事情跟周围的人说的话，谁都不会理解小坂的死吧。人们大概会说为什么要去攀登被积雪覆盖的高山呢。还会说为什么要半夜起来，身上系着登山绳去攀登那么陡峭的绝壁呢，不是一开始就知道这样做很危险吗。

但是，我们必须要那么做，鱼津心想。人生在世，不是任何想做的事情都可以去做吗？我们只是想着从来没有人登上过前穗东壁，所以就想去攀登一下，仅此而已。虽然我们这么做并没有一分钱，但是因为这个攀登的过程伴随着赌命般的危险，是自己的意志与雪、与岩石的较量，所以我们才那么想去做这件事。有人喜欢跳舞，有人喜欢打麻将，有人喜欢看电影，而我们则选择了攀登积雪覆盖的岩壁。

然后，小坂坠崖了！当这个冰冷的回忆出现在鱼津脑海中时，他停下了脚步。已经走到了候车室门口。鱼津朝四周看了一圈。熙来攘往的都是与小坂的死毫无关系，也不会理解他的死的人们。

鱼津朝自己放置行李的候车室的一角看去，看到枝松、宫川、小坂的妹妹三人正在一起认真地看着一张报纸。

鱼津朝候车室中三人所在的方向走去，问道："报纸上写了什么吗？"

阿薰回过头看了看，但是很快说道："没什么。"她把报纸叠起来放进包里，又说道："很快就检票了，我们去排队吧。"

此时，鱼津感到气氛有点怪异，但是也并没有放在心上。三人走到检票口前已经排好的几列队伍后面。

来到站台上，阿薰向车站工作人员打听了二等车厢停靠的位置，说道："在那边呢。"就率先朝那边走了过去。鱼津把车票什么的都交给别人去办理了，他不知道车票是谁付的钱，心想着后面再把钱给他。现在这些琐事都令他感到厌烦。

列车上还有两三个空位子，其他位置上已经都坐满了人。鱼津和阿薰并排坐在一起，枝松和宫川在稍稍隔几个位置的地方也两人并排坐了下来。

鱼津坐上了车,也还是孤身一人的样子。虽然旁边坐着阿薰,但是鱼津对此毫无感觉。他像自己独自一人坐车那样,沉浸到了自己的世界中。

阿薰买了茶过来,但是鱼津完全没有注意到她是什么时候拿过来的。列车不知道什么时候开车了。自己正在不停地靠近东京,意识到这一点时,鱼津又开始感到痛苦。小坂还长眠于山间的积雪中。而自己却坐着列车,准备回东京了。自己为什么要回东京去呢。

列车出发后大概过了三十分钟,鱼津对阿薰说道:"报纸借我看下吧。"他想着如果看看报纸的话,就能够逃离脑海中时刻不停出现的关于小坂的回忆吧。

"报纸吗?"阿薰有点为难似的说,"报纸是有……"这时候,鱼津才意识到报纸上可能有关于此次事件的报道。

"报纸上写了什么吗?"鱼津问道。阿薰神情哀伤地看着鱼津。

"给我看下吧。"

"可是,你最好还是不要看。"

"为什么?"

"你看了后可能会情绪激动。"阿薰说道。阿薰这副死活不肯拿出报纸的态度,在鱼津看来略显顽固。

"没关系的。我也想看看上面到底写了什么。"鱼津说道。

"那好吧。"阿薰起身从行李架上拿下一个小包,从外侧的口袋中拿出了报纸,又坐回到座位上,说道:"肯定会让你心里不快,不过请千万不要往心里去。"说完,把报纸递给了鱼津。鱼津完全想象不出报纸上会写什么样的内容,能够令自己不快。

鱼津马上翻到了社会版面,浏览了一下上面的标题,没有发现可能相关的报道。接着,他又看向右边的版面,这时,鱼津不由自主地屏住了呼吸。因为这虽然是一则短小的豆腐块大小的报道,但是它的标题是"尼龙登山绳真的断裂了吗"。

——此次在攀登前穗东壁的过程中,有一名攀登者不幸牺牲了。因为幸存的鱼津恭太先生还没有回来,所以我们无从知晓真相,但据说牺牲的小坂乙彦先生是因为尼龙登山绳断裂了才坠落的。但问题是,尼龙登山绳真的断裂了吗?尼龙登山绳比一般的麻质登山绳更为结实,被认为是不会断裂的登山绳。目前世界各国的登山家们都在使用,日本也开始有越来越多的登山家使用这种登山绳了。尼龙登山绳有没有可能会断裂呢,我们来听一下登山家们的意见。

在这一引言之后,是三名登山家的意见。这三名登山家，鱼津也听过他们的名字。一个人说尼龙登山绳是不可能断裂的，应该是技术上出现了某种失误才导致了此次事件的发生，另一个人说至今为止从未曾听说过尼龙登山绳会断裂，应该是出了什么差错吧，还有一个人说，如果尼龙登山绳断裂一事是真的话，那有可能是登山者在无意间把冰爪踩在了上面，使登山绳受损了的缘故吧。

鱼津看完三个知名登山家的意见之后，把报纸折好，还给小坂的妹妹，静静地说道："登山绳真的断了。"

"这个我当然知道。不过，大家为什么都会这么说呢？"

"这个……"

鱼津也不知道。尼龙登山绳要比一般的登山绳更结实，这一点已经是定论了。正因为如此，这次自己和小坂也特地使用了尼龙登山绳，而没有用麻质登山绳。但是尼龙登山绳断了。确确实实是断了。

鱼津读了报纸上的报道，完全感受不到这个报道是在讲此次小坂不幸遇难的事情。因为整篇报道都看不到一个字是写小坂这个人的死亡的。它所关注的完全是别的方面。

当然，事故发生的原因是登山绳的断裂。大家都以为登山绳是不会断裂的，所以把自己的性命都托付给了它，但是它断了。

不可能断裂的登山绳为什么会断呢？写这篇文章的报刊

记者就是从这个角度出发来谈这个事件的，并且听取了三名知名登山家的意见。然后三名登山家就这个问题说了自己的想法。

不可能断裂的登山绳却断了！这确实是一个问题。但是对于现在的鱼津来说，这些讨论完全是无所谓的。不管是什么原因，总之登山绳断了，小坂掉下去了。这个世界上已经没有小坂乙彦了。读完这则报道，鱼津再次真切地感受到自己只剩下孤零零一个人了。

"你不要太在意上面写的。这都写的什么啊！"

阿薰说道。可是连阿薰的话，都令鱼津感到不可思议。

"我完全没有在意，一点都没有。"

事实上鱼津确实没有把这则报道放在心上。他现在满心想的都是小坂现在没有和自己在一起。

"我现在在想，我还不如多在德泽休息点待上一段时间。我总感觉只要我在那里，小坂就会安心。小坂现在肯定很生气，因为我把他一个人抛在那边了。"

鱼津被自己的话刺激得眼泪都快流出来了，强烈的悲伤袭上了他的心头。

鱼津不知道什么时候睡着了。——在一阵阵吹过来的雪烟中，鱼津把冰镐插入岩石缝隙间。一团团小小的雪块不停地从上面掉落下来。手都快冻僵了。可是冰镐怎么也插不稳。

鱼津睁开眼。阿薰正在和站在通道上的枝松说话。他们的说话声传到了鱼津耳朵里。

——在租住的地方,肯定只有他自己一个人吧。

——应该是的。

——没有人陪着他真是不大放心啊。他看起来累坏了。我自己都不免为哥哥感到悲伤。而鱼津先生的悲伤比我更深,他似乎是把我的那份悲伤也一起承担过去了。

耳边传来这样的对话。鱼津心想他们是在说我呀,想着想着他很快又陷入了沉睡。——暴风雪从左边刮来。雪块不停地掉落下来,如同瀑布一般。鱼津等雪烟消散之后,再去看小坂在哪里。可是他怎么也找不到小坂。这时他意识到了一个冰冷的现实:小坂已经不在世上了。他猛地睁开眼。

于是,鱼津又从痛苦的睡眠中醒了过来。

第四章

常盘大作看着鱼津恭太走进事务所。鱼津微微低着因为被冻伤而红黑一片的脸走进了房间,脱下外套,挂在角落的墙壁上。然后他跟同事们轻轻低了低头,算是打了招呼。他走到自己的办公桌前,站在那里,把桌上堆放的邮件推到一边。

同事们谁都没有跟鱼津说话。平常的话,应该会有很多人跟他打招呼,说些"你没事太好啦""辛苦啦"之类的话,但是现在的鱼津一身冰冷的气息,让人无法开口跟他说这样的话。

鱼津跟坐在他前面的清水低低地说了两三句话之后,很快离开了自己的位置。常盘知道鱼津会过来找自己。

"任性了那么长时间,给您添麻烦了。"

鱼津来到常盘的办公桌前说道。

"任性什么的就不要提了。我很担心你啊。不过还好你没事。不管怎样总是活着回来了——"

"嗯，让您担心了。"

"什么时候回来的？"

"昨天晚上。"

"很累吧？"

"因为把朋友一个人扔在山上自己先回来了，所以心情一直很糟糕。"

"那倒也是啊。"说完，常盘大作又说："来，坐下吧。"让鱼津坐在椅子上。鱼津刚坐下，常盘又说：

"冬天的高山是很可怕的啊。不过，你们明知它的可怕还是出发了，所以发生这样的事情也是没有办法的！我虽然很同情你那位牺牲的朋友，可是你们两人中必然有一个人会是这样的结果吧。只是很偶然的，你没有抽到那根下下签，而你的朋友抽到了而已。不，也有可能你们两个一起交待在那里了。从这个角度来说，虽然只有你一个人回来了，也还算是幸运的。"

老实说，常盘大作对这个老给自己添麻烦的、爱登山的年轻员工有很大的不满。想要严厉地、毫不留情地教训他一顿，但是又想着还是把教训他的事情放到后面再说吧。这个年轻人险些把命都丢在山上了，好不容易回来，刚一见面，总不能突然就教训他吧。

而且，虽然这个年轻人总是冒死去做攀登岩壁这样徒劳的事情,但老实说,常盘大作觉得他比其他员工都要靠得住。虽然老给自己添麻烦这一点让自己很生气,但是比起那些不给自己添麻烦的员工,他觉得在某些方面这个年轻人更机灵。

"大山是多么可怕啊。只有意外真正发生在自己身上了才明白这一点吧。"

常盘语气中带着安慰的意思说道。结果,鱼津抬起头,说道:"登山绳断了。"他的意思似乎是如果登山绳没有断的话,大山完全没什么可怕的。

"登山绳断了?!是的,我也听说登山绳断了。可是不能把一切责任都推到登山绳上去啊。"常盘说道。

"当然,确实如此。不过,在那种情况下,如果登山绳没有断的话,我觉得总有办法可以挽救一下的。这是最让人遗憾的地方。"

鱼津一脸遗憾地说道。看到鱼津的眼中还残留着些许亢奋的色彩,常盘说道:"唔,好吧。总之,登山绳断了,也是你们倒霉吧。"说完,他又说道:"再休息两三天比较好吧。"

"嗯,我得再跟您任性一回了。请放我四五天的假。——我得去趟我朋友的老家,见见他母亲,把这件事跟她汇报一下。"

"嗯。他老家在哪里？"

"山形县。"

"你要亲自去吧？"

"嗯。"

"奠仪、车费——很不容易吧。"

常盘叫来公司的勤杂工，让他把借款的单子拿来，说道："你这也不是别的情况——特殊照顾吧。"说着，他单子推到鱼津面前。

"谢谢。"鱼津一脸终于得救了的表情，看了眼常盘，马上从口袋里拿出钢笔，在金额一栏上写了100 000。

常盘从办公桌的抽屉里拿出印章，看了眼单子上的金额，说道："太多了吧。"心想鱼津这家伙，别人为他好，他反而狮子大开口了。

"你顶多用一半吧？"

"这么多不行吗？"

"十万日元太多啦。需要用这么多吗？"

"要的。车票钱、杂费什么的，我自己从别的地方筹措一下。这十万日元，我想给我朋友的妈妈。因为我活着回来了，而她儿子却死在了那里。虽然我这么做也改变不了什么，但是我还是想要这么做。我想我的朋友一定也会理解我的想法，他妈妈也会感到高兴的。"

"唔……"

常盘大作似乎想了想，不一会儿，带着几分不悦的表情在单子上盖了章，"拿去吧。"

说完，他又接着说道：

"如果你死了的话，给公司带来的麻烦会更大。幸亏你躲过一劫了，那就借你吧。——你准备什么时候出发去山形？"

"准备这一两天就出发。其实我想今天晚上就出发的，但是……"

鱼津话说到一半，就听到有人在叫"常盘君"。一看，原来是大阪总部的专务董事时冈。他正站在事务所的门口，看着这里。

常盘像跟普通同事打招呼一样，回了声"哟！"不过紧接着又带着几分客气说道："请过来坐坐吧。"在一大群公司员工面前，常盘还是想给公司董事留面子的。

"我请你喝茶吧。能给我十分钟时间吗？"

时冈站在房间门口，瘦弱的身体微微后仰着，说道。他之所以不进房间，是因为怕被困在常盘大作的办公桌前。不仅是时冈，公司的其他董事也都如此。他们绝不会走进东京分公司内，因为这是常盘的地盘。在公司董事们眼中，常盘这一人物是危险的，因为他们不知道常盘什么时候就会滔滔不绝地卖弄起他的口才,损伤他们作为董事的威严。

常盘站了起来,丢给站在自己办公桌前的鱼津一句"别忘了交缺勤申请",就慢慢地挪动着他胖乎乎的身体朝时冈走了过去。

常盘和时冈两人坐电梯来到一层,走出南方大楼,来到了马路上,接着又走进了隔壁大楼一层的一家明亮的咖啡厅。

两人在正中间空着的位置上坐了下来。时冈向女服务员要了咖啡,忽然说道:"很麻烦啊,你底下员工发生的那个登山绳事件。"这似乎是他把常盘叫出来要谈的事情。常盘有点吃惊地看着时冈的脸。

"叫什么名字来着。是叫鱼津吧——就是那个年轻人在穗高发生的事故,很麻烦啊。他说是登山绳断了,你听听,这种说法肯定会得罪人的啊。"

常盘没有说话。确实,这么一说,还真有可能会得罪人。生产尼龙登山绳的佐仓绳业的董事长佐仓正是新东亚商事的大股东。从资本上来看,这两个公司就如同是兄弟公司。新东亚商事东京分公司的员工说佐仓绳业的产品尼龙登山绳在登山过程中断裂了,这确实是一件不太合适的事情。

"佐仓绳业好像非常生气。"

时冈略带施压似的说道。这种口吻刺激了常盘。

"要生气就让他生气好了。确实,我们公司跟佐仓绳业算是兄弟公司。但是我们也不能每做一件事就必须要考虑到他们的想法吧。我们是新东亚商事的员工,又不是佐仓绳业的员工。这事交给社长去处理就好了嘛。"

"不,社长也感到非常为难。"

"有点为难事也不算什么嘛。"

"可不能这么想。"

"不管怎么说,登山绳断了就是断了,他也只是实话实说罢了,有什么办法。老实说,我不太喜欢佐仓绳业这个公司。不仅仅是因为出了这次的事情,而是因为太爱出风头啦。那个叫佐仓的人。"

常盘压着粗嗓门低声说道。

"你先别把佐仓先生的问题混进来说嘛。"时冈说道,"总之,佐仓绳业那边说他们的尼龙登山绳是绝对不会断的。"

"但就是断了啊。"

"真的断没断,你也不知道吧。"

时冈说道。话音刚落,就见常盘大作瞪大了眼睛紧盯着时冈,过了好一会儿,才哼了一声:

"不,登山绳就是断了。鱼津这个人是不会说谎的。他在我手下工作了那么多年,这一点我还是了解的。"

常盘说得非常确定。时冈似乎意识到不能继续刺激常盘了。

"不，我并不是说那个年轻人在说谎。但是，谁都没有亲眼看到不是吗？"

"虽说谁都没有亲眼看到，但是在谁都没有看到的事情上也不撒谎，才是真正不撒谎的人。鱼津就是这样的人。"

说完，常盘大作向女服务员要了杯水，一口喝干，接着说道："从根本上来说，时冈君！"

现在他像盯着猎物一般紧盯着对方。常盘觉得虽然鱼津这个手下经常给自己惹麻烦，但是既然是自己的手下，那么自己就必须为他说上一说。

"虽说总部的人都爱说谎，但是请不要把分公司的员工和总部的员工混为一谈。总部的人从上到下都靠撒谎、耍花招、拍马屁混日子，当然，你是例外。想要当上课长、部长、董事。你看看，现在公司管理层的那些家伙哪个不是这样的？从来不说真话，嘴里尽是一些违心的谎话。"

"哎呀，这个时候，你先把总部的问题放一边嘛。"时冈打断道。

"不，我只是想说总部就是这么一个地方。但是总部虽然是这样的，东京分公司却不是如此。"

"这我明白。虽说是分公司，但是这里是你的王国，你在这里具有绝对的权力。"

"可不能这么说。我发现你当上董事之后，嘴皮子越来越厉害了嘛。"

常盘大作脸上没有一丝笑影地说道。

"总之，鱼津这个年轻人是不会说谎的。他既然说登山绳断了，那么登山绳肯定就是断了。我觉得这次发生的登山绳断裂这件事也是件好事。佐仓绳业应当谦虚地承认这个事实，然后在接下来努力制造出绝对不会断裂的登山绳。生气什么的，真是太没道理了。虽然佐仓绳业没想到鱼津会指出他们公司产品的缺陷，但是我觉得他们真该给鱼津发点奖金。"

"真是受不了你了。"

时冈一脸厌烦地说道。

"好吧，我明白你的意思了。就算登山绳真的断了，它也不可能是自己忽然就断了的吧。肯定是在某种物理条件下受到了某种外力，或者是发生了某种化学变化，使得登山绳处于一种必然会断裂的状态下。"

时冈说道。

"那倒是的。"常盘大作赞同道。

"既然这样，我想跟你商量个事儿。"

"什么事？"

"我先说好哦，我可不是要你颠倒黑白哦。"

"就算你说要我颠倒黑白，我也不会这么做啊。"

"所以我才跟你提前说一下嘛。好，你先听我讲完啊。现在普遍认为尼龙登山绳是不会断裂的。所以现在各国都在使用。但是它还是断了！"

"嗯。"

"可能是在操作上出现了什么失误。"

"嗯。"

"或者是前一天晚上冰爪不经意间踩到了登山绳，使其受损了。"

"嗯。"

"或者是挂到了某块尖锐的岩石上。"

"嗯。"

"这种可能性应该有很多吧。"

"应该有吧。"

"并不是要颠倒黑白。——登山绳断了。但是断裂的原因还不明了，所以需要好好调查。——我们希望鱼津君能够在报纸上表达这样的意思。"

"是想说登山绳断裂的原因并不是在登山绳上是吧？"

"不是的，是希望他能够坦率地承认登山绳操作失误等可能性。"

"嗯。"

"怎么样？这应该没问题吧？"

"是让鱼津写文章给报社吗？"

"也可以采取采访的形式。像之前那样只是说登山绳断了的话，佐仓绳业那边会忍受不了的。没有人会继续用尼龙登山绳。尼龙登山绳本身并没什么。一年的销量也很有限。但是，佐仓绳业的信誉却有可能因此一落千丈，会影响到其他产品。所以，这么点事，用你的力量去解决一下应该没问题吧？毕竟你每个月也是从公司领工资的。"

"虽然每个月领工资，这个工资是不是合理，那就两说啦。"

"你这么说，那还怎么聊啊。——总之，你帮我把这事儿跟那个年轻人说下吧。"

"行吧。既然是你拜托我做的事。这么点事，我也不能不答应啊。"

常盘说着，站起身来，走到放着电话的收银台边上。这似乎确实不是想要颠倒黑白。

常盘大作拿起听筒，给公司拨了个电话，问鱼津还在不在公司。没过一会儿，耳边就传来了鱼津的声音。

"我正准备回家。有什么事吗？"

"不，也没什么大事。就想问问，登山绳断了，有没有可能是因为挂到了某块特别尖锐的岩石上呢。"

常盘问道。

"也有这个可能。"

"也就是说,不一定就是登山绳的问题——"

他话还没说完,就听见鱼津打断道:

"不,是登山绳的问题。登山绳原本就不应该因为挂在尖锐的岩石上就断裂的。因为登山绳是在登山的时候使用的绳子。正常情况下不应该会断裂的。"

"嗯,那倒是……前一天晚上,登山绳有没有被冰爪踩到过?"

"没有。那些新手可能会出现这种情况,但是我跟小坂不会。"

"嗯,那就是没有这种可能性啦。"

"绝对没有。"

"那就麻烦啦。"常盘又说道,"好,——那就先这样。"挂上了电话。他再次走回到时冈身边,说道:"不行啊。"

"他说如果因为挂到岩角就断掉了,那这种就不能叫登山绳。这话也有道理。如果这种绳子也叫登山绳的话,那高根仁吉也能算是优秀人物了。"

高根仁吉是一位董事的名字。说完,常盘又继续说道:

"至于说冰爪不小心踩到登山绳这样的事,据说新手的话有可能会发生，登山老手则不可能出现这样的情况。"

"嗯。"时冈沉默着，脸色变得很难看，"总之，这个问题，你还是好好想一想吧。——不然会变得很麻烦。"

他的语气中带着几分威胁似的说道。这种语气又再次刺激到了常盘大作。

"变得很麻烦，怎么变得很麻烦？"

"这我也不知道。"

"变麻烦了就变麻烦了再说吧。我们也没必要替佐仓绳业的产品背负责任吧。"

常盘的声音猛然间提高了。时冈的语气反而又平静下来了：

"那这个问题就到此为止吧。你的性格还真是不讨人喜欢。感觉就是故意让董事长为难，让他生气似的。"

"我可没有。"

常盘大作说道。虽然他心知自己确实有几分时冈所说的想法。比起董事长，他更想站在那个总是给他带来麻烦的爱登山的年轻人这边。

常盘和时冈分开之后回到了事务所，看到一个像是报社记者的人正坐在他的办公桌前面。他一见到常盘，就马上站起来拿出了名片。名片上写的是R报社社会部的头衔。

"有什么事吗？"

常盘先开口问道。

"没什么别的事,原本是打算采访一下之前在前穗遇险的鱼津先生,但是刚刚听说他已经回家了,所以就想采访一下您。"

年轻的报纸记者从香烟盒中拿出了香烟。

"你采访我也没什么好说的啊,遇险的又不是我。"

常盘大作说道。

"话虽如此,但还是想听您说说您所了解的情况。我听说鱼津先生只跟您说过那个事件。"

"这样啊。鱼津可能是只跟我说了。但是他也没跟我说具体情况。他借了钱,交了缺勤申请就回家去了。——要么你去鱼津家里采访他吧。"

"照理应该这样,不过现在也还没有必要特地赶到鱼津先生家里去采访他。能先听您谈谈吗?"报纸记者接着说道,"登山绳真的断了吗?如果真的断了,那我觉得这问题就大了。登山绳可是登山家们全心信任,托付性命的东西啊。"

"嗯。"

"是真的吗?登山绳真的断了吗?"

常盘大作瞪了对方一眼,说道:"不知道。"想要甩开这个话题。

"登山绳断没断,鱼津先生没有说吗?"

"那倒是说了。他说了，但我没有听。"

常盘大作说道。语气中明显带着故意刁难。

"您没问吗？"

"没问。我应该替你问一下的啊。真是太遗憾了。"说完，常盘大作站起身来，"如果你想知道的话，就自己去问鱼津家吧。也不用花多长时间，从这里坐车三十分钟左右就能到。只需花上三十分钟，你的报道就能更准确哦。读者们也会想要知道确切的信息。"

年轻的报纸记者到了这会儿才明白常盘大作的意思似的，苦笑着站起身来，说道："那好吧。"

记者离开之后，常盘大作竖起耳朵听着正在事务所的一角打电话的女员工的话。

"说是断了。——但是，他是这么说的。"

女员工正这样说着。常盘大作朝她走了过去。

常盘拍拍女员工的肩膀，用眼睛示意她把电话给自己。

"请稍等。"

女员工把听筒交给了常盘。

"喂，请问有什么事？"

常盘重新问道。听筒中传来一个刺耳的男声。

"我这里是报社。不好意思那么忙还打扰您。事实上我是想问问鱼津先生那件事。"

这个人比刚才那个年轻的记者要有礼貌一些，但是他们想问的事情都是一样的。

"登山绳真的断了吗？不知道您知不知道？"

"我知道。"

常盘大作回答道。

"您知道。是吗，那我就想采访您一下——"

从对方的话里可以感觉到他似乎正在拿纸和笔。

"那我就开始了。登山绳究竟——？"

"断了。"

"断了?! 是吗，可是登山绳一般都是不会断的啊。"

"但还是断了。"

"是出于什么原因断的呢？"

"那就不知道了。总之就是断了！啪地就断了。"

"哦。"

"……"

"是因为岩石特别尖锐吗？"

"那不知道。总之是断了。断是确确实实断了的。"

"这就有问题了，登山绳不会平白无故就断的啊。"

"不，就是断了！这是他亲口说的，再没有比这更确切的了。"

接着，常盘大作的说话声突然变得激烈起来：

"如果你们想要知道登山绳断了这一点之外的事情,光打电话可是不行的!光打电话的话。——还是需要去亲自采访鱼津或是采用别的方法——"

"哦。"

"请自己去采访他吧。这样会更好!"

说完,常盘大作啪地挂上了电话,接着突然像做体操似的,一边左右伸展着胳膊,一边说道:"不肯花力气可不行!工作必须要老老实实去做。"

听了常盘的话,事务所内鸦雀无声。二十多个员工都感觉他骂的是自己。这时,常盘位置上的电话铃响了。常盘回到自己的办公桌旁,拿起了听筒。

"有一个叫做八代美那子的女士想要知道鱼津先生家的地址。可以告诉她吗?"

是前台的声音。

"鱼津很累了,还是不要把他家地址告诉别人了吧。"

"但是对方说请一定告诉她。"

常盘稍微想了想,说:"你让她进来。我来见见她。"

当常盘看到八代美那子的身影出现在事务所门口时,不由得吃了一惊。他心想,所谓鹤立鸡群,大概就是这个意思吧。

美那子在一名女员工的带领下来到了常盘大作的大办公

桌前，她把右手拿着的外套放在旁边的椅子上，稍微整理了一下和服衣襟，客气地低头说道："初次见面——我是八代。"

常盘从椅子上站了起来，"哎呀"一声，语气僵硬地说道："请坐。"想请美那子坐在椅子上。美那子坐下之后，稍稍有些拘谨地说道："我无论如何都想见见鱼津先生。"

"您是鱼津的朋友吗？还是在山上遇难的那位的——"

"我和鱼津先生见过面，不过跟遇难的小坂先生很早就认识了。"

"哦。那您就是想要了解一下他们遇险时候的情况吧。不过，鱼津现在非常累。"常盘说道，"能不能改天再见呢？"

"可是……"

很显然对方不太赞同。

"我不知道你们是什么关系，不过作为我来说，还是希望鱼津能够安安静静休息两三天的。"

听了这话，对方抬起头来，郑重其事地问道："打电话给他可以吗？"

"打电话啊。"

常盘到底说不出打电话也不行这样的话。

"打电话应该可以吧。不过，请尽量长话短说。"

"好的。那能告诉我一下鱼津先生的电话号码吗？"

常盘叫来一名女员工,让她把鱼津公寓的电话号码告诉来访者。美那子从手提包中拿出记事本记了下来,说道:"百忙之中打扰您了。给鱼津先生打电话的时候,我会按您说的长话短说。"

说完,她就站了起来。不知道是不是自己太多心了,常盘总觉得她的话里含着几分讽刺。

八代美那子离开之后,常盘心想,鱼津这家伙竟然还认识这么漂亮的美女。常盘原本对美女这种生物没什么好感,这次从结果来看也是如此。自己告诉了她电话号码,却感觉被她摆了一道似的,心里很不爽。

*

在东京的两天时间,鱼津一直把自己关在公寓内,谁都没有见。虽然有好几个人来拜访,不过他以生病为由拜托公寓的管理员夫妇帮他挡了回去。来访的全部都是报纸记者或杂志记者。

也有很多人打电话来,不过除了阿薰的电话,鱼津谁的电话也不接。

鱼津之所以不接受采访,不接电话,是因为在把事情告诉小坂的母亲之前,他想把一切都封存在自己心里。在把儿子遇难的消息告诉小坂的母亲之前,他想对这个世界说请保持安静，请让我一个人待着。

在公寓里待着的这两天里，鱼津详细地写下了这次和小坂的前穗之行。他根据自己在山上潦草写下的笔记，尽可能准确地记录了每一天发生的事情。连两人之间说过的话，只要能想起来的，也都写了进去。不管是为了小坂，还是为了小坂的母亲，这件事都是必须要做的。

出发前往酒田这一天的下午，阿薰打来了电话。鱼津下楼走到公寓管理员办公室，拿起听筒，最先传入耳朵的是"我是阿薰"这句话。

阿薰这个名字从她嘴里说出来的时候带着一种独特的韵味。鱼津心想，阿薰——还真像是小坂的妹妹会取的名字。不管是尚未成为成熟女性的纤细肢体，还是跟哥哥一样的精干偏黑的脸庞，都非常适合阿薰这个男女通用的名字。

"是不是有很多人去找您了？他们也来找我了，不过找我也没什么用，我想他们应该都去找您了吧。"

"我没有见他们。找了个生病的借口。"鱼津说道。

"不过，您是不是见一见他们会比较好。不见的话，反而被各种误解，就更不好了。"

阿薰说道。语气中满是担心。

"不，我不在乎。在见到你们母亲之前，我不想喋喋不休地说些没用的话。大家关注的都是登山绳究竟有没有断这个问题吧。"

"好像是的。"

"但事实就是断了啊。我后面会找个时间详细公布登山绳究竟是怎么断的。"

"但是，怎么说呢，我还是很担心。在您沉默的时候，别人任意揣测，这样也太没意思了。您一一跟他们见面，把误会解开，这样不是更好么？"

"没关系的。"

鱼津完全不在意别人的误解。

"列车是今天晚上九点的吧？"

"您提前十到十五分钟在检票口等我吧。我买了三等卧铺票。"

阿薰打电话过来好像就是为了告诉鱼津这件事。

按照阿薰所说的，鱼津这天夜里比发车时间九点提前二十分钟就来到了上野站的检票口附近。到了车站，鱼津才知道，自己即将乘坐的九点出发前往秋田的快车名叫"羽黑"。自己要乘坐的火车竟然是一座山的名字，鱼津不由得心头一颤。现在他只要一听到或者一看到山的名字，心口就会划过一阵奇怪的痛楚。他感觉自己似乎神经衰弱了。

上野站还有一点让他觉得心口发痛的是，他在这里看到很多年轻的男男女女拿着滑雪板前往东北各地的滑雪场。只要一看到滑雪板、背囊、雪靴，就会触痛他的旧伤。这样下去的话，看到车窗外的雪山什么的话，也会很痛苦吧。他心想，幸好坐的不是白天开行的，而是晚上开行的列车。好歹上了车躺到卧铺上很快就能睡着的。

鱼津正在这么想的时候，突然从旁边传来一个声音。

"鱼津先生！"

他转过头去一看，八代美那子一脸严肃地站在那里，神情与他之前任何一次见她的样子都不一样。

"啊，八代夫人。"

"我给您公寓那边打过一次电话，说是您病了不见任何人，所以我就没去找您。今天早上我给小坂的妹妹打了电话，听说你们要乘坐这趟列车出发，所以——好点了吗？您的病。"

"没什么大问题。"

"是太累了吧。"说着，她脸上神情突变，充满了痛苦，"上次，是我做得太过分了！"

鱼津突然意识到，在见到这个女人的这一刻之前，自己忙于这样那样的事情，已经完全把她忘诸脑后了。然后他在想自己是不是做错了什么。仔细想想，对于小坂乙彦来说，或许八代美那子才是这个世上与他关系最为密切的女人吧。

八代美那子想要逃离自己与小坂犯下的过错。而自己也支持她这么做，在把小坂带离她身边这件事上，自己也出了几分力。这件事本身没有任何可以被指责之处。

但是，小坂一死，自己所做的事情似乎就变成了非常残忍的多管闲事。这种内心的变化，在八代美那子身上也同样发生了吧，当然形式有所不同。如果不是这样的话，美那子不会一副这么严肃的表情。

"那个——"美那子屏住了呼吸似的说道，"听说登山绳断了，真的是自己断的吗——"

她盯着鱼津的眼睛问道。鱼津心头一惊。

登山绳真的断了吗这个问题，美那子问与别人问，含义完全不同。鱼津也不由得紧盯着美那子的眼睛。

在此之前，鱼津从未曾想过小坂乙彦把登山绳割断自杀这种可能性。但是，就在刚才美那子仿佛是确认般的提问，令鱼津意识到这种可能性并不是没有。

"登山绳是自己断的吧？"

美那子眼睛眨都不眨一下地又问了一次。

"是的，你不要担心。"

鱼津想要用这种说法来一扫对方的猜测。说着，他又想起了事情发生时，紧抓着冰镐的自己并没有感受到任何外力的撞击。鱼津感到那时候袭上自己心头的小小疑惑这次以一种更为清晰的形态回到了自己脑海里。但是他还是用力地肯定道：

"登山绳是自己断掉的。"

他之所以能够如此肯定，是因为在这短短的数分钟内，他又重新相信了，小坂乙彦绝不是一个会以那种形式自杀的人。作为一名登山家，在和朋友一起攀登的过程中，在登山最关键的时候，却起了自杀的念头，这怎么可能。这种事情无论如何都是无法想象的。

如果真是这样的话，他就玷污了大山，也冒犯了登山这一行为的神圣性。不管是哪个登山家，既然已经有了登山家的头衔，就不可能做出这样愚蠢的事情。登山家可以因为大山的原因而殒命于大山，但是绝不会因为山下乱七八糟的人际关系而在山上自杀。

"我为此一直深感痛苦。想着如果真是那样的话，我该怎么办。"

美那子说道。鱼津只听到了这两句。或许美那子还说了很多其他的话，但是进入到鱼津耳朵中的只有这两句。

"小坂他是绝不可能做你所担心的事情的。毫无疑问，登山绳是自己断掉的。"

"如果是这样，那就太好了。"

但是美那子脸上看不到一丝变化。

"小坂先生的妹妹来了。"

美那子说道。朝她所看的方向看去，阿薰正大踏步地朝这边走过来。

"刚刚说的话，就到此为止吧。绝没有发生你所担心的事情。"

鱼津说道。美那子轻轻点了点头，抬头瞥了一眼鱼津，似乎想要说什么，又没有开口。

阿薰来到鱼津和美那子站的地方，对美那子表达了前来送行的谢意："谢谢您早上给我电话。那么忙还劳烦您来送行，真是不好意思。"

接着，她又抬起她红扑扑的脸庞说道：

"让您久等了。老是不停地有事情出来。"

因为很快就要到发车时间了，三人一起来到了站台上。鱼津把自己和阿薰的行李都放到了自己的卧铺上之后，又回到了正站在站台上说话的美那子和阿薰身边。

"下次请一定去一趟酒田。哥哥肯定也会很高兴的。"

"嗯，我一定前去拜访。我对东北地区一无所知。酒田那边，现在应该正在下大雪吧。"

"雪每天都在下。不过因为是海边，所以没怎么积起来。"

两个女人说着诸如此类的话。

看到鱼津回到站台了，阿薰问道："行李都放好了？"

"放好了。"鱼津回答道。但是阿薰看着似乎还有点不太放心,说道:"我先进车厢里看着。"说完,她与美那子告别,把两人留在了站台上,自己独自进了车厢。

"我跟小坂的妹妹说话的时候,感到非常尴尬。她似乎误会了我跟小坂先生的关系。我真想咬咬牙把真相跟她说出来。"

美那子一脸尴尬地说道。

"还是不要说比较好吧。"

"是吗?——可是,她完全是以她自己误解的方式来看待我的。"

"就算被误解,不也都没什么了吗。"

"可是,这感觉就像是自己做了一件很不好的事情,还要藏着掖着似的。"

美那子说话的时候,发车铃声响了。鱼津本来想就正在说的这个话题,再多说一些自己的想法的,但是最终他只说了句"再见",就坐上了列车。

"总之,我不赞成你说出真相。你和小坂的事情,现在除了我和你之外,没有人知道了。不管是为了小坂,还是为了你自己,都不应该再提起了。你想说出来,只是出于你的自私罢了。说了之后,你的心情可能会得到平复,但是没有一个人会因为你说了真话而感到开心的。"

列车开动了。不知道是不是因为鱼津的话说得太重了,美那子的表情一下子变得很悲伤,但她很快带着这种表情转身朝着跟鱼津相反的方向挥了挥手。阿薰似乎正打开车窗,伸出脸来了。

列车驶过鹤冈的时候,天色开始渐渐亮了起来。鱼津从卧铺上下来,来到过道上,透过车窗朝外看去。列车正疾驰在薄雪覆盖的平原上。

在盥洗室简单洗了下脸回到自己的位置,睡在对面下铺的阿薰也起来了。

"睡着了吗?"鱼津问道。

"睡得很熟。一小时前醒了,睡不着,就去洗了把脸,之后就一直躺在床上了。"

阿薰回答道。这么一说,鱼津才发现阿薰似乎已经洗过脸了,脸上很干净,口红的颜色也比昨天晚上稍微浓了点。

"再用不到一个小时就能到了。我妈妈可能会到车站接我们。"

阿薰说道。

早上六点半,列车到达了酒田站。下了列车,来到站台上,早晨冷冽的空气令人脸颊发麻。因为检票口附近很拥挤,鱼津和阿薰就站在一边,等着人变少一点再出去。

"我妈来了。你猜是哪个?"

听阿薰这么一说,鱼津就看向检票口外站着的人群,想从中找出小坂的母亲。很快他注意到了一个正看着自己这边的六十多岁的女性,身边跟着一个二十岁左右的双颊红通通的姑娘。

"是那位吧?身边跟着个年轻姑娘的——"

"是的。跟她在一起的是在我家当女佣的姑娘。不过因为我们都不在身边,所以妈妈把这个姑娘当成了自己的孩子一样,很疼爱她。我哥哥是不是比我更像我妈妈?"

虽然阿薰这么说,但是因为离得太远,鱼津看不清楚小坂的母亲跟儿子和女儿之间有哪些相似之处。

两人出了检票口,小坂的母亲就微笑着走了过来。

"欢迎您远道而来。别的话后面再慢慢说,首先请容许我就这次的事情向您表示感谢。"

说着,她微微低下了头。她的神情并不像是在迎接一个前来报告儿子死讯的人。虽然她内心肯定很悲伤,但是这种悲伤、这种沉重一点都没露在脸上。她的神情和态度都是淡淡的,就如同她迎接的是一个远道而来的普通客人。

"车子呢?"阿薰问道。

"在那边等着。——这边请。"

母亲率先朝车子的方向走去。车站前的广场上,细细的雪花还在飞舞着。但是地面上没有积雪。

鱼津、阿薰、母亲依次坐上了车子。双颊红通通的姑娘坐在了副驾驶位置上。

从车站到小坂家,开车大概五六分钟。房子位于日和山公园的入口处旁,从车站附近的地形来看,属于相当高的地方。这里在酒田市内也属于最安静的高岗住宅区之一。

一行人在门口下了车。这是一所很大的房子,四周围绕着黑色的院墙,从外观上看,完全想象不到这是只有母亲和女佣两人生活的房子。

"就是这里了。乡下的老房子,很奇怪的哦。"

阿薰像打预防针似的说道。她让母亲和女佣先进去,自己和鱼津站在一起走了进去,似乎是想带领鱼津参观一下。

打开玄关的大门,里面是一个没有铺地板的裸露着地面的房间,通向房子深处。鱼津跟在阿薰身后,经过这个房间,朝房子里面走去。在房间的拐角处向左转,尽头似乎是厨房。

突然,面对着这个房间的一排房间中,有一间的拉门被拉开了,小坂的母亲露出脸来,说道:"请进。"

"您家可真气派。"鱼津不由得说道。然后他站在这个没铺地板的房间里,仰头看着顶棚上完全裸露的木结构。使用的全都是东京那边看不到的巨大的、结实的木材。从房子的结构上来看，这个家族的历史似乎很悠久。不过，因为房间太大了，所以感觉有点冷。

鱼津脱了鞋子，走上了一个设有被炉的、似乎是客厅的房间。

阿薰从厨房那边过来，说道："旁边的房间里放着哥哥的照片。"她的意思似乎是这是小坂出生的地方，所以首先应该先去见见他。

鱼津和小坂的母亲、阿薰三人一起走到了旁边的房间。因为采光不好，房间里很暗。等眼睛适应了房间里的光线之后，鱼津看到房间角落里放着一张正方形的桌子，上面是一张放大后的小坂乙彦的照片。照片上小坂穿着登山服，拿着冰镐。照片前面是一个花瓶，里面插着两三枝玫瑰花。

一般的话，这里应该设佛龛，但是因为小坂的遗体还没有找到，所以就先这么布置了吧。上面放着的照片一点都没有死人照片的那种阴暗感觉。鱼津还记得小坂的这张照片。那应该是两人在大学三年级的时候，一起去攀登枪岳时拍的照片。是鱼津用小坂的照相机拍的。"阿薰说鱼津先生来了之后，让我千万别哭丧着脸。不过，就算我一个人的时候，我也不会哭丧着脸。乙彦是为了做自己喜欢的事情才丢了性命的，我想这对于他来说也算是求仁得仁了。那么长时间，乙彦多承鱼津先生您的照顾了。他总是跟我说鱼津、鱼津，您的名字我已经从他口中听说过几千次了。"

小坂的母亲语气平静地说道。

三人一起回到客厅之后,鱼津郑重地向小坂的母亲表达了自己的哀悼之情,然后又小心地措辞,在尽量不刺激小坂母亲的前提下,详细地汇报了事发前后的情况。小坂的母亲一边听着,一边点头。听完之后,她说道:

"上初中的时候,他曾经半开玩笑似的跟我说,妈妈,如果人终有一死的话,我不要死在榻榻米上。现在他的话都成了真。但是,我想,男子汉大丈夫,做了自己想要去做的事情,这就可以了。反正生命只有一次。——乙彦做了自己想做的事情,并为此献出了生命,我想他应该是无悔的。"

此时,小坂的母亲眼里也浮现出了泪光,但是她的语气一如既往的平静。坐在一旁的阿薰看到眼泪顺着母亲的脸颊流了下来,就提醒道:"妈妈,不可以哭哦。"

结果,母亲说:"我没哭。一点都没有哭。眼泪流出来了,这也是没办法的啊。因为它是自己流出来的。"

母亲说着,笑了起来。一边笑着,一边用手帕摁了摁眼睛,说道:"你们俩都饿了吧?"她似乎想用这句话给自己的哀伤打上一个休止符,动作麻利地站了起来,一点都不像一个六十多岁的人。

正如阿薰所说,鱼津觉得,比起阿薰,小坂的母亲与小坂长得更相像。两个人的脸型一模一样，性格也非常相似。阿薰似乎与大约十年前亡故的、曾担任过当地银行行长的父亲更为相像，比起母亲和哥哥，她更能够控制自己的情感，不让情感流露于表面。

吃完早饭之后，鱼津想起了准备的十万日元的奠仪，拿出来，放在母女二人面前。

"您这是干什么？乙彦也会被吓一跳的。"

母亲坚辞不受，但是鱼津坚持要对方收下。于是，母亲说道：

"那这份奠仪就充当挖掘乙彦骸骨的一部分费用吧。反正，为了乙彦的事情，还需要鱼津先生你往山上跑好多次。"

"没关系的。这些费用不管多少，我都可以从公司借出来。"

"不要说得好像自己开了银行一样嘛。"

"不，是真的。我们公司经理人很好。"

鱼津说着，硬是把奠仪放到了小坂母亲手里。

"既然您这么说，那就先放在我这里吧。"

母亲走进隔壁房间，把奠仪放在乙彦的照片前。

下午，鱼津在阿薰的带领下前往屋后丘陵上的公园。和早晨一样，屋外还飘着如碎羽一般细细的雪花。

沿着房子前面平缓的坡道往上走，右手边有一段石阶路。走过这段石阶路，就来到了丘陵上。

"春天的时候，站在这里，会让人心旷神怡，不过现在就只感觉到冷了。"

阿薰说道。事实上也确实只让人感觉到了寒冷。站在公园，原本可以远眺港湾一带，但是现在海面被雪花笼罩，完全看不到。

"还能看到最上川的入海口呢。"

阿薰又把鱼津拉到了据说能够看到最上川入海口的地方，但是那里同样被雪花笼罩着，看不清楚。光线暗淡的灰蒙蒙的天空下，只能够微微看到一点入海口的小沙洲。

风是从海上吹来的，非常冷。丘陵上多是松树，树干上背对大海的一面积了一层白雪。

两人斜穿过丘陵，来到了日枝神社内。公园里空无一人，当地人称之为山王的这个神社内，也同样不见一个人影。走进神社，地面上已经积起了雪。

两人踩着厚厚的积雪，朝楼门走去。

"这里曾经是哥哥玩耍的地方。"

阿薰说道。鱼津心想这里就是小坂年幼的时候每天都会来玩的地方啊。他眼前仿佛能够看到身姿敏捷的少年眼里闪着光，到处跑来跑去的样子。

正殿为了防雪，围上了竹席，透过竹席的缝隙只能看到正面的一部分。

"我还记得哥哥曾骑在那座石狮子上。不知道是不是因为这样冒犯了神明,才会遇到这样的事情。"

石狮子上现在也积了雪。

"明天天晴的话,我再带您去看别的地方。"

阿薰说道。

"不,明天我得回去了。"

鱼津说道。

"啊,您明天就回啊?"

"还得去上班,所以不能多待。"

"可是,多住一晚应该没事吧——怎么办呢?鱼津先生回去的话,我和妈妈肯定会冷清得哭出来的。拜托了!不能再多住一晚上吗?"

阿薰嘴里说着,一脸认真的表情。鱼津觉得,自己离开的话,母女二人真的会感到冷清吧。

鱼津准备在小坂家住一晚,坐第二天下午的列车从酒田出发。虽然阿薰和小坂的母亲都劝鱼津,好不容易来了就再多住一晚,但是住在小坂已经不在的小坂老家,对于鱼津来说倍感痛苦。而且,已经跟小坂的母亲见了面,暂时完成了自己必须要做的事情之后,遇险以来一直累积的疲惫忽然朝鱼津袭来。他现在很想自己一个人待着。

鱼津想先前往山形，在山形下车，住上一晚，见一见大学时代和小坂共同的好朋友寺田。他现在正在一家高中当老师。他觉得小坂遇难的事情也应当跟寺田说一下，这样已逝的故人也会感到高兴吧。

出发的时候，阿薰和小坂的母亲把鱼津送到了车站。阿薰说道："我大概再过一周回东京。到时候再去拜访您，向您致谢。"

小坂的母亲在鱼津来的时候没有流泪，在他离开的时候却哭了。当鱼津从车窗里伸出头告别时，她身体紧紧地贴着车窗，说道："昨天早上，当鱼津先生和阿薰一起出现在站台上的时候，我真的以为是乙彦和阿薰一起回来了。我当时真是那么觉得的。——现在鱼津先生您要回去了，忽然就感觉冷清得让人受不了。"

"妈妈，没事的。我会再带鱼津先生来看您的。"

阿薰在旁边对母亲说道。

"我一定会再来的。"

鱼津说道。虽然他不知道自己还要再来几次，但是等到找到小坂的遗体了，肯定还要来的，此外，也需要经常来看望好友的母亲。

列车滑出站台，纵目远眺，整个庄内平原上都飘舞着细细的雪花。列车开过了好几站，还是没有开出这片平原。

随着离山区越来越近，原本像绒毛一般的细雪变成了充满了湿气的鹅毛大雪。雪花还被刮到了车窗玻璃上。

开过狩川站，庄内平原渐渐变得狭窄起来，列车逐渐靠近了平原尽头白雪皑皑的群山。不久，车窗的左侧，可以看到最上川清澈的流水了。

再开过下一站之后不久，列车就沿着最上川前进了。被白雪覆盖的杂木山林呈现出美丽的银灰色，清澈的河流沿着山脚，波澜不惊地缓缓流过。

看着最上川的河水，小坂的死亡变成一种剜心般的孤独朝鱼津的内心侵袭而来。自事情发生以来已经过了十多天，但鱼津还是第一次既不是作为一名登山家，也不是作为遇难事件的幸存者，而仅仅是作为一个朋友，意识到小坂乙彦已经不在世上了。他陷入了深深的悲伤。直到列车在一个叫做津谷的车站附近离开最上川为止，鱼津都一直呆呆地盯着清澈的河水。

列车沿线的小站大半都被积雪埋住了。每个车站附近都可以看到拉着雪橇瑟瑟发抖的马。

离开酒田的时候，鱼津提前发了个电报，所以寺田就到山形站来接他了。

"这次你真是遭了大罪了。小坂那家伙还丢了命，不过这大概就是人们所说的命数吧。——所以，我很早之前就说了我是不喜欢登山的。"

寺田是个身高一米七五左右的大高个。鱼津刚出了检票口，他就看到了，马上以至交好友的口吻问道："累坏了吧？"

"不，已经没事了。只不过在来这里的车上，第一次真正感受到小坂已经不在了。"

"嗯，先不说这些了，我们先去旅馆，再慢慢聊吧。"

两人坐上车，前往市中心一家在山形数一数二的古老旅店。街上没有积雪，但到底是北方的城市，细细的雪花在暮色四合的街巷间不停飞舞着。

这天晚上，在旅馆的一个房间内，鱼津和两年未见的大学时代的好友一起喝了酒。

"小坂也喜欢喝酒，你把他的那份酒也喝了吧，他也会高兴的。"

寺田说着，很快又给鱼津的杯子里满上了酒。这天夜里是事故发生以来鱼津第一次喝酒。在小坂家的时候，晚饭时饭桌上也拿出了酒壶，但是鱼津推辞了，没有喝。

当桌子上已经放了三四个酒壶时，鱼津感到醉意已经在自己全身弥漫开来了。寺田虽然说自己现在已经酒量大涨了，但是事实上似乎并没有他自己说的那么厉害，很快就满脸通红，说话声音也大起来了。

"一个叫什么什么绳业的公司说是在做实验测试登山绳到底会不会断。——这做的都是什么讨厌人的事儿啊。"

听了寺田的话,鱼津把正要放到嘴边的酒杯放回到了桌上,慢吞吞地问道:"报纸上写了?"

"你还没看到?今天早上的报纸上写了。你们用的尼龙登山绳的生产厂家的董事长还是专务董事来着,反正就是那个位子的人,说尼龙登山绳是绝对不可能断的,就算真的断了,也肯定是出了什么错。然后还说为了把事情调查清楚,有必要的话准备进行公开实验,看登山绳究竟会不会断。"

寺田说道。

"哼。"

鱼津不由得哼出了声。

"你看吗?这个旅馆里应该也有报纸。"

寺田想要把女服务员叫来。

"不用了,等我回了东京再慢慢看吧。"

鱼津说道,嘴里又"哼"了一声。

在自己忙着处理小坂的身后事,还没有从悲伤中脱离出来的时候,整个事件已经朝着完全没有想到的方向发展而去了。从山上下来之后从松本回东京的列车上看到的报纸上已经有了这种预兆,但是鱼津对此并不在意。与其说是不在意,不如说是小坂之死带来的打击太大了,他完全没有余力去认真应对除此之外的事情。

"但是呢。"寺田往鱼津的酒杯里倒着酒,"他们说登山绳绝不会断,那你的立场就很不妙了。他们说登山绳不会自己断掉,那不就是等于说是你弄断的吗?"

"大概是吧。"

"你认真点!你这次回了东京,一定要写篇文章,清清楚楚、仔仔细细地把登山绳是怎么断掉的说清楚。"

"我当然会写的。"

"不然的话,人们就会有各种猜测。报纸也好,杂志也好,你一定要尽快把你们遇险时的情况说清楚。"

"没关系的。"

鱼津简短地回应了寺田的话,但是他脑子里想的完全是别的事情。

登山绳是断掉了的。这一点,不管别人再怎么说也没用,这就是事实。问题是登山绳为什么会断掉呢?断裂的原因是登山绳本身的性能问题吗,如果不是的话,就只能从外部因素上去考虑了。如果是外部原因的话,那么造成登山绳断裂的原因不是在自己身上,就是在小坂身上。

鱼津首先否定了其中的一种可能性。

"我没有弄断登山绳!"

鱼津忘记寺田还在自己面前,自言自语地说道。

"那是肯定的。我也不认为是你弄断的。"

"你当然不会这么想。但是这社会上的很多人都认为登山绳是不会自己断掉的,所以就会认为是我弄断的。"

"所以我才说你应该尽快把事情说清楚嘛。"

"要我去说清楚我没有弄断登山绳吗!"鱼津悲伤地说道,"你说要我去说清楚登山绳不是我弄断的。那么,为什么人们会认为登山绳有可能是我弄断的呢?"

寺田沉默着,没有说话。鱼津也不管,自问自答地说道:"他们的意思是我为了救自己!因为惜命!所以我就把挂着朋友的登山绳弄断了!确实,那一切没有任何人看到。目睹事实的只有白雪覆盖的岩石。"

说着,鱼津有些歇斯底里地高声笑道:"寺田,你不用担心我。我没有弄断绳子。我想过和小坂一起死,但是从没想过要扔下他来救自己。"

"哎,喝酒喝酒。你太累啦。"

不知道是不是从鱼津的话里感受到了一种异常的情绪,寺田没有接鱼津的话。

"我没有弄断登山绳,那么就只剩下技术上的问题了。也就是说在使用登山绳的时候出现了失误。比如,无意间把冰爪踩到了登山绳上面,或是在做饭的时候煤油炉不小心把登山绳烤焦了等等。——但是,我和小坂并没有犯这样的错误。被人这么猜测，作为一个登山家，小坂就算死了也不会瞑目吧。"

"我明白。"

"我没有弄断登山绳。在登山绳的操作上也没有出现失误。那么，剩下的可能性就是——"

鱼津没有再继续说下去。他没有办法在寺田面前说出这最后一个可能性。那就是小坂为了自杀故意弄断了登山绳。他并不是完全没有自杀的原因。现在知道之前发生的事情的，只有自己和八代美那子。现在八代美那子不也抱有这样的怀疑吗！

"但是，"

鱼津只说出了这个词。虽然只说了这个词，但是在鱼津自己的脑海内，这也是他对自己说的话。

——但是，我无论如何也无法相信小坂会以那样的方式自杀。我很了解小坂。不管他有多么狂乱，不管当时自杀的念头是如何突然地袭上他的心头，他都不是一个会以那种方式选择死亡的男人。他是一名登山家。怎么可能做出那样的事情来侮辱大山！

"登山绳是自己断掉的。登山绳自身的缺陷，虽然我并不知道这种缺陷是怎么出现的，但是总之那个时候，这种缺陷出现了。挂登山绳的岩石应该也有问题吧。我们可以认为，面对某些特定角度的岩石，尼龙登山绳是很脆弱的。"

鱼津第一次用力说出了类似结论的话，接着又拿起酒壶，给寺田满上酒："唉，不说了，一切等回到东京再说吧。小坂这家伙不在了，还真是冷清啊。"

第五章

从酒田回来过了大约十天之后,鱼津恭太写的名为《在前穗东壁痛失好友》的随笔似的文章刊登在了国内最大的报纸之一K新闻的早报文艺栏上。

这篇随笔分为上中下三部分,分三天刊登。但是在第一天刊登之后,鱼津一到公司,就被常盘大作叫住了。

"你的文章写得很不错啊。用当下流行的话来说,就是相当理性啊。一点也不黏黏糊糊,叽叽歪歪的。看来我得重新评价你的文才啦。"

常盘大作高兴地说道。对于很少表扬别人的常盘来说,这实在是太少见了。

"你说你希望在小坂的墓碑上写上'出生了。登山了。死了。'改成'出生了。向上爬了。死了'是不是更好? ——不,改成'出生了。攀登了。死了。'会更好吧。不管怎样,不必特地限定是登山吧。"

"那就这么改吧。"

鱼津苦笑着回答道。

"对了，我还有一个希望。虽然你目前的文章中写的对于遇难者的怀念之情，已经非常情真意切了，但是还是希望能够再多加一些记录性的内容。你现在写的像是文学家写的文章。但是你不是文学家啊，如果想跟文学家竞争的话，就算你再通宵达旦地写，你也是比不过的呀。"

"我没有通宵达旦地写。"

鱼津抗议道。但是常盘毫不理会。

"你应该以登山家的眼睛，而不是别的什么，只是以一个登山家的眼睛，来冷静地记述那个事件。虽然你写出了'事件的意义令我颤抖。这比雪还冷的事件的意义。'这样的名句，但是你更应该做的是，用比雪更冷静的态度来记述这个事件。"

"眼见着评价越来越差了呀。不过，还是请继续看明天刊登的内容吧。是用比雪更冷静的态度记述的哦。"鱼津说道。

结果常盘有点吃惊似的问道："明天还有吗？"

"今天刊登的只是一个部分啊。不是写了'上'嘛。"

"是吗？"常盘说道，"那真是篇大作啊。"

鱼津想，到了明天，自己的文章多多少少会令常盘感到为难吧。

既然提及了尼龙登山绳的性能，文章中多少都会对佐仓绳业有所批判。佐仓绳业和新东亚商事的关系，鱼津并非一无所知。但是，为了小坂，为了自己，从更大的意义上来说，为了整个登山界，他必须要写。

第二天，鱼津在上班途中，在大森站的小店里买了份早报，在电车上读了自己写的《在前穗东壁痛失好友》的第二部分的内容。

——我们这次使用的登山绳是在新宿的某家体育用品店买的。我们还是第一次使用尼龙登山绳。我们所购买的是使用了东邦化工生产的尼龙线，由佐仓绳业制作的八毫米登山绳。从盖了质保印章的说明书上可知，这种八毫米登山绳的抗拉强度可以与一直以来使用的十二毫米马尼拉麻绳相媲美。

当然，我们既然选择使用尼龙登山绳，对其相关知识也都有所了解。在耐寒方面，之前已有人用别的公司的产品攀登过玛纳斯鲁峰了，而且在南冰洋捕鲸中也有使用，所以没什么可担心的。但是，我们从未听说过关于尼龙纤维进水之后又被冻上的实验。

其次，一般认为尼龙不耐紫外线照射。我们为了避免紫外线，同时也为了方便看到，就给登山绳染了橘色。当然，只是染了登山绳表面，尽量避免染料渗入到登山绳内部。同时，除了登山时系登山绳（用登山绳把两人系在一起）的时候，为了不让登山绳受紫外线照射，也为了防止登山绳受到其他损伤，我们用防水棉布做了个袋子，把登山绳装在里面再带着走。

我们买好登山绳之后，在出发之前，两人就是否可以使用尼龙登山绳讨论了多次。从习惯上来说，对于使用8毫米的登山绳，我们并非没有担心。但是我们最终还是选择使用，这是因为我们看到了尼龙科学在各个领域划时代的发展，而且我们也相信它的安全性。

于是，我们就带着我们购买的八十米长的尼龙登山绳，想要在冬季完成攀登前穗东面的峭壁。这面高达二百米的岩壁，我们一般称之为前穗东壁。——

在新桥站下车时，鱼津已经把这段文章读了两遍了。

推开公司的门时，鱼津朝正对着的常盘大作的办公桌方向看了眼。常盘大作靠在椅子上，两只手正拿着摊开的报纸看着。

鱼津感觉自己的视线和常盘大作的视线正好撞到了一起。常盘的视线很快回到了报纸上，他的坐姿也没有发生变化，但是当鱼津往自己的办公桌走过去的时候，常盘很粗鲁地打了个大大的哈欠。鱼津朝常盘的方向看去。

常盘大作慢悠悠地站了起来，像平时一样漫无目的地在事务所内走来走去，眼看着朝鱼津办公桌的方向走来了，中途又向右转，经过他自己的办公桌前，来到外勤员工专用的办公桌对面，又在那里向右转去。

鱼津等着常盘转到自己的办公桌前停下来。他觉得常盘肯定会来自己位置上的。但是，常盘一直没过来。他像动物园里的熊一样慢吞吞地在十多个正在工作的员工中间走来走去。

鱼津觉得常盘不可能没看自己写的文章。但是，他看了，却没有过来跟自己说一句话，这让鱼津感到有些不安。

算不清是第几次了，当常盘再次准备从鱼津的办公桌前走过时，鱼津主动开口叫道："经理！"常盘停下脚步，看向鱼津，似乎在问"什么事啊"。

"您看了吗？"

"看什么？"

"我在报纸上写的文章。"

"唔。"

常盘的回答很模糊。接着他又盯着鱼津的眼睛，似乎在说"还有什么事，赶紧说"。

"我有点不大放心。"

"不放心什么。"

"唔，我在文章里写了佐仓绳业的名字。"

"为什么写了佐仓绳业的名字，就感到不放心呢？"

常盘大作说道。被他这么一反问，鱼津感觉很难回答，于是他沉默了。常盘一副终于逮到猎物的表情，说道：

"我没想到会从你口中听到不大放心这样的话。我还以为像你这样的男人是不会做写了又觉得不放心的事的。我以为登山家原本就应该是那样的人。"

说到这里，他吸了口气，继续说道：

"我看了，你写的文章！看了之后，我是这么想的。鱼津这家伙很快就要向我交辞职信了吧。可即使如此，也还是个让人佩服的家伙。让董事长怒火中烧，让分公司经理进退两难，自己却辞了工作，挥挥衣袖就走了！——你是这么想的吧。没有这种觉悟的话，是不可能写那样的文章的吧。那是给这家新东亚商事的决斗书吧。真是一份让人感到痛快无比的决斗书啊……"

常盘大作说道。因为不知道常盘真正的想法是什么，所以鱼津恭太还是没有说话。

"但是现在，你却跟我说有点不大放心。既然不大放心，你就不要写嘛！"

常盘并没有怒斥，但是鱼津却感到有一种像电流一样的东西瞬间穿过整个身体。

"我并不是在意公司，就是有点担心经理你会难做。"

"唔，是担心我啊。那真是不好意思了。但我还是要说你这担心是多余的。你这话经常听那些不孝的人这么说。做了各种不孝的事情之后，还说担心父母。"

"……"

"但是对于父母来说，看到孩子担心自己也不会觉得有多高兴。倒更希望他不要对自己做过的事情感到后悔。难道不是吗？"

说到这里，常盘大作看着鱼津的眼睛，似乎意在叮嘱。

"我明白了。"鱼津说道，"那我就战斗到底。但是我不会提交辞职信。一提交了辞职信，别人就会觉得是我认错了。"

听了鱼津的话，常盘大作脸上的表情略微有些复杂。

"这样啊。"

"不管怎样，开弓没有回头箭。等看了明天的文章之后，如果经理你还让我写辞职信的话，那我就写。"

"明天的部分写的是什么内容？"

"简单来说，就是尼龙登山绳的性能是有局限性的。和马尼拉麻绳的登山绳相比较，有优势，但是可能也有缺陷。我们应该研究这种缺陷，对其进行改良，以防类似事件再次发生。"

"唔——"

"我就写到了这个程度。"

"先不管写到什么程度吧,你写了尼龙登山绳有缺陷,这就够佐仓绳业头疼的了。说存在缺陷,他们就会感到头疼!"

"可事实上就是存在的啊。"

"就算事实上存在,这样被人指出来,也还是会感到头疼啊!不管是纸也好,发蜡也好,不管是什么商品,都会有缺陷的吧。可是如果有人明确说这个商品是有缺陷的,那就没人买了呀。"

"……"

"既然是商品,就不可以有缺陷!唔,估计你早晚都得写辞职信的。你就做好这样的心理准备,堂堂正正地去做吧。就当自己之前已经在山上死了。现在还能活着就已经是赚了。"

鱼津不知道常盘的这番话到底应该算是教训,还是教唆,但不可思议的是,他从他的话中感受到了一种勇气。

"大阪总部来的电话。"

一个女员工说道。

"你看,来了吧。"常盘说完,又对鱼津说道,"我还有话跟你说,你先别离开公司啊。"

说完,他朝电话走去。

常盘从女员工手中接过听筒之后,小声地说了两三句,后面就一直"嗯嗯""哦哦"地在附和,但是不久,他的说话声开始大起来了。他的声音传到了事务所里每一个正在工作的人耳中。

"哎呀,虽说如此,但其实我也挺惊讶的。……不,是这样的。我觉得他并非不知道佐仓绳业和我们公司的关系。但还是做出了那样的事情!只能用发疯来形容了。……确实,正如董事长您所说。我真不知道他是这样的脾气。……简单来说,应该算是虚无颓废派吧。……不,他现在不在公司。我正准备就这件事听取一下情况。等我仔细确认之后再给您回信儿。……这样啊,是吗?您说这是场灾难啊。对于佐仓先生来说确实应该算是场灾难。"

常盘大作右手拿着听筒放在耳朵上,就这样坐在了办公桌上,左手拿出和平牌香烟的烟盒,从中抽出一根叼在嘴上,又用下巴示意旁边的人借个火。

鱼津看到后,赶紧用打火机给常盘点了烟。他觉得这点小事,自己帮忙做一下也没问题。在这期间,常盘大作依旧在和电话线那边好像是董事长的人说话。

"……哎呀,这就是难办的地方了。虽然可以马上处分他,但是现在就把他辞退的话,如果被大写特写一番,那就麻烦了。很棘手啊,现在的年轻人。……明白了。您就先交给我吧。……总共好像分了三个部分,明天应该还会刊登。但是,明天好像没什么重要的内容。……唔,董事长,想拜托您跟佐仓先生说一下。……是啊,要他低头道歉啊。没关系,我会让他道歉的。……唉,这种事情偶尔一次也没事的吧。……当然,这也不是什么好事。那再见——"

说完,常盘放下了听筒。然后一副"哎呀呀,事情严重了"的表情,自言自语似的说道:"这仅仅是个开头,麻烦的还在后头呢。"忽然又想起什么似的,跟鱼津说道:"喂,我们出去一下吧。"

常盘没有坐电梯,沿着楼梯走了下去,鱼津也跟在他身后。

"给您添麻烦了,真对不起。"

"对不起我这事,你不用特地说,我心里也很清楚。"

"对经理您我都不知道接下来该说什么了。"

走出大楼,常盘说道:"虽然还有点早,我们还是去吃午饭吧。"

常盘带头朝马路上走去。风很冷。

"我去把外套拿来吧。"

鱼津说道。他自己当然也想拿外套,最主要的是,常盘把手插在口袋里走路的样子,让人看着冷嗖嗖的。

"不用了。就在那边,就这么走过去好了。而且,我不是很喜欢穿外套。到了冬天,大家都穿外套,就我自己一个人不穿也不行,但是如果可以不穿的话,我还是不想穿的。"

对此,鱼津无法附和。

"可是,会很冷吧?"

"冬天本来就是很冷的呀。"

两人就这么说着话,穿过了日比谷的十字路口,向右穿行在大楼中间,来到了T会馆。常盘走进了T会馆高大的玄关。

常盘的样子看着跟豪华的T会馆并不相称,但是一走进去,前台也好,服务员也好,似乎都知道他,一个个都跟他打招呼。

"没穿外套的话,就省了寄存外套的麻烦了吧。"

"话是这么说。"

两人穿过宽阔的大厅,走进旁边的餐厅内。两人在服务员的带领下,在里面的桌子边上坐了下来。常盘马上拿起菜单,说道:

"你想吃什么都可以,挑好吃的点。"

鱼津点了虾。常盘说:"好,那我也要这个吧。要什么汤?"

"我不用汤。"

"我要个汤。"

常盘要说什么呢，鱼津一直在等着，但是常盘一直没说话，所以鱼津也没开口。

两人面对面坐着，吃端上来的食物。常盘一边动着刀叉，一边用眼睛示意了一下菜单："不另外吃点什么吗？"

"够了。"

"够了？！你吃得也太少了。"

接着，常盘又给自己点了肉和蔬菜。鱼津随意地看着外国客人很多的餐厅内的其他几桌，等着常盘把第三盘菜吃完。

"再来冰淇淋、草莓和咖啡。"

常盘用餐巾擦着嘴，对服务员说道。终于一脸餍足的样子，继续说道：

"我想跟你确认一件事。我觉得要解决这次的问题，最快的方法就是进行登山绳的性能实验。不仅是我这么想，佐仓绳业那边也不得不采取这一措施。那样做的话，你这边没有任何问题吧。"

常盘大作的话里面带着某种严肃。

"是要测试登山绳究竟会不会断是吧？"

鱼津也回看着常盘大作的眼睛，说道。

"是的。"

"我也非常希望能够进行这样的实验。虽然不可能设置与事件发生时完全一样的状态,但是如果这个实验能够凭着良心进行,尽可能地贴近当时的情况,那我是非常赞成的。"

"好,听你这么说,我就放心了。登山绳究竟会不会断,最终只能交由科学实验来判断。虽然这不能说是一定准确,但是已经是最接近准确的方法了。"

说完,常盘大作又再次确认似的,问道:"可以吗?"

"没问题。"

"那我们就不必等到佐仓绳业提出了,由我们这边主动提出吧。至于实验方法,我可以以人格担保,一定凭良心进行。如果到时候登山绳断了,那就是登山绳本身有问题,如果登山绳没有断,那就没办法了,你只能承认是自己的失误。比如登山绳的操作上出了错,或是——"

说到这里,常盘停了下来。

"是我弄断的,是吗?"

"从结果来说,是这样。"

常盘一边把盘子里的草莓捣碎,一边说道。

"真是荒唐。"

"你不用这么生气。实验会把这种荒唐的猜测都打破的。就如你说的那样,登山绳应该是由于本身性能的缺陷,才会断掉的。"

此时,常盘大作的语气非常冷静。

喝完咖啡后，两人站起身来。鱼津用身体顶开大门口沉重的旋转门出去的时候，说了声"我想去个地方"，就跟常盘大作告别了，也没有说到底是为了工作还是私事。

鱼津沿着与常盘相反的方向，穿过夹在大楼间的道路，朝K报社走去。照理说鱼津没有穿外套，应该感到很冷才对，但事实上，他几乎没有感觉到冷。有许多不得不思考的事情充塞了他的脑海。

鱼津来到K报社，跟前台说要找之前拜托自己写《在前穗东壁痛失好友》的文艺版的记者。不一会儿，小个子的年轻记者就拿着校样（试印稿）下来了。

"收到了很多读者来信。"

喜怒不形于色的年轻记者说道。

"都是什么样的内容？"

"各不相同。有一半是对事件表示同情的，还有一半声称登山绳是不可能断裂的。——要拿过来给你看看吗？"

"不了，我明天再来看吧。"

鱼津说道。虽然他很想知道读者来信的内容，但是现在并不想看。鱼津站在那里，浏览了一下记者递过来的校样。这是明天的早报上将会刊登的鱼津随笔的第三部分，也是最后一部分。

鱼津看了看自己写的文章。前半部分比较详细地回顾了事件发生时的情况，后半部分则就登山绳断裂的原因阐述了自己的想法。

——从以往的经验来看，像小坂出现的三十厘米左右的滑落是经常会有的，在把登山绳系在岩石上进行垂直悬降的过程中，也经常会出现这种程度的滑落。从常识来说，很难想象专业登山绳竟会在这样的情况下断裂。

不管这样，我只能得出这样的结论，那就是我们所使用的佐仓绳业制造的登山绳不巧正是个次品，或者是尼龙这种物质的性能上存在着我们尚未知晓的缺陷。尼龙比起麻，在抗拉强度上或许更好，但是在碰到特殊的尖锐的岩角时是不是存在巨大的缺点呢？当然，我也知道现在各国的登山家们都在使用尼龙登山绳。这是事实，但我们所经历的事情也是事实。我只希望好友小坂乙彦能够死得有价值，能够促进业界生产出更好的登山绳。——

鱼津在后面又追加了十行文字。

——小坂挂登山绳的岩角究竟是什么形状的，要了解这一点非常重要，但是我们必须要再等半年才能去调查。因为这个岩角，现在和小坂的遗体一样，和系在他身上的登山绳一样，被埋在深深的积雪中。——

"稍加了几行文字。"

鱼津把校样还给记者，很快就走出了报社大楼。行人、车辆、店铺，以及承载着这些的马路，在鱼津眼里都显得遥远而扭曲。天空依旧阴沉着。

*

进入二月之后，天气日渐暖和，不再像是严冬。

报纸上也开始刊登出诸如伊豆某个渔村的女人们在海滩上工作的照片、徒步旅行的人们排成一队走在某个山沟地带的小路上的照片，还加上了"春光""水暖"这样的标题。到了三月份刊登这样的照片自然无可厚非，但是还在二月就对春色大肆宣传，不免让人生出一种季节混乱之感。

这天夜里，八代美那子和丈夫教之助一起前往日比谷的N宾馆参加某个相机公司董事长千金的婚礼。

美那子按约好的时间从家中坐车来到了婚礼现场，在这里与从公司直接过来的教之助碰头，两人一起走到主桌的尽头，在那里坐了下来。

美那子完全不认识新娘和新郎，婚礼的礼物也是直接由百货商店送过去的，来参加婚礼也完全是出于礼节，不过参加婚礼，祝福一对年轻人从此走向人生的新阶段，这种氛围并不令她讨厌。欣赏着和自己素不相识的新郎新娘的紧张模样，自己则可以在一旁尽情地品尝美食，这让她有一种不用负责任的愉悦。

如果新郎新娘有一方跟自己认识的话，在婚礼这样一种不知道该不该算可喜可贺的场合，美那子会基于从自己的婚姻生活中总结的知识进行批判或发出感慨，但在眼下这样的场合则不会。

媒人的发言冗长而无趣，不过后面的来宾发言都很有趣，一个小时可以不用过得那么无聊。

宴会结束，站起身来，美那子问丈夫："马上回去吗？"

丈夫到了之后，在婚宴开始之前一直都在忙着跟人寒暄，两人只是对了下眼神，连话都没来得及说。在宴席上，也没能够好好说话。所以，这还是美那子在教之助早上离开家之后，第一次跟他说话。

"一起回去。你在电梯前等我一下。我去跟山川君说个事，马上就过去。"

教之助说道。山川是一个实业家的名字，美那子也知道。

美那子留下丈夫，自己离开了宴会场。她一边跟路上遇到的两三个熟人点头致意，一边穿过电梯口拥挤的人群，来到电梯口对面的大厅，在其中的一张红色椅子上坐了下来。美那子坐在那里，看着三部电梯不停地把盛装打扮的男男女女运往一层。

等周围安静下来的时候，教之助过来了。

"久等了。"

教之助来到美那子身边说道，然后自己率先朝一部正开着门的电梯走了过去。

"今天很忙吗？"

美那子走进电梯，问道。电梯里只有他们两人。电梯门关上，又打开了。从外面又进来几个男人，似乎服务员想让这几个人也一起坐这趟电梯。

"嗯。不停地有人来找。一直在喝咖啡。"

"您不喝不就行了嘛。"

"没办法啊。不喝咖啡怎么忍受得了对方说一个小时的废话。"

因为进来了五六个男人，所以教之助和美那子就站到了电梯一角。

"对了，我们被逼着不得不去做那个登山绳实验了。"

教之助突然说道。

"登山绳？！"

在反问的瞬间，美那子感受到了电梯那令人不快的降落感。美那子没再说话，靠着丈夫站着。美那子感觉电梯下降到一层的时间似乎非常长。她很讨厌这种感觉，似乎不知要降落到哪个地方去。

在宾馆门口，教之助在跟服务员说自己车辆的车牌号时，美那子心头被一种不知理由的不安包围了。当她意识到自己的这种不安是由教之助短短的一句话引起的时候，美那子开口问道："登山绳怎么了？"

"就是之前发生的小坂君的事情。这两天报纸上不是也写了吗？——说是希望我能做这样的实验。"

车子滑行到两人面前，美那子让教之助先坐进去，自己也随后坐了进去。车子开动之后，她问道：

"就是测试登山绳究竟会不会断的实验，是吗？"

"嗯。"

"您接受了？"

"嗯。"

美那子没有再说话。她心想丈夫怎么接受了这么让人讨厌的任务呢。自从在报纸上看到佐仓绳业要不要进行登山绳实验这样的报道之后，美那子就感到很害怕，很不快，现在这个实验真的要实施了，而且实施者不是别人，而是教之助，真叫美那子暗叹这都叫什么事儿啊。美那子对于小坂遇难一事，一直都有一种不安。这种不安来自于她怀疑小坂是自杀的。虽然这种可能性在上野站的站台上被鱼津明确否定了，但是美那子的不安并没有因此而消失。

"为什么要由您来做呢？"

"原料是我们公司生产的，而且既然这话都说出来了，就不能不做了。"

"咦，是我们公司生产的？"

"我们公司不生产登山绳，但是生产尼龙。"

"那不能由生产登山绳的公司来做吗？"

"自己测试自己的产品总不太好啊。"

美那子感到丈夫的话里隐含着一种恶意。虽然她明白教之助说这话是不含恶意的，但是很奇怪就是给了她这样一种感觉。

美那子稍稍把身体从丈夫旁边挪远了一点，目光转向无数车灯川流不息的车窗外。

回到田园调布的家中，教之助穿着晨礼服走进客厅，坐到沙发上，说道：

"先来杯浓茶吧。"

看上去一脸疲惫。

美那子让春枝给丈夫上茶，自己则来到起居室，脱下外套，然后又回到了丈夫坐着的客厅。美那子想要向丈夫询问关于登山绳实验的详细情况，但是又怕丈夫怀疑自己怎么那么关心这件事，所以就迟迟没有开口。

"要不要先去泡个澡。"

"嗯。——今天这个婚礼办得真是隆重啊。新娘子很漂亮！她有多大了啊？"

"这个……"

"据说之前她父母因为她错过了适婚年龄,很是担心呢。大概二十七八吧。"

"哪有——顶多二十五岁吧。如果有二十八岁的话,那不是跟我差不多年纪了?"

"那倒也是。"

教之助说道。他似乎觉得自己说了不必要的话,眯着眼睛。然后他拿起春枝送上来的大茶杯,慢慢地把茶喝光,解开领带,站了起来。

在教之助洗完澡,换上毛巾浴袍,走上二楼之前,美那子一直坐在客厅。她甚至都不想把和服腰带解开。

美那子洗完澡,看了一圈家里门窗有没有关好,走到二楼的卧室时,已经快十一点了。十叠大的卧室内,面对面放着两张床,各自紧靠着墙壁。

教之助已经上床了,在床头灯下看着英文杂志,看到美那子进来了,说道:"我先睡了哦。"但是他依旧背对着美那子,眼睛没有离开杂志。

美那子坐到房间角落里梳妆台前的凳子上,一边看着自己映照在三面镜子中的脸,一边说道:"您这样眼睛会累的哦。"

晚上看书眼睛会累,再也不看了,这话像口头禅似的一直挂在教之助嘴边，但是他还是每天晚上都看杂志。

"嗯，不看了。今天晚上有点累。"

教之助把杂志放在床头柜上，顺手关掉了床头灯。天花板上的大灯早就关掉了，所以只有教之助的床周围随之暗了下来。美那子床头的台灯和梳妆台上的灯还开着，以正坐着的美那子为中心，照亮了半间卧室。

"通过实验就可以知道登山绳会不会断吗？"

美那子朝丈夫的方向说道。

"这个嘛，"黑暗中传来教之助的声音，"就是因为不知道会不会断，所以才要做实验的。不实际做下实验，什么都无法说。"

"那倒也是。——不过，你准备怎么做呢？有想法了吗？"

"不知道。"教之助似乎翻了个身，床发出吱呀声，"虽然不知道，但是一般来说，在将登山绳投入生产之前应该已经做过很多次这样的测试了的。从这个意义上来说，登山绳会断掉才奇怪。唔，一般人都会这么想吧。虽然必须要在各种情况下进行实验之后才知道结果，不过一般来说是不会断的吧。"

"那也就是说，在实验中，不会断的概率更大了？"

"不知道。"

"您刚刚不是说一般来说不会断的吗？"

"虽然一般来说不会断，但是究竟会不会断，还是要看具体的实验结果的。"

说到这里，教之助打了个小小的哈欠。美那子凝视着镜中的自己，接着问道："如果没有断的话，会怎样呢？"

"也不会怎样。就是确保了登山绳作为商品的信誉。"

"但是，鱼津先生的立场呢？"

"鱼津先生是那个跟小坂君一起去登山的人吧。听说还来过家里——"

"是的。"

"这个嘛。"教之助沉默了一下，"关于这件事，现在有很多种说法。今天过来跟我谈实验的事情的人还说起了。"

"……"

"就算登山绳真的断了，关于为什么会断的原因，现在似乎也有很多种看法。有人说是鱼津为了救自己把登山绳弄断了，也有人说不是这样的。"

"已经有人这么说了吗？"

"好像是。"教之助像一个与事件无关的第三方一样说道，"了解鱼津这个人的，说他是为了替小坂君掩饰才把登山绳弄断的。他们认为是小坂君把自己身上系着的登山绳解开了，所以他才会掉下去的。对于登山家来说，解开自己身上的登山绳这种行为是非常不光彩的。鱼津君为了掩饰朋友的不光彩行为，就把登山绳弄断了。——想想还真是有这种可能呢。"

教之助说道。

美那子被教之助话里面那句"为了掩饰朋友的不光彩行为"深深刺痛了。虽然教之助说的是假设小坂自己解开了登山绳这种情况，但是，在美那子听来，丈夫似乎是在借着这件事来暗讽别的事情。

"怎么可能会有这种事呢？"

美那子说道。

"同样是弄断登山绳，为了救自己把登山绳弄断，和为了掩饰朋友的不光彩行为把登山绳弄断，两者大不相同。现在还不知道究竟是哪个原因。"

"那也就是说，如果登山绳在实验中没有断裂的话，鱼津先生就会被人们这样揣测了是吗？"

"不，还有很多别的说法吧。还有什么来着？"

教之助说到这里停了下来，似乎是在思考。

对于美那子来说，教之助沉默的时间显得特别漫长而沉重。她在心里猜测着丈夫接下来会说什么。

"对了对了，在日本登山界，他们两人属于独立派。——正因为这样，有人似乎对小坂君他们的登山技术产生了怀疑。所以，就有人说是不是他们在登山绳的操作上出现了失误。如果操作不当的话，不管多么坚韧的登山绳也会断吧。除此之外，还有什么别的说法来着？"

说到这里，教之助又停了下来。

"还有什么？"

"还有什么来着？"

又是一阵沉默。这种沉默令美那子感到窒息。

因为开着瓦斯暖炉，房间里很暖和，但即使如此，穿着毛巾浴袍的美那子还是感觉凉飕飕的。

"除了这些，还有什么说法呢？"

美那子又问道。她想也许丈夫嘴里会说出自杀这个词。

当美那子意识到镜子中的自己正在钻牛角尖似的紧盯着镜子外的自己时，她怀疑这时丈夫是不是也正在看着自己。美那子突然伸出手去，关掉了梳妆台上的日光灯。

与此同时，美那子听到了丈夫的鼾声。确实是打鼾的声音。美那子突然松了一口气的同时，又对这样的丈夫感到非常愤怒。

接着，跟平时一样，美那子蹑手蹑脚，缩着身子，钻进了自己床上的被窝里。

这天晚上，美那子做了个梦。

——无边无际的柞树林，树上都是火红的枯叶。前后左右，全部都是柞树林。柞树的树枝上缀满了颤巍巍的枯叶，似乎马上就要掉落下来似的。

美那子走在其中。不知道是不是走了很长时间了，她感觉很累。美那子从来不知道，原来柞树的枯叶会这么红。可是，小坂家在哪里呢。应该就在这一带的，可是怎么也看不到。

美那子有点害怕，想着就回家吧，不去见小坂了。但是，她一想到自己来这里的目的是要取回自己送给小坂的打火机，还是不能就此回去。

必须要见到小坂，从他那里拿回打火机。自己为什么会把那样的东西送给小坂呢。那是教之助去国外旅行的时候给自己带的礼物。自己无意间就把它给了小坂，但还是必须要拿回来。不然，自己和小坂之间的纠缠，说不定会因为这个打火机而被人发觉吧。

美那子继续往前走。可是怎么走也走不出这片火红的柞树林。不一会儿，美那子看到对面过来了一个男人。她想，会不会是小坂呢。但是，走近一看，不是小坂。是一个素不相识的男人。

美那子想要问个路，就开口说道："请问您知道小坂先生家在哪里吗？"

"小坂？！小坂不是在前穗死了吗？"

美那子一听，心中陡然一惊。啊，是的，小坂已经死了，她想道。同时，她的身体和内心变得一片冰冷，就像快要冻僵了一般。小坂死了！她觉得他好可怜。此时，之前还是素不相识的男人，不知道什么时候变成了鱼津的样子。

"您为什么想要去拜访小坂家呢？"

鱼津咬牙切齿地问道。美那子不知道自己该不该说打火机的事，就沉默着。接着，她又听到鱼津说："您在这里转来转去，小心您的丑闻会被世人知道哦。请一定要好好珍惜自己。"

美那子感到鱼津的两只手放在了自己肩上。

"行吗？听明白了吗？"

鱼津再次确认似的说道。与此同时，美那子感到鱼津的手在剧烈地摇晃着自己。

美那子在这里醒了过来。柞树林消失了，鱼津也消失了。只有肩膀被鱼津用力抓住的感觉还残留着，仿佛只有那里才有知觉。

美那子一直保持着这个姿势。鱼津用力抓住自己的触感还残留在自己的肩膀上。被他用力摇晃的感觉，伴随着一种晕眩感，也留在上半身上。

但是，梦境留下的感觉逐渐变得稀薄，并最终消失了。美那子躺在床上，睁开了眼。如同听着人逐渐远去的脚步声一样,她静静地躺着,感受着梦境带来的晕眩感逐渐消失。

房间里的空气一片清冷。教之助的床上,跟入睡的时候一样,传来阵阵鼾声。这鼾声听起来有一种奇妙的规律。此时,美那子感到丈夫的鼾声就像是隔着宽阔的大海传来的一样。

美那子又闭上了眼睛,回想起了自己的梦境。为什么会做那样的梦呢?

自己为了拿回打火机而去找小坂,小坂活着的时候,自己就一直想要找他拿回打火机。自己把打火机给了小坂,但是在他死后,自己并没有想过要把它拿回来。虽说如此,梦境中关于打火机的想法,并不能说是假的。她觉得这说明自己潜意识里还是想把打火机拿回来,而且这也清楚地表现了自己对小坂的感情。

然后她遇到了一个素不相识的人,意识到小坂已经死了。那时候自己感受到了似乎要把自己冻僵一般的冰冷。自从知道小坂遇难以来,自己对他的死一直都是这种感觉。小坂生前,自己对他冷冰冰的,但是正因为如此,他那样死了之后,自己更是觉得他很可怜。

接着,在梦里面,那个素不相识的男人不知道什么时候变成了鱼津。鱼津说,你在这里转来转去,小心你的丑闻会被世人知道哦。请一定要好好珍惜自己。——鱼津为什么会说那样的话呢?

美那子想着梦里面的情景,她忽然想到,鱼津会不会是在保护自己呢。想到这里,美那子不由得在被窝里猛地动了一下。

鱼津为了不让自己和小坂的丑闻为人所知,所以才隐瞒了小坂的自杀吧。看来,小坂还是自杀的。鱼津明知这一点,却假装不知吧。

但是,美那子的思绪很快转到了自己受到了鱼津的保护这一点。她觉得这不可能。美那子很奇怪自己居然会这么想。她怀疑自己是不是做梦还没醒。

美那子在床上坐起身来。她感觉此刻自己已经完全从梦境中清醒过来了,想着这会儿是几点了呢。

美那子又躺回到床上,但是睡不着,眼神格外地清醒。虽然她很想知道现在几点了,但是要看表的话,就必须要打开床头灯。如果房间亮了灯的话,就会断了与刚刚自己所沉浸的世界的联系吧。美那子想要多保留一会从梦境中延伸出来的时间。

美那子在黑暗中睁着眼睛,过了十几二十分钟。这时候,她想到自己刚刚一直在想鱼津的事情,不由得被自己吓了一跳。她深感自责。不知不觉美那子又再次沉浸到了刚刚已经被自己压下去的、鱼津可能是在保护自己的想法。

当美那子意识到自己大半夜不睡觉，一个人躺在床上想鱼津这种行为是多么可悲时，她拉上毯子，把脸半埋在其中，对自己说别想这些无聊的事情了，赶紧睡吧。

正在这时，她听到教之助在说着什么。但是她听不清他到底在说什么。美那子正准备反问时，又听到教之助说了什么。这下美那子明白了他明显是在说梦话。是用英语说的梦话。

美那子心想，说个梦话干吗不用日语说啊。她不由得想到，自己连丈夫的梦话都听不懂，自己夫妻间还存在着这样的隔阂呀。

当远处传来电车的声音时，美那子渐渐睡着了。这天她睡得比平时都要晚，睁开眼的时候已经是八点了。当她睁开眼时，教之助的床上已经没人了。

美那子赶紧下了床，穿着睡衣就下了楼。她在楼梯上遇到了穿着毛衣，拿着报纸，正往楼上走的丈夫。

"今天早上有点冷哦。千万别感冒了。"教之助说道。

吃早餐时，与教之助隔着餐桌面对面坐着的美那子，与昨天晚上的美那子已有所不同了。

美那子自己意识到了这一点。她很讨厌昨天晚上那个做那样梦的自己，更讨厌自己梦醒之后还睡不着，胡思乱想地醒了那么长时间。

吃完饭之后，美那子看着正在看报纸的丈夫，心想自己对丈夫没有任何不满。自己很尊敬丈夫，也很信赖他。所以，自己才会因为和小坂犯下的过错而备受煎熬，拼命想要远离那种过错。自己是很爱丈夫的，美那子在心里默默地对自己说了好几次。

但是，送丈夫出门上班之后，美那子忽然意识到自己一直在不停地对自己说是爱着丈夫的，不由得感到很奇怪。哪里有做妻子的还要不断确认对丈夫的爱的呢。

这个想法令美那子一整个上午都呆坐在走廊的藤椅上。美那子拿起了杂志，但是那些字怎么也看不进去。

但是这样的情况并不是今天才出现的。之前也出现过好多次。但是，之前她并没有像今天那样钻牛角尖似的思考自己和丈夫的关系。自己是爱着丈夫的。丈夫也对自己充满着爱意。这一点上自己应该是没有任何不满的。但即使如此，自己内心深处还是存在着某些危险的东西，似乎不知道什么时候就会令自己走上歪路。

美那子走到院子里。在院子里转悠着，走到院子的一个角落时，忽然看到脚边的地面上躺着一只已经不会动的蜜蜂。美那子蹲在那里，一直看着这只已经没有力气飞起来的生物，虽然它一直在不停地动着。

"夫人，有客人来访。"

美那子听到声音，回过头去，看到了正从走廊上下来的春枝。美那子站了起来，似乎想把木屐的齿踩到蜜蜂上，又稍稍犹豫了一下，然后狠狠地踩到了蜜蜂身上。

"是谁？"

美那子问朝自己走过来的年轻女佣。

"是一位叫小坂的客人。"

"是个姑娘？"

"是的。"

"那你把她请到客厅吧。"

美那子说道。但是踩死了蜜蜂之后残忍的悲哀，令她一时间没有动弹。

美那子刚走进客厅，正坐在椅子上的阿薰就马上站了起来。

"欢迎欢迎。"美那子说道。

"本来应该早点来拜访您的，但是因为各种乱七八糟的杂事……"

阿薰稍稍带着一些拘谨，看着美那子说道。

这样的阿薰，与之前美那子见的任何一次都不大一样。之前见到阿薰的两次，因为小坂刚刚出事不久，所以她完全没有化妆，而且总带着一种慌张的感觉，但是现在的阿薰纤细而敏捷的身体上带着一种沉静。

美那子从阿薰身上转开眼，请她落座："请坐。"阿薰坐到椅子上之后，依旧每次一抬头就盯着美那子的眼睛看。

美那子心想，自己已经很久没有见过如此纤尘不染的眼睛了。想到自己的不堪在这样的眼神下变得无处可逃，阿薰的眼神对她来说就变得尤为刺眼了。

"兄长忌日的时候大家都来了，我本来很想通知您，不过后来想想还是不通知的比较好。"阿薰说道，"不知道我这样做对不对？"

因为不知道凭着自己的想法做出的决定，对于美那子来说究竟是好是坏，阿薰脸上露出些许不安。

美那子感觉阿薰跟之前一样，此时也依然误解着自己和小坂之间的关系。这当然会令美那子感到困扰，但是，事到如今，也只能任由她这样误会了。正如某次鱼津在上野站的站台上说的那样，现在再来纠正这些误解，关系到的也只有美那子自己的心情，或许正如他所说的，这是一种自私。

美那子选择了一些安全的话题来聊，想要尽量避开谈小坂。

"您平时做运动吗？"

"会去滑滑雪。——不过，从学生时代开始，就曾作为县里的选手参加过比赛了。"

难怪了，阿薰看起来肌肉结实，很像是经常做滑雪之类的运动的人。

"我今天来拜访您,是想请八代夫人您收下哥哥的照片。"

说着,阿薰站了起来,从窗边的矮几上拿过来一个蓝色的手提包。她一直误以为自己是她哥哥的恋人,美那子再次为这个年轻女孩的误会感到困扰。

阿薰从包里拿出一本相册,放在桌上,说道:

"这是我这次整理的。老家还有很多哥哥的照片,不过我先把自己手头有的整理出来了。我想把这些照片寄给妈妈,但是在寄给妈妈之前,想请八代夫人您从中挑两三张自己喜欢的收下。"

阿薰把相册推了过来。美那子出于礼貌,也不得不打开看下。

美那子把手放在相册上,迟疑着要不要打开。虽然不知道到底有多少张,但是这里面应该贴着小坂乙彦的相片。那个有可能因为自己拒绝了他的求爱而自杀的年轻登山家,就在里面。

美那子放开了相册,站起来,拉了拉右边沙发上垂着的铃铛绳,叫春枝过来。春枝刚刚上过红茶,其实美那子叫她也没什么事,但是她想通过这么做,把自己讨厌的事情稍稍往后延一延。

美那子坐回椅子之后，春枝很快就过来了。

"上点水果吧。"

美那子对春枝说道。春枝走出房间之后，美那子怀着一种被逼着不得不做的心情，翻开了相册的第一页。上面只有一张小坂穿着西装的半身照。美那子稍稍瞄了一眼，就翻到了下一页。接下来，她以一种不会令阿薰感到不喜的速度，翻完了相册。

"您可以任意选两三张留着。"

阿薰说道。但是美那子一张都不想要。对那个可能是因自己而死的年轻人的照片，她想尽量远离。

"您好不容易才贴上去的。"

"不，没关系的。"

"就这样给您妈妈寄过去不是更好吗？"

"这不是有挺多的嘛。"

美那子想尽快了结这件事。

"那，难得您特地给我送来，我就要这张吧。"

美那子挑的是鱼津和小坂两个人穿着登山服并排坐在河滩上的照片。她心想，幸亏除了小坂的单人照，还有跟鱼津一起的合照。

"那个，那张——"阿薰有些为难地说道，"如果可以的话，想请您挑别的照片。——而且，这张照片上，不知道是不是因为当时阳光太强烈了,哥哥的表情很奇怪。"

"那我再挑别的吧。"

美那子翻了两三页,又挑了一张小坂和鱼津的合照。

"啊,那张——"

阿薰又轻呼了一声。

"这张不行吗?"美那子说道。

"也不是不行,但是如果可以的话——"阿薰说道。

美那子心想,那就再选别的吧。对于美那子来说,选哪张都可以。她翻看着照片,终于看到一张鱼津和小坂并排站着的,就想选这张。

"令兄和鱼津先生的合照没几张啊。还以为他们两人总是一起去登山,应该会有更多合照——"

"是的,不知道怎么回事,他俩的合照真的很少。这里总共就三张。"

美那子想要这第三张合照。

"那我就要这张吧。"

"嗯。"说完之后,阿薰又马上问,"哥哥的单人照不行吗?"

"如果是令兄一个人的照片的话,总感觉像是遗像。"

"那个——"

阿薰话到嘴边,又闭口不语了。美那子感觉她似乎是想让自己再选别的照片。

美那子抬起头，不再看相册，正好与阿薰的眼神撞到了一起，正好看到阿薰脸上带着几分苦涩的微笑。这个微笑并不是因为她觉得奇怪才出现的，而是因为她想要拼命地隐藏自己的真实感受。美那子有点吃惊，问道："和鱼津先生的合照，不行吗？"

"不不。"

阿薰使劲地否定道。

"那，我就不拿这张吧。再挑张别的好了。"

"不不。"

不知道阿薰这个"不不"否定的是什么，只听得她不停地在说"不不"。她停顿了一下，说道："请收下这张吧。没关系的。"

美那子感觉阿薰的真实想法与她说的正好相反，她并不想让自己选这张照片，所以她决定选一张别的。她选的是小坂和几个自己不认识的人一起坐在某座山的山顶岩石上的照片。

"这张的话，应该没问题吧？"

"请随意。不过这不是哥哥学生时代的照片吗？"

阿薰说道。美那子将这张照片从相册上撕了下来。照片上的人很瘦，与美那子所知道的小坂判若两人，但是对于美那子来说，这反而令她感到轻松。

和刚来的时候不一样，此刻的阿薰基本不抬头，她的视线一直落在自己的膝盖上。美那子带着一丝恶意，看着这样的阿薰，仿佛她是一只可以任由自己处置的柔弱的猎物。

这个少女对鱼津有一种特殊的情感吧。不然的话，无法解释她为什么不想让自己拿有鱼津的照片。美那子看着阿薰，忽然意识到自己对阿薰竟有一种嫉妒，她不由得暗忖，自己到底是嫉妒阿薰的什么呢。

细想想，原来阿薰身上有许多让自己嫉妒的地方。额头清爽的发际是这个年龄的姑娘所独有的，因为被人猜到了自己的心思而羞得不敢抬头的纯真，也是这一时期的姑娘才有的。现在，如果自己叫她一声的话，她会吃惊似的抬起头吧。她抬起头的样子，还有她抬起头后盯着自己眼睛看的那种毫无理由的专注，都是任何事物都无法替代的年轻人独有的美丽。穿着黑色毛衣的纤细的身体，也散发着一种让人嫉妒的纯洁感。而且，她肩部的线条怎么让人感觉如此清纯呢。

现在，这个姑娘想把这所有的美丽和清纯奉献给某个人。在无意识中，想要某个人来玷污这份纯洁。

"您接下来要去见鱼津先生吗？"

美那子向美丽的猎物发问道。

"嗯。"

阿薰抬起了头,又很快垂下了眼神。

"哥哥忌日的时候,鱼津先生也来了。而且,最近一段时间,报纸上老是写一些莫名其妙的事情,我很担心,所以也去拜访过他。"

"你说的莫名其妙的事情,是指登山绳的实验吗?"

"是的。"

"鱼津先生是怎么说的?"

"他说还是做实验比较好。——我也是这么想的。"

"但是,万一登山绳没有断呢……"美那子刚说到这里,就被阿薰打断了:"不会出现这样的情况的。"

阿薰抬起头。她的语气中带着一种抗议。

"鱼津先生说了登山绳是自己断掉的。"

"话是这么说。——但就怕万一呀。"

"我认为登山绳不可能不是断掉的。除非做实验的人心怀恶意。"

阿薰说道。美那子很想告诉她,这个实验将会由自己的丈夫来做,但最终放弃了这个想法。登山绳应该不会断吧。此时,美那子心中突然产生了这样一种类似确信的想法。

小坂是自杀的。鱼津是在保护自己。——美那子怀着一种把蜜蜂碾死时的残忍,慢慢想道。自事件发生以来,美那子一直很担心小坂是自杀的，但此刻，她反而对此产生了一种期待。

*

十一点，秘书科的年轻员工过来提醒道："请您出发去参加第三工业俱乐部的午餐会。"

"嗯，这就去。"

正在办公桌前浏览邮件的八代教之助头也不抬地说道。

"那可以现在去备车吗？"

"嗯，去吧。"说完之后，他又加了一句，"备车之前你帮我打个电话。"

这时，教之助才朝秘书科的员工抬起了头。听了教之助的话之后，原本站在门口衣着光鲜的青年走进了房间。教之助打开办公桌的抽屉，从中拿出了一叠名片，大概有二三十张。

"其中有一张是新东亚商事东京分公司经理的。你帮我找出来，给那边打个电话。"

青年翻着教之助给的名片，不一会儿说道："是一位名叫常盘大作的先生吗？"

"唔，叫什么名字来着。"

"写着新东亚商事的名片，就只有这一张。"

"那应该就是他吧。你给那边打个电话找他,等他接电话了,再把电话递给我。"

青年马上拿起办公桌上的听筒,开始拨号。

教之助站起来,走到房间角落里的盥洗室,在那里洗了手,又对着镜子正了正领带。准备离开盥洗室的时候,他又看了一眼镜子中自己的领带。他并不大喜欢这条领带。黄褐色的颜色还差强人意,但是上面又有横条纹。这是今天早上穿西装的时候,美那子拿出来的,她拿着直接就系到了自己脖子上,但是现在看看,果然是花哨又没有品位。美那子总是选这种多少带点红色的东西,但是自己最近喜欢一些更低调、更素雅的东西。

去年之前,自己对美那子买来的领带还没有那么强烈的抗拒感,但是近来,每次照镜子的时候,总觉得脖子上的领带很碍眼。这与其说是美那子和自己的喜好产生的不同,不如说是自己的好恶变得越来越强烈了。不仅仅是领带,自己确乎对于任何事情都不再愿意妥协了。

人一过了五十岁,就会变得不想再做自己之外的人了吧。不过,算了,像领带这种小事,还是忍耐一下吧。还是尽量不要表露出自己的喜好,以尊重美那子的喜好为先吧。这也是对年轻的妻子的礼让吧。

"对方接电话了。"

听到青年的声音，教之助离开镜子前，走到听筒旁边。

教之助拿起听筒，用手捂住通话处，命令青年："去准备车吧。"然后才把听筒放到耳边，以一种平静的、事务性的语气说道："您好，我是东邦化工的八代。——上次真是失礼了。"

听筒另一端很快传来一个低沉的、充满精神的声音：

"我是常盘。上次是我失礼了。百忙之中，还向您提出了那样过分的要求。"

"我要说的正是这件事。"

"好的。"

"我有些事情想要跟您见面之后详谈。"

"那我马上过去拜访您。"

"是吗，那就不好意思了。"

"不，没关系的。——我什么时候过去合适呢？去您公司吗？"

对方爽朗地说道。

"我今天早上在日比谷第三工业俱乐部有个聚会。大概十二点半左右结束——"

"那我一点钟左右去拜访您方便吗？"

"好的。"

"那，时间就定在一点。那我去哪里见您呢？——去第三工业俱乐部找您吗?"

第三工业俱乐部当然也没问题,但是考虑到聚会可能会拖长,尽量还是选其他地方更保险一些。

"您还知道其他比较合适的场所吗?"

"那我们就在T宾馆的大厅见吧。"

T宾馆的大厅老是有一些高大的外国女人出没,教之助并不是很喜欢。于是常盘大作又建议:"除了T宾馆,那一带还有一家棉业会馆的餐厅。那边怎么样?"

棉业会馆的餐厅的话,总感觉那里会遇上不少熟人。老是要跟人一一寒暄也是挺烦的。于是,常盘大作第三次建议道:

"N会馆六楼的宾馆大厅怎么样?"

"那就定那里吧。"

这次教之助很快答应了。因为他还一次都没有去过N会馆的宾馆大厅,所以也找不到拒绝的理由。

"是六楼吧。"

"是的。那我一点整到那里。我会一直在那里等您,所以就算您聚会晚了也没事。"

放下听筒之后,教之助感到对方说话非常的周到圆滑。连自己都觉得自己的态度有点任性,但是对方都宽宏大量地没有计较。

教之助在十二点半参加完第三工业俱乐部的聚会之后，就前往车程不到五分钟的 N 会馆大楼。

来到位于大楼六楼的宾馆大厅，大概差十分钟一点。铺着红地毯的大厅内，零散地放着几组桌椅，教之助选了最靠里的沙发。这里果然很安静。虽然墙上的装饰、通往二层冷饮室的楼梯、不知道从哪里照进来的光线，都像是电影中的布景，多少让人感觉有点轻浮，但是没什么人，很安静，这一点很让教之助满意。整个大厅里，只有对面的角落里坐着几个外国人，除此之外就有几个男男女女混坐在一起的日本人，而且也听不到他们的说话声或谈笑声。

教之助向送热毛巾过来的少女要了一杯绿茶，然后就靠在沙发上，闭上了眼睛。参加完毫无意义的聚会之后的疲惫，在他全身弥漫开来。

他心想，以后参加聚会，必须要稍微选择一下了。聚会实在太多了。不仅仅是聚会。杂事也太多了。像现在这样，来到这里等人，也是属于杂事之一。像测试登山绳会不会断的实验这种事，与自己毫无关系，是俗世中最俗不过的一件事了。并不是自己非做不可的事情。但是却被硬塞到了自己手里。被硬塞了这件事之后，自己经常后悔。如果可以随便对付一下，倒也没什么，但是自己天性就是做事不会随便敷衍。像这次的登山绳实验，一旦变成了自己的工作，就做不到敷衍了事。他到这里来的目的，就是要向即将见面的那个人强调，自己不会敷衍了事。为此，一天二十四小时中的几分之一就要被占用了吧。

但是，当看到常盘大作胖胖的身躯出现在大厅门口，直直地朝自己走过来时，教之助还是打开叠放在一起的脚，马上站了起来。接着，他像是迎接常盘似的，向前走了两三步，以他一贯冷静的语气说道："不好意思，百忙之中，还让您特地跑过来。"

"哪里话，哪里话，您等久了吧？——请坐吧。"

反而是对方邀请自己坐下。接着，对方把自己巨大的身躯埋入沙发当中，说了声"不好意思"。不知道是不是因为室内太热了，对方还脱下了外套，只穿着背心。

"那我就开门见山说事儿了。——事实上，我们之前所说的登山绳实验，费用大概需要百万日元，这一点不知您知不知道？"

教之助说道。

"百万日元?！应该至少需要花费这么多吧。我明白了。我来出。"

对方一脸无所谓地说道。

"还有，关于实验，我希望能凭着良心去做。关于这一点，如果您这边还有别的考虑的话，那也是不能通融的，所以还请您——"

这是教之助最想说的话。他也是为此才把委托者之一的常盘大作叫到了这里。

"您所说的别的考虑是指？"

常盘大作吃惊似的抬起了头。

"佐仓绳业想要做登山绳实验的想法中，包含着希望证明登山绳不会断裂的目的。"

"那应该是有的吧。"

"我希望您这边能够理解的是，不管您的目的有多强烈，实验也是不会为此左右的。"

教之助说道。他抱的是丑话要说在前头的想法。

"正该如此。"

常盘大作用力地点了点头。然后，他对教之助的话一副深得我心的样子，脸上的表情突然变得生动积极起来，说话声也变得比之前更大了：

"您说得真好。是这样。就是这样。我们就是为了知道登山绳会不会自己断掉，所以才要做实验的。断了也没事。断了，也是好事。就算最后结果是断了，也很欢迎。"

"并不一定会断。到底会不会断，不做实验无从知晓。"

"那是的。"

"但是，如果真的断了，那佐仓绳业应该会很棘手吧。"

"那是会感到棘手的。但是,棘手也没什么啊。您知道佐仓社长吧。"

"知道。"

"我知道那个人至今为止从未遇到过棘手的事情。所以有这么件让他棘手的事情,也不是什么坏事。那个人,——虽然我并不太喜欢他,但是不得不说他总是受到幸运之神的眷顾。像他那样的人,刚下了公交车,就会看到电车在那里等着他。刚下了电车,来到站台上,列车又正好进站了。他之所以能够发迹,也是因为过去他不管做什么事总是那么幸运。他为人无趣之处,也正是源于此。虽然不管学界,还是实业界,政界,往往都会出现这样的人物。"

"这样啊。——不过,他跟贵公司新东亚商事关系匪浅吧。"

"是的。他手上持有大量我们公司的股票。从这个意义上来说,我们公司跟他的公司算是兄弟公司。"

教之助抬起头,认真地看着常盘大作的脸。

"那样的话,站在你的立场上,也应该是希望登山绳不会断吧。"

"话虽如此,可如果断了,也没什么关系啊。"

接着常盘大作笑了起来。对于教之助来说,他有点无法理解常盘这个人的立场,但是通过跟他见面,得以确认实验不会受任何因素左右这一原本应当是理所当然的事情,那么这次的见面就有了价值。

女服务员走了过来。

"咖啡,红茶,您喝点什么?"

常盘问教之助。

"不,我来杯绿茶吧。"

"那,麻烦要绿茶和咖啡。"

吩咐完,常盘大作又说道:

"喝绿茶比较好。上了年纪的话。"

"您还很年轻吧?"

"不,大概跟您差不多吧。"

"我今年五十八。"

"那我比您小三岁。"

常盘大作说道。他的声音充满精力,完全想不到就比教之助小了三岁。

"虽然只比您小三岁,但是我什么都不行。做什么都不行。"

常盘说道。但是他的神情丝毫没有觉得自己不行的样子。

"哪有。您看您多精神。到了这个年纪,相差三岁也会有很大的差距。"

教之助说道，他说这话也不完全是客套。听他这么说，常盘大作又接着说道：

"年龄这种东西，原本是没有意义的。我一直认为，过着年轻生活的人，就会年轻，过着老年生活的人，就会显老。——我是这么想的。有的人明明还很年轻，却过着老年人的生活，而有的人虽然上了年纪，却仍然过着朝气蓬勃的生活。像八代先生您一直忙于核能方面的工作，再没有比这更年轻的生活方式了。"

常盘大作开始高谈阔论起来。

"总之，人们常说一个人的价值要盖棺才能定论。虽然我不知道所谓人的价值究竟是指什么，但是我想一个人的生活究竟有多充实，这确实是在盖棺的时候才能定论的。比如说，一个人是不是有钱人，应该是由他一生所花费的金钱的数量来决定的。也就是盖棺时这个人一生所用的金钱的总量。不管是借钱，还是做小偷，如果这个人一生中花了大量金钱，那么我觉得也该称之为有钱人。如果一个人拥有百万巨富，但是一生只花了一点点钱，那毫无疑问，应该算是穷人。不仅是金钱，在其他方面也是如此。年轻也是这样。据说拥有年轻的妻子的人，通过吸收妻子散发的荷尔蒙，可以重返青春。可能真是这样吧。但是，这种事本身是无意义的。硬是要在老去的肉体中留住青春，这种努力是无用的，而且可见此人的无耻，令人生厌。娶一个年轻妻子的意义并不在此。而是在于跟年轻的妻子一起过充满朝气的生活。不是要去吸收年轻的荷尔蒙，而是要去挥霍这种荷尔蒙。是反抗自己的日渐衰老，过年轻的生活。这么做非但不能返老还童，而且还有可能令死期提前到来。但是，这样能够令自己重新体会青春，又确乎有其意义。"

"可能真的如您所说吧。"

八代教之助不知道对方的滔滔不绝到什么时候才会停止，只好出言打断了他。当然，也并不仅仅是为了打断对方的话，他也想说一下自己的不同意见。

"我的妻子就比我小很多。"教之助开口说道。

"哦，您有一位年轻的夫人?！是吗，那我刚刚真是在您面前大放厥词了。"

常盘大作一本正经地深深吐了口气。

"我有一位年轻的妻子，像您所说的那样，和年轻的妻子生活在一起，反抗自己的日渐衰老，如果真能做到当然也不错，但是——事实上是做不到的。"

教之助平静地说道。常盘大作刚刚语气激昂地说完，所以他的声音听起来就特别安静，也因此显得格外有说服力。

"我并不是为了所谓的吸收对方的荷尔蒙之类的目的结婚的。要说的话，最开始的原因还是为了挥霍对方的荷尔蒙吧。想要反抗自己的年龄，过一种年轻的生活。但是，正如这世上很多事情那样，要做到这一点很难。要享受年轻的欢乐还是得在年轻的时候。上了年纪之后，比起跟妻子聊天，想想工作上的事情，更让人觉得轻松，比起爱抚妻子的身体，更想要晚上能够自己一个人安静地睡觉。有时候会陪妻子去街上买东西，那可真是无聊。如果只是买东西还可以勉强忍受，如果是要去看电影或看戏，就只好跟她说，对不起了，你能自己一个人去吗。"

"这样啊。"

"妻子想要在院子里种上草坪，开凿出椭圆形的水池，放上长椅子，养上一只牧羊犬。——这很令人头疼。对我来说，有一两棵柿子树就很好了。——唔，如果仅仅是这种程度的差距还无所谓。但是这种差距会逐渐越来越深。"

"哦。"

"该怎么说呢，这就是年老和年轻之间的差距吧。说得更清楚点，也就是妻子的精神和肉体的年轻，毫无疑问已经成为了自己的敌人。当然每个人的具体情况可能有所不同，但是就我而言，妻子只剩了个名头。妻子自己还傻乎乎的。如果我是她的话，肯定会感到愤怒的。"

"唔——"

"这么看的话，女人真是看着就让人担心啊。——虽然我觉得会这样也是理所当然的——因为这就是自然。唔，就像一个有着到了适婚年龄的女儿的老父亲那样。不过麻烦的是，她给自己找个结婚对象的话就让人头疼了。——唔，就变成了一个悲剧了。像您所说的对年龄的反抗，如果能够做到当然好，但是我已然讨厌反抗了。我已然提不起劲来去反抗，也越来越怕麻烦。这么看来，您刚才所说的，难免要沦为一种空谈了。"

一直在沉默着倾听教之助说话的常盘大作卷起了白衬衫的袖子。他似乎在说，好了，我要开始反击啦，他沉默着，再次看向这个安静的，却也带着几分冷漠的老绅士。

"这个，是性格问题。有人到了六七十岁，还在到处追女孩子。但是，对于八代教之助先生您来说，还有比年轻女孩更有吸引力的东西，所以您不会那样做。您不应该跟您年轻的夫人结婚，而应该跟核能结婚。也不是非要以人，特别是以女人为对象来思考的。能令人反抗年龄，神魂颠倒的，不一定非得是女人。——我也没有对女人神魂颠倒，但是也没有像您的核能那样的东西。所以很头疼啊。"

常盘大作把问题转到了自己这边。

"和我这样的人不同，不管怎么说，八代先生你的生活中都充满了活力。虽然我不懂核科学，但那应该是寄托了人类的很多梦想吧。其中包含了各种可能性。您为它着迷。这真是令我羡慕不已。"

听常盘这么说，教之助笑着说道："等到盖棺之时，在年轻的充实程度上，我的数字应该不小吧。"

但是，他马上又接着说道："但是，我自己完全没有这种感觉。我是一个工程师，当然很热爱自己的专业工作，但是我并不认为核科学当中寄托的只有人类光明的梦想和可能性。其中还充斥着人类灭忙的可能性。"

"是的，还充斥着灭亡的可能性。但是，正是因为有这个灭亡的可能性的存在，人类才找到了自己位置，不是吗？原本每个人一生就必有一死。虽然明知会死，但是我们并没有因此情绪低沉。过了多少年之后，人就会迎来死亡。虽然如此，人们并没有因此而陷入绝望。人们还是努力地正常生活着。不仅每个人这样，人类整体也是如此。之前人们所认为的人类是不会灭亡的，这种想法才奇怪吧。人类也有可能在什么时候灭亡，这种想法的出现，当然会带来道德、政治上的变化。人们不会再仅仅是站在民族、国家这样的立场上，而是会站在人类这一巨大的共同立场上来思考事物。"

"是的，确实如此。但是呢，我想这是很难的。对于每个个体来说，一天一天走向死亡，并不是什么好的体验。——比如我，最近越来越变得任性、我行我素。年轻的时候，还想着要尊重别人的心情，想要令别人感到愉快，但是最近我变得越来越不能妥协。——唔，对我来说，再过几年，自己一个人住在一个小小的家里，应该是最好的吧。据说在法国，有老人会离开自己的孩子、老婆，自己一个人住在一间公寓里，一切不赖他人照顾，随心所欲地生活。在这些老人当中，有人连银行都不相信，把钱装进罐子里埋在院子里。等需要的时候，再偷偷地挖出来。——"

"哦，在晚上挖？"

"应该是吧。我不知道自己会不会把钱埋在院子里，但是最终可能会变成这样令人厌烦的、不受人欢迎的老人。"

教之助说完之后，才意识到自己还是第一次谈这个问题。于是他准备重新审视这个让自己说了这么多的常盘大作，他看向对方。就在这时，常盘大作就像在自己公司一样，大吼了一声"水！"他满脸通红。

"人不犯我，我不犯人，自己不给人添麻烦，也希望别人不要给自己添麻烦。——就是这么回事。如果可以成为这样的老人的话，我也想要成为这样的人。说到人的终极梦想啦，思想啦，唔，在我来说，就是这样。基本上——"

八代教之助说到这里，稍稍换了口气。不可思议的是，他体会到了说出自己真实想法带来的快感。这真是一种奇妙的情况。想要一直一直说下去。他感觉自己想说的话，不管说多久都说不完。

刚开始跟常盘大作面对面坐下来的时候，他还因为对方的话多而蹙眉，觉得难以忍受，但是不知道对方给自己使了怎样秘密魔法，话多的毛病不知道什么时候转到了自己身上。

"不，我已经明白了。我也不是不想成为这样的老人。但是就我而言，面临的实际问题是，很难自己一个人居住。我生来就爱多管闲事，总是忍不住去管别人的事。看到别人在做什么事，就算是跟自己无关的，也无法视而不见。我会毫不在意地走过去，说出自己的意见，如果没有意见的话，就说说自己的感想。"

常盘大作说到这里，一个女服务员走了过来，说道："有一位叫鱼津的先生来了。"

"你让他过来。"说完，他对教之助说道，"我想请您见见这位年轻人。是我公司的员工。刚刚我过来的时候，本来想带他一起来的，但是他正好出去了，所以我就给他留了字条，让他回来之后到这里来。"

常盘正说着，鱼津恭太走了过来。不知道是不是因为刚才一直在说一些老人的话题，教之助感觉这个肩膀厚实，不胖不瘦的年轻人看起来充满了勃勃生机。

常盘对站到自己身边的鱼津说道：

"这位是八代先生。我还没有跟你说，这次的登山绳实验将由这位先生来做。"

接着，常盘又对教之助介绍道：

"这位是着迷于登山，而不是女人的年轻人。等以后老了之后，估计也会把钱装进罐子里埋在院子当中。名字叫鱼津恭太，是这次登山绳事件的主人公之一。"

教之助站了起来，从上衣口袋中拿出名片夹，从中拿出一张名片，和年轻人交换了一下。鱼津看了看名片，抬起头说道：

"我曾经去拜访过八代先生府上。"

"是吗？"

教之助说道。他当然知道鱼津是谁，但是还是装作不知道的样子。

"我刚刚跟常盘先生在说，实验我希望凭良心去做。不可以夹杂半点私心。所以跟常盘先生说要做好心理准备，登山绳可能会断。同时，对于您，我想说的是，实验中登山绳有可能不会断。希望您能做好相应的心理准备。"

教之助对这个神情有几分冷淡，但是一直认真听着自己说话的年轻人说道。

"当然。"鱼津抬起头说道，"实验的目的就是要测试登山绳会不会断，所以不管是怎样的结果，我都接受。您说会凭良心去做，我听了就很安心。事实上，刚刚我看了您的名片,才知道八代先生您是东邦化工的人,感到有点吃惊。这次出事的登山绳的原料是东邦化工生产的,所以我一直觉得由东邦化工的人来做实验不大好。但是刚刚听了您说的话,我已经完全放心了。——不过,关键是实验方法,不知道您将采取怎样的实验方法?"

"这个嘛,"教之助的身体微微前屈,"最理想的当然是能够完全重现现场来进行实验,但是目前做不到这一点。要重现现场的话,就需要用石膏拓下出事的岩角,然后再造一个一样的岩角,把登山绳挂在上面进行实验。但是,这必须要等到六七月份雪化了之后才能这么做。眼下我想的是,只能用花岗岩做几个不同角度的岩角来进行实验。出事的那个岩角究竟是多大的角度呢?"

"我自己没有在那块岩石上挂登山绳,所以我也不太清楚,不过从常识出发来考虑的话,不管岩石有多尖,顶多也就九十度吧。"

"这样啊。——应该是这样吧。如果是像刀刃那样尖的岩石的话,肯定会避开的。那实验中就做一个九十度的岩角,再做一个比它更尖锐一倍的四十五度的岩角来测试吧。这两个角度,您觉得可以吗?"

"我觉得没问题。"

"岩石将选用花岗岩。"

"可以的。您打算什么时候做实验呢?"

"需要花一个到一个半月的时间来做准备。所以最快也得到三月底或四月初了。"

教之助说道。他感觉自己和这个年轻人的对话,像是在进行决斗似的,有种说不下去的感觉。

三人一下子沉默下来。常盘大作说道:"鱼津,你还有什么想提前问八代先生的事情吗?"

"不,没别的了。"

鱼津说道。

"没有?!没有就好——"接着,常盘看起来愉快地说道,"发现佐仓绳业的登山绳断裂的,不是别人,正是我手下的员工。这真是太令人惊讶了。"

"这次负责做实验的,又是东邦化工的八代先生。如果真的断了,那可真是太让人惊讶了。说起来,就像是周围的亲戚都蜂拥而至,来教训本家似的。"

"不一定会断的。"

教之助说道。他知道自己有点不高兴了。每当对方得意忘形,都会令教之助感到不悦。常盘似乎也发现了教之助的不悦,说道:"那当然,要看实验结果的嘛。"

"但是,还是会断的。事实上就是断了的。"

鱼津在一旁说道。教之助没有接他的话,他看着这个充满自信的年轻人，说道：

"换个话题，这次遇难的小坂君，我跟他在我家见过一次面。"

"是吗？"

鱼津的表情有点复杂。

"真是太可惜了。那么好的一个年轻人。——您跟他是老朋友？"

"是从大学时代开始的朋友。关系很好的朋友。"

"那您的心情肯定很沉重吧。朋友是最珍贵的啊。比起父母，比起兄弟，在某种意义上来说，朋友才能够真正性情相投。对彼此无所不知。"

教之助一直看着低着头的鱼津。他看到鱼津的表情中有些微苦涩的东西划过。他心想，这个年轻人是知道美那子和小坂的关系的吧。教之助思考着自己接下来应该说的话。通过跟这个年轻人交谈，应该能够在某种程度上刺探到美那子和小坂的关系到了何种程度吧。虽然一次都没说出过口，一次都没有在态度上流露出来过，但是对于教之助来说，这是这两三年来他最在意的事情了。

他知道美那子在躲着小坂乙彦。但是他感觉这种躲避很不自然。如果什么都没有的话，她完全没有必要那样生气地躲着小坂。

"那，今天就到这里，我这就告辞了。"

教之助突然站了起来。这是他自己都没预料到的心情的变化。关键人物小坂已经死了。那不就行了。教之助忽地意识到自己原来那么在意年轻妻子的秘密，赶紧把这样的自己强压了下去。

第六章

从二月到三月，鱼津一直在跟想要去山上的冲动作斗争。只要一想到小坂到现在还躺在冰雪中，他就感觉自己无法就这样一直待在东京。在公寓的房间内，他经常半夜醒来，眼前浮现出小坂修长的身躯躺在雪地里，雪花纷纷扬扬落在他身上的样子，每到这时，他都会从床上坐起来。

这时，他就会很想去山上。他怎么也压抑不住这种想要前往积雪覆盖的前穗的冲动，就如同小坂在呼唤他一般。

以前冬天去登山的时候，都是和小坂一起，但是接下来要出发的话，就只能自己一个人去了。虽然只要自己开口，也会有不少登山方面的朋友会很乐意跟自己一起去，但是他并不想跟他们一起出发。他觉得这么做就跟妻子死了之后再续娶一样，感觉有点对不起小坂。

而且，他觉得必须只能自己一个人踏上覆盖了小坂身体的积雪表面。

——小坂，我来了。

——哟，来得很慢啊。

在两人进行这样的对话时，身边有任何人的存在都会是一种打扰。

但是，鱼津一直强忍着这种想要前往山里的冲动。目前这样已经给常盘大作添了很多麻烦了，如果去山上，还得请两三天假，他怎么也开不了这个口。

而且，公司的工作也变得繁忙起来。往年的话，一月到三月是一年当中最空闲的时候，但是今年的情况有所不同。不知道是不是因为经济逐渐好转的缘故，想要在外国的杂志、报纸上刊登广告的公司突然激增。战争结束十年了，日本的产业界也终于恢复了元气，开始广泛地面向整个世界寻求销路，这一点从自己的工作上就可以看出来。

如同要证明这一点似的，国内的两三家大报纸上也刊登了日本商品在海外开展销会的新闻。这则新闻对于公司的业务来说是有利的。鱼津调查了那些在展销会上展出商品的制造商，并派外勤人员去联系，由此从这些公司连续拿到了大的广告订单。

在这样忙碌的工作中，虽然鱼津很想去山上，但是在上班的时候，他还能够压抑住这一诱惑。

到了三月中旬的时候，报纸上报道了一则消息，声称广受关注的尼龙登山绳撞击反应实验将在近期举行。有好几家报纸都以极富煽动性的标题报道了这则新闻。但是都没有提及具体的实验日期、实验方法。

鱼津以一种与自己毫不相关的心态阅读了这则新闻。

报纸上报道了这则新闻之后,鱼津收到了登山界的前辈、后辈们等各方人士寄来的信。这其中有鱼津认识的人,也有他完全不认识的人。

在此之前,关于尼龙登山绳断裂事件,除了极少的一部分人,绝大部分人对这件事的关注仅仅是知道有这么回事,但是现在要正儿八经地做科学实验了,很多人又开始重新关注起这件事来。

跟登山有关的人们的来信,基本都是阐述自己关于尼龙登山绳的看法。有好几封信是"问题在于岩角,冰和岩角在岩石表面构成了怎样的锐角?""会不会是你们在盖着小帐篷露营的时候把登山绳给冻住了?"这种又像是质疑又像是责难的内容。其中,还有人详细写下了自己使用尼龙登山绳的经验。

有两封信似乎是一位年轻的科学家写来的。一封信上记载了把七八种日本国产的登山绳和外国产的登山绳的单纤维放在一起,用显微镜进行观察,发现其粗细基本都在0.4毫米,又测试了其双折射性,详细记录了两者的差异。还有一封信调查了用手撕裂尼龙登山绳和用锉刀磨断登山绳时登山绳的变形，并进行了详细记录，还一并寄来了两三张显微镜照片。

这两封信都是专门进行的调查，但是鱼津不知道这样的实验究竟有什么意义，持有怎样的主张。

鱼津在报纸上的报道出来之后，接受了两三家报社的记者的采访，他们的谈话被刊登在了报纸上。他知道自己站在事件的风口浪尖上，会令常盘大作很难做，所以想要尽量低调，但是因为这件事已经在社会上广为人知，作为事件的核心人物，他不得不表明自己的立场。

鱼津的谈话被刊登在了三家报纸上，都是相同的内容。

——尼龙登山绳在怎样的情况下会断裂，我想目前世界上还没有人能够马上回答这个问题。问题在于，这对于登山者来说是性命攸关的事情，所以我们应该尽量避免外行人的猜测，等待科学研究的结果。从这个意义上来说，我对这次的实验抱有很大的期待。我希望这次的实验结果能够令我们清楚地了解尼龙登山绳的优点和缺点，并知道该怎样去处理这些问题。

鱼津尽可能谨慎地表明了自己的想法。

到了三月末，有一家报纸详细报道了尼龙登山绳实验。

报道称，实验将于四月三日下午两点开始在位于川崎市海岸边的佐仓绳业东京工厂进行，并详细介绍了实验方法。

——当天实验中将会用到四种登山绳,分别是十二毫米的马尼拉麻绳,同材质的二十四毫米麻绳,八毫米的尼龙登山绳以及同材质的十一毫米绳。

——实验场地中已经花费百万日元搭起了高达十米的铁质高台,高台边上安装了打磨好的花岗岩,角度分别是四十五度和九十度。测试时,将在麻质登山绳和尼龙登山绳上分别挂上55公斤的下降物体(秤砣),观察在经由花岗岩边下降时各种登山绳的撞击反应。测试分为垂直降落、七十度角降落、八十度角降落等各种情况。降落的高度也从一米开始,每次增加五十厘米,直至登山绳断裂为止。

——此次实验的负责人是东邦化工的专务董事八代教之助。东邦化工向佐仓绳业提供了据说此次在前穗出事的登山绳的原料。八代先生曾经在K大学讲授过应用物理学,现在是原子能研究委员会的重要成员。

在这则报道被刊登出来的那一天,常盘大作在傍晚回到了公司,他似乎去看川崎的实验场地了。他拍了拍正对着办公桌坐着的鱼津的肩膀,问道:"三号你准备做什么?去吗?"

"去。"鱼津回答道。

"那我们一起去吧。"常盘说道,"不管怎样,这次你应该可以不用被解雇了吧。虽然你这职位也没什么重要的,但是你这家伙还是挺让我操心的啊。"

说着,他笑了起来。常盘心情很好。

"后面又跟八代先生见面了吗?"

"今天就见了,在实验场地。"

"八代先生怎么说的?八代先生应该已经知道结果了吧?既然已经搭了实验装置,我想他应该已经在做测试了。"鱼津说道。

"这个嘛,"常盘想了想,说道,"一般情况的话,你这么想是没错,但是那个人的话,肯定要等到当天才会公开做测试的吧。不知道该说他有洁癖,还是难以接近,总之这个人不能以一般情况来判断。工程师中经常会有这样的人,他更是其中翘楚。至少不是一个俗人。他说等他老了之后,想把纸币装在瓶子里埋在后院中。"

报纸上说这一年的春天比往年来得都晚,的确如此,虽然已经进入四月了,公寓旁的樱花树上的花蕾依旧还是紧闭着。到了三号,进行实验的当天,鱼津刚开始没穿厚外套就走出了公寓,还是感觉有点冷,就返回公寓穿上了外套。天空晴朗,万里无云,阳光明媚,一看就是一副春天的模样,但是风还是很冷。

鱼津在公司里和平时一样,早上处理了一些琐碎的工作。像检查广告文案,给几家公司写信等等,杂事太多,似乎永远也做不完。

快中午的时候，常盘出现在了公司，他说要去跟大阪总公司的人一起吃饭又出去了，到一点的时候又回来了。

"实验从两点开始。我们马上出发吧。"

常盘走进房间，说道。

"走吧。"

鱼津离开办公桌，拿了外套，跟在常盘身后，走出了事务所。那个时候，事务所里大概有十来个员工坐在办公桌前，但是谁也没有跟他们打招呼。他们不可能不知道今天将要进行登山绳实验，但是都有意识地不去触及这个话题。

在公司前面拦了辆出租车坐上之后，常盘说道："今天总公司会来两个人，佐仓绳业会来六个人，来观看实验。"

"阵仗还挺大。"鱼津说道。

"这本来就是件大事啊。对于佐仓绳业来说，不管怎样，如果登山绳断了，那就麻烦了！因为没有一个人会傻到花百万日元来证明自己公司的产品不好。不仅是佐仓绳业，总公司也会感到很麻烦。当然，总公司这边只有社长一个人会为难。面对佐仓绳业，社长将会很丢面子。"

"会怎么样呢？"

"也不会怎么样，只是作为一个社长，这种情况会令他大丢面子。"

说着，车子开过品川站前，来到了京浜国道上。

"你还是不要出现在实验现场比较好吧。"常盘经过一番慎重考虑似的突然说道，说完他马上又加了一句："你还是别去了！"

"你如果出现在现场的话，将会成为众矢之的。还是不要出现在现场比较好。"

"那我就不去了。"

鱼津顺从地说道。登山绳应该会断掉吧，登山绳断掉的时候，如果自己也在现场的话，确实有可能会成为总公司和佐仓绳业的人的眼中钉肉中刺。

"不去实验现场的话，你准备去做什么？我会在实验场地下车，你还是坐这辆车回去？"

"这个嘛。"

鱼津不知道实验需要多长时间，但是他不想回公司。

"我在海岸边上随便走走吧。"

"大概需要两三个小时哦。"

"我也没别的事可以打发这些时间。"

"那倒是的。如果在山上的话，打发几天都没问题。"

"把登山说成打发时间就太过分了哦。"

"哎，都是差不多的事情嘛。"

车子在京浜国道转了弯，朝羽田机场方向开去，中途没有朝机场方向转弯，而是直直地朝川崎市的工厂地区开去了。

车子开过大师桥，过了大概十分钟左右，朝海岸方向拐去。宽阔的柏油马路笔直地朝大海延伸而去，道路两边，远远近近地分布着一些大工厂。

车子停下来的地方很冷清，四周有水泥墙围着，但是宽阔的院子当中只有两幢建筑。门口的柱子上挂着佐仓绳业东京工厂的牌子，但是工厂的建筑物似乎要等到接下来才会建，院子里的杂草上堆了好几处铁架子、木材等东西，有几个平整土地的工人在那边慢吞吞地动着。

从门口看去，里面的建筑物的旁边并排停着十几辆车子，附近大概有二十多个人在走来走去。应该是要在那里搭做实验用的高台吧，但是从远处看去，并没有看到像高台的东西。或许实验场地是在建筑物的后面吧。

鱼津下了车之后，说道："那我就去海边晒太阳了。"

"等实验结束了，我让车往那边开过去。"

说完，车门关上了，车子朝工厂内开进去了。

鱼津沿着和大海呈直角的宽阔的柏油马路，漫无目的地走在春日的暖阳里。身边不时有写着"前往H造船""前往N钢管"等字眼的员工巴士开过，但是没有行人。

走了一会儿，道路两侧变成了一览无余的开阔空地，工厂建筑群离道路越来越远。白色的油罐在阳光下闪闪发光。

不久，随着离海越来越近，右侧开阔的空地尽头，出现了川崎的大工厂地带。无数的起重机和无数的烟囱一起，形成了一个平原，浮现在远方。

出乎意料的是，海岸边是美丽的沙滩。岸边微波静静荡漾，波光粼粼，但是这一带似乎是某个工厂的用地，被围上了铁丝网，所以无法走进那片宽阔的沙滩。

不过，道路延伸到海边的尽头处，多少还留有一些空余地方，站在那里，就像站在海边的沙滩上一样。沙滩与大海之间被水泥做的悬崖隔开了。

鱼津在水泥悬崖上站了一会儿，看着远处海上被防波堤分开的海面。一艘像油船一样的扁平船只搅动着海面，发动机声音在海面上回荡着。鱼津看了看手表，已经过了两点了。他心想，实验会不会正好是从此刻开始的呢。不管怎样，接下来自己都必须在这里待上两小时。

鱼津看到右手边铁丝网里面是一片干枯的茅草地，心想要不去里面睡会儿午觉吧。虽然外面挂着禁止入内的牌子，但是只是借个地方睡个午觉的话应该没什么问题吧。

鱼津找到了一个铁丝网的破洞处，小心翼翼地从那里钻了进去，不让铁丝网挂到衣服。接着他在茅草地上坐下，又向后仰面躺了下来。天空中没有一丝云彩。颜色并不是湛蓝的，而是春天独有的发白的颜色。有两只老鹰在空中飞过。两只都水平张开着翅膀，自在地飞翔着。

睡会儿吧。——鱼津心想。刚闭上眼睛，就听到远处工厂地带的机器声如同地震时的地鸣一般。一开始鱼津以为那是大海的波涛声，但是不一会儿又有无数的机器声夹杂进来了，这才知道是从远处传来的声音。

现在正在进行与自己有关的尼龙登山绳的撞击反应实验，但是鱼津无法去认真地思考它。登山绳会不会断，这个结果对自己来说关系巨大，但是他心里没有一丝担心或不安。登山绳是自己断掉的。这是自己亲身经历的事！登山绳既不是自己弄断的，也不是小坂弄断的。小坂怎么可能把登山绳弄断呢。登山绳是因为其自身的缺陷才断掉的。

老鹰又飞到了头顶的天空上。自在地飞翔着。睡意朝鱼津袭来。鱼津感觉从学生时代开始到现在为止已经好多年没有过的健康的睡意正在慢慢地令自己的意识变得模糊起来。

不知道过了多久，鱼津被不断鸣叫的汽车喇叭声吵醒了。

他坐起身，看到距离自己十多米的路上停着一辆车，车旁站着常盘大作。

"经理！"

鱼津大声叫着，从茅草地上站了起来。

常盘大作似乎很快看到了鱼津，他举起右手，同时似乎还说了什么，但是声音被风吹散了，听不到。刚才在茅草地上躺下的时候还没有风，这会儿却已经起风了。

常盘站在那里，背对着鱼津，点了根烟。鱼津朝铁丝网的破洞走去，准备走到路上去。

此时，鱼津才意识到，太阳已经西斜了。一看手表，已经过了四点了。如果手表准的话，那就是睡了两个小时了。虽然鱼津自己都有点不敢相信，但是太阳已经变成夕阳了，因为远处无数烟囱冒出的黑烟，被染成了红黑色，这令鱼津产生了某种不祥的预感。朝海面看去，防波堤靠近自己这一侧，有两艘跟刚才一样的油船，在发动机的轰鸣声中，神经质地浮动着。

鱼津穿过铁丝网，朝依旧站在车边的常盘大作走去。常盘没有看鱼津，他的视线投向了海面上。

"经理，不好意思！"

鱼津为自己睡着了道歉。常盘目光锐利地看了眼鱼津，发出了一声类似呻吟的"唔"，问道："睡着了？"

"是的。"

"你这家伙还真是心大。"说完，他又接了一句，"回去吧。"

"实验怎么样？"鱼津问道。常盘没有直接回答："八代教之助先生是一个很优秀的人。我相信他。你也必须相信他。你能相信他吗?"

"我当然相信他。"

"你能相信他就好。既然相信他,就不要对实验结果有任何怨言。——登山绳,没有断。比起马尼拉麻绳,更为牢固。"

常盘语气缓慢地说道,然后他自己打开车门,说:"上车吧。"

鱼津听从他的话,先上了车。

车门关上之后,鱼津感到有一种非同小可的东西正朝自己身边袭来。鱼津以一种自己都觉得奇怪的平静语气说道:

"登山绳没有断是吧。"

"是的。"

"登山绳没有断!登山绳没有断,也就是说——"

鱼津感到登山绳没有断这件事的意义正如同乌云一般缓慢地扩散开来。

"登山绳没有断,也就是说,有其他原因导致它断了。"

接着,鱼津第一次颤抖着声音咬着牙说道:

"怎么会有这种事!怎么会有这么愚蠢的事!"

"不要太激动。"

常盘低沉的声音打断了鱼津的话。

"在实验中，登山绳没有断。——我也以为登山绳会断的。但是，它并没有断。我们以为一定会断的东西，它也可能并不会断。"

"这是不可能的。"

"但事实就是如此。"

"是出了什么差错吧。"

"也许是有什么差错吧。但是，总之，现实就是它并没有断。——我相信八代教之助这个人。所以我也相信这个实验。在实验中，登山绳没有断。"

"可是，经理。"

常盘没有听鱼津说。

"你也要相信八代教之助这个人。对于这个实验，不可有半点怨言。这一点能做到吗？"

鱼津沉默着。虽然常盘让他相信八代教之助，但是对于鱼津来说，他不可能轻易地去相信他。

"可是——"

"不要抱怨。"

"可是——"

"也不要说什么可是。"

常盘的语气很强横。

"你要相信他。你只要沉默着，相信他就好了。"

"这不合道理。"

"说什么不合道理?! 刚刚上车之前我问你相不相信八代教之助,你不是说相信他的吗? 那是假话?! 是男人,说过的话就要一个唾沫一个钉。"

"我相信他这个人。"

"相信这个人,也就是相信这个人做的事。在实验中,登山绳没有断! 这就行了! 虽然这个结果并不好,但是也没有办法。如果你不相信这个实验的话,这件事的焦点就会远离登山绳,被引向别的方面了。你无论如何都要老老实实地相信今天的实验结果。这并不意味着你就输了。虽然登山绳在实验中没有断,但是在山上是断了的。"

"世人并不会这么想吧。"

"世人或许并不会这么想。但我是这么想的。只有我一个人这么想,你觉得不够?"

鱼津看到常盘大作放在腿上的手颤抖着,如同痉挛一般。

"一个人要相信另一个人是一件很难的事。但是你必须要相信。你不能说中间出了什么错。不管是我,还是你,都可以相信八代教之助这个人。只是很偶然的,他负责做的这个实验,不知道什么原因,实验结果与预期的正好相反,仅此而已。如果早知道会是这样的结果,我也不会建议做实验，也不会拜托八代先生来做这个实验。但是，事到如今，再后悔也没用了。——确实，你今后的立场会比之前更加艰难。世人的看法都是很简单的，他们会凭着这个实验结果，把你逼入绝境。这也是没办法的事。现在，你面对的已经是一个跟昨天截然不同的新现实。你的处境比前穗的冰壁更加残酷。这一点你一定要做好心理准备。不说明天，就今天，回到公司之后，可能那些晚报就要向你磨刀霍霍了。——可是，这些算得了什么呢！登山绳在山上就是断了的。那是你亲身经历的。"

鱼津从来没见过常盘大作如此苍白着脸说话的样子。不仅如此，平时常盘说话的时候总是紧盯着对方的眼睛，滔滔不绝，但是此时他却是一副瞪着眼睛的模样。

鱼津沉默着。虽然他知道事态朝着自己不希望的方向发展了，但是他还是不太明白常盘话里的意思。

常盘说要相信八代教之助这个人。还说要相信他今天所做的实验。他说的相信就是要毫无怨言地接受今天的实验结果。然后，他的意思是，登山绳在山上是断了，但是这件事放在自己心里就好。

"但是，"

鱼津又说道。

"登山绳没有断这件事，我真的是有点无法想象。"

"所以,我才用了相信这个字眼啊。要相信八代教之助。只要相信就好。这个时候,绝对不可以说一些对实验抱有怀疑的话。你如果说出那样的话,我可饶不了你。——在山上,登山绳确实是断了的。我相信你!我能这样相信你,你也要相信八代教之助,行吗?"

常盘再次确认似的说道。车子夹在京滨国道的车流中向前走着。街上不知道什么时候已然是春天发白的黄昏了。

回公司途中,常盘让车子在品川站停了一下,让司机去买了晚报。司机买了好几种晚报回来,但是其中都没有报道登山绳的实验结果。

"看来今天的晚报没有赶上。也是,实验结果清楚地出来时,已经快四点了。"

常盘大作说道。

车子在公司前停了下来,常盘先下了车,他等鱼津下了车,说道:

"今天你先回家吧。虽然不知道明天的早报会怎么报道,万事等看过早报之后再说吧。明天我会早点来公司,你也早点来吧。"

"好的。"

鱼津说道。接着两人走进电梯轿厢,到了三楼。在出电梯的时候,常盘又说:

"你可以现在就回去。被那些报社的记者看到了也是麻烦。如果回家之后接受采访的话,绝不可以说些怀疑实验的话。这一点你千万要注意。"

常盘推开房间门时,最后看了一眼鱼津。

"我知道了。"

鱼津走进事务所,马上整理了一下自己的办公桌,准备回家。事务所里有几个员工在工作,清水也在,不知道是不是在刻意回避什么,他并没有问实验结果。

"我先走了。"

鱼津跟清水说了一声,就走出了事务所。

来到马路上,鱼津漫无目的地沿着马路走着。他穿过日比谷的十字路口,直直地向前走去。除了鱼津正在走着的马路,四周都是如洪水般的车流。但是,鱼津感觉自己就像孤身一人走在山上一样。他的脚下不时地趔趄一下。他停下来,嘴里不经思考地嘟囔着"登山绳啊!"

可是,鱼津并没有感到绝望。报纸上还没有报道,所以对这个让人意外的实验结果,他并没有太真实的感觉。

这天夜里,鱼津回到公寓之后,拿了一小瓶国产的威士忌,喝了半瓶左右,然后按常盘说的,早早上了床。他自己都感觉很奇怪,怎么会像听从父亲命令的孩子那样听话。但是,他心里还是挂着事,夜里醒了两次。两次都是在三点之前醒的。

第三次醒来时，窗外天色已经大亮，白色的光透过窗帘的缝隙照到了房间里。已经六点了。

鱼津起身，在睡衣外面套了件厚外套，就下楼去取早报了。他推开公寓的大门，从大门边上放报纸的地方那一大堆杂乱堆放的报纸中抽出了一捆报纸。

鱼津回到房间内，拉开窗帘，站在窗边，打开了报纸。鱼津自己只订了一份R报，但是为了方便了解情况，他还拿了其他几种报纸。

鱼津不停地打开这些报纸的社会版。"首次尼龙登山绳撞击实验""强度是麻绳的数倍""应对登山事故""明确了解了尼龙登山绳的性能"这样的文字，不断地映入鱼津的眼中。其中既有配了照片，作为头条新闻来报道的，也有只是一小段话放在角落里提及的。各家报纸上刊登的照片也都不一样，既有实验现场的抓拍，也有登山绳的断裂面、八代教之助的肖像等等。

鱼津一篇篇读着这些报道。R报的报道最为详细。

——测试使用了磨成四十五度角和九十度角的花岗岩边以及铁锁，用了麻质和尼龙材质的登山绳总计四种。实验分为总计二十八种情形，分别是二十一种撞击测试、从二十度的斜面滑下的情形、从花岗岩边上滑下的情形、以及三种利用摆子在花岗岩边上撞击的情形。

——首先，在九十度角的花岗岩边上挂上十二毫米的马尼拉麻绳，在下垂两米的绳端挂上重五十五公斤的秤砣，从一米的高度往下掉时，很快就断了。尼龙登山绳采用的是十一毫米、长三米五十公分的绳子，从花岗岩边上方一米往下掉时才断掉，可见其强度数倍于麻绳。之前猜测尼龙绳遇到尖锐岩角时不耐磨是导致前穗遇难事件的原因，但是实验的结果却出人意料。

——在前穗遇难事件中使用的备受关注的八毫米尼龙登山绳采用的是三米长的绳子，实验中从三米处落下也没有断，显示了对撞击和岩角的抗拉强度。

——但是，尼龙登山绳在被水浸湿之后就会变得脆弱。以铁锁为支点，把长两米五十公分的八毫米登山绳从两米的高度往下掉落，把长三米五十公分的十一毫米登山绳挂在四十五度角的花岗岩边上，从四米五十公分的高度往下掉落时，都断裂了。

R报像这样报道了实验结果，然后得出了结论"对于发生在前穗东壁的事件，之前所猜测的岩角撞击这一原因很难成立"。S报是这么写的：

——用X射线对尼龙登山绳的原材料进行分析，发现其分子结构非常完整，在撞击、打结强度、耐寒测试上都明显优于马尼拉麻绳。但是实验中也确认了，当摩擦到尖锐的岩角，又大力撞击时，尼龙登山绳是非常容易断裂的。

——在下降抗拉强度测试中，尼龙登山绳的强度是马尼拉麻绳的三倍。在前穗断裂的八毫米尼龙登山绳，从两米高度，挂上五十五公斤的重物猛然落下，也没有断裂。在尖锐岩角上，马尼拉麻绳的最大重量是二十公斤，而尼龙登山绳是六十五公斤。

——将十一毫米尼龙登山绳挂在四十五度角的尖锐岩石上，一端挂上五十五公斤重的秤砣，从三米高处落下，登山绳没有断裂。但是，挂上二十公斤重的秤砣，在三角锉刀上反复摩擦的话，马尼拉麻绳摩擦一百一十次才会断，而尼龙登山绳只摩擦了十次就断了。

鱼津在清晨白色的亮光中读着报纸上的报道。他觉得这其中有问题。虽然这是在实验中做的测试，没有办法指出哪里不一样，但是他知道这些测试跟实际情况是不一样的。

通读了数家报纸上的报道，结论都是，在前穗发生的事件中，尼龙登山绳应该是撞击到了尖锐的岩角才会断的吧。在所有报道中，最谨慎的是O报。它没有根据实验得出结论，而是让东京市内各个大学登山队的队员们谈了尼龙登山绳的优点和缺点。

——尼龙登山绳性能优越,这一点在积雪期尤为明显。此次实验中,尼龙登山绳在坠落时的抗撞击强度已经得到了证实,但是在遇到尖锐的岩角或是摩擦产生的热量时,尼龙登山绳的表现要差于麻绳。希望研究不止步于此次实验,还能进一步深入。(K大学)

——我们使用的是美国军队中发放的十一毫米尼龙登山绳。就重量、不会附着上积雪、不会上冻这些点来说,尼龙登山绳是非常不错的。但是说到缺点,比如悬垂降落时登山绳会拉得过长、比如戴着防护手套抓绳子时太容易手滑,无法完全保证安全等等。此外还有诸如不耐岩角摩擦、容易起毛等。据说在前穗遇难事件中登山者使用的是八毫米登山绳,他们应该选择用十一毫米或十二毫米以上的登山绳。(M大学)

——可能是低温导致尼龙登山绳的物理性质发生变化,变得格外脆弱吧。尼龙登山绳的抗拉强度较大,但是不耐摩擦。遇到撞击时,断裂面有熔化现象,它不耐热,所以断裂应该是跟热量有关吧。我们登山队使用的是瑞士制造的两条三十米长的编织尼龙登山绳。前面所说的是对国产尼龙登山绳的意见。在常年使用尼龙登山绳的瑞士还从未听说过有关于尼龙登山绳的争论。(T大学)

——优点——被水或雪浸湿了也不会变硬。重量轻,便于携带。弹性好，在长度不够的时候能够进一步拉长。

缺点——戴着防护手套进行悬垂降落时容易手滑。价格高。在岩壁攀爬中，当登山绳卡在岩石上时，将无法知道用绳索系在一起的另一名登山者的情况。（H大学）

——我们队准备的是国产的以及瑞士制造的三百九十米长的尼龙登山绳，但是在冬季不怎么使用。在攀登穗高的山脊时使用过，发现国产的尼龙登山绳不耐摩擦。以上说的仅仅是缺点。（R大学）

各个大学登山队的队员们都不约而同地没有直接提及实验结果，对于前穗东壁事件中尼龙登山绳究竟有没有断，也集体保持了沉默，只是说了从自己的登山经验中所知道的尼龙登山绳的优点和缺点。作为现役登山家，他们没有说错一句话。只是对于前穗事件，也没有任何积极的支持言论。

鱼津把报纸还回到楼下，又钻进了被窝中。闭上了眼睛。

鱼津想要仔细想想刚刚看到的几则新闻报道的意思。这些新闻想要向读者传达出什么信息呢。

这次进行了尼龙登山绳和麻质登山绳的撞击反应实验，比较了两者的强弱。从结果来看，在撞击到岩角时，尼龙登山绳的强度是麻质登山绳的数倍。但是尼龙登山绳不耐热，不耐摩擦。

所以，发生在自己和小坂身上的前穗东壁尼龙登山绳断裂事件，并非是由于撞击到了岩角，还需要从其他方面寻找原因。也就是，是由于缺乏对尼龙登山绳的了解，或是登山技术太差，才导致了这场原本可以避免的事故。——换言之，登山绳之所以断裂的原因，只能从岩角摩擦到了登山绳，或是登山绳被弄湿了这些方面去寻找。

没有发生摩擦！也没有弄湿！鱼津在心中呻吟似的说道。事故是由于小坂的瞬间滑落造成的。那一瞬间的情形，鲜明地浮现在鱼津眼前。倚靠在从身侧斜伸出五米左右的岩石上，小坂正在把登山绳挂到头顶突出的岩石上。他身后是如同被清洗过一样泛着清冷光泽的狭小空间和岩壁。

实验肯定是有什么地方出错了！正如常盘大作所说的，八代教之助这个人本身是可以信任的。自己也相信他。但是，他所做的实验对于解明此次事件的真相毫无作用。只是把尼龙登山绳性能上的优点和缺点跟麻质登山绳做了比较而已。只是通过实验再次证明了登山家们早就知道的尼龙登山绳的性能罢了。

但是，对于鱼津来说，在撞击反应实验中证明了尼龙登山绳的抗撞击强度数倍于麻质登山绳这一点，还是致命的。

鱼津又在床上躺了约两个小时，在八点钟左右起了床。接着他洗了脸，喝了点牛奶当早餐，换上西装准备去公司。

他推开公司办公室的门时，是九点。平时的话，只要九点半到公司就可以了，这一天他比平时早到了三十分钟。因为常盘大作说过让他早点到公司，所以他也遵从了这一命令。他推开空荡荡的办公室大门，就看到常盘仰坐在椅子上看报纸的身影。除了常盘，谁都还没有到。

常盘一看到鱼津，就板着脸问道："今天的报纸，看了吗？"

"看了报纸，有什么想法？"

"很不妙啊。"

鱼津这样回答道。

"不能接受吗？"

"不能接受。"

"但是，我觉得某种程度上来说，这也只能这样了。报道中哪里都没写你说的不合情理，也没写你说的是谎话。我还以为他们会写得更刻薄。"

"都一样。在撞击到岩角时，尼龙登山绳要比麻绳坚韧数倍。很少会断裂。那个实验不就证明了这一点吗？"

"那倒是。"

"哪一处都没有认可我的观点。这样一来，小坂因为滑落导致登山绳断裂的情况就不成立了。"

"但是，你想想。不管是你还是我，都没想到会是这样的结果，但是既然事情已经这样了，那也只能如此了。这下佐仓绳业不会丢面子了。就让他们长面子吧。"

"但我丢面子了。"

"你确实很丢面子。如果登山绳不是那么容易断裂的话，那就是别的原因导致它断裂的了。是什么别的原因呢？"

常盘想要鱼津回答这个问题。

"世人会有两种看法吧。一种是我为了救自己割断了登山绳，还有一种是技术上出现了操作失误。"

"只有这两种吗？"

"我想就这两种。但是我必须要打消人们的这两种看法。事实上我没有割断登山绳，我也相信我们在登山绳的操作上没有出现失误。此外，让所有登山家都能对尼龙登山绳有一个正确的认识，这也是我不容推卸的责任。不然的话，就太对不起死去的小坂了。即使为了这一点，我也一定要让人们了解真相。"

"我明白了。——但是，有没有连你都没注意到的登山绳断裂的原因呢？"

"没有。"

"比如小坂君自己割断了绳子——"

"这叫什么话！"鱼津不由得大声说道，"绝没有这样的事。"

"没有就好。没有就好，但是我就怕存在连你都不知道的原因。——比如，在遗体上发现遗书之类的情况。你可能会觉得我这些猜测太过荒唐了，但是八代教之助的实验没有问题，你说的也没问题的话，登山绳断裂的原因就只能从别的方面去寻找了。为了防止出现这样的情况，所以我才不准你对此次实验表示怀疑。"

常盘大作忠告似的说道。

鱼津脸上浮现出些许悲伤，他看着这个对自己心怀善意的上司。

确实，正如常盘大作所说，如果自己对实验提出质疑，而发现小坂乙彦的遗体时在他身上发现类似遗书的东西的话，自己确实会陷入进退两难的窘境。常盘再三地提醒自己绝不可对实验表示怀疑，也是出于这种考虑吧。

但是，对于鱼津来说，常盘替自己着想的这些他并不愿接受。因为小坂并不是会做出那样的事情的男人。最了解小坂这个男人的，不就是自己吗？

鱼津在思考该怎么说才能打消常盘大作的疑虑。但是他找不到任何合适的语言。

"不管发生任何事情，小坂都不是那种会在山上自杀的男人。"

"但是，这只是你自己这么认为罢了。"

"等遗体发现的时候你就知道了。他的日记中就算写了什么，那也全都是关于登山的事。"

"这也同样只是你的猜测罢了。其实我也是这么想的。因为你是这么说的，所以我也想或许是这样。但是，在小坂君的遗体被发现之前，我没办法完全相信。"

被常盘这么一说，鱼津不知道该怎么反驳了。

"所以，我是这么想的。关于登山绳断裂的原因，在小坂君的遗体被发现之前，你绝不可以说得太多。面对事情，我们再怎么慎重都不过分。但是，这么一来的话，世人可能会猜测是你割断了登山绳。世人的这种想法，我们必须要想办法打消掉。——我是这么想的。你去拜访一下八代先生，把实情好好跟他说说，以取得八代先生的信任。这么一来，就可以请八代先生说话，表明虽然在实验中登山绳很坚韧，但是在山上登山绳是断了的，这两种情况都可能成立。——这是有可能的，实验结果也并不是绝对的。尼龙登山绳是人制作的，即使它很坚韧，一百根尼龙登山绳中也有可能有一根是容易断的。正因为有这种可能性，所以才是人制作的嘛。也就是说，要请八代先生表明，实验结果并没有解决尼龙登山绳事件。——你赶紧去吧。"

常盘大作说道。

"要求他帮忙吗？"

"是的。"

"要我求他帮忙吗?"

鱼津痛苦地皱起了脸。

*

鱼津恭太在位于东云海岸的东邦化工前台,请求与八代教之助见面。前台的女员工马上向秘书科的人传达了这件事,但是在得到回音之前多少需要等待一些时间。

"不好意思,请问您是新东亚商事的鱼津先生吗?"

过了一会儿,前台小姐问道。

"是的。"

鱼津回答道。前台小姐又拿起听筒,向对方传达了这个信息,然后放下听筒,说道:"请您稍等一下。"

又过了三四分钟,对方才有回话。

"八代先生现在正在开会,能请您稍等十分钟左右吗?"

前台小姐一脸同情地说道。

"我知道了。"

"那么,请您往这边。"

前台小姐站起来,想带鱼津去接待室。

"十几分钟的话,我就在户外散散步吧。那样更舒服些。"

鱼津说道。接着鱼津走出了公司大门，沿着事务所所在的建筑物朝海边走去。工厂离事务所所在的建筑物很远，零散地分布在一片宽阔的地皮上。这一带似乎是填筑地，地皮上虽然已经建造着工厂，但总带着一种人工的感觉。

海边是悬崖，但是从事务所周围到海边都铺着美丽的草坪，漫步其上，不像是走在工厂的院子中，而像是走在某家漂亮的海边宾馆的庭院中。广阔的大海如果是被脱色了一般，失去了湛蓝的色彩，不知道是不是由于失去了这一色彩，看起来非常浅。似乎只要把裤管卷到膝盖上，就可以在海里到处走来走去了。但还是有数只海鸥飞翔在泛白的海面上。

鱼津慢悠悠地抽了根烟，过了大概十五分钟左右，再次回到了公司的前台。这次跟刚才一样，前台小姐又重复做了同样的事情。她先打电话给秘书科，然后似乎是通过秘书科给八代教之助打了电话，又花了三四分钟时间等八代那边的回话。最后，前台小姐说道：

"八代先生现在正在见客人。能麻烦您等十分钟左右吗？"

"好的。"

这次鱼津没有再出去走，而是由前台小姐带领着来到了一间狭小得如同盒子一般的接待室。鱼津心想，这公司真麻烦，就简单见个面还搞得这么麻烦。

在接待室等了大概十分钟左右，一位秘书科的年轻人出现了，他递给鱼津一张名片，然后说道："请。"

这下可以直接去见八代教之助了，于是鱼津踩着打磨得极其光滑，仿佛一不小心就会让人摔倒的楼梯朝二楼走去。

推开房间门，八代教之助已经站在接待用的桌子前面来欢迎来访者了。他请鱼津坐在椅子上："请坐。"接着他自己也面对着鱼津坐了下来："欢迎。"

鱼津暗暗告诫自己绝不可以兴奋，他以一种冷静的语气说道：

"那样的实验结果，对我来说真有点头疼。"

"是吧。"

对方说道。鱼津点了根烟：

"——那样的实验结果，基本上等于是否定了登山绳在登山过程中断裂这件事了吧？"

"这很难说。那个实验的准确意义是，证明了在实验条件下，尼龙登山绳的强度要高于麻绳数倍。所以，从实验中所证明的尼龙登山绳的特点来推测的话，可以说在登山过程中尼龙登山绳应该也是很难断裂的。"

"我所遇到的情况是，它断裂了。"

"你遇到的情况是它断裂了。——嗯，这个问题我们先放在一边。我之前已经说过了,要判断尼龙登山绳会不会断,严格来说,必须要重现事件发生时的情况和现场来进行实验。但是,这是不可能的。从这一点上来说,这次的实验仅仅是一个实验,只具有参考作用。但是,我觉得它是不是可以作为判断这次事件的一个材料。在此次实验中,撞击到锋利的岩石边上时,尼龙登山绳的强韧度至少是麻绳的数倍。这一点是得到了证明的。但是,事实上在登山过程中尼龙登山绳是断了的。但并不能因此就可以说此次实验是不正确的。相反,如果有人认为从实验结果来看尼龙登山绳是很强韧的,所以,说尼龙登山绳在登山过程中断裂了,这是很奇怪的。照理是不可能断裂的。这样的看法也是我不想看到的。"

"那么能不能麻烦八代先生把您的这一意见发表在报纸上呢?因为世人都认为您的实验结果一出,就否定了我之前报告的登山绳在登山过程中断裂的可能性了。"

"但是我不在报纸上写这些不是更好吗?——如果我写的话,那就是从此次的实验结果来判断的话,尼龙登山绳在登山过程中是不大可能断裂的。但是,你又说在山上确实是断裂了的,那么也就是说其中必然是有某种特殊的条件。——唔,要写的话就会写这些内容。这样一来的话,还是不写更好一些吧?"

接着，八代教之助以一种鱼津听来非常冷酷的口吻继续说道：

"工程师只能通过实验来说话。我们不擅长推测。要接近绝对、真理，最终可能不得不依靠想象、推测这样的手段，但是我们不采用这些。跟哲学家们不同，这里有着我们这些人的立场的界限。"

八代教之助接着说道：

"您似乎很在意世人的看法——"

他话还未说完，就被鱼津打断了：

"我自己并不是很在意世人的看法。如果是我自己的问题的话，无论世人怎么想，都不是什么大事。但是，问题是这次说的是登山绳，世人的看法就有了重要的意义。如果人们对尼龙登山绳持有错误的认识的话，那问题就麻烦了。——有个问题我想请教一下八代先生您，您刚刚说了作为科学家您是绝对排除推测、想象的，但是我想请您站在一个更自由的立场上，请问您自己对此次我们的事件是怎么看的呢？您相不相信登山绳是断了的呢？"

"我吗？"

八代教之助稍稍有点犹豫：

"我对大山毫无了解，也从来没有登过山。也不了解操作登山绳的知识。所以，对于昨天的实验结果，仅仅是作为一种材料来进行判断的。当然，正如我之前也重申过好多次了，昨天的实验结果，仅仅是判断登山绳在山上有没有断的众多材料中的一个而已。但是，对我来说，我手头的材料仅此而已。从我手头仅有的材料来进行判断的话，不好意思，如果尼龙登山绳没有被弄湿的话，那么它应该很难在登山过程中断裂。"

"这样啊。"

鱼津知道自己的脸色变得苍白了。他想，原来八代教之助也不相信登山绳在登山过程中断了。

"我明白了。"

鱼津声音干涩地说道。从事件发生以来，还是第一次有人从正面对事件进行了否定。

鱼津不由得盯着八代教之助冷漠的表情看了一会儿，然后他在烟灰缸中摁灭了香烟，慢慢地站了起来。虽然八代说这仅仅是判断事件的材料之一，但是就算只是材料之一，在实验方法上就没有什么错误吗，鱼津很想问他一下，但还是忍住了。说是使用了四十五度、九十度的岩角，但是岩石的棱角是否磨尖了，就会带来实验结果的不同。如果在这些地方怀疑的话，他还有无数这样的怀疑。但是如果把这些说出口的话，就像常盘大作担心的那样，问题会朝着不同于事件本身的方向失控吧。

八代说了一两句什么，但是鱼津完全没有听进耳朵。他想必须得马上离开这里。

走出房间之后，鱼津和八代教之助告别。走下楼梯，走到大门口时，他看到一辆车停下来，八代美那子从里面走了出来。

美那子下了车之后直接朝前台走来，她偶然抬头，发现鱼津就站在那里。"啊呀"她吃惊似的惊呼道。

"您是来找我丈夫的吗？"

两人隔着一米左右的距离，面对面站着。

"是的。我刚跟您先生见了面。"

美那子的嘴唇动了动，似乎想说什么，但很快又低下了头，似乎在想什么。接着，她又抬起头，说道：

"我想找个地方跟您谈谈，可以吗？"

"请。"

鱼津回答道。两人离开前台，一起朝大门方向走去。走出大门之后，鱼津说道："要不要去海边走走？"说完，朝左手边走去。在柏油马路上走了五十多米，就来到了海边。饱含着海水气味的风从正面吹了过来。

"我丈夫的实验，给你添了很多麻烦吧。——我都不知道实验就是昨天做的。他从来不说这些事，所以我直到今天早上看了报纸才知道。我看到报纸还是在送丈夫出门上班之后。——真的很吃惊。"

她一副真的被惊到的样子说道。

"不管怎样,已经出了那样的实验结果,没办法改变了。——应该不是您先生故意要得出那样的实验结果的吧。"

"那当然。"

接着,美那子又问道:"鱼津先生您为什么来找我丈夫呢?"

"我本来想,如果可能的话,想请他在报纸上什么的地方发表一下意见,表明实验结果不一定能够解明我和小坂身上发生的事件的真相。——但我想得太简单了。"

"我丈夫他是怎么说的?"

"他说作为他自己,现在只能把实验结果作为判断的材料,这样的话,就不得不得出一个结论,那就是尼龙登山绳断裂是一件很奇怪的事情。他说的意思大致就是这样。"

"唔。"

"不过,作为实验负责人,他也只能如此吧。我觉得他这么说也行。但是,我的话,就要因此头疼了。因为尼龙登山绳确实是断了的。"

两人离开大路,沿着某家工厂的用地,朝海边走去。虽然只隔了短短时间,但是此时海面已经跟刚才不一样了,涌起了阵阵波涛。

"其实，我看了报纸之后也很担心，所以才过来找我丈夫。"

美那子说完，视线朝海面停留了一会儿，忽然，她看向鱼津，叫道："鱼津先生。"

"我相信我丈夫的人品。我相信他是本着良心做的这个实验。"

"当然。——但是，我在想实验中会不会存在您先生都没发现的失误。我这么说可能有点过分，不过我还是想说，在判断发生在我和小坂身上的这个事件上，可能昨天的实验结果是没有价值的。"

美那子又沉默了一会儿，接着她又叫了声"鱼津先生"，说道：

"能不能这么想呢？——也就是如我在事件发生之初所想的那样，鱼津先生您在内心深处是不是想要保护我和小坂呢？"

"没有这回事。"

鱼津想要撇开这种说法似的否定道。然后，他盯着对方，一脸严肃地说道：

"您怎么会有这种想法呢，这是把简单的问题复杂化啊。小坂可不是那样的人。"

"可是……"

"……"

"可是,不管鱼津先生您有没有意识到,如果您真的有这种想法的话——"

"我没有这种想法。"

鱼津再次否定道。

"不好意思,我想比起您,我更了解小坂这个人。我很在乎小坂,所以对那个男人的各个方面都很清楚。"

他言下之意是因为你不在乎小坂,所以你不了解那个男人。鱼津知道自己这么说,对美那子来说多少有些残酷,但是在当下这种情况下,他无能为力。那些话自然而然地就从他嘴里出来了。

果然,美那子的脸色一下子就变了,她的神情变得非常悲伤。

"您说得太过分了。"

她埋怨似的说道。

"我看了报纸,想着鱼津先生您的立场将会变得非常艰难。所以我才来这里见我丈夫,想问清楚之后,再看看能不能想想办法请他做点什么。"

"您说的想想办法,是什么意思?"

"不知道,我想着跟丈夫谈谈,应该会有什么好方法吧。如果没有的话,就想着去见鱼津先生——因为我和小坂的事，——如果鱼津先生遇上困难的话——要我做什么都可以。"

美那子语气含糊，话语中还省略了很多。鱼津看着这样的美那子，感觉就像在看一个麻烦。他心想，这个女人误解了这个事件，也误解了我。

美那子的头发被海风吹得朝身后飘去。她一脸钻牛角尖的样子，但是在鱼津看来，此时的她，看上去比以往任何时候见到的她都要年轻。

因为鱼津沉默着，所以美那子又说道：

"我说一下我的真实想法吧。我总觉得小坂先生是自杀的。"

"但是，这件事是发生在我和小坂身上的。您想要怎么想是您的事，但是实际经历了这个事件的是我。"

鱼津说道。

"这是当然。只有您看到了整件事的发生。——但是，"说到这里，美那子又停顿了一下。

"这么说可能有点不礼貌，但是我想您自己是不是也有可能没看到事情的真相呢。如果登山绳真的像实验结果所示那么强韧的话——"

"我认为这其中肯定出了差错。"

鱼津打断道。但是美那子还是继续说：

"假如是这样的话,那登山绳——"

"就是小坂割断的是吗?"

"我总感觉是这样。"

"这样的话,还有小坂在我不知道的情况下故意损坏登山绳的情况呢。但是这种情况只存在于侦探小说中。正如我刚才说的,我知道小坂是个怎样的人。"

"我也了解小坂先生。"

这一反抗式的话令鱼津吃了一惊。既然她正面这么反抗了,鱼津觉得自己也无话可说了。确实,事实上,美那子应该比自己更了解小坂乙彦这个人。

"我只是觉得鱼津先生应该把一切都说出来。不管小坂先生是不是自杀的,我觉得您都应该声明这都是可能的状态。——不然的话,人们会以为是鱼津先生您割断了登山绳。那样您就会把自己逼入绝境。事实上,今天早上就有杂志社的人来采访我丈夫。因为那会儿我丈夫已经出门上班了,所以他们说等下次再过来,不过那会儿他们说的话让我很在意。"

鱼津没说话。他感到肉眼看不到的黑影已经朝自己袭来了。

"那个人认为是不是鱼津先生把登山绳割断的。"

"他们认为是我把从小坂身上垂下来的绳子割断了是

吧。——他们要这么想，我也没办法。"

话虽如此，鱼津还是气得浑身颤抖起来。

"如果说登山绳不会断裂，那么就是我割断的，如果不是我割断的，那就是操作上出现了失误。如果还要在其中加上小坂是自杀的这种可能性的话，虽然我很感谢您为我担心，但我想这么做只会令事件的关键问题变得模糊。小坂的问题，等小坂的遗体被发现时，就会清楚吧。"

接着，两人沉默着朝公司方向走去。来到公司大门前时，鱼津说道：

"那我这就告辞了。"

美那子似乎还有话要说，不想就这么分开，她站在那里，说道：

"我该怎么办呢？"

"您不是要去找您先生吗？"

"可是已经没有去见他的必要了。其实，我过来是想跟我丈夫坦白我跟小坂的事情。"

"怎么可以——"

鱼津不由得叫了起来。

"这么做的话，您自己就会陷入麻烦中。"

"没关系——我会说得很巧妙的。"

美那子说道。在鱼津听来，这话有点不够忠贞。

美那子站着，想了想，说道：

"我还是去见见他吧。好不容易来到这里了。"

"千万别说跟小坂的事情。"

鱼津再次提醒道。

"明白了。——再见。"

美那子最后瞥了鱼津一眼，走进了公司的大门。

鱼津开始往前走。在一座小桥边看到了一辆没有坐人的出租车，就拦下来坐了上去。

鱼津回到公司时，没有见到常盘大作，但是上大学时登山队的学长三池来拜访他了。三池现在是一个小工厂主。

三池一见到鱼津，就说："我想去那边喝个茶，可以吧？"

两人马上一起前往隔壁大楼的咖啡店。在所有学长中，鱼津最喜欢这位三池。三池这人的想法有些专制，在学生时代，他总是很爱唠叨，但是另一方面又常给人一种家人般的温暖。

"来杯咖啡。"

他以一如既往的粗鲁口气向女服务员要了咖啡，又说道："这次的事情闹得很大啊！"接着，又说了句："你有什么事情瞒着我吧？"

"没有啊。什么都没瞒着啊。"

"真的吗？——那我就直接问了，你是不是在包庇小坂？"

"你说的包庇是?!"

三池没有回答鱼津的问题，稍稍过了一会儿，他咬耳朵似的轻声说道：

"登山绳是不小心松开的吧？"

"开什么玩笑。"

鱼津有些吃惊地说道。

"那登山绳就不是松开的啰。"

"不是松开的，那个东西怎么可能会松开啊。"

"那就好，我还以为是登山绳不小心松开了，你为了包庇小坂才说登山绳是断掉的。我总觉得你会这样做。"

"我才不会把自己犯的错推给尼龙登山绳。那样做才是大错特错。"

"嗯，你别生气嘛。——我只是忽然有了这种猜测。不过，有这种猜测的可不只是我一个人。还有很多人也是这么认为的。"

三池的眼睛在眼镜片背后闪着光。鱼津心想，虽然很感谢朋友这样为自己担心，但是为什么别人就不能老老实实地相信自己说的话呢。

鱼津和三池一起走出咖啡店后就分开了，他没有回公司，而是一个人去了之前跟小坂一起去过的日比谷公园。就算回到公司坐在办公桌前，今天也肯定做不了什么事情了，而且一想到同事们看自己的目光，他就觉得一阵郁闷。

公园里，过来打发午休时间的男男女女们三三两两地走着。鱼津在水池边漫无目的地散了会儿步，看到有一张长椅子空着，就过去坐了下来。

鱼津感觉好累。他知道此刻自己所感到的疲惫，与其说是来自于报纸报道的打击，不如说是来自于周围人对自己的不理解。

世人多认为是自己割断了登山绳。他们认为自己因为惜命，所以割断了登山绳。连那么担心自己的常盘大作不也没有完全相信自己所说的吗？他肯定认为这件事是小坂自杀造成的。至少他在内心某个地方是这么想的。

美那子的想法与常盘稍稍有些不同，但是在把这件事看成是小坂的自杀这一点上，她的想法比常盘更坚定。常盘只是认为有这种可能性，但是美那子则认为自己肯定是为了保护小坂，所以才会有意无意间不肯接受这一点。

不过，自杀这个问题，会随着小坂遗体的发现而消失吧。想到这里，鱼津突然想起在事件发生的那天早上，小坂在出发之前用铅笔在日记本上写东西的样子。

此时，鱼津感到之前自己一直没有在意的事情，突然以一种全新的意义凸显出来了。如果小坂在日记本上写了会让人联想到自杀的含糊的文字，那就糟了。

鱼津很清楚，小坂不是一个会自杀的男人。作为一名登山家，在那种情况下，小坂不可能计划自杀。但是，在那种情况下，谁都会多少有点失常。当时的心情很有可能会让人写下感伤的文字。

这种不安朝鱼津袭来的同时，他又想起了刚刚三池说的是不是自己隐瞒了登山绳不小心松开的情况来包庇小坂。这种看法变成了另一种不安。如果小坂的遗体上没有系着登山绳！

鱼津站了起来，想起了昨天常盘说的自己现在面临的现实比出事的冰壁还要严峻。确实，自己现在的心情和攀爬在那座坚硬冰冷的白色冰壁上时如出一辙。

手触碰到了岩角。脚站在狭小的岩角上。四周不见人影。只有自己一个人紧贴在岩壁上。积雪滑落不时发出不祥的声音。但是，我可不会掉下去，鱼津心道。接着，仿佛是为了把这种想法刻进心里一般，他一边嘴里哼哼有词，一边走了起来。

鱼津忽然回过神来。春日的阳光正静静地洒向四周，这令他感觉有点不可思议。

鱼津走出日比谷公园，去了两家咖啡店，喝了些不大好喝的东西，感觉也没什么地方可去，于是在三点过后又回到了公司。这次，他在办公室里看到了跟平常一样四处转悠的常盘大作。

鱼津朝常盘大作走了过去，说道：

"我早上去见了八代先生。"

"嗯。——然后呢？"

常盘等着鱼津继续说。

"他并不相信那个事件。他说昨天的实验并不能够阐明事情的真相，但是可以作为判断事件的一个材料。"

"那倒也是。"

"从这一材料来判断的话，只能认为登山绳在登山过程中也不会断裂。"

"唔，这也确实如此。"

常盘想了又想，慢慢说道。

"所以，他说，如果要在报纸上写的话，他只能写这些内容。——他做不到那么巧妙地一方面肯定山上发生的事件，另一方面又主张自己实验的正当性，他也不会这么做。"

"嗯。"

不知道是不是因为太痒了，常盘大作一边不停地用大拇指的指甲挠着鼻头，一边思考着，接着他大声说道："那就这样吧。"

"他说不写那就不写吧。确实，那个人他应该不会写的吧。是我请他做这个实验，所以他才做的，仅此而已。除此之外，再想让人家动个小手指头，人家也是敬谢不敏的！"

常盘就像是为八代教之助代言似的说道。

"遗体什么时候能够发现？"

"唔，等雪完全融化要到七月份，但是我打算下个月就去一趟。"

"那还是早点去好。"

接着，常盘注视着鱼津的眼睛，说道：

"你先写封辞职信交上来吧。因为我跟总部那边有约定，所以没办法只好这么做了。目前是总部那边占了上风。很遗憾，你还是落败了。"

"我没有败。"

"事实就是败了。最不应该的就是提议做实验！"

"我马上就写辞职信。"

鱼津尽量装作面无表情地说道。

"你暂且从今天开始算非正式职员吧。请忍耐大概一个月时间。工作还跟以前一样做。过段时间，我还会录用你为正式员工。在找到小坂君的遗体之前，一定要老实待着。如果能够证明你这边没有发生失误的话，我会再请人做一次实验。下次一定要在更接近实际环境的条件下来做。不，登山绳一定会断的。既然断过一次了,就一定还会断第二次。"

常盘大作这样说道。

鱼津在自己的办公桌上写了辞职信。然后很快拿给了常盘。

"这么写可以吗?"

鱼津递了过去,常盘接过手看了看,说道:"可以。"

接着,他又说:"本来想今天晚上陪你一起吃饭的,不过已经有约了,那就明天晚上吧。"

常盘似乎要去什么地方,开始收拾起东西准备下班。

"经理,"鱼津从正面看着常盘,"既然已经交了辞职信,我还是应该真正离开公司比较好吧。"

刚才从常盘口中听到辞职信的事情之后,他就一直很在意这一点。

"不用担心,这不是已经辞职了嘛。"

"虽然这样,不过我想着如果我真的离开公司比较好的话,我还是离开吧。提交了辞职信之后,又以非正式员工的形式留在公司,万一给经理您带来麻烦的话——"鱼津说道。

"哼,你这是在担心我吗?你什么时候变这么厉害了?"

常盘变得不大高兴,说道。鱼津心想说错话了,可是已经来不及了。

"我认为我还没有落魄到要你来担心的程度。很感谢你的担心,还是不用了。你还是先担心担心你自己的事情吧。——要操心分公司经理的这个那个,那你得先让自己成为社长再说。"

"我不是这个意思。"

"那你是哪个意思?——拍马屁?"

"我可没有拍马屁。"

"是吧。你要是能够拍马屁的话,就不会引起这样的问题了。你就会想办法说些巧妙的话,不用跟公司干仗,就能让天下人都承认尼龙登山绳是自己断的。如果是德川家康的话,肯定能够很好地对付过去。你这样的人是得不到天下的。顶天了也就是个上杉谦信。最多就能打个前锋。"

接着常盘大作看了看手表,离开办公桌朝门口走去。他一边走着,一边还不忘给鱼津致命一击:

"说你是谦信都是高抬你了。态度要坚决,坚决!就像谦信那样。"

常盘挺着胸走了出去。

这天晚上,鱼津想去什么地方喝个酒,但是他又不想去自己常去的饭馆酒馆。只要一想到别人会以特别的眼光看自己,他就觉得很烦。

最后他进了大森站前的一家中华料理店,坐在角落里的一张桌子前喝了啤酒。常盘说的"态度要坚决，坚决"这句话一直萦绕在他的耳边，就算喝了酒也没用。每次想到这句话，鱼津都会抬起头，像是要跟什么东西对抗一样。

眼下需要做的是把小坂的遗体从穗高的积雪中挖出来。不管是为了去除常盘大作和美那子的怀疑，或是为了小坂的母亲和妹妹，都必须要尽早做这件事。不管是白天在日比谷公园忽然袭来的担心——万一小坂的遗物中发现有类似遗书的文字，还是对小坂的遗体上没有系登山绳的担忧，此刻对于鱼津来说都仅仅是一种胡思乱想。

已经喝了三瓶啤酒，鱼津却完全没有感到醉意。他走出中华料理店，来到了车站前的马路上，忽然想起了八代美那子。美那子的误解令他感到很烦扰，但是此刻，他感到对方为自己担心的温暖正轻轻地拂过自己的心头。他想到自己跟美那子在海边说话的时候，自己一句感谢的话都没有说。那个时候自己还是太激动了，他心想。

回到公寓，管理员阿姨在门口跟鱼津说："有客人哦。"

"是谁？"

"是个女的。我让她在你屋里等你。"

鱼津心想应该是美那子。她白天跟自己分开之后去找了丈夫教之助，她过来找自己应该是想告诉自己他们俩说的话吧。

看了看表,已经过了九点了。鱼津推开位于二楼的自己的房间门,向屋内问道:"是八代夫人吗?"

"不,是我。"随着回答声,出现的是小坂薰的身影。

"楼下的阿姨不停地跟我说没关系进来吧,所以我就擅自进来了。——对不起。"

阿薰说道。

"没事的。"

脱下鞋子进门的时候,鱼津感到自己脚底下有点打晃。平常的话,喝三瓶啤酒完全没问题,果然今天还是太累了。

"请坐。"

鱼津对站在那里的阿薰说道。阿薰膝盖并拢在桌子前坐了下来。鱼津看到桌子上放着个系着带子的寿司盒子,应该是阿薰带来的。

"本来想过来跟您一起吃饭的。"

阿薰说道。

"先给我公司打个电话就好了。"鱼津说道。

"我打了,但是他们说您出去了。"

"那您应该等很久了吧。吃饭了吗?"

"还没有。"

"真是不好意思了。您带了好吃的过来吧。——赶紧吃吧。"

301

"可是——鱼津先生您已经吃了吧？如果是这样就算了。我肚子也不饿。"

不知道是不是因为不想自己一个人吃饭，阿薰这么说道。

"我只喝了啤酒，还没有吃饭，我也一起吃。"

于是，阿薰的表情一下子变得生动起来了。

"那我们一起吃吧。"

说着，她站了起来，"厨房是在这边吧。"说着就走出了房间。

鱼津靠在桌子旁。此刻他感到了深深的疲惫，甚至开始庆幸还有桌子可以支撑住自己的身体。从早上开始一直绷紧的内心和啤酒带来的醉意一起，令他感到精疲力尽。如果可以的话，现在鱼津想要自己一个人待着。他心想阿薰肯定在发愁不熟悉的厨房吧，但是他的身体累得一动都不能动了。

不一会儿，阿薰端着茶走进了房间。她认认真真地在茶壶里泡了茶，托盘上还放了两个茶杯。然后她又在小碟子里倒上了用来蘸寿司的酱油。

"这酱油哪来的？"

"我想着您这里可能没有，就带了一小瓶过来。"

"想得真周到。"

虽然嘴上这么说着，鱼津内心深处还是强烈地渴望着能够自己一个人独处。他吃了两三口寿司，就停下了筷子。

"很累吗？"

阿薰问道。

"不，没事。"

"什么没事，要不要躺一下——"

"我没事。"

鱼津再次说道。

"可是你看起来累坏了。"

听了阿薰的话，鱼津什么也顾不得了，在榻榻米上躺了下来。他闭上了眼睛，仿佛忘了阿薰还在旁边。鱼津感到仿佛有浓雾在自己的四周弥漫。看不到，看不到，哪里都看不到。他嘴里嘟囔着这样没有意义的话。

忽然，鱼津回过神来，抬起头。他看到桌子对面，阿薰低着头，放在膝盖上的双手使劲地绞在一起，强忍着哭声。

"怎么了？"

鱼津坐起身来问道。阿薰一动不动地保持着那个姿势，过了一会儿她用手帕擦了擦濡湿的眼睛，严肃地抬起了头。她被泪水浸湿的眼睛在鱼津看来分外清澈。最后，阿薰勉强露出了一点笑容，这个笑容在鱼津看来也是格外地清澈。

"我明白鱼津先生您的心情。"

阿薰说道。

"我有点喝多了。"

"就算出了那样的实验结果,我还是觉得那些不相信鱼津先生您说的话的人,实在是太过分了。鱼津先生不是已经说过好几次了嘛,登山绳是自己断掉的。"

阿薰说道,仿佛在跟一个看不到的人说话似的。鱼津感到有一种不可思议的、柔软温暖的东西正朝自己吹过来,温柔地摇动着自己的内心。

"还有人怀疑您兄长是不是自杀的。"

鱼津说道。

"啊!"阿薰瞪大了眼睛,"那是真的吗?"

"怎么可能,怎么可能会有这样的事。"

"是啊。"

"不过,假如他是自杀的话,您怎么看?"

鱼津想知道阿薰会怎样回答,所以就想问问。

"这个——不过,我感觉我哥哥无论遇上什么样的事情都不会在山上自杀的。难道不是吗?"

"他当然不是自杀的。怎么可能会有登山家在山上自杀呢。如果真这么做了,就失去了作为登山家的资格了。"

鱼津语气激烈地说道。

"还有人认为是登山绳不小心松开了,而我为了包庇他的失误才说登山绳断了。"

"啊!"

阿薰又像刚才那样瞪大了眼睛。

"这不可能吧。"

"开什么玩笑。"

"那我就放心了。——鱼津先生和哥哥没有犯那样的错误吧。"

"嗯,应该没有吧。我们都是有经验的人。——我只是跟您说说有这些不同的看法。"

"为什么会有这样的猜测!鱼津先生明明说了登山绳是自己断掉的!这些人真是不怀好意。"

"就算我说了也没用啊。"

鱼津听了阿薰说的话,不知道什么时候开始心情变得轻松起来了。他还是第一次接触到像这样对自己所说的每一句话深信不疑的人。

"鱼津先生因为哥哥的事情而陷入到这样痛苦的境地,我感觉非常难受。我想为您做点什么,可是我又不知道该怎么做才好。我如果是个男人的话,这种时候,我就会邀您一起去山上。"阿薰说道。

"这不是令兄一个人的事。是我和令兄两个人一起引发的事件。虽然眼下有各种各样的猜测,不过我想这些问题都会慢慢地归于简单。"鱼津说道。

"是吗？"阿薰一脸担心的神色。

"等雪开始化了，我就准备立刻出发去山上。等令兄的遗体挖掘出来了，大部分的怀疑都可以澄清了吧。登山绳应该还缠在他身上，也不会出现遗书或是类似遗书的东西吧。"

"啊，对哥哥真的有这样的怀疑吗？那他身上应该有什么事情会引起人们这样怀疑吧？"

"没有。"

"可是，如果什么事都没有的话，也不会有这样的怀疑吧。"

"只是很少的一部分人抱有这样的看法。"

"八代夫人？"

阿薰一语中的地说道。鱼津吃了一惊，看了看阿薰。

"——是吧？"

"不。"

鱼津含糊地回答道。小坂和美那子的事情没有必要让阿薰知道。结果，阿薰又说道：

"不知道为什么，我总有这样的感觉。之前，我拿着哥哥的照片去找八代夫人，可是我觉得那位夫人对哥哥根本毫无爱意。我之前一直想象哥哥跟她是恋人关系，可是我肯定是弄错了。"

"这个……"

鱼津的回应还是很含糊。

"不管怎样,等令兄的遗体挖掘出来之后,这些无聊的猜测都会消失的。之后就只剩下了两个问题,登山绳是自己断裂的,还是我割断的。"

"怎么可能是鱼津先生割断的!"

"这种猜测虽然很可笑,但是也没办法。这两个问题,应该也有方法可以最终解决的吧。——不管怎样,眼前必须先去把令兄的遗体挖掘出来。"

"我也可以跟着一起去吧?"

"当然可以,不过现在积雪还太厚,不行的。"

"没关系的。——我虽然不是登山家,不过我的滑雪技术可能比鱼津先生您还好点哦。"

阿薰说道。说完,她满脸通红,红得鱼津都觉得有点惊讶。

第七章

樱花匆匆开了，又匆匆谢了。

和往年一样，今年美那子也没能够好好地赏樱花。去车站附近买东西的时候，看到樱花还只开了四分，等再过了四五天出门的时候，就只剩了绿叶成荫了。

美那子走到走廊上，每天都要看看邻居家柿子树的嫩叶。绿色的小点点一天天的大了起来。春光飞逝，从柿子树嫩叶的成长上就可以清楚看到。

美那子每天早上都要浏览三份报纸，登山绳实验之后两周，肯定会有某份报纸谈到尼龙登山绳的问题。

因为问题还只是问题，所以没有报纸正面报道事件，但是她还是看到了诸如"使用尼龙登山绳的注意事项""尼龙登山绳的优点和缺点"等标题。看这些报道的内容，都是认为鱼津他们在尼龙登山绳的操作上出现了失误，或是他们缺乏对尼龙登山绳的了解，才会导致此次事件。

尼龙登山绳也有优点和缺点。但是只要在充分了解的基础上再使用，就会比一直使用的麻质登山绳强韧很多。——这是报道的作者们的一致认识。

虽然没有人说是鱼津惜命所以割断了登山绳，但是事件的责任还是被归咎到了引起此次事件的鱼津和小坂身上。

美那子每次读到这样的报道就会心痛。鱼津那么顽强地坚持自己的说法，当然不可能是他割断了登山绳，也不可能是他们在操作上出现了失误。可是，话虽如此，她也同样不认为丈夫教之助做的实验就是糊弄人的。不管教之助站在哪个立场上，他都不会丢失自己作为一名科学家的态度。这一点，就算整个世界的人都怀疑，美那子也是相信丈夫的。

如果鱼津所说的都是真的，就实验而言丈夫的看法也没问题的话，那么问题究竟出在哪里呢？——只有一种情况可以假设，那就是小坂是自杀的。这对于美那子来说是完全可以想得到的。鱼津自己还一个劲地认为这是不可能的。但是那只是他自己这么认为，并没有任何根据。美那子认为只有小坂自杀才能解释整个事件。

这是五月的第一个星期天。十点钟左右有电话打了进来。美那子拿起电话，出人意料地对面传来了鱼津的声音。

"今天八代先生在家吗？如果在家的话，我想去拜访您一下。"

干脆的声音愉快地飞到了美那子的耳朵里，她觉得自己仿佛对这声音期待已久了。

"请稍等。"

美那子把听筒放下,走上二楼准备去告诉教之助。她看了看书房,没有看到丈夫的身影。走到楼下,问了问春枝,说是朝大门那边走去了。可能是出去散步了吧。

美那子又回到电话边:

"我丈夫散步去了,这会儿不在,不过您请过来吧。——他早上说过今天会一直在家的。"

她这样回话道。平时星期天下午教之助都是要出去的,但是今天吃早餐的时候,美那子很罕见地听他说今天一天都会在家。

虽然如此,对于鱼津的来访目的,美那子还是有几分担心。

"关于实验,有什么——"

美那子问道。鱼津沉默了一小会儿,说道:

"我打算近期和五六个人一起去登穗高。因为不能让小坂就那样一直留在那里。——到时,我打算前往事故发生的现场。所以,我想请八代先生吩咐一下他从科学家的角度想要调查的方面。我想他应该有什么想要调查的吧。"

"明白了,我会转告他。"

"我马上从这边出发,大概四十分钟能到您府上。"

"好的。——我们在家恭候您的到来。"

放下听筒时,美那子听到玄关处传来开门的声音。

走到玄关一看,身穿和服的教之助一边走进来,一边说:"门边上长了好多草呢。"

"啊,最近刚刚才除过草的啊。"

教之助没有再继续这个话题,想要上楼。

"刚刚鱼津先生打电话来了。"

听到美那子这话,教之助在楼梯口停了下来。

"就是那个年轻人吧,登山的——"

"是的,他说待会儿就过来。"

"他过来不太方便啊。我又不在家。"

"啊,您不是说今天在家的吗?"

"嗯,不过,我还是去趟公司吧。"

"他说再过四十分钟就能到。"

"我马上就出门了。"

"不能等等他吗?就三四十分钟。"

"等不了。"

"可是人家是特意过来的呀。"

"不知道他是不是特意过来的,不过我也着急出门。"

"您不是说今天可以不用去公司的吗?"

"早上我是这么想的。现在又不这么觉得了。"

"您这是故意刁难。"

话说出口之后，美那子被自己的话吓了一跳。和教之助在一起之后，两人之间还从未有过这样语气带刺，针锋相对的时候。

美那子意识到此刻自己对丈夫的感情可以称之为憎恶。她至今为止还从未意识到自己竟然对丈夫怀有憎恶。这种憎恶并不是因为自己曾经出轨过小坂，或是自己对丈夫的爱有了裂痕，或是不喜欢丈夫了。

美那子呆呆地站在那里，被自己的内心情感惊住了。但是，令美那子震惊的，并不仅仅是自己内心的情感。教之助身上也产生了同样的情感。在这一瞬间她也感受到了教之助对自己的憎恶。当然，美那子知道，教之助并不是因为听到鱼津要来，才突然决定要去公司的。只是因为听到了鱼津这个名字，所以两人之间的对话才变得充满了火气，可即使如此，此刻教之助对自己的情感也绝对可以称之为憎恶。

教之助冷眼盯着美那子，美那子也同样冷眼看着丈夫。在很短的时间内，两人都没有把目光从对方脸上挪开。

先挪开视线的是美那子。

"那行吧，鱼津先生来了的话，我就跟他说您有急事出去了。"

教之助没有回答，只是说道："帮我叫辆车。"

他没有再上楼，沿着走廊朝放西服衣柜的房间走去。

美那子跟在丈夫身后走进房间，打开衣柜门，连着衣架把西服递给丈夫。接着她又叫了女仆："春枝——"春枝过来之后，她吩咐道："去叫辆车吧。"

教之助穿西服的时候，美那子透过玻璃窗看着庭院。庭院中种植的树木嫩叶的绿色在这四五天内一下子变深了，感觉就像是一团团绿色的凝结物，热腾腾地在阳光下熠熠生辉。树木背后是万里无云的天空，就算隔着玻璃窗，也让人感觉整个庭院不像是暮春，而已经是初夏了。

美那子的视线转回到丈夫身上。教之助正在往瘦削的身体上套衬衣，把衬衣的下摆塞进腰围很窄的裤子中。还没有系领带的衬衫领口处可以看到细长的脖子，喉结不停地动着。

"傍晚回来。"

教之助板着脸，像宣布什么似的说道。

"饭呢？"

美那子问道。

"可能回家吃。"

美那子又把视线投向了庭院中。一瞬间，美那子很渴望某种强烈的东西，来作为对丈夫的反抗。她想要用力抱住某个肉体，想要能够让自己窒息的东西。这是在她意识到自己讨厌丈夫的瞬间，忽然向她袭来的欲望。

美那子紧盯着嫩叶的绿色，身体不停地微微颤抖着。

车子来了之后，美那子把教之助送到门口。

"他有什么事？"

教之助说着，停下了脚步，在玄关到大门之间，两人再次面对面地站着了。教之助问的是鱼津的事。

"应该没什么事的。——找我的话。"

教之助的言下之意似乎是在说找你有没有事就不知道了。

"他好像说近期要出发去穗高收敛遗体。还说会去事故发生的现场，所以想问问你有什么需要调查的事——"

美那子还没说完，就被教之助打断了。

"问什么，我对于那个事件已经没有任何想法了。没有兴趣也没有时间去继续接触这件事。如果他要问有什么需要调查的，我也只能回答没有。他是想让我再做一次实验吧。"

"我想应该不是。鱼津先生的立场很艰难，所以他可能是想再次在更接近实际情况的条件下——"

"没有什么接近实际情况的条件。实验都是在特定的条件下做的。"

说完，教之助走了两三步，又停了下来：

"你究竟是怎么想的？我认为登山绳是不可能轻易断

裂的。"

"您的意思是鱼津先生割断的？"

"也没有别的可以割断绳子的人啊。"

"啊，"美那子短促地叫了一声，"他绝不会做出这样的事情。"

教之助静静地看着这样的美那子，说道：

"那，是小坂君割断的吗？——因为失恋而自杀？"

他像是亮出了最后的底牌，似乎在说我什么都知道哦。美那子脸色苍白，沉默地站着。

"但是，我不这么认为。就算那个年轻人是自杀的，可是他的自杀原因——"

美那子抬起头，看着教之助。此时，在美那子眼中，教之助的脸是世上最可怕的事物。虽然教之助没有说完，但是美那子知道丈夫想说什么。丈夫想说的是小坂自杀的原因与鱼津有关吧。

接着，教之助像是要收回刚刚自己所说的话似的，低声笑道：

"我的意思是，如果是侦探小说的话，会有各种各样的猜测。——开玩笑的。"

教之助带着一种在美那子看来冷静得出奇的态度上了车。在车开走了之后，美那子还呆呆地站在那里。

这是美那子第一次看到教之助流露出类似嫉妒的情感。小坂乙彦活着的时候，他经常给自己写信，打电话，有时还会过来找自己。而且他来找自己还不只是一两次。

可是，教之助却从未说过一句讨厌小坂的话。为什么教之助在面对小坂的时候没有流露出不悦，到了鱼津身上，就毫无顾忌了呢？是自己在提到鱼津的时候，说话方式或者神情上有什么异于平常的地方吗？

这些先不管，至少现在可以明确的是，教之助对鱼津没有好感。美那子没有走回家里，而是朝庭院中走去。丈夫认为事件的责任在鱼津身上。听他的语气，还不仅仅只认为鱼津有可能割断了登山绳。而是认为，就算鱼津没有割断登山绳，小坂是自杀的，那自杀的原因也是在鱼津身上。

想到这里，美那子感到自己情绪非常激动。她很想就这样蜷身蹲下来。不知道什么地方传来了剧烈的轰鸣声，好像是飞机紧急降落一般。她抬头看看天空，湛蓝的天空在阳光的照耀下熠熠生辉，这片仿佛泛着银色的碧蓝大海的天空上，不见一丝飞机的影子。

美那子想要迈出脚步，又呆站在那里。之前在梦中鱼津双手抓着自己猛烈摇晃的感觉，又栩栩如生地回到了美那子的肩上和手腕上。阳光依旧在碧绿的草坪上闪闪发光，不知道从哪里传来了飞机的轰鸣声。

春枝穿过草坪走了过来。

"鱼津先生来了。"

听了这话,美那子突然很想跑出去。

"我马上过去,你先请他到客厅。"

接着,美那子朝着与玄关相反方向的厨房走去,带着些许慌乱,这是以前小坂来的时候她绝不会感受到的。

但是,当走进鱼津正在等候的客厅时,美那子看起来比平时更消沉。不仅是看起来消沉,实际上她的心情也很消沉。她感觉自己是这个世上最不幸的女人。

"您好不容易过来,可是我丈夫他后来接到了一个紧急电话又去公司了。"

美那子面对着鱼津坐了下来,说道。

"是吗,我应该早点打电话就好了。"鱼津有些沮丧,"那我去公司拜访他吧。"

他说着,马上就要站起来似的。

春枝上了茶。鱼津喝了两口,接着站起身来。美那子想要说一两句来留住鱼津,可是又很奇怪地说不出口。

"您好容易才过来的。"

美那子说着,把鱼津送到玄关处。鱼津穿鞋子的时候,美那子感到鱼津就这样去见教之助的话可能不太好,美那子说道:"我再送送您。"说着,她走到门口处,在鱼津之前走出了玄关。

走到大门边，鱼津说道："那就再见了。"想要就此告别。

但是美那子说："我送您到车站吧。在户外走走更舒服。"说着，就和鱼津一起往前走去。第一次见到鱼津的那天晚上，鱼津曾沿着这条路把她送回了家，现在，两人沿着同一条路，朝着跟上次相反的方向，往车站走去。

"您什么时候去山上？"

"打算这四五天内就出发。"

"不是还有积雪吗？"

"上高地附近应该没有雪了。到了山上，当然还会有。"

聊了几句这样的话题，美那子说道：

"我觉得您还是不要见我丈夫比较好。"

"为什么？"

鱼津似乎很吃惊地说道。

"您可能也知道，我丈夫他是个不那么和悦的人。关于登山绳的实验，结果已经那样了，我想他应该不想再继续参与下去了。刚才我把您打电话来的事情转告他的时候，他说实验的事情就那样了。"

"原来如此。"鱼津的神情有些悲伤，"对于八代先生来说，他会这么想也是理所应当的。我自己想想都觉得讨厌。

都是些又麻烦又烦人的问题。"

接着,他又说了句:"这样啊",似乎在重新思考。

转过大宅邸林立的一角,路自然而然地朝车站延伸而去。

"那我就不去公司拜访了。"

"可是,这样的话,您那边会有麻烦吧。"

"多少会有些麻烦,但是应该能想办法解决的。——我这次准备去现场,所以想着应该能够在更准确的条件下进行实验。八代先生目前否定了尼龙登山绳会断裂一事。所以我想着是不是可以请他通过自己的实验来改变这一想法。"

看着鱼津消沉的侧脸,美那子感到心痛不已。

前方一部分车站的建筑物已然在望,美那子放慢了脚步。她感觉自己还有很多话必须要跟这个年轻人说。

鱼津忽然停了下来:

"我这次去山里,把小坂的遗体挖掘出来之后,夫人您所担心的事情就会消失不见吧。"

"您说的我所担心的事情是?"

美那子反问道。

"就是您认为的小坂是因为您自杀的这件事。——我想至少这个问题是可以解决掉的。就算只是为了这一点,我也觉得这次应该去山里。这样的话,夫人您就会明白您与这个事件是毫无关系的吧。"

鱼津说道。两人所站的地方是一棵树叶逐渐茂密起来的大樱花树下，因此鱼津的脸色在美那子看来格外地苍白。

对于鱼津的话，美那子有些不服。她没想到鱼津认为自己对这个事件的看法是那样的。

"如果能够知道小坂先生不是自杀的，那我内心会轻松很多。但是，我并没有担心这些。就算小坂是因为我而自杀的，我也不会感到害怕。虽然这么说有些对不起小坂先生，但是对我来说，我只能那么做。"

美那子说到这里停了一下，郑重地抬头看着鱼津。

"只是，如果因此给鱼津先生带来了麻烦，那我会很难过。如果您是为了隐藏我和小坂的关系——不管怎么说，那都是一场丑闻，才从一开始就否定了小坂的自杀，那我会觉得非常难过。我想着如果是这样的话，索性把我的事情公布出来也没关系。"

美那子说到这里，感觉自己还是没有把想说的说清楚。无法把自己的心情充分传达给对方，这令她感到有点焦躁。结果，鱼津说道：

"我之前也说过，我不认为小坂是自杀的。嗯，我想这次去了山里就能搞清楚这一点了。——先不说这些，我有句话想要劝告夫人您。你对小坂的感情以及您与他之间的关系，我认为您没有必要跟小坂的妹妹说起。"

"我没有说过呀。"

"小坂的妹妹似乎已经察觉到了。我认为这种坦白是毫无意义的。"

不可思议的是,鱼津的叱责令美那子内心感到非常愉快。两人又慢慢地朝车站走去。

到了车站,美那子意识到自己再也没有什么话题可以留住鱼津了。自己无法为这个年轻人做任何事,这令她感到内心无法满足。

"等从山上回来之后,我再跟您电话联系。"

最后鱼津说道。

"好的。——我等您电话。刚刚您说了再过四五天去山上是吧。"

"应该是这样。我的话什么时候都能出发,不过一起去的人各有各的工作。"

"跟您一起去的都是登山家吧?"

"都是以前在山上一起艰辛攀登过的人。还有小坂的妹妹。"

"啊,那位小姐也去啊。"

因为是要去挖掘哥哥的遗体,所以作为妹妹的阿薰跟着一起去也没有什么奇怪的,但是美那子听鱼津说起这件事的时候，还是感到了些许困惑。就像是一件自己从未预想到的事情一下子摆到了自己面前。

"女人也能登山吗？"

"可以啊。"

"到现场会很辛苦吧。"

"要爬到现场的话不太可能，不过可以请她在德泽小屋之类的地方等我们。"

接着，鱼津说道："那就再见了。"他轻轻点了点头，作为告别。

"请多保重。"

鱼津的身影在检票口消失之后，美那子开始沿着刚刚走来的路往回走。刚刚还没有觉得，现在独自一人走着，她感觉干燥的道路上灰尘很大，让人无法静下心来。

美那子回到家之后，走进客厅，坐在刚刚自己坐的位置上，感觉什么都不想做，只是一个人静静地发呆。一种奇怪的忧伤笼罩了她的全身。

不知道是不是因为不知道美那子已经回到家了，从厨房那边传来春枝哼流行歌的声音。有时候歌声会被自来水的声音盖过听不到，不过年轻明快的声音很快又会传来。

美那子还是第一次听到春枝唱歌。那是一种女孩子独有的干净的声音。不过她是什么时候在哪里听到这些歌的呢？

"春枝。"

美那子走到走廊上喊了一声，但是春枝似乎没听到，于是她又拍了拍手。歌声立马停了下来，过了一小会儿，春枝就过来了。

"您回来了。"

"歌唱得很不错呢。"

"啊。"

春枝有些不知如何是好。美那子带着些许刁难的意思看着她。

"教我一下吧，刚刚那首歌。"

"我不会。"

"可你刚刚在唱啊。"

"可是我不会啊。"

"你不是唱着恋爱什么的。"

春枝的脸眼看着变得一片通红。美那子想起之前阿薰满脸通红的样子："我不想在家里听到有人唱流行歌。"

她冷冷地说道。

这一天，教之助回到家时已经是晚上九点之后了。

"有宴会吗？"

美那子在玄关问道。

"没有，跟研究所的年轻人们一起吃的饭。"

教之助一边脱鞋子一边说道。

"我还在家里做了好吃的。您也没有打电话回来。"

"我打过电话的。一到了公司就立马打了电话。你没在家。"

教之助说道。跟每次喝完酒一样，他走进客厅，瘫软在沙发上，说了声"水"，然后开始松自己的领带。

美那子心想丈夫应该是在自己送鱼津到车站的时候打来的电话吧。她去厨房给教之助拿水，看到春枝正坐在厨房一角的椅子上看女性杂志，就问道："今天老爷来过电话？"

结果春枝一脸才想起来的样子，说道："有的。我不小心给忘了。"

"没事。——老爷那会儿在电话里说了什么？"

"他说叫夫人接电话。"

"然后呢？"

"因为您不在，所以我就跟老爷说您可能是去送客人了。"

"他没有说晚饭的事情吗？"

"说了。"

春枝一脸可怜的样子。因为流行歌的事情被从来不责骂自己的女主人责骂之后，她变得非常紧张。

美那子拿着盛了水的杯子回到客厅时，教之助穿着衬衫，似乎在思考什么问题。他把身体紧靠在沙发背上，仰着脸，说道："已经完全是夏天的晚上了。"

"很热吧？我把窗子打开吧。"

"没事。虽然想开窗，不过开了窗容易感冒。"

不管感觉有多热，真的被冰冷的夜气侵袭的话，马上就会感冒吧，教之助心想。

美那子心道既然教之助已经知道自己去送鱼津了，那么必须得说点鱼津的事了。

"鱼津先生说他将会前往发生此次事件的现场。——你要是能跟他说说调查哪些方面就好了。"

"我没什么要说的，倒是有事情想要问他。"

"想问什么？"

教之助没有回答，他喝光杯子里的水，站起身来准备去洗澡。

*

五月五日，鱼津和阿薰前往上高地，准备前去寻找小坂的遗体。在两人从东京出发前两天，大学时代曾经和小坂、鱼津一起登过山的登山队OB六人也已经前往上高地了。鱼津本来准备跟他们一起出发的，但是为了筹措前往当地马上要用到的钱，没办法只好推后了两天。

这次的金额很不小。当然，小坂的妈妈给阿薰寄了钱作为此次的费用，但是鱼津总觉得这钱用着心里有点不安。最后，鱼津找了自己从学生时代开始就一直关系很好的两家户外用品店，说了事情原委，从他们那里借了钱，以补充资金的不足。

出发当天早上，为了乘坐八点十分从新宿发车的普通快车，鱼津久违地在肩上背上了沉沉的背囊，拿着冰镐走出了公寓。自小坂出事以来，这是他第一次前往山上。

刚走上新宿站的站台，鱼津就看到了人群中穿着黑裤子白衬衫的阿薰。阿薰为了占两人的座位，提前三十分钟就来了。

两人在三等车厢正中间的靠窗位置面对面坐了下来。列车开动之后，阿薰一会儿拿出三明治给还没有吃早饭的鱼津，一会儿从保温杯中把茶水倒入小杯子里。沐浴在从车窗外照进来的明亮光线中，这样的阿薰看起来快活而明媚。鱼津心想，任谁看了都不会想到这个姑娘是去挖掘哥哥的遗体的。

因为事故发生以来已经过了五个月，所以虽然是去挖掘好友的遗体，鱼津也同样没有情绪消沉。他感觉自己就像是要去见一位已经在山上待了很久的朋友，甚至还有某种温暖的感觉。

列车进入山梨县之后，可以看到沿线的部落中稀稀拉拉地竖着鲤鱼旗。说是鲤鱼旗，真正拖着鲤鱼飘带的很少见，更多的是像以前大战时武将们插在背上的装饰物那样的靠旗。真不愧是信玄的根据地甲斐国才有的习俗。

自从做了尼龙登山绳实验，鱼津每天都过得很郁闷，直到此刻才感觉终于从那种阴郁中摆脱出来了。只要一想到自己正在一步步接近好友长眠着的穗高的深雪，整个身体就会产生丝丝兴奋。

"从松本到上高地我们坐车过去，计划今天到达德泽休息点。"

鱼津说道。

"从上高地到德泽休息点的路很难走吧？"

阿薰问道。

"积雪已经化了，所以大概两个小时就能走到。"

"如果有雪的话，我没问题，但是没有雪的话，我就不行了。我不擅长走路啊。——被鱼津先生看到那个样子，会很害羞啊。"

鱼津心想，这害羞的地方还真是奇怪。

下午两点，两人到达了松本，很快在车站前坐上了车前往上高地。

车子离开城市后，道路两边都是苹果地，可以看到苹果树上开的白花。让人真切地感受到这是来到了五月的信浓。

"啊,那边有株八重樱开了。"

鱼津随着阿薰的声音朝车窗外望去,果然,一户农家的旁边,半谢的红色花朵沉沉地坠在八重樱枝头。

阿薰是第一次在这个季节来到信浓,所以她似乎对眼睛所看到的所有东西都感到很新奇,一直盯着车窗外看。嘴里还不停地惊呼着"啊,棣棠""啊,紫藤萝""啊,玉兰花"。每次她惊呼时,鱼津都会把视线转向窗外,看到外面的棣棠、紫藤萝、玉兰花等等。鱼津感到阿薰干净短促的声音中有着一种让人不得不这么做的力量。

"这是梓川。"

当梓川的河流出现在车子右侧时,鱼津对阿薰说道。

"啊,这是日本最美的河流了吧。"

"是不是日本最美就不知道了,但是漂亮是真漂亮。"

鱼津说道。

"哥哥说过这是日本最美的河流。从小哥哥就一直这么教育我的,所以我也不知不觉就这么认为了。"

"所以说,教育是很可怕的呀。"

鱼津笑道。

"哎呀,"阿薰稍稍做出瞪眼的表情,说道,"哥哥还跟我说了另外一个日本第一哦。"

"是什么?"

"不能说。"

阿薰含着笑,目光从鱼津身上转向窗外。

"不能说?"

"嗯。"

"为什么?"

"没什么为什么。"

接着阿薰发出一串明媚的笑声,似乎那是件很可笑的事情。

"他是不是说我是日本第一的登山家。"

"啊"阿薰吃惊地说道,但她很快又明确地否定说:"不是。"

"他说是说了日本第一的登山家,但是他说自己是未来的。"

"未来的吗?"

"因为那是他在我小时候说的嘛。"

看着阿薰一脸认真地解释的样子,鱼津似乎看到了她的哥哥与她如出一辙的未经世事污染的一根筋。

车子经过岛岛的村落,沿着梓川往上游走,四周都是刚刚萌生出的新叶,一片新绿的世界,让人怀疑车子是不是也会被染成绿色。

从车子往外看去，对面山上斜坡处，晚开的山樱花夹杂在杂木林的绿色中，星星点点地盛开着。花色与其说是红色，不如说是偏白，正因为如此，更让人感觉春天是被偷偷地忘在了这里。

进入泽渡之后，鱼津让车子在上条信一家门口停了下来。很快四十多岁的上条的妻子背着个孩子从家里面跑了出来：

"他爸前天跟吉川先生他们一起登山去了。"

吉川先生就是先行过来的人当中的一位。因为是要去挖掘小坂的遗体，所以上条信一也是什么东西都没拿，马上就加入到一行人当中去了吧。

车子继续往前开。开了没多久，又停了下来。这次停在了西冈屋前面。这次是阿薰拿着从东京买的礼物下了车。

鱼津只跟走到路边来的老板娘说了声"等回去的时候再到你家来"，并没有下车。他不想在路上过多浪费时间。他想尽早出现在先行队员们面前。

西冈屋和之前大变样了。面向街道的窗户已经全部打开了，可以清楚地看到店里面的情况。放暖炉的地方的左手边放着木箱子，里面似乎养着什么动物，两个小孩正在朝里看。

"阿姨，里面养着什么？"

"是狸猫。"

"怎么养了这么奇怪的动物。"

"你也去看看吧。"

老板娘仿佛是跟自己孩子说话似的说道。

"等我回来的时候再好好看。"

阿薰坐上车之后,车子很快又往前开去。不久,车子开过一座咯吱乱响的危险的木桥,来到了对岸。从这里开始,道路变成了一边是悬崖的陡坡。釜隧道除了入口处还有一些没化积雪,已经完全看不到冬天的样子了。

车子开了正好两个小时,来到了大正池。

"这里已经是上高地了吧。"

阿薰一脸感慨的样子,入神地看着车窗外突然变化的风景。大正池一片静谧,波澜不兴,水稍稍有些干涸了,水中立着几十根枯木。此时的大正池比鱼津以往任何时候看到的都要安静。

从车子左侧的车窗,可以仰望到前穗。对此,鱼津什么都没有说。不知道从什么时候开始,连说出前穗这两个字,都令他感到痛苦。

鱼津想着等发现了小坂的遗体之后,还需要请宾馆的人帮忙,所以决定去见见宾馆值班室的T先生。

红色屋顶的宾馆门窗紧闭,车子从宾馆漂亮的建筑物前开过，穿过一片维氏熊竹林，停在了值班室前。一株冷杉的树干上挂着"登山休息点季节外管理所、北阿尔卑斯登山休息点公会"的牌子。T先生除了是宾馆的值班人员，还负责冬季所有登山休息点的管理，所以一旦发生事故或遇难事件，T先生和他手下的几个工作人员都会很忙。

但是，据说T先生昨天下山去松本了，一个据说三四天前上来的三十五六岁的女雇工正拿着洗衣盆在值班室前洗衣服。

"阿暮先生呢？"

鱼津说了一个T先生手下工作人员的名字。

"砍柴去了。您去河童桥那边的话，应该能在路上碰到他。"

"那我去下那边。"

鱼津和阿薰再次回到车上。车子开过宾馆前，朝河童桥方向开去。不久，鱼津看到道路右侧的疏林中，有三四个男人正在砍木头。正值太阳西斜，男人们小小的身影看起来特别的冷。

鱼津下了车，把手放在嘴边，朝男人们喊道："阿暮先生——"

不一会儿，传来了回声："哎——"接着，三四个男人慢吞吞地从树林里走了出来。

"是鱼津先生吗?"

打头走过来的男人问道。那是一位五十岁左右的红脸汉子,看上去非常淳朴。还没等鱼津开口,他又说道:"小坂先生应该在B泽吧。——您接下来要去德泽吗?"

"吉川他们前天就来了。"

"我见到他们了。——很不巧,T先生不在。"

"这次又要请阿暮先生你帮忙了。"

"希望能够帮上你的忙,我什么时候都可以出发的。"

两人的对话到这里就结束了。车子继续往前开。鱼津和阿薰在河童桥下了车,把背囊背在肩上。再往前车子就开不进去了。

这附近有好几家旅馆,往年都是早早地从五月开始就营业了,今年却比往年要晚一些,都还大门紧锁着。

鱼津和阿薰跟司机告别之后,立刻往前赶路了。从大正池开始,阿薰就几乎没怎么说过话。鱼津也没有主动跟阿薰说话。当两人踏上这片小坂乙彦长眠的土地时,仿佛有什么东西在命令他们什么都不要说。

鱼津走在前面,阿薰落后他两三米,跟在后面。两人朝着树林中的小路走去。每当阿薰落后了,鱼津就会停下来等阿薰,等到阿薰赶上来了再继续往前走。

当走到一座架在一条流入梓川的小河上的土桥时,鱼津打破了长长的沉默，开口说了话。因为这里是看明神岳的最佳位置。

"可以清楚地看到明神岳吧。"

阿薰抬头看了看梓川对面高耸的山峰，说道："还有好多雪啊。"

山腰处的积雪还是很多。山顶因为雾气的快速流动，看不清楚。

走到明神岳前面的一个小池塘时，鱼津不由得停了下来。数百只青蛙聚集在小池塘边上，呱呱乱叫着。

"啊，好多青蛙。"

阿薰也停下了脚步。

鱼津突然看到自己脚下覆盖着树叶的地面有一部分鼓起来了，先是头部，再是整个身子，青蛙就这样慢慢地从里面爬了出来。再仔细看看，地上到处都是这样想要爬出来的青蛙。经历了漫长的冬眠，青蛙们都一起爬出来，来沐浴地面上的春光了吧。四周的阳光还很淡，但却有着一种很适合青蛙从地里跳出来的安静和悠闲。

青蛙们似乎喜不自禁地在那里欢蹦乱跳。你跳过来，我跳过去，乱成了一团。

"青蛙在开运动会哪。"

阿薰说道。但当鱼津发现所有雄蛙都在追逐数量少得多的雌蛙时，他催促道："要晚了。我们往前走吧。"

从冬眠中醒来的青蛙们的盛宴，虽然并不让人感到丝毫的下流，但是他还是不想让阿薰看到。

走到前往德本坡的岔路口时，两人都不约而同地停下了脚步。因为附近某个森林中传来了激烈的振翅声。

"那是什么？"

"应该是老鹰吧。"

但是，并没有看到鸟的身影，只有振翅声还断断续续地持续了一段时间。

不久，两人走到了梓川河边。

"从这里还看不到吗？"

阿薰问道。她似乎是在问发生事故的前穗东壁。

"不到德泽是看不到的。"

鱼津回答道。

过了一会儿，阿薰又说道：

"你知道我现在在想什么吗？"

"不知道。"

"我在想我为什么不是个男人呢。如果我是男的，从小就可以陪哥哥一起登山了，也可以跟鱼津先生一起登山。我从很早之前就这么想了。"

阿薰说着，率先朝前走去。

傍晚六点，鱼津终于久违地在树与树之间看到了德泽休息点的二层建筑。建筑物前空地的角落上，还四处堆着雪，但是环绕着建筑物的树木已然是绿叶成荫了。

鱼津想起了小坂出事之后他在这里度过的那几天痛苦的时光。漫天飞舞的细密的雪花。山风的呼啸。沉重得仿佛嘎吱作响的黑暗的时间。——但是，这一切与眼前的德泽休息点似乎毫无关系。休息点在五月泛白的暮色中，静静地矗立着。

鱼津和阿薰刚走进宽阔的门厅，休息点的值班人员S就带着他一贯的和善面容从里面走了出来：

"我还以为您昨天就能到呢。"

他说着朝两人迎了上去。

鱼津向S介绍了阿薰。

"事情真是出得太意外了。多好的人啊。"

S向阿薰表达了对小坂出事的惋惜。阿薰则向他表达了谢意："那会儿真是麻烦您了。"

听S说，先行到达的吉川等人，再加上上条信一，总共七人，前天晚上在这里住了一晚，昨天早上六点就出发前往第二平台了。

"我想他们组提案应该是住在又白，今天晚上应该能够回来吧。"

S说道。

之前冬季的时候，这座建筑物只使用了一部分，现在因为马上就到登山季了，楼下和二层已经全部打扫出来了。鱼津和阿薰住进了楼上的两间相邻的房间。两人洗了澡，在一层楼梯口的房间内吃了S做的饭菜。到了八点半左右，门外忽然热闹起来，吉川等一行人从门外蜂拥进来了。

"辛苦了，我们刚刚才到。"

鱼津走到门口说道。

"我们昨天去了第二平台，今天又再一次认真地搜寻了，但还是没找到。积雪还是很深，再找下去也无济于事。我们准备明天去B泽。"

说着，才来了两天工夫就已经被雪光晒黑的吉川，从他那一点不像登山家的纤细瘦小的身躯上，卸下了巨大的背囊。

稍稍落后于众人，走在最后的上条信一也走进了房子。他的身形看起来并不是多么强壮，而且也已年近六十，但不可思议的是，背囊一背上这个男人的背，就跟长在那里一样，稳如泰山。

"不好意思了。"

鱼津说道。

"这叫什么话。——鱼津先生，您是不是胖了呀？"

上条信一说道,接着他又对刚走下门厅的阿薰说道:"您是小坂先生的妹妹吧?跟令兄长得真像。"

他一脸感慨地说道。这些就是这位被称为穗高之主的登山向导跟鱼津和阿薰打的招呼。

第二天,一行人早上六点从德泽休息点出发,前往本谷。在原先吉川一行六人和上条信一的基础上,又加了鱼津和阿薰。吉川等人已经是搜寻到第三天了,都非常累了,但是因为大家各自有自己的工作,所以谁也没有充裕的时间来留出一天用于休养。

鱼津担心阿薰一起去会不会太累了,但是因为阿薰本人想去,而且有人说从这里本谷并没有那么危险,所以他就咬咬牙决定带阿薰一起去。

从可以看到松高岩沟开始,路上的积雪突然变多了,但是和新雪不同,这些雪已经变得非常坚硬了,鞋子不会陷到里面去。一行人避开中畠新道,登上了松高岩沟。

十点,一行人进入本谷,吃了东西,十一点开始在本谷面积广阔的山沟间进行搜寻。大家把带来的细铁棒插入雪地中,或是用铲子刨开积雪。这样毫无目标的工作持续了数个小时,大家都非常疲惫,于是在四点结束了搜寻踏上了归途。

回去的路和早上不同，大家避开了松高岩沟，选择沿着中畠新道回去。因为松高岩沟那条路的路上有一处三米宽的瀑布，大家考虑到有阿薰在，就特意避免走那条路。平时回程只需一个半小时就足够了，但是这次大家花了两个半小时慢慢地走了回去。可即使这样，当阿薰回到德泽休息点时，她还是觉得累得一动都不能动了。

第二天，一行人早上四点就出发前往B泽。要去B泽的话，对于阿薰来说太难了，所以阿薰就一个人留在了休息点。

一行人沿着和昨天一样的路线进入到了本谷，来到B泽入口处，已经是早上八点半了。接着，大家休息了约一个小时，九点半开始了在B泽的搜寻工作。

一行人四散在B泽狭窄的山沟内。B泽正中间的地方，夏天的时候会有瀑布出现，但是现在被厚厚的积雪覆盖得严严实实的。鱼津着力在两侧的缝隙（岩石和冰雪间因为冰雪融化而出现的裂隙）间搜寻，一边慢慢往上爬。

快到十二点的时候，走在最前面的保险公司员工山根在接近B泽顶部的地方大声喊道："快来！"

离山根最近的鱼津赶紧朝山根站着的地方靠近。鱼津朝着山根看着的地方看去。积雪皑皑的斜坡上可以看到一段红色线条状的东西。

"那不是登山绳吗？"

"好像是。"

两人走了过去，果然是尼龙登山绳。

不一会儿，吉川、上条信一以及其他人也都来到了鱼津和山根站的地方。

上条和山根用铲子铲起已经坚硬的积雪。最先出来的是肩。然后是右脚。胸口有一部分衣服已经全部卷起来了，裸露的肌肤出现在了冻得严严实实的积雪层中。令大家感到惊讶的是，这肌肤看起来仿佛刚泡完澡似的，带着微微的红色，仿佛还有温度。

鱼津也拿起铲子，小心地去除可能是头部的地方的积雪，以免伤到小坂的遗体。

脸出来了。毫无疑问是小坂乙彦的脸。他眼睛微合，脸朝上躺着。和之前挖掘出来的部分不同的是，脸部的皮肤已经变黑了，这令鱼津有一种奇怪的错觉，感觉自己是在从雪中挖掘小坂的青铜头像。

只看头部的话，并不会让人感觉这是在挖掘遗体。鱼津低头看着躺在自己脚边的青铜头像似的小坂的头部。

鱼津蹲下身子，紧紧地盯着小坂的脸。比起他还活着的时候，此时他的脸看起来更为英气。

"不要碰登山绳。"

随着吉川的提醒，鱼津回过神来。然后他重新去看小坂的遗体。此时整个遗体都已经从积雪中露出来了。实在是太惨了。鱼津强忍着这世间他不得不面对的巨大痛苦。

登山绳还好好地系在小坂身上。但是绳结已经歪到腋下了，他身上穿的厚夹克和衬衫都被拉了上去，堆在了胸口。鞋子还穿在脚上。冰爪有一个不见了。上条和山根没有去动小坂身上的登山绳，用自带的登山绳把小坂的遗体捆了起来，又在岩石上打了钢锥，确保了遗体的安全。等这些做完之后，又把雪盖在遗体上。鱼津也拿起铲子，开始把小坂的遗体像原先一样埋在雪中。

当小坂再次消失在皑皑积雪中之后，鱼津在上面插了一把铲子。以作为下次正式来带走遗体时的标记。

"不管怎样，先在这里照张相吧。"

吉川说道。于是大家就集中到了吉川的相机镜头前。等吉川按完快门之后，上条让吉川跟大家站一起，自己代替吉川去按了快门。

一行人谁都没有因为小坂而流泪。终于发现了小坂遗体的兴奋只是令鱼津、吉川以及其他同伴陷入了沉默，陷入了某种略带哀伤的空虚。

一行人回到德泽休息点已经是傍晚六点了。鱼津他们在一起商量了一下，暂且单方面决定把小坂的验尸时间定在隔两天之后，也就是从发现遗体这一天开始的第四天。同时决定在验尸当天把小坂的遗体挪到山脚下。

第二天，天还没亮，一行人中的两人就从德泽休息点出发，前去联系上高地宾馆的值班室。因为必须要给小坂的母亲以及他工作的公司发个电报，告诉他们"在B泽发现了遗体"，还要拜托阿暮先生去办理验尸手续，以及跟林业署交涉砍伐树木一事，以作为小坂遗体火化的燃料。

这一天，鱼津也好，吉川也好，上条也好，都因为疲惫，陷入了如死一般的沉沉睡眠中，到了下午才醒来。从早上开始，就下起了小雨。阿薰给S打下手，给即将到来的不知道人数的人们准备饭菜。

到了晚上，前往上高地的两人回来了。他们说阿暮先生把事情都妥善处理好了，以配合这边定下的日程。

第二天，也就是从发现小坂遗体那天开始的第三天中午，阿暮先生带着岛岛派出所的警官还有医生过来了。这位医生是偶然来到宾馆值班室的关西Q登山俱乐部的成员之一，是一位三十岁左右的年轻人。

下午三点左右，林业署的人也来了。鱼津和阿暮先生带着林业署的工作人员一起马上去了山上。去决定砍伐哪些树木。

最后决定砍伐距离松高岩沟入口处大概五百米左右的森

林地带的九棵树。都是有三十厘米到五十厘米粗的冷杉树。

"九棵会不会太多了？六棵不行吗？"

林业署的工作人员说道。但是鱼津希望焚烧小坂遗体的火能够旺旺的，所以还是请他允许了砍伐九棵树。在阿暮先生的斡旋下，砍伐树木的工人将在明天早上从上高地过来。

鱼津他们回到休息点时已经是晚上了。小坂的工作单位也派了之前在小坂出事时来过的宫川、枝松两位年轻人过来了。他们戴着头灯，跟鱼津几人前后脚走进了休息点。

枝松背着一个巨大的背囊。他从背囊里拿出了盐、丙醇、祭奠用的点心、酒、线香、蜡烛等东西。宫川背的是东京的一家运动用品店送来的滑雪板，说是让用于小坂先生的事。虽然不是很沉，但是不知道是不是因为不好扛，所以宫川到了休息点之后还很腰酸背痛的样子。

休息点的人数一下子变多了。只有阿薰一人是独自住在楼下的一个小房间，其他的男人们都是两三人住一个房间。

到了搬运小坂遗体的这一天，吉川等六人，再加上鱼津、上条、以及宫川和枝松两位年轻人，一行十人前往B泽。一行人在凌晨四点就从德泽休息点出发了。

阿暮先生留在了后方。他还有一个很重要的工作，就是指挥那些伐木工人。阿薰和休息点的S，估摸着伐木工作应该进行得差不多了，就在下午出发前往伐木的地方，准备在那里搭个祭坛。

鱼津等一行十人,每个人都分到了各种琐碎的东西,并把这些东西装进了自己的背包。钢锥、铁锁、便携式睡袋、帐篷的地垫、登山绳以及其他搬运遗体需要的东西,数量非常多。从东京来的两位年轻人轮流背着滑雪板。

虽然凌晨四点就从休息点出发了,但是到达遗体所在的地方已经是十一点了。休息了一个小时之后,十二点开始大家再次用铲子把覆盖在小坂遗体上的积雪扒开。

遗体挖掘出来之后,鱼津、吉川和上条三人把它放到了塑料布上。鱼津把阿薰交给他的香水洒在小坂的遗体上。山根在上面撒了足有三升的盐,又倒了几瓶丙醇,接着又盖上了雪。这些当然都是为了防腐。

接着就要把塑料布包裹的遗体放入到便携式睡袋中。上条准备了睡袋,但是鱼津把自己一直用的睡袋拿了出来,说道:"用这个吧。"然后他在心里默默地对小坂说:"你的睡袋以后就给我用吧。"事实上他就是这么打算的。小坂的睡袋应该还放在奥又白池边至今还搭在那里的帐篷中。

遗体装入睡袋中之后,大家又一起把睡袋用地垫包了起来,最后放到了滑雪板上。

真正的搬运工作是从下午一点多开始的。要从B泽的斜坡上下来非常困难。除了要确保遗体的安全,同时还必须要确保每位搬运者的安全。为此，必须要不断地打入多根钢锥。然后用两根登山绳绑着滑雪板，慢慢地从积雪的陡坡上降落下来。

下了B泽，来到本谷，搬运工作就轻松多了。接下来十人轮流着用肩膀和冰镐确保着遗体和自身的安全，一边往下走。

下了松高岩沟，终于把遗体搬运到了森林地带，已经是晚上八点了，比预计的时间晚了两个小时。天已经完全黑了。不久，透过茂密的树林，可以看到阿暮先生在前方燃起的火把，那火光仿佛异常地红。

捆在放着遗体的滑雪板上的登山绳，前面由鱼津和吉川操作，后面由山根和上条操作。其他六人排成一队跟在后面。

鱼津走在前面。四周树木茂密，光线很暗，很难走，但是鱼津还是带着一行人朝着从树木间透过来的火光走去。

不久，来到了一片树木已经被砍光的宽阔的空地。有十多人在空地的一个角落中烧着火。一看到鱼津等人到了，那群人一起动了起来。

"辛苦了。谢谢大家。"

鱼津听到了阿薰的声音。遗体首先很自然地放在了排成一队的人们前面。S说很快月亮就会出来了，所以验尸就准备等到月亮出来之后再进行。

鱼津一行人得以喘口气，大家各自站着，喝着热腾腾的红茶，抽着烟。

不久，正如S所预测的那样，月亮开始将淡淡的带着青色的光线洒向森林地带的一角。月亮一出来，就能清楚地看到其他人的脸了，也能清楚地看到那堆积如山的木头和祭坛的样子。覆盖在脚下地面上的积雪看起来也泛着青白色。

现在鱼津等人站着的空地，是白天阿暮先生等人把九棵冷杉砍掉之后形成的，郁郁葱葱的森林地带因此有了约三十多平米的空地。空地的中央堆着焚烧遗体用的木头。每根木头被砍成两米左右，纵横交错，整整齐齐地叠放在地面上，高达一米半。遗体会被放在上面焚烧。

焚烧遗体的高台前搭着一个盖着白布的祭坛，仿佛放着一张小桌子似的。上面放着鲜花，还有可以烧香的地方。

验尸很快开始了。警官和医生在这里等了很长时间了，所以他们似乎想要尽快完成自己的工作恢复自由。就像被埋在雪中的时候一样，几个人再次把遗体上所有覆盖物都去除了。死因被断定为是颅底骨折引发的当场死亡。

验尸的时候，鱼津从身后轻轻地拥抱着把脸埋在双手中的阿薰，想要给她支持。宫川、枝松二人把便携式睡袋烧了，给小坂的遗体照了几张相，从遗体上取下来的断了一半的登山绳则被吉川装进尼龙袋中保存了起来。

小坂的衣服口袋中找到了一本记事本。警官把它亲手交给了阿薰。

验尸结束后,阿薰把带来的白衣服盖在遗体上。接着遗体被搬到了冷杉搭成的高台上。紧接着,阿薰、鱼津、吉川、上条开始依次焚香。虽然没有诵经声,但是在高山的森林地带,在月亮的照耀下,焚香仪式显得格外庄严。

不久,上条和阿暮先生在遗体和高台上浇上石油,然后阿薰亲手从高台下方点了火。

大家围成一圈,看着火势越来越大的冷杉高台。接着小坂的同伴们开始一起唱他最喜欢的山歌。

冰啊,雪啊
梓树的绿色啊
穗高的冬天
又来临了啊

采用了美国民谣的旋律的歌声,带着独特的悲调,打破深夜高山的寂静,传向了四方。唱这首歌的时候,鱼津才第一次感受到了无法忍受的悲痛。他的眼泪不停地从眼睛中流了出来,顺着脸颊滑落下去。透过焚烧小坂遗体的火光看去，阿薰、吉川、阿暮先生、上条的脸上也都被泪水濡湿了。

合唱结束之后，警官说道："那我们就先告辞了。"接下来，没有什么事情的人就可以走了。小坂的遗体要到凌晨四点左右才会烧成骨灰。鱼津也觉得没有必要所有人都等到那个时候。白天参加搬运工作的人都累得站也站不住了。

最后决定，鱼津、阿薰、上条、阿暮先生四人留下来，剩下的人全部跟着警官和医生一起撤回德泽休息点。

一行人集中在一起朝森林中走去了。只剩下四个人之后，四周一下子变得冷清起来，冷杉在火中爆裂的声音变得异常清晰。地面上的雪已经基本融化了。四人在空地的一角收拾出几个能坐的地方，坐了下来。

十一点左右开始，月光变得格外清澈起来。青白的月光几乎从顶上正照着这个深山中的焚烧场。焚烧小坂遗体的火势也越来越猛烈，仿佛要跟月光竞争似的，火焰几乎将天空都要烤焦了。

十二点左右开始，高台上半部分有很多黄色的火焰掉落在地面上。在夜空中熊熊燃烧的红色火焰，和掉落在地面上的无数火焰，在一直凝视着火光的四人眼中，显得格外的严肃和怪异。

"这也是小坂先生所希望的吧。能够有如此豪华的葬礼。——像我这样一辈子生活在山里,就希望死后能被这样烧掉。"

阿暮先生小声说道。

"还真是这样。"

上条也深有同感地说道。

鱼津也是这么想的。他觉得像这样被烧掉,才最符合小坂的性格。他想,如果人终有一死,那么自己也希望能够死在山上,像这样被焚烧掉。

"男子汉大丈夫的死亡,就应该这样。"

鱼津仿佛自言自语似的说道。只有阿薰一直沉默着。

凌晨五点,四人在拂晓泛白的天光中捡拾小坂的骨灰。鱼津、阿薰、上条、阿暮先生在火势越来越小之后,都被寒气逼得坐不下去了,大家把背囊背在身上四处踱步,捡拾骨灰的时候,也一直背着背囊。

六点,四人离开焚烧场,前往德泽休息点。鱼津抱着装有小坂骨灰的骨灰罐,穿行在长满落叶松和桦树的树林中。只要一想到小坂乙彦高大的身体此刻就装在这个小小的罐子中,他就觉得很没有真实感。

回到德泽休息点,吃了S准备的早饭。热腾腾的酱汤非常美味。

警官、那名登山家医生以及三个工人,作为最先离开的一群，在九点左右回去了。接着十点左右，宫川和枝松也踏上了归途。十二点左右，吉川一行六人也离开了德泽休息点。

于是，德泽休息点就只剩下了鱼津、阿薰、上条、阿暮先生以及休息点的值守人员S五人了。昨天晚上彻夜未眠的四人，在把吉川等人送走之后，都各自回到自己房间睡觉了。鱼津累过劲了，怎么也睡不着，于是就喝了两杯清酒才上了床。

睁开眼，窗外已是暮色四合。鱼津躺在床上，想着接下来的计划。明天再在这呆一天，和上条信一两人一起前往奥又白的池边，得把依然搭在那里的帐篷收回来。这样的话，就得等到后天再回东京了。回到东京之后，得尽快跟阿薰一起去酒田。

走到楼下，洗完脸，上条和阿暮先生也不约而同地起了床。大家看起来都休息好了。之前还没注意到，阿薰似乎很早就起了，她过来说道："请吃饭吧，晚饭做好了。"

大家在放着小坂骨灰的房间，加上S五个人一起开始吃晚饭。酒被倒在了茶杯里。

"真安静啊。"

上条信一才意识到似的说道。这天夜里真的很安静。几个人很少说话，默默地喝着酒。不时地聊几句关于小坂的回忆。

鱼津忽然感到很不可思议。从小坂的遗体被挖掘出来之后到今天为止,登山绳的问题从来没有出现在自己脑海里,也从来没有被大家谈及过。

对于这些为了小坂而聚集到一起的人来说,小坂的死是没有任何问题的。小坂因为登山绳断裂而遇难,大家在雪中把他的遗体挖掘出来,然后在森林的一角焚烧了。仅此而已。大家心里只有对小坂遇难的悲伤。

鱼津再次回忆起昨天晚上焚烧小坂的遗体时,那似乎要把天空都烤焦的熊熊火光。他的眼前又浮现出了火光的颜色,此时,实验啊,新闻报道啊,这些山下的嘈杂声都变得那么的无聊和愚蠢。

吃到一半,阿薰站起来,从房间里拿来了小坂遗体的衣服口袋中发现的记事本。

"我本来想早上给大家看的,但是大家都纷纷离开了,就给忘记了——"

说着,她把记事本递给鱼津。

"中午我拿着它去您屋里找您,但是您已经睡了。"

鱼津打开记事本。这是一本小小的口袋日记本。只有一月的最初几天,用钢笔写着两三句简单的话。一月一号、二号、三号上面各写了一个山字。四号上面写了"下山回东京",五号上面写了"写贺年卡",六号上面写了"公司开始上班""五点拜访社长家"。写在上面的文字就这些。这不是日记,只是备忘录。

鱼津没有在这本记事本上发现任何像遗书的语言或文字,但是他并没有因此如释重负,也没有就此放下心来。原本就不可能发现这样的东西。他也曾经担心过万一小坂的遗物中发现了类似遗书的东西该怎么办,但是现在回过头看,自己有那样担心才是不可思议的。看来自己在不知不觉间也被卷入了周围人制造出来的世俗的漩涡中了。明天前往搭在奥又白的帐篷,大概也不会在小坂的遗物中发现任何登山必需品之外的东西吧。

记事本依次从上条、阿暮先生、S手上传了过去。

"上面写了四号下山,回东京。也就是说他原本打算三号晚上住在这里的呢。"

S说道。

"基本是这样打算的。"

鱼津回答道。

"那么,原本计划应该是四号中午去宾馆的值班室跟阿暮先生喝杯茶,傍晚就会顺便去泽渡我家里吧。"

上条信一说道。

"应该是这样的吧。"

鱼津说道。如果没有发生事故的话,应该就会跟大家现在说的那样做吧。

大家喝酒喝了大概两个小时才结束。鱼津站起身来,准备回房间。他走到门口,看了看门外,接着就直接走了出去。月光将休息点前面的空地照得如同白昼。

有点冷,不过因为身体里面刚灌入了酒精,所以鱼津想在这冰冷的夜气中待一会儿。他朝着建筑物旁边转去。

阿薰像追上来似的跟了上来。

"月亮真美。"

"很冷的哦。虽然我是喝了酒的。"

鱼津说道。

"不冷,没关系的。"

鱼津看到阿薰朝自己走了过来。

阿薰来到鱼津身边,说道:

"这次真的太感谢了。所有事情多亏有鱼津先生您在。"

鱼津感觉阿薰是好不容易等到只有自己和她两个人了,所以郑重地向自己道谢。

"很累吧?"

"不累,鱼津先生您才累。"

接着,两人在月光下站了一会儿。

"明天能带我一起去吗?"

阿薰突然说道。

"去又白吗？不行的，雪太深了。"

"是吗，我还挺想去出事现场看看的，看看是怎样的地方。"

"我明天不去出事现场。"

鱼津说道。

"只是去把搭在又白的帐篷收回来。要去出事现场的话，必须等到下个月末，不然雪太深，去不了的。我准备下个月再来。"

"等到那个时候，我也能爬上去吗？"

"那个时候你应该也能爬上去吧。"

"那下个月您带我一起来吧。可以吗？"

阿薰抬头看着鱼津。她的神情中带着一种之前从未有过的亲近感。

"回去吧。别感冒了。"

鱼津开始往回走。"那个——"阿薰走了两三步，又停下了脚步。鱼津也停了下来。阿薰这样说道：

"我还是说了吧。可能您听着会觉得很奇怪。"

鱼津不知道阿薰想说什么。

"我昨天一边看着焚烧哥哥的火光，一边在想。我是真的很认真地那么想的。如果忘记了那熊熊火光，我想我就说不出口了。"

"你想了什么?"

阿薰稍微停顿了一下,说道:

"我平生第一次思考了结婚。"

阿薰下定决心似的说道。

"不要开玩笑了!"

"我没有开玩笑。"

鱼津带着生气的口吻说道。

"那我就直说了。——我想请您跟我结婚。"

"结婚!跟我?"

鱼津吃惊地说道。

"是的。啊,您在笑我。"

"我没有笑你。"

鱼津没有笑。这不是可以笑的时候。

"我是真的很认真地这么想的。"

阿薰又重复了这句"我是认真思考过的",仿佛只剩下这句话似的。

"结婚吗?结婚这事太大了。"

阿薰的话太突然了,鱼津只能做出这样的回答。鱼津再次看着眼前这个年轻女孩。她站在冰冷的月光下,身影如墨一般落在地面上。

"这件事我也会好好考虑一下的。你也再好好想想。现在令兄的遗体刚被火化,我想你心情也很不平静。"

接着,鱼津改变了话题:

"明天我要花一天时间,所以我们会在后天回去。我们坐后天中午的普快列车回去吧。"

"嗯。"

阿薰低着头说道。

"等回到东京之后,得尽快带令兄回酒田。"

"鱼津先生您也会一起去吗?"

"当然,我也一起去。"

"之前发过电报了,我想应该会有人到东京来的。妈妈因为神经痛很厉害,所以应该不会亲自来。"

"不管有没有人来接,我都要亲手把令兄交给你妈妈。不然的话,我心里过不去。"

两人朝休息点走去。身体已经被冻得冰冷了。鱼津感觉之所以觉得冷,不是因为夜气,而是因为月光穿透了身体。来到门口,阿薰说道:"再见。"

"你不进去吗?"

"我也要进去,但是——"阿薰抬头看了看鱼津,"我不想跟您一起进去。"

"为什么?"

"为什么？因为我刚刚才说了那样的话啊。我不想在房子里被大家看到我们走在一起。"

"那你先进去吧。"

"那晚安啦。"

说完，阿薰就走进了房子。

鱼津再次朝空地走去。他并不是为了阿薰才这么做的，而是他觉得他必须要自己一个人思考一些事情。

鱼津斜穿过空地，突然他像吃了一惊似的，停下了脚步。接着，他像深呼吸似的努力挺了挺胸。

"啊啊"

鱼津嘴里发出了如同呻吟一般的短促的声音。从阿薰说出结婚的那一瞬间开始，鱼津就感觉内心很不能平静，现在他终于找到自己不能平静的原因了。正如小坂什么时候说过的，鱼津意识到自己一直以来也抱着想要带八代美那子走在落叶松林中的想法。他从未有意识地思考过这件事情，但是无法否定的是，这种对美那子的默默的思慕之情，一直顽强地存在于他内心深处。

第八章

这一天,常盘大作在报纸上看到了一则简短的报道,上面说小坂的遗体被找到了,并且就地火化,将由鱼津和阿薰把骨灰带回东京。于是他给小坂生前工作的登高出版社打了电话,问了鱼津他们到达新宿的日期以及具体时间。

虽然常盘与小坂素不相识,但是因为与自己公司的鱼津有关系,所以他觉得还是到新宿站去迎接一下会比较好。小坂的遗属、登高出版社的人当然会去迎接,但是新东亚商事也应当有人出面一下。

常盘自己承担起了这一任务。列车应当在八点三十多分到达新宿,离列车到达还有二十多分钟,常盘就穿着西装式的晨礼服出现在了中央线的到达站台上。

站台上已经有一群人在了,很明显是来迎接小坂的骨灰的。其中有两三个年轻女性,看起来应该是小坂工作的公司的女员工。在列车进站前五分钟,前来迎接的人数达到了三十多人。

列车即将到达的时候,常盘无意间朝左手边看去,发现八代美那子一个人远离人群站在那里。她虽然没有穿丧服,却也穿着一身偏黑色的和服。之前她来公司的时候,常盘就觉得她是个美女,即使在这样的场合,也还是非常地耐看。

常盘朝美那子的方向走了过去,招呼道:"啊呀,这不是之前见过的……"

"啊。"美那子抬起头,问候道:"不好意思,上次打扰您了。"

"太好了,终于找到遗体了。"

"是啊。"

"说太好了可能听起来有点奇怪,不过总归要找到的,还是早点找到比较好。不然在找到之前,不知道要搜寻多少次呢。不记得是什么时候的事了,应该是发生在欧洲的事。人们前去寻找遇难者的遗体,结果遇难者没找到,找到了狼的尸体。据说雪中很少会出现动物的尸体,所以这件事一度引起了学界的广泛热议。都在讨论这些狼究竟是遇难而死的,还是突然死亡的。——啊,列车进站了。"

随着列车开进站台,前来迎接的人们都动了起来,常盘和美那子也一起跟在了最后。

在大部分旅客都下车之后,鱼津和阿薰也下了车。鱼津把装着骨灰的箱子像捧着似的托在了胸口的位置。

站台上因为下车的乘客一片混乱，鱼津站在站台边上，等着人群安静下来。很快，前来迎接的人围到了他身边。

"我们也在这里低头致个意吧。等出了检票口，他们应该很快就会坐车。"

常盘催了一下美那子，自己大步朝围绕着骨灰的人墙走去。他扒拉开两三个人，来到了前面。然后他先用眼神朝鱼津表示辛苦了，接着朝鱼津捧在胸口的用白布包着的装有骨灰的盒子郑重地低下了头。

接着他来到鱼津旁边，慰问道：

"很累吧？"

"有一点。"鱼津老实地承认道，"我明天就去上班。"

"还有很多乱七八糟的事情要处理吧。再歇个两三天也没什么啦。"

这时，鱼津好像看到了美那子，说道：

"八代先生的夫人也来了呢。"

"你说的八代先生是？！"

"就是八代教之助先生的夫人。"

"就是那个美女吗？"

"是啊。"

"是吗，这可真让人吃惊。原来如此啊，是八代夫人啊。"

常盘平时总是一副泰山崩于前也面不改色的样子，此时却被惊得目瞪口呆。

常盘退出人群，朝还站在人群后面的美那子走去，跟她说："您请过去吧。"

"嗯。"美那子含混地答了一声，"没关系，我已经在这里迎接了。"

在常盘看来，这样的美那子身上处处透着古怪。

这时，前来迎接的人围着鱼津和阿薰朝站台楼梯方向走去了。

"我这就准备告辞了。"常盘说道。

结果，美那子也说："我也准备走了。"

"我之前没注意，您是八代先生的夫人吧。"

"是的。不好意思没有向您问好。"

两人又重新互相低头致意。

"您往哪边走？"

"我坐山手线去涩谷。"

"那我们是同一个站台。不过方向正好相反。"

两人并排下了楼梯，又走上了山手线的站台。

"对了，刚刚说的狼的事情——"

常盘刚开始说，就被美那子打断了："看来登山绳真的是断掉了。"

"啊?！我还什么都没有听说。"

"报纸上说登山绳还好好地系在遗体上。"

"报纸上已经报道了吗?"

"是的,不过是在体育报纸上报道的。"

"哦。"

"这么一来的话,鱼津先生的处境不就更难了吗?"

美那子带着几分担忧地说道。

"报纸上有没有写遗言的事情?"

"那倒没有。"

常盘也觉得如果没有发现类似遗言或遗书之类的东西,确实鱼津恭太的处境会变得更为艰难。

"毕竟实验结果已经在社会上产生了极大的影响。"

常盘说道。

"是啊。最不该的就是那个拜托我丈夫做实验的人。"

美那子说道。

"拜托八代先生做实验的,就是我呀。"

常盘瞪大了眼睛,从正面看着美那子。美那子有点慌乱,说道:"真的吗?"

"当然是真的。"

"您为什么会拜托我丈夫做这个实验呢?"

"我当然是以为做实验对鱼津君有好处啊。可出来的是相反的结果。——那样的结果,真叫人束手无策啊。可是,当然,我对于您先生所做的实验没有丝毫怀疑。"

"怎么会这样呢。——即使如此,对于鱼津先生来说,我丈夫的实验还是给他带去了很多麻烦吧。真正最不该的还是我丈夫。——就算是常盘先生您拜托的,不应承不就好了吗。可偏偏——"

"可不应该因此就责备您先生。我拜托别人事情,还从来没有被人拒绝过。就算是很过分的事情,一般也都会答应我。"

"可是,不管对方怎么拜托,不应承下来不就好了吗。如果不应承下来,就不会发生这么多事了。我丈夫这人一方面是不好伺候,另一方面却总是应承一些奇怪的事情。"

知道委托者是常盘之后,美那子的责怪不知不觉间都集中到了丈夫教之助身上。

听美那子这么说,常盘觉得有点吃惊。因为美那子的话语,让他感到了一种人在面对敌人保护自己所喜欢的人时才会有的那种任性和混乱。

"呼——"

常盘不由得大大地叹了口气,重新看了眼这个虽然美丽,却多少有点不讲道理的雌豹。接着,他点了根烟,觉得相信自己的直觉应该不会错,心里想着不管怎样有没有合适的话能够治住对方呢。

这时,美那子乘坐的电车开进了站台。

"那回见。刚刚失礼了。"

美那子说道。

"不不,我才是失礼了。请代问您先生好。"

"好的。"

美那子夹在拥挤的乘客中上了车,常盘大作再次深深地吐口了气。本来想要想办法用一句话治住她的,却被她跑掉了。

第二天,常盘大作到公司的时候,鱼津已经在了。他正坐在自己的办公桌前,看着自己不在的这几天积累下来的文件。

"现在来上班没问题?"

常盘朝鱼津说道,一边走向自己的办公桌。鱼津跟了过去,对常盘说:

"不好意思这次又出去了这么长时间。"

接着又对常盘昨天去迎接小坂的骨灰一事表示了感谢。

"唔,不管怎样,能找到小坂君的遗体总是好的。要不然还得再多去几次山上。——对了,没有发现遗书之类的东西吗?"

"没有。没发现遗书,倒是发现了一本写着一月六号为止的备忘的口袋记事本。我这次还去了奥又白的池边,把那里的帐篷收了回来,也同样没有发现什么。他应该丝毫没有自杀的想法。"

"嗯。"

"而且,登山绳也还好好地绑在他身上。有些人怀疑是不是我故意隐瞒了他解开自己身上登山绳的事实,但是现在可以一扫这些怀疑了。"

"嗯,那就好。"常盘接着说道,"好是好,先不说登山绳还好好地绑在他身上这一点,就说小坂君没有自杀的想法,这么一来事情就会变得简单得多,但是你的处境究竟会变得怎样呢?"

鱼津没有回答。于是常盘自问自答似的说道:

"你的处境会变得非常麻烦啊。站在第三方来看,现在剩下的问题就是,登山绳是因为其自身的缺陷断裂的,还是被你割断的。"

"是的。原因就是其中之一。"

鱼津用力地说道。

"但是,在八代先生的实验中,虽然那个实验的条件并不理想,但是总归最后出来的结果是登山绳没有在撞击反应中断裂。"

"那样的实验——"

鱼津一句话还没说完，就被常盘把话抢了过去。

"虽然你觉得那样的实验不怎么样，但是整个社会还是很相信这个实验的。"

"但是，那个实验是错的。"

"可能真的有错吧。毕竟你都这么说了。——可是，你这边如果拿不出决定性的证据的话，世上的人还是会更支持实验结果哦。"

"所以很棘手啊。"

"不能光想着棘手啊。对于即将落在你身上的这些怀疑，你心里有什么解决的把握吗？"

"把握倒是没有，但是我想接下来做一次更为准确的重现现场的实验。这次因为积雪还很深，没有能够前往出事现场去拓下岩角的形状。我准备下个月再去一次。所以重现现场的实验还得再等等。"

"……"

"还有，我这次把绑在小坂身上的那根断绳带回来了。从断裂处应该也可以得出什么科学结论吧。"

"哦，你还带了这东西回来啊。"

只有这个时候，常盘的眼睛才亮了起来。他想着如果把这截断绳给八代教之助看的话，或许能够从中发现什么新的事实。

常盘没有继续问登山绳的问题,他接着问道:

"不管怎样,接下来就安心工作吧。这么一来,事情就算都落定了吧?"

"嗯,"鱼津说道,又马上接着道,"还要再去一趟小坂的故乡酒田,把他的骨灰送回去。"

"什么时候?"

"还没决定,应该就在这两三天吧。今天,小坂的妹妹会来这里和我商量。"

"唔,还要再去酒田啊。不去不行吧。"

"我觉得必须得去。我想亲手把小坂的骨灰交给他妈妈。这样我内心才好受些。"

"这么做,你内心当然是会好受些,不过……"

常盘想说的是,你再不静下心来好好工作,我这边会很麻烦啊。因为还要考虑到其他员工的想法,虽说是遇难事件,但是就这么无休无止地拖下去也不是个事。从正月开始,鱼津就几乎没有安安稳稳地上过班。正月初,因为发生了那个事件,工作被丢下了好几天,接着因为去酒田,又休息了好几天。再接下来,这次为了去寻找遗体,又有十天没来上班。然后,按他自己的话,下个月还要再去一次山上。而且,还说接下来要去趟酒田。常盘很想跟他说你稍微也跟我讲点客气啊。

但是，鱼津没有丝毫体会到常盘的这种心情，他说道：

"经理，还有件事，我不大好意思说。"

"什么事？"

常盘心想不会又是要借钱吧，果然鱼津说的就是这件事。

"我手头有点紧。"

"嗯。"

"虽然很不好意思，但是我还是想从公司这里再借点。"

跟不上班这件事不同，在金钱上，常盘非常干脆。

"好的，钱的话，可以借你，不过你去酒田，就坐晚上的火车去，再坐晚上的火车回来吧。"

"明白了。——我坐晚上的火车去，坐晚上的火车回。只要能借我钱。"

鱼津似乎很在意钱的事情，他一脸终于放心的神情说道。看着这样的鱼津，常盘觉得自己讨厌不起来。

常盘马上让会计部的人拿了三万八千两百日元过来，把这些钱递给了鱼津。

"拿去吧。这不是公司借你的钱，是给你的。"

"这样可以吗？"

鱼津吃惊地说道。

"不用客气。"

"不好意思，请问这是慰问金吗？"

"说什么傻话，给你拿什么慰问金啊。——因为你形式上是从公司辞职了，所以有一笔退职金。去掉你从公司借的钱，还剩这些。"

常盘说道。

不管怎样，因为有了去酒田的钱，鱼津还是觉得放心了不少。上山之前准备的钱已经几乎全都用光了，正好送小坂的骨灰回酒田的费用不够，幸亏有这笔退职金，这个问题才得以解决。虽然退职金比想象的要少，这样一来就没有了，这令鱼津多少有些感慨，但是在此刻他还是不得不感激有这样一笔钱。

中午刚过，阿薰来了，于是鱼津就离开了办公桌。他和等在走廊上的阿薰一起坐上电梯，来到一层，来到了马路上。马路上仿佛突然间就变成了一副夏日的模样，洒满了强烈的光线。

"要不要去银座喝个茶？"

"你时间没问题吗？"

"只一个小时的话，没问题的。"

"那就去吧。"

两人并排朝日比谷的十字路口走去。

"什么时候去酒田呢？我什么时候都可以。不过必须坐晚上的火车去，再坐晚上的火车回。"

"……"

"因为休息时间太长了，所以经理有些不满。虽然他很少说为难人的话，但是这次他提出要我坐晚上的火车去，再坐晚上的火车回——"

鱼津笑着说道。他想起常盘大作说这话时候的样子，就觉得很好笑。鱼津打算就坐晚上的火车去，再坐晚上的火车回。不过他这么做的话，估计常盘又会说"你这家伙真傻，就算我说了让你坐晚上的火车去，坐晚上的火车回，住一晚又没关系的"。

阿薰和鱼津并排走着，说道：

"确实是这样。"

此时，鱼津感到今天的阿薰跟昨天不大一样，似乎很没有精神。

"要不还是我一个人回酒田吧？"

"为什么？我也一起去。你是担心我刚才说的话吗？"

"不是。不过只是把骨灰送回去，我想我一个人也可以的。"

"不行。令兄会生我气的，会骂我太薄情寡义了。——我还是得去。"

阿薰停下了脚步。

"鱼津先生您的心情我很明白,我也想您一起去。您去的话,我想哥哥也会很开心的。——可是……"

话说到一半,阿薰抬起头,紧盯着鱼津的眼睛。

"听了我下面的话,希望您不要感到不开心。其实是我妈妈写信来了,说亲戚里面有几个不太了解情况的人。"

"不太了解情况?!"

"好像说是有人对鱼津先生您有很奇怪的看法。——妈妈为此很担心,怕鱼津先生您特地去了,却惹了一肚子的气——"

鱼津的视野中刚刚还在明亮的光线下熠熠生辉的一切,一瞬间都失去了色彩。

"是有人认为是我惜命,所以割断了登山绳,是吧?"

鱼津说道。

"妈妈的信上没有明确这么写。"

阿薰一脸歉疚地低声说道。

"不会您妈妈也是这么想的吧?"

"没有。"

阿薰抬头看着鱼津,拼命地摇着头。

"妈妈绝没有这种想法。就算天地逆转,妈妈也不会有那样的想法的。因为是在乡下,所以亲戚中有很多不明事理的人。我想应该是那些人在妈妈那里说了些荒唐的话。"

"这样啊。"

鱼津说道。他有种冲动，想突然就这么蹲下来。在此之前，他从未受过如此大的打击。虽然之前登山绳的撞击反应实验之后他的心情也很低落，但是此刻的他更是情绪低落到了无可救药。虽然他知道因为此次事件，很多人都会对自己的有各种臆测、看法，但是鱼津从未在意过。他心里总有一种死猪不怕开水烫的想法，想着随便你们怎么想。

但是，小坂故乡的人，尤其是小坂的亲戚里面，竟然也有人有这样的想法，这令他深感震惊，如同被大棒当头一击。

"对不起，说了让您不快的话。"

阿薰似乎意识到了鱼津内心所受到的打击，她突然很不安地说道。

"我们先找家店进去休息一下吧。"

两人拐过日比谷的十字路口，走进了最先看到的一家蛋糕店。那家店的二层有可以坐下来喝东西的地方。

鱼津跟在阿薰身后上了楼梯，两人在窗边的位置上坐了下来。坐下来之后，鱼津感觉自己已经累到想要就这样躺下来了。连和阿薰这样面对面坐着，都让他觉得疲惫不堪。

"鱼津先生，我还是想请您跟我一起回去。我想妈妈和我原来的想法是不对的。"

阿薰说道。

鱼津像做体操似的机械地摇了两三次头,说道:

"不用了。"

接着他自嘲似的说道:

"看来我真是比自己想象的更不争气啊。"

说完,他又接着道:

"不过,这次还是作罢吧。如果去的话,等以后再去吧。"

鱼津的脸色一片苍白。

鱼津之所以取消酒田之行,并不是害怕那些对自己怀有不好看法的人们。而是觉得在小坂的魂魄返回在故乡的母亲身边时,周围不可有任何纠葛。如果因为自己送小坂的骨灰回去而在迎接骨灰的一方中产生什么不太好的氛围的话,那才对不住小坂,也对不住小坂的母亲。

因为阿薰的话,鱼津一时间情绪极为消沉,但是很快,他又这么想着,恢复了精神。

"不管怎样,这次就请您把骨灰带回家吧。我等过段时间再去。"

鱼津说道。可是阿薰反而因为鱼津的这番话陷入到了沮丧当中似的。

"下次再去,是什么时候去呢?"

"等过个一两个月,我会去扫墓。"

"真的吗?"

"当然。现在这样做,我也会觉得对不起令兄啊。不能送他的骨灰回故乡,好歹要去给他扫扫墓的。"

"那,到时候,我跟您一起去。"

接着,她又突然想起什么似的,说道:

"我也很让我们公司的课长不满。因为我这段时间也老是不去上班。——不过,等到时候,不管有什么事,我都跟您一起去。我也坐晚上的火车去,坐晚上的火车回。"

接着,她沉默了一会,好像在思考什么事情。过了一会儿,她抬起头,问道:

"到时候,应该已经有决定了吧?"

"什么决定?"

鱼津反问道。

结果,阿薰"啊"地一声轻呼,很快脸上红得快要滴血似的,只含糊地回答了一句:"没什么。"也没说到底是什么事情没什么。

鱼津此时方才意识到阿薰想要说的是什么。阿薰说的肯定是她在德泽休息点亲口说的结婚问题。

但是,鱼津装作不知道的样子,喝了剩下的咖啡,说道:

"那就走吧。"

鱼津走出蛋糕店,就想跟阿薰告别,但是等到了告别的时候,才发现该问的问题还一个都没有问。鱼津跟阿薰确认了送骨灰回去的具体日期和时间,并约定好到时候去上野车站送行,此外,他还特意向阿薰确认了路费等方面是否有问题。

和阿薰告了别,只剩下自己一个人之后,之前被暂时糊弄过去的沮丧的情绪又开始抬头了。啊,好讨厌,还是想想别的事情吧,鱼津心说。于是,鱼津的心头浮现出了昨天在新宿车站迎接骨灰的人群中瞥到的八代美那子的身影。

傍晚,快要下班的时候,鱼津朝正在收拾东西准备离开的常盘大作走了过去,问道:

"今天晚上有空吗?"

"没什么事啊。"

常盘回答道,他看着鱼津,仿佛在问"有什么事啊"。

"如果有空的话,能不能陪我一会儿?"

"陪你?!你要请我吃饭?"

"嗯。"

"才拿了两万六千日元,就财大气粗了啊。"

"是三万八千二百日元。"

"三万?！有那么多吗！可是，去趟酒田的话，要不少花费吧。别一副钱用不完的样子。"

"我不去酒田了。"

"为什么？"

常盘瞪大了眼睛。

"好像他们家亲戚中有人怀疑是我割断了登山绳。所以我想着还是不要亲自送骨灰回去比较好。去还是要去的，不过想着最好还是过一段时间去。"

常盘听了鱼津的话，嘴里呻吟似的"唔"了一声，异常缓慢地拿出了和平牌香烟盒，取出一支烟叼在嘴上。接着他看着鱼津，仿佛在等他接着往下说。

"所以，钱就有剩了，想请经理您吃个饭。"

"唔。"

常盘似乎想了一下，不一会儿就说："行，我陪你。"

鱼津先给他打了针预防针："不去那些高级的地方哦。"

"明白。高级的地方，想去也进不去啊。"

"今天倒不是因为进不去。"

"还是尽量吃得简便些吧。不然到结账的时候就麻烦啰。"

常盘说着，穿上上衣，把办公桌上凌乱放置的东西收拾了一下，说了声"我去外面等你"，就先出去了。

他总是那么心急。

鱼津也回到了自己的位置上,很快地收拾了一下,跟坐在前面的清水说了声:"我先走了。"

"是经理要请你吃饭吗?"

"是我请他吃饭。"

"好难得啊。他不是都喜欢请人吃饭,不喜欢被别人请的嘛。"

鱼津听清水这么说着,走出了事务所。这还是他第一次和常盘两个人一起喝酒,但是此刻,他知道除了常盘的唠叨没有任何其他的东西可以支撑自己的内心。

鱼津把常盘带到了西银座的浜岸。二楼有包厢,但是常盘说"这里不挺好的嘛",于是两人就在大堂最靠近厨房的地方并排坐了下来。时间还早,没有其他客人。常盘拿起黑底白字写着菜名的菜单:

"盐渍鲑鱼子啊、生海胆啊、酒盗啊,看起来都很好吃嘛。都要上吧。还有生鱼片,我要鲷鱼的。螃蟹也可以。烤大虾看起来也不错。有香鱼吧?反正量也不会很大吧。趁着还没有其他客人,先每人要两条吧。"

"虾和螃蟹还要吗?"

年轻的厨师在厨房中问道。

"要的。当然要。——还有松茸吧。这个时节的松茸也是挺可怜巴巴的吧。是大棚里出来的吗？大棚里出来的松茸是个什么味道，倒是也可以吃吃看。这种松茸只能做成陶壶炖菜吧。再来份鸭里脊。在这之前，先给我来一份清炖鲷鱼吧。"

"经理。"

鱼津叫道。他心想要是再不打断的话，退职金的几分之一就要飞走了。这里的菜确实好吃，不过价格也很不一般。鱼津虽然不时就会过来一趟，但是顶多就点一两个菜。今天因为是带常盘过来的，鱼津当然也不会再跟平时一样，但即使如此，把菜单上的菜从头点到尾的话，那也是不得了的。

"喝啤酒，还是喝清酒？"

"这个，都可以。你点你喜欢的。不管是啤酒还是清酒，我一瓶就差不多了。"

"那就要清酒吧。"

鱼津说道。酒壶送上来之后，鱼津拿起来，想给常盘斟酒。

"不用给我倒酒。大家都自己倒吧。这样更方便。"

"好的。"

鱼津从善如流地没有再给常盘倒酒，先给自己杯里满上了。

"可以说话吗？"

"什么说话?"

"就是开口说话啊。我感觉你会跟我说不要说话,一起默默喝酒就好了。"

鱼津笑道。

"说话也没问题。不,不是没问题,我只要喝上一滴酒,就会变得很唠叨哦。"

"好厉害啊。"

"什么好厉害?"

"经理你一唠叨起来就好厉害啊。"

"现在不是你在说嘛。不过,很快我就要滔滔不绝啦。今天晚上我想对你提些意见。"

说完,常盘两筷子吃完了放在小盘子上的酒盗,说道:"这个很好吃。再来一份。"

当鱼津面前已经放了三个酒壶时,常盘连第一壶酒都还没喝完,但是菜的话则是来一盘吃光一盘。他好像特别喜欢吃酒盗——一种用来下酒的腌制海鲜,面前已经放了三四个盛这种食物的小盘子了。

常盘确实如他自己所说的那样,一喝了酒,就会变得比平时更爱说话。但是他只跟厨房里穿着白色厨师服的胖胖的老板说。这两个差不多年纪的男人似乎一见面就很投缘,常常大声地说笑着,令同样坐在靠近厨房的位置上的其他客人不由得侧目。常盘大作说话的时候有点旁若无人，但是不可思议的是，并不会让那些听他说话的人感到不快。

这家店的老板的老家据说是青森县十和田湖附近的一个山村，于是两个人的聊天就围绕着十和田湖展开了。常盘说他去过十和田湖两次，两次都是在公交车的摇晃中睡着了，所以根本不记得路上经过的奥入濑溪谷是怎样的。老板就说那太可惜了，奥入濑溪谷比十和田湖更美，就这样睡着过去的话，等于是没去过十和田湖啊。

于是，常盘就说："不仅是到十和田湖，我这个人只要是到了景色好的地方，就会睡觉。总有人跟我说你一到了景色好的地方就睡觉，实在太可惜了。——大概我们这样的平民百姓平时的睡眠实在是太少的缘故吧。感觉就像是工作劳累了一天之后，身体终于要报仇了似的。临睡的时候想工作的事情。半夜醒来又会想钱的问题、家里的各种纠纷。接着又跟野兽一样睡去。——唔，你下次再去奥入濑的话，坐公交车也好，坐出租车也好，一定要试试在路上睡觉。在车子的摇晃中，不时会醒来。可以看到车窗外到处都是山毛榉林。一片绿色的世界。然后又变得迷迷糊糊。再次睁开眼的时候，车子正从巨大的日本七叶树下开过。车顶在嫩叶的摩擦下唰唰作响。看对面，奥入濑的水流正溅着白色的水花。然后又睡着了。"

说到这里,常盘停了下来,似乎勾起了什么愉快的回忆似的,问老板:

"你喜欢能乐吗?"

"没有特别喜欢,但是在学唱能乐的谣曲。"

"那你就试试下次去看能乐的时候睡觉。这与路过奥入濑时睡觉又有不同,也会让人心情舒畅。远远地传来了谣曲的声音。一边听,一边昏昏欲睡。那是相当地奢侈哦。"

鱼津听着常盘说的这些任性的话,一个人喝着酒。今夜围绕着鱼津让他觉得无法独处的孤独的时间,都被常盘的说话声填满了。

鱼津觉得自己一个人喝酒挺好。他也没什么必须要跟常盘说的话。常盘就在自己身边,这一点不可思议地给了他的内心某种巨大的支持。

常盘和老板说着话,又不时地停下来。停下来的时候就是吃菜的时候。

"这螃蟹真好吃。"

"好吃吧。"老板说道。

"我再来一只吧。"

常盘吃东西的时候,真是让人在旁边看着都觉得很开心。而且,不管什么食物只要进入到常盘体内,似乎都变成了精力。

但是，有两三组后面来的客人离开了，老板也因为什么事情离开了厨房，于是常盘就把头转向了鱼津，说道：

"怎么了？心情不好？打起精神来。"

"没有心情不好啊。"

"撒谎！小坂君老家的人的想法影响到你了吧？真傻。别人要那么想就让他们那么想好了。——对了，你不是说你把系在遗体上的登山绳带回了吗，明天把那个借我一下吧。"

"后天不行吗？"

"后天也可以。"

"那断绳在一个叫吉川的朋友手上。我还没有碰过。我不想碰了之后被人各种误解。"

"你现在变得好神经质啊。不过你原来太大大咧咧了，所以现在稍微有点神经质就刚刚好。"

常盘笑道。接着又说：

"那你后天把登山绳拿给我吧。我准备再次拜托八代先生检验一下。未必不会发现新的可能。"

"那个人的话，不会发现的吧。"

"不能带偏见哦。八代教之助可是一位很了不起的学者哦。"

"这个我知道。但是我觉得他对我没有好感。"

"为什么？"

"没什么为什么,就是这么觉得的。"

"那是因为你对他没有好感啊。"

"那不是的。不过,唔,不管怎样,我也跟你一起去吧。"

鱼津说道。

"你不能去。"

常盘突然说道。

"你最好不要去八代家。不要再去了。"

"好。"

在常盘强烈的语气下,鱼津不由得说道。他想反问一下为什么这么说,但是又觉得问不出口。

"好,这一点咱们可说好了。"

说完,常盘又朝厨房那边说"请结账"。

"我来结账。"

但是常盘一边把手伸进口袋里,一边说:"不,我来结。"

*

教之助在七点钟醒来,感觉身体和平时不太一样,有一种微微的疲劳感。两只胳膊很软,两条腿也很软。他马上想了想导致身体疲劳的原因,但是没有想到。

前天晚上参加了一个宴会，他很罕见地喝多了酒，可能这种疲惫隔了一天到现在显现出来了吧。即使参加宴会，教之助也很少喝酒超过自己规定的量。前天晚上，因为是自己做东招待客人，为了招待好客人，他不知不觉间就主动喝干了杯中的酒。

不仅是身体有些倦怠，不知道是不是心理作用，他感觉自己还微微有点发热。教之助想了想今天要做的事情，觉得今天没有必须要到公司处理的事情，于是久违地产生了今天不去上班的想法。不仅是今天，大概是从去年开始，教之助就对身体的疲劳有一种神经质般的紧张。只要稍稍感觉到疲劳，他就会尽可能地休养。

教之助走到楼下，在走廊上碰到了刚从厨房出来的美那子。

"我今天不去上班了。好像有点发烧。"

教之助说道。

"啊！"

美那子说道，但是因为手上拿着报纸，于是她就先去了客厅。

教之助站在盥洗室的镜子前面时，美那子也很快回到了他身边。

"真的发烧了吗？是感冒了吧。"

说着，美那子把手伸到丈夫的额头上。教之助感觉美那子放在自己额头上的手非常冷。

"有点发烧吧。"

"没有啊。我觉得应该没有发烧。虽然我刚碰过水，手很冷，所以也试不出来。"

这时，教之助无意间朝镜子中自己的脸看去。看到美那子放在自己额头上的白皙的手正要默默地离开自己的额头。但，下一刻，那只白皙的手有没有完全离开额头，似乎犹豫了一下，说道：

"上面沾了点灰。"

一根白皙的手指碰了碰额头的发际。

"不是灰吧。"

教之助说道。

"是灰。——我已经拿掉了。"

美那子很快收回了手，做出一副真的拿掉了上面的灰的样子，并且很快把话题转了回去：

"没事，应该没有发烧。如果不去公司也没关系的话，那今天就休息吧。"

比起公司的事，教之助更在意妻子明显是故意转换了话题的额头的灰。这个灰不可能被拿掉。因为那根本就不是灰。而是教之助自己也在四五天前才无意间发现的皮肤上的老年斑。

教之助洗完脸之后，拿着报纸就走到了走廊上。他坐到藤椅上，但是没有看报纸，愣愣地发了一会儿呆。

爱情究竟是什么？这个问题忽然浮上了教之助的心头。爱情是什么？爱情是什么这个问题，应该好多年之前就在自己心里解决了，但是这个问题还会在不经意间出现在心头，只能说明这个问题还没有解决吧。

美那子在盥洗室发现了丈夫脸上的老人斑。刚开始她以为那是沾了灰，但是很快她就应该意识到了这不是灰，而是丈夫脸上长出的老年斑的表现之一。

但是，年轻的妻子没有指出来。不指出来明显是很不自然的，不可否认的是，她是故意这么做的。妻子肯定是不想让年龄比自己大很多的丈夫感到自卑。这算是年轻的妻子对于年老的丈夫的体贴吧。

但是，这种体贴不仅仅是在今天早上。对于丈夫那已经很明显的、闪着银光的白发，她也从来没有提及过。白发这个词就像是两人之间的禁句一样，她总是尽量避免提到。

美那子对自己的这种体贴，究竟是一种怎样性质的情感呢。既可以认为是有关爱情的，也可以认为是完全与之相反的。但是，不管怎样，这肯定是出于妻子不想令丈夫感到不快的考虑，这么想的话，似乎也可以称之为爱情。相反，如果将妻子的这种体贴视为一种外人般的冷淡的话,那就与爱情大不相同了,毋宁说是一种相反的情感。

但是,教之助最后得出的结论是,这大概也可以称之为爱情吧。只是其中多少有一点刻意的气息。

"您在那里喝茶吗?"

客厅中传来美那子的声音。

"在这里喝。"

于是美那子把茶送到了走廊上。刚才没有注意到,教之助发现美那子的耳朵上戴着一个小小的蓝色物体。是耳环。教之助还是第一次看到美那子戴耳环。不知道是不是因为耳垂上戴了蓝色物体,美那子的脸看起来更紧致了些,似乎比平时更年轻了。

教之助原本就不大喜欢耳环这种东西。在电车上看到两个耳垂上挂着小小的装饰品的年轻女孩,虽说并没有什么让人觉得不可爱的地方,但是总是感觉肉体上增加了多余的东西。

而且,二十岁左右的女孩还罢了。在耳朵上挂上这些,会让人感觉到与年龄相符合的稚气,就像看着小孩子的恶作剧似的,别有一种有趣之处。如果是三十多岁的女人再戴耳环的话,即使出于客气,教之助也说不出一句好。虽然不关己事,但是他总有一种冲动,想从对方的耳垂上取下那多余的东西,把耳垂解放出来。

美那子把茶碗放到桌上,似乎意识到教之助正看着自己的耳垂,她用手指头稍稍碰了碰耳环,说道:

"这是别人送的。"

"谁送的?"

教之助说着,端起了茶碗。接着他的目光转到了庭院中种植的植物上。

"是吉松先生的夫人。"

吉松是大平证券的社长,教之助之前在报纸上看到过新闻,说是他刚从国外旅行回来。或许是吉松夫人送给美那子的外国礼物吧。美那子有点在意似的把脸转向丈夫,问道:"很奇怪吗?"

不知道是不是因为戴着耳环,她的唇膏也涂得比平时更红。如果再穿上稍微华丽点的衣服,说是才二十多岁也有人信。

"很奇怪吗?"

美那子再次问道。

"挺好的呀。"

教之助说道。教之助之所以这么说,也有几分对美那子刚才装作没有注意到自己变老的回礼的意思。

"耳朵不痛吗?"

"不,一点都不痛。——只是轻轻摁进去罢了。"

"那会很容易掉下来吧?"

"不会。——你看。"

美那子用拇指和食指抓住耳环,轻轻地拉了拉,向教之助展示耳环并不会从耳朵上掉下来。既不会痛,又不会从耳朵上掉下来,这种小小的装饰品戴在耳朵上的方法似乎非常巧妙。

"戴这种耳环的话,就算穿和服也不会觉得奇怪吧。跟那种长长垂下来的不一样——"

"嗯。"

"我也有那种长长垂下来的耳环。可以在穿西式服装时戴。"

教之助心想还是请不要戴了吧。但是,他什么都没说。对于教之助来说,沉默,就是他对妻子的爱。但是,教之助自己也感到这其中带着几分刻意。

教之助吃过早餐,就直接去了在二层的书房。有十几本外国新出版的书籍想要看一下。今天不去公司,就想躺回到床上,随意地翻看这些书。

教之助刚从书架上把这些书抽出来,美那子就走了进来。

"啊,您又要看书?"

"没什么别的事嘛。"

"可是,您不是因为累了才不去公司的嘛。"

她的语气中带着几分责难。又说道:"三村先生来电话了。"

"——我去公司吧。"

教之助的心情一下子变得很差,说道。

"不过,他应该是给公司那边打过电话,听说您今天不上班,所以才往家里打电话的吧。"

"你已经替我跟公司请假了?"

"嗯。"

"说我生病了——?"

"没这么说。说是生病的话,秘书科就要来人了。"

"要是没生病,就待在家里的话,电话都会打到这里来的。"

教之助的话里有责怪美那子处置不当的意思。

"不管怎样,你跟人家说,我身体不舒服,已经睡了。——你下次再上来的时候,帮我泡个茶过来。"

"好的。"

美那子很快走出了房间,过了一会儿又端着茶上来了。说道:

"这次是公司的三木先生来的电话。怎么办呢?"

"就说我身体不舒服。"

"可是,那是三木先生啊。"

"管他是谁,不舒服就是不舒服。"

美那子很快又出去了。教之助冲着美那子的背影说道:

"再给我泡杯浓点的茶过来。"

美那子又端了茶上来。但是这次也还是说又有人打电话来找。

"我不知道该怎么办了。已经说了您已经睡了呀。"

"是谁?"

"吉塚先生。"

"我不认识什么吉塚先生。"

"他说是您让他今天去公司的。"

"啊,是那个吉塚啊。"

这么一说,还真有这回事。

"就说我睡着了。"

教之助说道。

"喝着茶睡着了。"

美那子说道。这话在教之助听来带着几分嘲讽。

"我今天休息。不要接电话过来。"

教之助有些生气地说道。

电话铃声时不时地传到二层。每次电话铃响,美那子似乎都会接起电话，但是她并没有再上二楼来跟教之助说有人找。

教之助不时地走出书房，站在楼梯口上拍拍手。"来啦——"美那子说道，接着她出现在楼梯下，扬起戴着耳环的脸。

"给我泡点茶上来。"

"好的。"

美那子很快走到厨房。这样的情形在上午重复出现了好多次。不知道第几次的时候，站在楼梯下的妻子对站在楼梯口的丈夫说：

"您想要茶的时候，能不能摁铃呢？那样不是更方便吗？"

"摁铃吗？"

"您一摁铃，我就知道是要茶水了，就把茶水给您端上去。"

确实，多的时候，教之助一小时会要两三次茶，这样的话用摁铃来作为要茶水的信号，确实不失为一种好办法。这样教之助就不用一次次走出书房在楼梯口拍手了，美那子也可以省去走到楼梯下问丈夫要什么的麻烦。

但是，教之助没有摁铃，而是特意走出书房，走到楼梯口，就是为了美那子能够省去上楼走到书房的麻烦。说起来，这也是出于他对妻子的体贴之情。教之助感觉美那子的话中有一种不满，完全没有体会到之前自己对她的体贴之意。他觉得她的提议完全是为了省去自己走到楼梯下的麻烦。

"你说铃声一响，就知道是要茶水了。"

教之助带着几分刁难地重复道。

"是的。"

"可是除了要茶水，还有其他事情啊。"

"话虽如此，"站在楼梯口也能看到美那子的表情暗了下来，带着些许悲伤似的。"可是，也没有太多其他事情吧。基本上都是要茶水。"

"好吧。那就摁铃吧。如果想要浓一点的茶水的时候，我就摁时间长点。"

"噗。"

美那子似乎不由得笑出声来，但是在教之助听来，这笑声却令他感到不快。他心想，刻意的爱情脆弱的一面这么快就露出来了。

这时，女佣春枝走了过来。

"有一位叫做常盘的人打电话来了，说想来拜访——"

"我去接吧。"

美那子马上跟在春枝身后走了过去。她是想要拒绝常盘的来访吧。

教之助一听到常盘的名字时，忽然很想见见常盘大作。他感觉，与其在书房中坐着读读书，不时地摁个铃要个茶，还不如跟常盘大作聊聊天来得更开心。

教之助走到楼下，听到美那子在讲电话：

"——没有发烧，没有不对劲的地方，就是身体觉得不大舒服。"

教之助朝正在这么说着的美那子走了过去，说道：

"我来接吧。"

"啊，——请稍等。"

美那子用手捂住听筒，转头低声跟教之助说：

"我都说了您在睡觉。"

"没关系。"

"什么没关系。"

美那子的眉间带着一种坚持。

"说了您在睡觉，结果您又来接电话了，这样多奇怪啊。我最讨厌这样了。"

说完，她又马上问道：

"那可以让他过来吗？"

"嗯。"

美那子稍微想了想，又拿起了听筒：

"不好意思,让您久等了。"

接着她先发出了一阵充满年轻气息的笑声,说道:

"没关系,您请过来吧。——身体没有什么大问题,就是有的人愿意见,有的人不想见。——就是这样。真的是非常任性啊。——好的,那就恭候您的到来。再见。"

接着,她放下听筒:

"常盘先生说您这是得了任性病。他知道您这是在装病。我感觉好丢脸哦。"

但是,美那子的表情中看不出一丝丢脸的样子。

"他是一个人来吧?"

教之助说道。

"这个……"

"什么这个那个,应该不会有别人跟着他一起来吧。"

"应该是吧。"

她的回答听起来很没自信。

"他没说是一个人?"

"他什么也没说,只是——"

"那就是一个人啰?"

"——应该是吧。"

"什么应该是吧,他什么也没说的话,就应该是他一个人吧。"

说着，教之助看着美那子。明明很自然地就应该认为是只有常盘一个人来的，但是美那子却没有这么认为，这让他觉得心里不太舒服。教之助想见见常盘，但是却不想见有客人随着常盘一起来的年轻人鱼津。他对鱼津并没有什么恶意，但就是不想见他。

美那子走进客厅，还是一脸不悦。年轻的妻子似乎很在意常盘究竟是一个人来还是两个人来。

"你把耳环摘了吧。被客人看到了，多难看。"

教之助说道。此时，他已经放弃了年老的丈夫对年轻的妻子的体贴。美那子慢吞吞地摘下了两边的耳环。

又过了大概一个小时，教之助在二层也听到了常盘大作在玄关处大声地说"这房子真不错"。他让春枝把和服拿上楼，换了衣服。

来到楼下的客厅时，教之助看到身穿西装的常盘大作略带局促地坐在那里。他一看到教之助，就说："不好意思，在您累的时候还来打扰您。"

"没事没事，原本就没什么大事。不说生病了，就没法休息啊。"

"是吧。您可是大忙人啊。——我也会不时装个病。不过，还是会有很多电话追过来啊。"

"是吧。"

"我的朋友当中有一个人经常装病，结果后来真的生病死了。"

"哦！"

"他去世那天早上他们家人给我打电话，说家里有人过世了。不过对方虽然这么说，我却以为是撒谎，不肯相信——不过，这是真事。"

美那子端了茶过来，但是很快又端着茶盘向右转，走了出去。不一会儿，从厨房传来了她跟春枝的笑声。

美那子再次出现，把茶碗放在两人面前时，常盘才开始说此次过来的目的。

"关于那个事件，我带了绑在遇难者身上的登山绳过来，能不能麻烦您看下？"

"你想让我怎么看呢？"

"这是我一个外行人的想法，想请您看看登山绳的断裂处，想着或许会有新的发现。"

"应该不会有吧。"

教之助神情有些僵硬地说道。

"不能根据断裂处的情况来判断它是怎么断的吗？"

"判断不出来啊。"

"是吗？"说着，常盘打开带进客厅的包，在其中翻找了一下，不一会儿拿出了一个小小的尼龙袋。

"就是这个。"

"哦。"

教之助也被吊起了胃口似的,朝尼龙袋看去。

"我打开吧。"

"既然是您特意带过来的,那就让我也看看吧。"

这时,教之助突然朝美那子的方向看了一眼,他发现,美那子脸上血色全无。整张脸难看地扭曲着。

"还是不要打开了,就算看了也是一样。"

教之助说道。据说是绑在遗体上的登山绳的断绳,几乎给年轻的妻子带来了强烈的刺激。

"您不看了?"

常盘吃惊地说道。

"还是不看了。就算看了也没用的。还是就那么放着吧。"

教之助说道。他自己也意识到自己的语气中带着几分命令的口气,可是如果语气不是这么强烈的话,常盘是不肯收起来的。

"是吗?那真是太遗憾了。"

常盘似乎非常遗憾地把装了断绳的尼龙袋放回到了包里,接着他以一种非常干脆的口气说道:

"啊,真是不好意思了。外行人总是做些滑稽的事,还以为只要在显微镜下看一下,就马上会有什么重大发现。"

教之助也笑着说道:

"当然有很多方法可以对登山绳的断裂处进行检查。可以检查上面的附着物,可以检查登山绳断裂处的断裂情况等等,还有很多别的方法。这么做的话,从某种程度上可以弄清楚这个断裂处的来由。当然,在这里是没办法的,需要花上两三天,带到实验室去做。——可是,就算这么做了,对于解开关键的登山绳事件,并不会有多大用处。和之前的实验一样,只不过是提供一种判断的材料罢了。仔细想想的话,虽然一般认为用于判断的材料是越多越好,但也不能一概而论。材料越多的话,就很容易有那些导致误判的错误的材料夹杂其中。"

"是吧。——可是,这么想的话,就得放弃作为科学家的立场了吧。"

"不,虽说如此,我们也并不是完全不相信科学。在举证出材料这项工作上,我们能够深深地感受到自己存在的价值。不过能够充分使用我们所提供的材料的,是其他人。"

"是谁?"

"天才吧。天才能够从许许多多的材料中抓取到真相。"

"凭着直觉吗?"

"最终来说是靠直觉吧。但是,如果由那些不是天才的人来判断的话,那就麻烦了。他们会不断地揉搓材料,进行随意的揣测,得出荒唐的结论。我不想犯这样的错误,所以我只相信材料自身所说的话。我知道自己不是天才,所以我从一开始就放弃了直觉这种能力。——如果你需要的话,我可以帮你检查登山绳的断裂处或是别的什么东西来提供材料。也可以说明这些材料的意义。但是如果有人从中得出随意的结论,那就麻烦了。"

"老公,"这时,一直沉默着的美那子抬起了头,"我不太懂这些复杂的事情,但是如果实验是这样的话,之前那个实验你不要接手不就好了吗?因为那个实验,现在很多人都认为登山绳是被人故意割断的。"

美那子说道。

"那样的话,我一句也没说过。但是总是有人会随意得出那样的结论,我也觉得很困扰。这一点我刚才已经说过了。"

美那子好似没有听到教之助的话似的,还是说:

"你要是没接手就好了。"

"不,是我硬要八代先生接手的。"

常盘说道,他似乎也意识到了这对夫妻之间若有似无的对立,又接着说道:

"今天就到这里,我这就告辞了。难得的休息一天,不好意思打扰了。"

　　说着，就要站起身来。

　　"没关系，再坐会儿吧。上次的话还没说完呢。"

　　"啊，您说的是把钱装进罐子里埋到院子里的事吗？"

　　"是啊，我最近突然产生了这样一种心境。"

　　教之助说道。

　　"你们说的是什么？"

　　美那子插嘴问道。

　　常盘没有回答，只是哈哈大笑了一下，说着"那就再见了"，就站了起来。

　　把常盘送出玄关之后，教之助和美那子不约而同地回到了客厅，坐在自己刚刚坐过的位置上。

　　"我很同情常盘先生呢，特地过来的。"

　　"没什么好同情的，他应该还会去拜托别人的。他只是来找我商量罢了。"

　　教之助说道。他没说自己其实是因为看到美那子苍白的脸色，为了不让她进一步受刺激，才没让常盘打开装着登山绳的袋子的。

　　美那子沉默着，似乎在思考着什么，过了一会儿，她似乎下定了决心似的，说道：

　　"登山绳到底为什么会断掉呢？"

"从之前的实验来看,登山绳是不会因为其自身的缺陷断掉的。这次对登山绳的断裂处进行实验的话,也未必不能得出不同的结论。"

"那你帮人家做这个断裂处的实验就好了嘛。"

"为谁做?"

教之助感到自己的眼神和美那子的眼神撞到了一起。而且两人的眼神执拗地交织在了一起,这种执拗令教之助自己都感到奇怪。

因为鱼津的事情不由得与丈夫对立之后,美那子一个人静下来时,一种厌倦的、无力的情绪袭上了她的心头。她坐在客厅里,什么都不想干。

去了二楼书房的教之助,不知道是不是也在避着妻子,很少见地隔很久才会摁一次铃。当铃声响起的时候,春枝会把茶水端上去。

每个月大概会有一到两次,美那子会像这样偶尔陷入到什么都不想干的空虚中去,但是这种空虚从来没有像今天这么严重过。因为有鱼津夹在中间,她罕见地跟丈夫产生了口角,但是因为问题既无法解释,又无从解决,所以似乎总也走不出这种不可救药的情绪。

她心想,或许去外面走走,在初夏的阳光下的街头散散步，心情能够好一点吧。于是，美那子就开始想有什么需要上街的事，突然想起来有一条连衣裙在银座的一家小裁缝店里试了试样子就放在那里没去拿。因为也不值什么钱，想着让人家特意上门送一趟似乎也不大好，就想着什么时候去银座的时候再去拿，结果就一直拖到了现在。

美那子想以此为理由出门一趟。一有了这个想法，她就迫不及待地想要去呼吸外面的空气。美那子走到二楼，说道：

"我可以去趟银座吗？大概要两个小时。想去拿件衣服。"

教之助正仰面朝上躺在床上看书。美那子心想，他看那么多书，也不会厌啊。

"去吧。"

教之助说道。教之助的眼睛离开了书，他似乎已经忘了刚才的事情，神情很是平静。虽然脾气很倔，还很挑剔，但是很快就会忘记不愉快的事情，这是教之助的优点。但是今天，在美那子眼中，这样的丈夫似乎带着一种自以为了不起的得意。

"我傍晚前回来。"

"好的。"

此时，丈夫的眼神又回到了书上。

美那子穿上和服，又戴上了之前被丈夫命令摘下来的耳环。她看着镜中的自己，心说我还年轻，当然还有戴耳环的权利。美那子盯着镜中挂在自己耳垂上的耳环，看了一会儿。早上之前还没感觉，现在她觉得这就像是某个小小的反抗标志。

美那子又想了想，把耳环摘了下来。但是，当她站起身的时候，又把它戴在了耳朵上。

"我傍晚之前会回来。不用再给二楼送煎煮的茶水了，送点泡的茶就可以了。"

美那子对春枝这么说着，走出了玄关。

美那子先乘坐电车来到了目黑，接着乘坐国营电车来到了新桥，然后慢慢地朝银座方向走去。路上的人们似乎一下了就换上了轻松的夏装。稍稍走一会儿，就会出汗。

美那子走在从新桥到西银座的裁缝店的路上，忽然想去鱼津的公司拜访一下他。因为鱼津而跟丈夫发生争执之后的那种绝望的情绪，或许可以通过跟鱼津见面一扫而空吧。

美那子突然想起丈夫说过自己对鱼津有某种特殊的情感。她甚至还想起了丈夫说这话时候的表情和语气。

美那子走过土桥，走到林荫道上，稍稍停下了脚步。她看到年轻的女孩子们，三三两两地，都不约而同地露着两条胳膊，向四周挥洒着他们洋溢的青春。还有跟自己差不多年纪的女人们。虽然年纪差不多,但是她感觉自己跟她们似乎连呼吸都不一样。她们的服装是鲜亮的,她们的走路姿态是充满朝气的。再过两三年,眼角就要出现小皱纹了吧。她们如此地生机勃勃,充满朝气,或许是要抓住这最后的青春尾巴,充分地享受吧。

美那子盯着自己映照在路边光洁如镜的橱窗中的脸。立马看到了蓝色的耳环。两只耳朵上戴着平时没戴惯的东西,总有一种不服帖的感觉。只有耳环彰显着年轻,而服装和神情却都是偏老气的。

难看死了,拿下来吧。——丈夫是这么说的。虽然他这么说,但是我其实还很年轻的。自己戴上耳环之所以不太搭,是因为自己为了迎合丈夫,服装也好,神情也好,总是刻意低调再低调。

自从和教之助结婚之后,美那子还是第一次觉得自己还很年轻。之前,每次一想到自己还年轻时,她都会马上把这个念头压下去。但是,现在她不想压抑这个念头了。她不想再顾虑别人,想尽情地承认自己的年轻。

美那子盯着橱窗中的自己时,旁边黑压压地走过来三四个学生模样的年轻男人。年轻男人那种几乎让人窒息的体臭,飘散在美那子四周。美那子离开那里之后,想着要去鱼津公司拜访他。但其实内心并没有真正想好去不去。

美那子最后来到了银座，走到了此行的目的地裁缝店前，站在了那里。她在心里犹豫着要不要走进去。如果进店的话，肯定得拿装了衣服的包裹。拿着装了衣服的包裹去鱼津公司拜访他的话，感觉有点傻。如果要去见鱼津的话，还是不要进裁缝店比较好。

美那子站在裁缝店前的马路上，犹豫着要不要进店。忽然，她察觉到自己右边站了一个年轻女人。她看着像是在等什么人，目光不时地朝四周张望着。

不一会，那个女人走了。她穿着一条据说是今年流行的紧紧掐着腰身的裙子，走起路来似乎不那么方便，但是却让她的身体绷得紧紧的，显得格外年轻。一个三十五六岁的高个子男人走到她面前，女人抬头看着男人，似乎说了一两句话，然后两人就一起朝对面走去了。那个年轻女人似乎是被男人强行拉走的。但是这种似乎是被不情愿地拉着走的样子，是那么耀眼，让美那子产生了一种近乎嫉妒的感觉。

年轻女人消失在人群中时，美那子也开始朝着相反的方向走去。开始往那边走之后，她在心里对自己说，已经踏出了这一步，就再也不能回头了。

美那子回到新桥，朝田村町方向走去。美那子走得格外着急。仿佛有什么急事似的，不停地超过走在前面的人，穿梭在人群中。

到了南方大楼前，美那子直接走进正面的大门，坐上电梯来到了三层。推开了新东亚商事的大门。接着美那子向坐在办公室入口处附近的桌子后面的女员工说了鱼津的名字。

"鱼津今天去横滨了。"

听了这话，美那子叹了口气。感觉自己兴冲冲地过来了，却吃了一记轻轻的闭门羹。但是，她心想，这样也好。

走出南方大楼，来到马路上时，美那子心想自己是不是已经预想到了鱼津会不在，所以才过来的。如果不是这样的话，自己也不会过来找鱼津吧。接下来，美那子格外慢慢吞吞地走到新桥，买了到目黑的车票。最后，她都不知道自己为什么要来银座。

在回家的电车上，美那子已经完全恢复平静了。在目黑下车之后，她特地出了站，在车站附近的蛋糕店买了一盒泡芙，然后坐着郊外电车回了家。

回到家时，教之助正在庭院中散步。

"我买了点心。吃吗？"

美那子说道。

"算了吧。马上就要吃晚饭了。"

教之助说着，微微弯着腰朝另一边走去。

第九章

第二天，教之助上班去了之后，美那子正在整理二楼的书房时，听到楼下的电话铃响了。她心想春枝会接的，就没有管，但是一直没听到春枝接电话，于是美那子只好赶紧走到楼下。

她拿起听筒，冷不防地听到了鱼津连寒暄都没有寒暄一下的声音。

"昨天，您到我公司来了？"

"是的，说是您那会儿不在。"

美那子语气有些拘谨地回答道，说完，她又想自己接下来该说什么呢。

"您找我有事吗？"

"也没什么事。"说完，美那子又问道，"您挺好的吧？"

"嗯，还可以吧。我也想着要见您一面。"

"您要不要来我家？如果方便的话。"

美那子突然脱口而出说道。

"啊,"鱼津含混地回答了一下,又问道,"您什么时候会到我这边来吗?"

"我倒是正好有件事必须要出去办。"

美那子想起了昨天没有取的衣服。

"您什么时候过来都可以,到时候我们再见一面吧。"

鱼津说道。

"什么时候好呢?"美那子说道,接着她又问道,"今天?"

"可以,不过我五点之前都有事。"

"那就六点见。"

"可以麻烦您来我公司吗?"

"好的,我过去。六点准时去拜访您。"

放下听筒之后,美那子感觉自己有点儿兴奋。她觉得自己说了一些本不该说的话。

不过,再回想一下自己和鱼津说的话,发现自己也没说什么特别轻浮或者特别不该说的话,美那子才稍稍松了口气,她双手蒙在自己脸颊上,站了一会儿。想到六点要去鱼津公司的话,心说这个时间点出去,必须得找个理由。美那子准备以学生时代的朋友从京都过来了为借口,从家里离开。和鱼津约好了六点见,那么五点之前就必须从家里出发了。

下午,美那子打扫了丈夫的书房。很久没有打扫书架了，上面积满了灰。她拿出每一层书架上的书，用掸子扫去上面的灰，再把它们放回原处。花了半天时间才干完。

到了五点，教之助还没回来。如果丈夫回家的话，她准备跟他说一声自己要出去，然后再出门，但是过了五点，还没见到丈夫回来，美那子就跟春枝说了一声离开了家。

从家走到电车站的路上，每次有车开过时，美那子都会停下来，看看是不是教之助的车。来到车站前，她想起家里没有教之助饭后吃的水果了，就在水果店里买了点枇杷，请店里的人送到家里。

坐上电车之后，这个花了半天时间帮丈夫打扫书房的贤惠的妻子内心开始翻腾起来，像发烧似的颤抖着。虽然她的身体其实并没有颤抖，但是美那子总感觉自己的手脚都在颤抖。她觉得去鱼津公司拜访他是一件令人讨厌的、吃亏的事情。昨天也去他公司找过他的，为什么今天还要自己过去呢。对于要求自己这么做的鱼津，她不由得产生了一丝不满。

在涉谷站的站台下了车，想着自己最终还是到街上了，美那子翻腾的内心更添了一分憋闷。她觉得嗓子发干，微微有点想吐。美那子就这样坐上了地铁。

美那子的难受一直持续到她来到新东亚商事，见到鱼津之前。把鱼津叫到走廊上，见到他的那一瞬间，胸口的憋闷也好，想吐的感觉也好，像被施了魔法似的，一下子消失得无影无踪。

美那子静静地抬头看着令自己的身体不适消失不见的鱼津，如同看着久违不见的情人。她心想，之前身体那么不舒服，怎么一看到这个年轻人一下子就好了呢。美那子意识到自己是为了给这个孤立无援的年轻人打气，才特意来到这里的。肯定是这样，她对自己说道。

"您说有事，是什么事？"

鱼津问道。

"没事了，已经办完了。"

"不，我说的是您昨天来找我有什么事。"

"啊，那个啊。"

美那子有点慌张。她觉得这么问自己的年轻人有点故意为难人。

美那子来到一层，准备在大楼的入口处等鱼津收拾东西下班。鱼津应该很快就能下来的，但是老也不下来。美那子站在离大楼入口处稍稍有些距离的马路的一角。正好是下班时间，上了一天班的男男女女们在马路上川流不息。

美那子不时地朝大楼的入口处看去，希望能看到鱼津。不知道第几次她朝入口处看去的时候，正好和从里面出来的常盘大作看了个正着。

常盘大作一脸吃惊的表情,马上走了过来。

"昨天不好意思打扰了。您先生怎么样?"

常盘左手拿着脱下来的外套,白衬衫的袖子都卷了起来。在马路上面对面站着,在美那子看来,常盘大作的身体看起来格外地大。

"哪里哪里。托您的福,我先生今天已经没什么事了,去公司上班了。"

"是吗,那就太好了。"

接着,常盘一脸"那你现在在这里干什么"的表情,看了看美那子。

"您在等人吗?"

"嗯。"

美那子凭借瞬间的判断,犹豫着没有把鱼津的名字说出来。这时最自然的回答就是告诉常盘自己在等鱼津,但是不知道为什么她不想说。

"我在等个人。"

"是吗?"

常盘从裤子口袋里掏出手帕,擦了擦脸,爽朗地说道:

"好热啊。已经完全是夏天了啊。"

"真的呢。"

说这话的时候,美那子也有点心不在焉的。她心想,要是这会儿鱼津走过来的话，那就尴尬了。

就在这个时候，常盘像是估算好了时机似的，朝美那子低头说道："那请代我向您先生问好。"接着他就挺着穿了白衬衣的胸膛，混在拥挤的人群中朝日比谷方向走去。在拥挤的人流中，常盘的样子显得格外地与众不同。周围的人看着都是刚刚下了班，都急匆匆地朝电车或公交车站走去，只有常盘一个人走得慢慢悠悠的。

"让您久等了。"

这时鱼津出现了。鱼津也穿着白衬衣，左手拿着上衣外套。

"我刚刚见到常盘先生了。"

美那子说道。

"我知道，我在那里看到了。"鱼津接着问道，"你们说什么了吗？"

"没有说什么。"

说着，两人不约而同地朝着与常盘相反的方向走去。

时间已经过了六点了，但是白花花的夕照还残留在马路上。

"您跟经理说了是在等我吗？"

不知道是不是很在意这一点，走了没多久，鱼津终于明明白白地问了出来。

"没有,这种话我怎么会说呢?"

"那就好。"

"如果这么说了,不知道会被误会成什么呢。"

这么简短地聊着,美那子感觉自己已经踏入了某个不可踏入的禁地。走在自己右边的这个年轻人是如此的耀眼。

两人穿过田村町的十字路口,直接走上了通往芝公园的马路。两人都没怎么说话。

美那子沉默着,跟鱼津并肩走着,她感觉那种慌乱不安的情绪再次占据了自己的内心。她想要审视一下自己的这种情绪,但是却不知道这种慌乱的心情从何而来。

美那子很希望鱼津能够赶紧带自己去某个整洁明亮的餐厅,期待能够在那里跟鱼津面对面坐下来,拿起刀叉慢慢吃东西。这样至少会比现在这样两个人一起走路,更能让人平静下来。

可是,过了很久,鱼津也只是沉默着一个劲地往前走。没办法,美那子也只好跟在鱼津身后。半路上,鱼津停了下来,点了根烟。

美那子问道:"我们要去哪里?"

"唔……"鱼津仿佛认真思考了一下,说道:"往回走吧?"

"原路返回吗?"

"嗯。"

"往回走也可以啊。"

美那子真觉得往回走也可以。或者说,她觉得往回走更好。再这么走下去,也不像会有适合两人进去的餐厅。对于美那子来说,再这么漫无目地走下去,并不是一件让人开心的事情。

鱼津似乎也察觉到了美那子的这种心情,问道:"累了吗?"

"有一点。"美那子回答道。

"那我们拦辆车吧。"鱼津说道。

听到鱼津说"拦辆车吧",美那子内心感到一种强烈的悸动。她想起了那个时候,也是这样,和小坂两人一起坐上了车,度过了圣诞夜。她发觉那一夜自己的心情和此刻的心情完全一样。

鱼津伸手拦下一辆出租车时,美那子说道:"我想走走。"

她自己也知道此刻自己的脸色非常难看。

等到出租车从自己面前开走了,美那子才舒了口气。接着,她想看看四周,于是抬起头朝周围看去。夕照依旧笼罩着四方。人行道上,男男女女们依旧络绎不绝,车道上依旧有一辆接一辆的汽车飞驰而过。

先说累了，又拒绝坐车，面对鱼津时，美那子有点为自己的这种态度感到不好意思。

"如果累了，我们可以随时坐车。"

鱼津说道。再次往前走时，美那子感觉自己像是喝醉了一样。她自己也不知道为什么忽然会有这种晕乎乎的感觉。她很想赶紧找个地方坐下来。这么晕晕乎乎地往前走着，让她感觉心里很没底。她心想，不管鱼津去哪里，自己都会跟着去吗。她发觉不管鱼津让自己去哪里，此刻的自己都没有力量去拒绝。

不知道走过第几个十字路口，鱼津忽然开口说道：

"我刚刚给您打了电话，是抱着最后一次给您家里打电话的心情打的。"

"为什么呢？"

美那子抬起头。

"经理跟我说不要再去你家。我也跟他说好了会遵守这一点。其实不用经理说，我自己也是这么想的。既然不能去拜访，那么当然也不能打电话打扰。所以我就想着今天最后再打一次，就打了。"

"为什么呢？"

美那子又脱口而出同样的话。

"因为不可以啊。不可以的原因在于我这边，但总之事实就是不可以。我认为不可以的意思，就是从此不再去做。为了两个人。"

"两个人？"

"一个是活着的人，一个是死去的人。当然，活着的人指的是八代夫人您，死去的那个人是指小坂。"

接着，鱼津像是要把说了一半的话全部倾吐出来似的，用略带着气愤的语气说道：

"我现在很理解小坂挣扎痛苦的内心。很理解。他的每一句话，现在都让我深有同感。小坂曾说过要带你去看冬天大山中的冰壁。他是发自内心这么想的。我现在也有了想要带去看冬天大山中的冰壁的人，不好意思，这个人就是你。"

面对鱼津突如其来的爱情告白，美那子感到自己心跳越来越快，她甚至都不敢抬头，就那么低着头往前走着。但是，鱼津的话很奇怪，既是爱情的告白，也是分手的宣言。这两种意思同时存在，所以美那子不知道自己该说些什么来回应鱼津。

不知道过了多久，美那子感觉自己的内心开始变得硬如铁石，一片平静。鱼津开口之前让她内心激动不已的兴奋之火已经完全消失了。

"饿了吗？"

"嗯，有一点儿。——不过，没关系。"

"那我们再这样走会儿吧。您家里没问题吧?"

"不用担心我家里。出门前我就说了会晚点回去。"

美那子语气冷静地说道。她一点都不在乎家里会怎样。出门之前的种种担心此刻反而变得有些可笑。

两人直直地朝前走去。过了一会儿,鱼津开口说道:

"您不是说过小坂是自杀的嘛。"

"我现在不那么想了。在遗体发现之前,我是这么想过的。"

"小坂从没想过自杀,他只是想去登山。我现在很理解小坂的这种心情。我自己现在就很想去登山。只是想去登山。"

"可是,我丈夫的登山绳实验给您添了很多麻烦。"

"但是,实验结果就是那样,也没办法的。至于我不承认实验结果,那是另外的问题了。"

"我丈夫还拒绝了登山绳断裂处的实验,真的是很不好意思。"

"没事,拒绝也没事。我会再找合适的人来做这个实验。为了不引起您的误会,我得事先跟您说清楚,我对您丈夫没有任何特别的情感。我只是无法接受他的实验结果。我之所以下决心不再见你,也不是出于这个原因。"

"我明白。"

美那子有点不敢直视鱼津,说道。她感觉有一种强烈的诱惑在引诱自己告诉鱼津自己对他的情感。

"我们往回走吧。"

鱼津说完,两人开始往回走。不知什么时候,天色已经完全暗了下来,前方大楼广告牌上霓虹灯亮晶晶的文字在暗沉的夜空中有些歇斯底里地闪烁着。

往回走的路上,两人几乎没有怎么说话。美那子生平第一次感受到了恋着一个人的滋味。她不知道自己该不该向鱼津吐露自己的情感。可是,就算要说,美那子也想不出合适的语言来表达此刻自己的心情。

美那子感到一直以来自己对鱼津的情感现在终于静静地落在了自己心头。自己一直以来都对鱼津这个人抱有一种特殊的情感,现在这种情感终于以爱情的形式,沉淀在自己胸口了。

"那我们就此告别吧。今天晚上任性地把您叫出来,又说了些任性的话,真是对不起了。希望不要令您感到不快。对我来说,这些话我如果不说出来的话,就无法把这种情感压抑下去。——不过,我已经决定了。以后不会再去拜访您,也不会再打电话打扰您。"

美那子沉默着。她心想,这人是真的不准备再跟我见面了吗?美那子想要说些什么。一瞬间,美那子感到自己很想说一些不该说的话。

"我——"

美那子刚开口，鱼津似乎察觉到了她要说什么，突然打断了她的话。

"告辞了。"

接着，他又说道：

"请代我向八代先生问好。"

说完，鱼津就离开了。

美那子内心激荡，她站在那里，看着年轻人离开自己，看着他的背影消失在拥挤的人潮中。细细想来，鱼津说完了自己想说的话，就潇洒地转身走了，这种自私的态度，多少令美那子有点生气。但是，这种生气，很快在美那子心中变成了别的东西。

美那子一个人拐过田村町的十字路口，准备回家。美那子平生第一次处于一种必须要思考的状态。此时的美那子与傍晚离开家时的美那子已经完全不同了。虽然傍晚离开家时，她也被鱼津吸引着，但是那种吸引与此刻鱼津对她的吸引已经不一样了。与鱼津不同，此刻美那子感觉自己已经一脚踏入了一个新的世界，她爱上了一个男人。

美那子正准备朝新桥站转弯时，听到有人在背后叫自己。她回过头一看，竟然是小坂薰。

"好久不见。"阿薰走过来说道,"之前谢谢您前去新宿站。我看到您了,却没有来得及向您道谢。"

"您老家那边大家都很难过吧。"

美那子说道。阿薰纤细又结实的身躯上裹了一件灰色的连衣裙。虽然衣服非常朴素,却非常适合年轻的阿薰。

阿薰似乎有什么话要说:

"您现在方便吗?能不能给我五分钟时间?"

"没问题。"

美那子说着,很快用眼睛在四周寻找适合两人去的咖啡店。

两人走进最近刚刚开业的餐厅的二楼。

"您吃过饭了吗?"

美那子问道。美那子还没有吃晚饭,她想着如果阿薰也还没有吃的话就一起吃。平时,对于美那子来说,阿薰给她的感觉并不太好,但是今天晚上的美那子却不一样。不管对方是谁,她都希望能够给予对方温暖,不管是对谁,她都能够温柔以对。

"我已经吃过饭了。我可以喝点果汁什么的。"

阿薰说道。于是美那子给阿薰点了果汁,给自己点了冰淇淋。

"那个,我这个请求听来可能有些奇怪,不知道我能不能见一见八代先生？"

阿薰说道。她一副很难张口的样子。

"八代先生，您说的是我丈夫吗？"

"是的。"

阿薰没有碰服务员送上来的果汁，她两只手放在自己的膝盖上，一直低着头。她虽然低着头，却并没有给人柔弱的感觉，倒不如说让人感觉她似乎是在抗议什么。

"这个我什么时候都可以帮您引见。——您有什么事吗？"

美那子问道。

"我想拜托他帮鱼津先生做登山绳断裂处的实验。"

"这件事昨天常盘先生已经到我家里来说过了。"

"我知道。"

阿薰抬起头。她看了一眼美那子，又很快转开了目光，眼神再次落在自己的膝盖上。

此时，美那子才发觉对方对自己抱有敌意。

"我今天去了鱼津先生的公司，见到了经理常盘先生，知道了常盘先生昨天去了您家里，您先生拒绝做这个实验。——但是，我还是想再见一次八代先生，再请求他一次。"

阿薰说道，她还是保持着低头的姿势不变。她的口齿很清晰，语气也很平稳，但是美那子还是觉得阿薰的神情非常地冷漠。

当然，如果阿薰知道小坂和自己的关系的话，不可能对自己有什么好感。但是，美那子觉得，自己和小坂之间的奇特关系，只要自己不说，这个年轻的姑娘是不可能知道，也不可能理解的。

"我什么时候都可以把你引见给我丈夫。但是，我丈夫性格特别倔，一旦说了不愿做，我想他是很难答应下来的。"

"可是，他为什么不愿做呢？"

阿薰抬起头说道。一脸不可思议的表情。

"唔。——我想我丈夫是一个很不愿意参与到自己专业之外的事情中去的人。他不仅仅是针对这次的事情，他的性格就是那样。"

"可是他之前做了那个实验啊。"

"我想那个时候他可能是没想到自己做的实验的结果会对鱼津先生产生那么大的影响。他未经考虑就接手了这个实验，现在应该后悔不迭了吧。从这一点上来说，他是非常自私的——要不然，让我丈夫指定一个人来做这个实验吧？我丈夫的公司里有很多年轻人。"

美那子说道。

"这也可以。——不过，如果可能的话，还是希望这次也由八代先生来做，然后由八代先生亲口来公布实验结果，我想这么做对鱼津先生更好。虽然我并不太懂，但是据说只要看看登山绳的断裂处，就能够很快知道究竟是人为割断的，还是自然断裂的。就算做实验也只是个很简单的实验。——我是听一个在大学当讲师的朋友说的。对于鱼津先生来说，由八代先生而不是别人来宣布登山绳并不是他割断的，这样肯定更好。再加上还有之前的事情在，从人们的信任程度来说，由八代先生来做还是由别人来做，也是大不相同的。"

"可是，我老公他，会愿意么？"

美那子说道。她知道阿薰说的没错，但是她既没有勇气再次跟教之助说登山绳断裂处，也不认为教之助会接受做这个实验。

面对美那子半拒绝式的回答，阿薰神情有些僵硬，但是很快她干脆地说道：

"那我就不跟八代先生见面了吧。我会跟鱼津先生再商量一下，再去拜托别的人。"

她言下之意是把这件事当成了自己的事。

此时，美那子忽然从这个坐在自己眼前还带着稚气和倔强的年轻女孩身上，感受到了一种不安。她不知道这种不安究竟是什么，但是却在她心中迅速地扩散开来了。

美那子重新打量着阿薰。虽然肤色很黑，但是或许正因为肤色黑，衬得她的两只眼睛炯炯有神，五官长得极其地端正。她几乎没有化妆，如果化上妆的话，就会跟换了个人一样，非常引人注目吧。她的身材很纤细，却蕴藏着某种敏捷的力量。

她的衣服也很朴素。她现在穿的衣服的颜色，跟她的肤色，应该说是不大相衬的。但即使如此，这种不大衬她的灰色还是充分烘托出了阿薰的年轻与清纯。美那子感觉这个姑娘的美丽是自己望尘莫及的。

阿薰说她要跟鱼津商量之后再决定，她应该会像自己说的那样，去见鱼津，跟他商量，然后决定找谁来做登山绳断裂处的实验吧。

美那子想起刚才鱼津跟自己说在这个世上他有想要带着去看冬天大山的冰壁的人，那个人就是自己，但是现在看来，鱼津的这些话是如此的遥远，如此的无力。

这个坐在自己面前的如同羚羊一般的年轻女孩，想要做什么就会去做，她很明显爱着鱼津。现在轮到美那子对她产生了一种敌意。

"我刚刚才跟鱼津先生分开呢。"

美那子仿佛漫不经心地说道。说出这话时，她感觉自己就像亮出了底牌的感觉。果然，阿薰"啊"地一声，问道：

"您二位今天见面了?"

"是的,就在刚刚。"

美那子看到痛苦忧郁的神色在阿薰脸上隐现。这种痛苦的神色很快像是要哭出来了似的,但是很快又恢复正常了。她最后的表情又令美那子感到一阵嫉妒。

"我们走吧。"

美那子说道。

*

六月末一个周六的下午。鱼津正坐在公司对着办公桌工作,忽然听到常盘大作的叫声:"喂,鱼津君。"常盘之前正拿着听筒,好像是在跟谁说话,此时他从耳边拿开听筒,朝鱼津喊了一声。

鱼津朝常盘的办公桌走去,常盘问道:

"你今天一天都会在公司吗?"

鱼津确认了一下自己今天并没有必须要出门去做的事,就回答道:

"在的。"

"一直待到傍晚?"

"嗯。"

于是常盘再次拿起听筒:"他今天一天都会在公司。什么时候打电话给他都可以。太谢谢了。我想他本人也会很高兴的。"

接着，他放下听筒，说道：

"之前拜托人做了登山绳断裂处的实验，现在结果好像已经出来了。做实验的人说今天会给你打电话。"

常盘是什么时候拜托谁做了实验，鱼津完全没有听说过。但是，眼下他只能把这个问题押后，先问了最在意的问题：

"这到底是怎么回事？"

"夫人说了，不管怎样，至少可以消除人们对你的各种莫名其妙的误解。"

"夫人?!"

鱼津不由得脱口而出问道。

"是八代夫人哦。"

常盘以一种极其平常的口气说道。于是鱼津就猜想刚刚那个电话是不是八代夫人打来的。

"实验是谁做的？"

"好像是八代先生认识的某个公司的年轻工程师。虽然我没跟你说过，其实大概十天之前，夫人就来找我商量说想要拜托八代教之助先生推荐一个做实验的人。我马上就跟她说可以，然后把那根断了的登山绳交给她带走了。"

接着，常盘看到鱼津还是一脸无法接受的神情，说道："还是请八代先生认识的人来做实验会更好些。教之助先生并不是那种心思狭隘的人，不会因为说之前的实验是自己做的就故意为难。从目前来看，结果似乎并没有对你不利。我觉得八代夫人这个女人是真不错。她很了解教之助先生。能够看到教之助先生的长处。也很相信自己丈夫的为人。当然啦，妻子相信自己的丈夫，也是情理之中的事。"

听着常盘夸赞八代夫人的语气，鱼津仿佛觉得他是在跟自己说他们夫妻之间没有你插足的余地。

下午四点左右，进行登山绳断裂处实验的一位名叫佐佐的年轻工程师给常盘打了电话。

听着常盘拿起听筒接电话的语气，鱼津意识到这就是那个电话。

很长时间，常盘都把听筒放在耳边，嘴里还不时地说着"是的""这样啊"之类的话，接着，就听他说道：

"那我现在让他本人来接电话。给您添麻烦了。真的非常感谢。什么时候跟你见面了，一定要当面道谢，真的非常感谢您百忙之中还帮了这个大忙。"

然后他把听筒从耳边拿开，大声叫道："鱼津君。"

鱼津马上站起来，接过听筒。耳边传来的是出人意料地安静的、近乎神经质的细细的声音。

"关于实验结果,刚刚已经跟常盘先生汇报过了,我这里再跟您重复一遍。"

对方直接省略了寒暄,开门见山地说道。鱼津眼前浮现出一个身体瘦弱、目光冷静的年轻工程师的样子。

"虽然直接见面说会比较好,但是因为我今天晚上就必须坐火车去大阪,在去之前还有两个会,所以就只好打电话跟您说了。我要到大概十天之后才能跟您见面,所以我刚刚已经把报告书给您寄过去了。这份报告有些专业——不仅仅是关于此次登山绳的实验——总之,仅供您参考。因为您必须要了解报告的内容,所以我先在这里说几条结果。"

对方似乎想一口气把所有该说的话都说完。刚才常盘一直在说"是的""这样啊",现在鱼津也只能采取同样的反应。

"一般来说,尼龙登山绳是用锋利的刀具割断的,还是被扯断的,其断裂处纤维的断裂面是有明显不同的。当然,这些只能在显微镜下看到。——详细内容还请您看报告书。就您给的登山绳来说,纤维的断裂面已经变色,被拉得像糖稀一样薄。这是由于撞击而断裂的特点。"

"这样啊。"鱼津说道。

"所以,可以肯定的是,登山绳不是被刀割断的,也不是被冰爪磨断的,是吗?"

"这是无疑的。登山绳很明显是由于撞击才断裂的。"

"那能说是登山绳本身有缺陷才断裂的吗?"

"不能这么说。不管是多强韧的登山绳,在受到足够大的外力撞击时,也都会断的。而且,跟支点也有关系。"

"谢谢。我会仔细阅读您寄过来的报告书。——对了,小心起见,我还想跟您确认一下,报告书中的一部分内容可以公开发表在报纸上吗?"

"没问题是没问题,但是报社应该不会刊登吧。是很专业的内容。"

"那我可以把您刚才所说的结论告诉报社记者吗?"

"我说了很多,但是关于实验结果,我能说的只有刚刚跟您说的这么多。"

"好的,谢谢。"

道完谢之后,鱼津就挂了电话。常盘大作马上就说:

"这不是挺好的嘛!至少这个结果可以把那些对于是不是你割断了登山绳的怀疑一扫而空啊。"

"是的,这个问题是可以解决了。但是最根本的问题依然存在。"

"什么问题?"

"登山绳断裂的原因,究竟是其本身性能的问题,还是我们在技术上出现了操作失误——"

鱼津的话说到一半，常盘的神色也变得严肃起来了。

"确实，这对于你来说才是根本性的问题。但是，这个问题估计是无法解决的吧。"

常盘说道。

"我不是科学家，所以也不大了解具体情况，但是要了解过去发生的事情，除非这件事是非常简单的，否则应该是很难的，你觉得呢？比如昨天我在餐馆吃了鳗鱼。但是今天早上我拉肚子了。我肠胃很好，很少拉肚子。所以我就想为什么会拉肚子呢。昨天吃的东西当中，要说有什么跟平时不一样的，就只有鳗鱼。所以我就认为拉肚子是因为吃了鳗鱼。于是我就去找那家餐馆。餐馆说自家用的鳗鱼都是仔细挑选的，从不用来历不明的鳗鱼。拉肚子的原因可能并不在鳗鱼，大概是吃了不宜同吃的东西，或者是肠胃功能变弱了——"

"等一下。"

鱼津打断了常盘的话。

"登山绳的问题跟这个不一样。鳗鱼有好的，也有快要变质的。但是登山绳不一样。"

"为什么？"

每到了这种时候，常盘都会瞪大了眼睛，盯着鱼津。

"登山绳是由精密的机器制造出来的，虽说未必完全一样，但是其基本性能都是相同的。而且还会经过仔细检查，不合格的产品都会被剔除出去。"

"鳗鱼也是一样啊。都是在一个池子里养大的。在做成菜的时候，有经验的厨师会好好挑选。他们两者的区别只在于一个是物体，而另一个是活物。"

"你这个说法太粗暴了。"

"我这个说法或许粗暴，但是我只是想说这两件事的性质是一样的。你曾经说过要重现现场来做登山绳的实验。不仅是你，八代教之助先生也说过这样的话。我听到这话的时候，首先想到的是，重现现场这件事本身就是做不到的。如果可以重现现场来做实验的话，当然那样做比较好。确实，如果重现现场来做实验的话，或许能够在一定程度上接近现实吧。但是，我们还是无法从中获取绝对的真实。就算世界上有科学家这么做了，我也不相信他们的实验结果。我觉得重现这个词本身就是很傲慢的，你说呢？要彻底弄清楚登山绳的问题，或许只能通过重现现场的实验，但是这种重现实验是无法令所有人都信服的。就算进行重现现场的实验，我们也不知道登山绳会不会断。如果登山绳没有断的话，那你的处境就没法看了。那时候你就会对重现现场这件事产生怀疑吧。相反，如果登山绳断了，那么你觉得你就赢了吗？无法想象不管做多少次实验登山绳都会断。只是进行实验的某个产品会断吧。——不管怎样,严格来说,我们无法做到重现现场,所以你再想着这件事也是毫无意义的。"

"那这个事件不就解决不了吗?"

"严格来说是解决不了的。究竟是登山绳本身存在缺陷,还是你们的操作上出现了失误,我觉得这个问题是弄不清楚的。"

常盘大作接着说道:

"能够令世人不再怀疑是你割断了登山绳,这样难道不好吗?事故的原因究竟是什么,如果能够查明自然再好不过了,但是正如我刚才说的,我觉得这是不可能弄清楚的。如果是当事双方是活人的话,还能自己说。但现在一方是登山绳,另一方已经死了。而且还是在没有任何目击证人的高山绝壁上发生的事。"

"神明在看着。"

鱼津说道。

"神明在看着,这样啊。"

常盘把两只胳膊上的衬衫袖子卷了起来,看起来似乎是要开始决斗的样子,但是他并没有开始决斗,而是跟勤杂工说:

"帮我买两杯咖啡过来。"

说完,又让鱼津坐下来:"嗯,你先坐下来吧。"

鱼津老老实实地坐了下来，但是常盘自己却没有坐下来，他走到鱼津面前。

"——神明在看着！多么幼稚的话！"

常盘下定论似的大声说道。他并不是在生气。这是猎物踏入自己所设的陷阱时发出的胜利的吼声。"神明在看着！多么像没出息的啃老族才会说的话。——不要动不动就把神明拉扯进来。说得好像神明是你家亲戚似的。就算神明在看着，也要说神明并没有看。神明在看着这样的话，是男人在死前才会说的话。神啊，我没有说谎！——这是男人的临终遗言。"

常盘大大地吐了一口气，从口袋里拿出和平牌的烟盒，一看是空的，就默默地朝鱼津伸出了手。

鱼津把和平牌烟盒和火柴一起递给常盘。常盘叼着和平牌香烟，点上火，这次说话声音降了下来。

"你先去趟报社，把刚才那个谁……"

"是佐佐先生吧？"

"对，去拜托报社刊登佐佐先生说的话。这是你眼下最应该做的事情。"

"好的。"

鱼津不想放过这个逃离的好时机，站起身来。

"咖啡来了哦。"

"你喝吧。我今天有点喝多了。"

鱼津趁着常盘还没有改变想法的时候赶紧离开了他,但是他并没有被常盘的话说服,也没有被他的话打败。用鱼津自己的话来说,他现在想单独跟神明说说话。

从常盘的唠叨中逃离出来,走到马路上,鱼津朝有乐町方向走去,准备去拜访K报社。

那个叫佐佐的工程师说登山绳不是被锋利的刀具割断的,也不是被冰爪磨断的,虽然从这些话中鱼津并没有得到自己想要的结果,但是至少这样的结论一出来,鱼津就可以摆脱之前的困境了。这样的话,至少可以消除世人对自己的怀疑了。

这些且不说了,接下来的问题就是登山绳是怎么断的。究竟是由于登山绳本身性能的问题必然地断裂的,还是由于技术操作不到位,才使得原本不会断的登山绳断了呢?——原因就在这两者之中。

如果是后者的话,有很多种可能的情况。必须要考虑和紫外线的关系、和热量的关系。但是,在搬运登山绳的时候,已经充分考虑到了这些问题,应该可保无虞的。那接下来的问题就是挂登山绳的岩石。支点是一个还是两个,这在力学上会产生完全不同的力的作用。但是,作为一名登山家,小坂在那片布满冰雪的绝壁上瞬间对登山绳进行的操作，并没有可被指责的地方。小坂没有亲手去触摸岩石的状态，也没有事先查看一下，但是能够因此就去指责他吗？

常盘大作否定了再现现场的实验。他说是不可能再现现场的。确实，从严格意义上来说，那或许是不可能的。但能够因此就说再现现场的实验是没有价值的吗？登山绳的性能中不为人所知的一面，或许就可以通过这样的实验为人们知晓。

常盘说了"就算你赢了"这样的话。赢是什么呢？在这个事件中，自己从来没有想过赢或是输。也没有想过要把过错推到别人头上。

如果登山绳的性能中确实存在着之前不为人知的新的发现的话，那么就必须重新考虑怎么去用它。为此，必须要充分发挥小坂之死的价值。

鱼津在途中停下了脚步。他发觉自己不知不觉间在匆匆忙忙地往前走，于是就停下了脚步。自己可能是有些兴奋吧。车道对面，日比谷公园内的树木在风中沙沙作响。

鱼津走到位于有乐町的报社，请前台帮忙把他认识的一个运动部的记者上山叫出来。对于鱼津来说，上山是他大学时代的学弟，也是登山运动的后辈。

小个子的记者从编辑部下来，带着一贯的热情，说道：

"好久不见了，鱼津先生。"

"今天有事想要拜托你。"鱼津用一种学长的口气说道，接着又跟年轻的记者说："一起去喝个茶吧？"其实比起去咖啡店，鱼津更想先把事情说了。"就还是那个问题。"

"什么问题？"

"请一位工程师做了登山绳断裂处的实验，结果已经出来了。"

"啊，是那个问题啊。"

"想请你帮忙写成报道。"

"是什么样的结果？"

年轻的记者点了根烟，看着鱼津，眼神一下子变得职业起来。鱼津从佐佐说的内容中挑了一些说了。

"如果能够跟佐佐这个人见个面，通过跟他谈话来写报道，那就更好了。比起其他报社，我想还是来找你们报社比较好，你们之前也一直在报道。"

鱼津确实是出于这个想法才过来的。

"这样啊。"

对方似乎想了想，又说道：

"如果要报道的话，得发在社会版面，但是应该很难报道吧。"

"为什么？"

"因为新闻性比较弱。"

"新闻性比较弱?!"

鱼津对上山的话感到意外。

"可是之前你们不是还大量报道了登山绳事件吗?"

"那时候是用很大力度报道了,但是现在,这个新闻就有点过时了。"

"过时?!"

"说过时,不如说新闻性比较弱来得更恰当。社会上的人已经逐渐忘记了鱼津先生的事件了。如果从登山绳的断裂处能够得出明确的结果的话,那另当别论,但是现在结论仅仅是可以断定不是用刀割断的。现在没有人会认为登山绳是鱼津先生用刀割断的。"

"是吗?"

"是这样的。那时确实可能有人那样怀疑鱼津先生,但是我想现在这种怀疑已经自然而然地消失了。如果还要特意做成新闻,让这种怀疑卷土重来的话,对于鱼津先生您来说自然不是好事,而且这也做不成新闻。虽然也可以不在社会版面上,而是在运动栏目中进行报道,但即使这样——"

"这样子啊。"鱼津直接点了点头,"可能这件事对我来说非常重大,但是作为新闻来说已经没有价值了。"

小坂乙彦死于布满冰雪的绝壁上这一事件,仅仅半年就已经没什么影响了,就已经过时了。或许是这样吧。于是,作为该事件的后续问题，从登山绳的断裂处究竟得出了怎样的结果，那也仅仅是鱼津个人的问题，失去了向整个社会进行报道的价值。或许是这样吧。

鱼津从对方递过来的香烟盒中抽出一根烟，慢慢地放在嘴上。

鱼津走出K报社，又去了离得不远的Q报社。从早上开始刮风，这会儿风越来越大了。废纸在马路上飞舞着，走在路上的女人们不时地因为风太大而停下脚步转过身来。

鱼津跟Q报社并不是很熟，但是他跟前台说想拜访之前见过几次的运动部长冈村。作为一名登山家，冈村算是鱼津的前辈。前台说让鱼津直接上楼去编辑部，于是鱼津就坐着电梯来到了三楼，朝着运动部的位置走去。运动部位于编辑部宽阔的房间中的一个角落。

冈村在一堆人中，正叼着香烟，跟谁说这话。看到鱼津，说道："啊呀。"就挪动着他庞大的身体朝鱼津走了过来。他体格魁梧，体重在一百五十斤以上。以前自然两说，现在的他应该登不了山了吧，看着也不再像个登山家。

鱼津在冈村的邀请下，在运动部的位置上坐了下来，说了他之所以过来拜访的原因。冈村一边听着，也没有说话，只是一次次点着头。

"作为新闻来报道是不大可能。虽然不可能作为新闻来报道，不过如果您可以就此事写一篇简短的文章给我的话，我可以把它发在运动栏上。我们正好有一个栏目可以刊登这样的稿件。"

"由我来写吗？"

鱼津觉得如果由自己来写的话，那就没意义了。如果由实验者来写，或是由实验者来说的话，会给人一种真实感，但是如果由自己写的话，那就是相反的效果了。

"我来写的话，感觉很怪呀。"

"没关系的，您写吧。"

虽然冈村这么说，但是鱼津不能这么做。过了一会儿，鱼津说道：

"我还是算了吧。"

对方似乎完全没把这件事放在心上，一副那件事就这样吧的神情，问道：

"怎么样？那之后还去吗？"

"去登山吗？事件发生之后没有去过。"

"我前段时间时隔数年去了穗高。太让人惊讶了，身体完全动不了了。"

"会这样。"

"最后我让年轻人帮我拿了冰镐。真是太吃惊了。"

接着是一阵大笑。

鱼津跟冈村说了大概五分钟的话就告辞了。附近还有一家P报社，但是他已经没有精神去了。

小坂之死已经完全被人们忘却了。鱼津觉得事件虽然被忘却了，但是问题依然存在。坐着电梯来到一楼，傍晚人潮拥挤的马路上，看上去充满生气。似乎是刮大风的缘故。

鱼津回了下公司，不见常盘的人影，所以他就收拾收拾准备回家，走出了公司。平时他都会去新桥坐电车，但是这天他一直走到了田町。因为想走走。

虽然心情并没有到那种无可救药的绝望的地步，但是却有一种深深地孤独。鱼津走在傍晚人潮汹涌的马路上，但是他没有看周围的任何一个人。他感觉自己就像一个人走在穗高梓川边上的森林地带。

每到十字路口，鱼津就会从自己一个人的世界中脱离出来，环顾一下四周。接着，他意识到自己现在正站在刮风的街头，夹杂在来来往往拥挤的人群中。

鱼津感到即使是常盘大作对自己来说终归也是离得很远的人。K报社的上山、Q报社的冈村这些是离自己很远的人，这对鱼津来说还不算什么，可是连常盘都成了离自己很远的人，这不免令他感到悲哀。常盘说事件的真相最终可能是不可知的。常盘认为真相不可知就算了，这里有他自己的立场，但是不能认为真相不可知就算了的自己也有自己的立场。这是旁观者与当事人的区别。

既有麻质登山绳不会断,而尼龙登山绳会断的情况,相反的,也有尼龙登山绳不会断,而麻质登山绳会断的情况吧。自己只是想要知道,在什么样的情况下,在什么样的条件下会这样。只有知道这些,小坂的死才算发挥出了价值。对于鱼津来说,比起没有报社愿意报道关于登山绳断裂处的报告,更让他受打击的是,他知道没有人在这一点上正确理解整个事件的性质。仅仅五个月时间,小坂之死就被人遗忘了,现在这一事件的意义也好,性质也好,都变得越来越不起眼,并且即将完全消失了。

鱼津在田町车站前吃了份咖喱饭当晚饭,然后从那里坐上了国营电车。

回到大森的公寓时,已经是晚上七点了。当他站在自己位于二层的房间前时,门从里面打开了。

"您回来啦。"

伴随着这个声音出现的是阿薰的身影。

"不好意思您不在家的时候还过来打扰。不过我到了也才五分钟左右。"

阿薰辩解似的说道。

"不,没关系。"

鱼津走进房间,站在打开着的窗户边上,看着大森街道上的灯光,脱了外套。

"还是很累吗?"

背后传来阿薰的声音。

"没有的事。"

"但是我觉得你应该还是很累。额头上都冒出两根青筋了。"

"青筋?!"

鱼津不由得朝窗户玻璃上看去。

结果,又听到阿薰说:

"啊,不好意思。我弄错了。是红色的筋。"

"红色的筋?!"

鱼津回过头,正好与阿薰似乎带着些许愤怒的强烈的眼神撞到了一起。

鱼津知道阿薰看着自己的眼神与平时的全然不同。阿薰绷紧的鹅蛋脸上,两只眼睛正狂热地看着自己。不一会儿,他觉得阿薰脸上的肌肉动了。与此同时,她的表情也变得泫然欲泣。

"对不起,不是红色的筋,是黄色的筋。"

"这是怎么了?不管是红色、青色,还是黄色,都没关系啊。"

鱼津说道。

"可是我眼里看到的就是这样的啊。非常冷漠。——我不想看到鱼津先生这样的脸。"

听了阿薰的话,鱼津才反应过来,确实,自己走进房间之后可能态度一直都很冷漠。虽然自己并不是有意这样,但是阿薰肯定觉得自己很冷漠吧。

于是,鱼津就开始解释自己为什么会一脸冷漠。他站在窗边,说起自己前往两家报社的事。此时,阿薰在离他稍远的地方,同样站着听着,等到鱼津讲完之后,她说道:

"如果有报社肯报道的话,肯定是报道了会比较好,不过如果他们不肯报道的话,也没什么关系吧?"

接着,她又说:

"可是,更让我觉得伤心的是,像今天这种时候,我却不能帮您做任何事情。我真的很伤心。我想要快点成熟到像八代夫人那个年龄。那样的话,我一定也能够倾听鱼津先生您的烦恼了吧。现在的我,既没有八代夫人那样沉稳,也没有她那么会说话。如果今天在这个房间里的是八代夫人,而不是我的话,鱼津先生您的态度肯定会不一样吧。我想您肯定不会直接走到窗边背对着人的。"

鱼津听了阿薰的话,心说确实会这样吧。

如果现在站在房间里的是八代美那子的话,自己只要站在她面前,眼下这种绝望的情绪就会被温柔地化解吧。

"您不这么觉得吗?"

"或许是这样吧。"

"……"

阿薰仿佛看到了什么可怕的东西似的,一直盯着鱼津的脸,接着她后退了一两步。她的脸扭曲到近乎丑陋,过了一会儿,她的表情又变成了近乎痴呆的失神。

阿薰猛地转过身,背对着鱼津,在门口蹲下身子,准备穿鞋子。

鱼津看着这样的阿薰,问道:"你要回去吗?"

他忽然自己也察觉到了似的,又说道:

"我说话不好听。别生气了,进来吧。"

"我没有生气。"

阿薰猛地站起身来,转过身子,正对着鱼津站着。

"今天晚上本来是想就上次我在德泽所说的结婚的事来听听你的答复的。但现在看来,还是算了吧。"

她的语调出人意料的平稳。下一刻,鱼津看到泪水从阿薰的眼睛中溢出来,沿着脸颊滑了下来。眼泪仿佛决堤而出,不停地顺着脸颊流了下来。接着,她似乎觉得既然都已经哭了,那就索性放开了说似的,说道:

"我曾经很喜欢鱼津先生。很想跟您结婚。都怪哥哥。从我小时候开始,哥哥就在我耳边一个劲儿地夸鱼津先生。

所以，等我长大之后，满心想的都是要嫁给鱼津先生。在我成长的过程中，一直抱着这样的想法。——不过，就算哥哥不那么说，我想我自己也还是会喜欢上鱼津先生的。从第一次见到您的时候开始，我就已经沦陷了。之前，我给妈妈写了封信。妈妈说亲戚们是反对的，但是让我凭自己的心意做。"

接着，阿薰像是被什么东西附了身似的，继续说道：

"哥哥做了自己想做的事情，付出了生命的代价。所以，我想着我也要做自己想做的事。可是，还是失败了啊。我现在哭，并不是因为必须要放弃对您的感情，太痛苦了所以哭，而是为自己不能像哥哥那样不惜以生命为代价做自己想做的事情而感到悲哀。"

此时，鱼津觉得自己非常地冷静。就像突然有月光照进了大脑一般，想法都变得特别清晰。

于是，鱼津想，自己应当和这个姑娘，和小坂的妹妹结婚。

不知道过了多久。

"我们结婚吧。——我一直以来都是这么想的。但是到了此刻才想清楚。"

鱼津说道。接着他慢慢地朝阿薰走过去，像是为了证明自己的话似的，猛地捧起阿薰的脸，慢慢地凑近。用力地、冷静地吻上了阿薰的嘴唇。

阿薰从鱼津的手臂间挣脱开,有些踉跄地逃开了两三步,又背对着鱼津停了下来。

过了一小会儿。阿薰一脸尴尬地转过身对鱼津说道:

"你不用勉强自己跟我结婚。"

"人怎么可能勉强自己结婚呢,都是想要结婚才结婚的啊。"

鱼津回答道。

"真的吗?"

阿薰盯着鱼津的眼睛,想要窥探他的内心似的说道。接着她又靠近鱼津,神情锐利地说道:

"可是鱼津先生您不是喜欢八代夫人吗?就算八代夫人只是在鱼津先生您的心里占据一点点地方,我也是不喜欢的。"

"没问题。"

"真的吗?"

阿薰又一脸怀疑地问道。

"我不会喜欢上别人的妻子。就算喜欢一个人,也是有的人可以喜欢,有的人不能喜欢的。我不会喜欢上不能喜欢的人。我不会再跟她说话,也不会再跟她见面。我可以发誓。"

"向谁发誓?"

"向我自己。"

"向自己?!"

面对阿薰的质疑,鱼津又说道:

"如果向自己不行的话,那就向神明起誓。"

鱼津想起自己因为说到神明而被常盘大作教训的事。于是又说道:

"与其向神明起誓,不如向自己起誓来得更清楚些。我只要想起自己说过不会见她,就不会去见她。只要想起自己说过不会再跟她说话,就不会再跟她说话。"

他还想说至今为止不管有多艰苦,只要自己想要登上某座山,就一定能够登上,但是话到嘴边又咽了回去。

"我说想要结婚,就会结婚。"

"你想要爱我,就会爱我,对吗?"

阿薰带着些微悲伤说道。接着,她又说:

"算了,那就这样吧。"

她的口气中带着某种仿佛是一场交易的气息。鱼津想要给两人令人窒息的对话画上句号,再一次抱住了阿薰。这次,阿薰主动把头靠在鱼津胸口。

"我不在乎,因为我喜欢鱼津先生。可是请您不要打破你刚刚的誓言。"

鱼津没有回答，只是轻轻地吻了吻阿薰。他心里静静地想道，是了，为了阿薰我必须去登山。

鱼津把阿薰送到了大森站。两人沿着公寓前的缓坡往下走，一直走到大路上，来到车站前。一路上，两人虽然并肩走着，却没有说一句话。

到了车站前，阿薰才抬起头，跟鱼津说道："再见。"

鱼津直接说了自己从走出公寓开始一直思考到这里的事情的结论。

"要不要去登山？就我们两人。"

"啊？！"

阿薰抬起脸，表情一下子变得生动起来。

"你什么时候方便呢？"

"什么时候都方便。"

"公司的工作呢？"

"公司算什么。"

阿薰一副随它去的口吻。

"去爬哪里的山？"

"穗高。"

"哇，太棒了！是想让哥哥看看我们俩吧。"

"要让令兄在旁边看着吗？"

鱼津说道。不知道阿薰是怎么理解这句话的，只见她的脸上瞬间红得快要滴血似的。

"再见。"

她说完，半是落荒而逃似的，走进车站，通过了检票口。鱼津站在那里，一直目送着阿薰的身影消失在楼梯处，但是阿薰没有回头看鱼津。

鱼津踏上回公寓的路，感觉自己已经朝着与之前的生活完全不同的世界迈出了第一步。他在回去的路上再次想了想来的路上思考的事情。他想要自己一个人挑战一下位于与穗高的涸泽相反的飞驒一侧斜坡上的泷谷岩壁。当然，那边不可能让阿薰同行，所以只能让阿薰在德泽休息点等待。自己则一个人从高山方向进入，登上泷谷之后，再前往穗高休息点，接着往下走到涸泽，再走到阿薰等候的德泽。

鱼津在思考着这些的时候，脸上的神情很严肃。等到了德泽休息点，跟阿薰见面的时候，自己应该已经是一个跟现在完全不同的人了。因为自己之所以要去攀登泷谷的大峭壁，就是为了改变自己，就是为了消除对八代美那子的执念，除此之外别无其他目的，只是为此而已。

除此之外，鱼津不知道还有什么方法可以消除美那子留在自己心中的幻影。穗高另一侧的岩壁阴暗严峻的表情突然浮现在他的眼前，仿佛在严厉地拒绝人类的靠近。鱼津像在那里攀爬似的，低着头，慢慢地沿着公寓前的缓坡走去。

第十章

鱼津无法马上决定，是在七月里从泷谷出发攀登穗高比较好，还是八月再去比较好。

过去鱼津曾跟小坂一起两次挑战过这个地方，但是一次是在三月份去的，雪崩太多了，所以就中途放弃了原定计划，还有一次是在八月中旬去的，那次虽然因为滚石遇到了危险，但最后还是登上了第四山脊。

鱼津考虑到这次是自己一个人去，所以最后把时间定在了七月上旬。虽然七月份还有很多积雪，雪谷边上容易出现缝隙，有一定危险，但是应该能够躲过在不断掉落的碎石中前进的痛苦。泷谷，正如其名，是一个有着很多瀑布的山谷①。虽然七月份比八月份的水量更大，或许滚石也会更多，但是他不想在陡峭的碎石坡上长时间手脚并用地攀爬。

飞驒一侧的穗高一直以来被人称为飞鸟难至之地，其中经由泷谷登顶的路线更被视为是难中之难。这是一个被剜成

---
①"泷"所对应的日文汉字为"滝"。在语中意为瀑布。

U字形的巨大的阴暗山谷山谷下方有两条瀑布，称为雄瀑和雌瀑，山谷上半部分还有一条名为滑瀑的瀑布，全都阻挡在登山路上。而且，上半部分还有阴暗的岩石丛和深深的山沟一脸不悦地挡在那里。

泷谷首次被征服是在一九二五年八月十三日。这一天，两组登山队不约而同地都初次登上了泷谷。一队是从雄瀑左侧攀登，进入泷谷，沿着A岩沟，来到大山凹（山脊深陷处），经南岳·枪平回去。另一队则是从雄瀑右侧的宽沟壑（陡峭的岩沟）攀登，进入泷谷，沿着D泽，来到涸泽岳鞍部。前一个登山队的队员包括登山家藤木九三等人，后一队包括早大登山队的四谷龙胤、小岛六郎等人。

以此为开端，在接下来的十年间，登山家们从各种路线攀登了泷谷，其后更有早大登山队创造了在积雪期成功登顶的记录。

从那以后，直到今天，许许多多的登山家们在尝试通过泷谷攀登穗高，但是不管是过去还是现在，这片岩石丛都被认为是令人无法接近的险峻之地。

即使是现在，整个夏季都不一定有一个登山队进入这个穗高背面的溪谷，经雄瀑、雌瀑来攀登。

虽然不亲自到现场无法想象出当地的险峻，但是鱼津还是想，如果可能的话，经由雄瀑对面向上攀登，沿着D泽，来到涸泽岳的山口。虽然这一路线有点平平无奇，但是他想着既然是要攀登泷谷，那么就老老实实地从有雄瀑、雌瀑的山谷下半部分开始攀登。因为如果是一个人沿着D泽走的话，这一路线是危险最少、成功率最高的。

鱼津制作了从穗高背面登顶的日程。

七月十日从东京出发。在岐阜换乘高山线，十一日中午在古川站下车，坐巴士经神冈前往枥尾。从枥尾步行约三个小时，来到新穗高温泉。当夜在此住宿。十二日早上来到雌瀑、雄瀑下方，开始攀登。下午登顶，夜宿穗高休息点。十三日下山，经涸泽到达德泽休息点。

当然，这只是一个大致的日程。到新穗高温泉为止还可以按计划行动，但是后面则要看天气。如果下雨的话，原计划十二日开始的登山就必须等到天晴才行。下雨的时候是绝不可能攀登泷谷的。原本这次攀登的方法就比较特殊，需要身体半淹在溪谷湍急的水流中往上爬，如果水量激增的话，很有可能会被水冲走，还会大大增加遇到滚石的危险。

鱼津心想，如果天气给面子，按计划行动的话，可以在十三日到达德泽，但是最好还是请阿薰做好从十三日往后多等三天的准备。所以，阿薰只要十二日早上从东京出发就可以了。阿薰会在当天到达上高地，第二天来到德泽休息点等自己。如果一切顺利的话，当天两人就能在德泽碰上面。

做好计划之后,鱼津打电话跟阿薰说了一下。

"鱼津先生您出发的时候,我去东京站送您吧。在此之前,我们就先不见面了。"

接着,她以一种非常明快的声音说道:

"我现在好忙哦。必须要去做新衣服。"

"做什么新衣服啊,你这是要去山上啊。就算只是到德泽,也得走约八公里的山路呢。"鱼津说道。

"当然是做适合上山穿的衣服啊。我现在什么都想换成新的。心情当然是崭新的,衣服也要做新的。"

阿薰充满活力的声音从电话线的另一端传来。

这次去山上,鱼津至少得请一周假。今年跟往年一样,公司正处于暑期休假,从常盘到普通员工,大家都互相调整彼此的时间,让每个人都可以休息六天。只是没有人会一次休完,一般都是分两三次休。

鱼津先自己决定从十一日开始休息一周,但是这件事他总觉得很难跟常盘开口。因为还没有人开始休假,鱼津倒要率先休假了。今年他连平时上班都经常请假,而且现在还是非正式职员的身份。他感觉自己没有那么大的脸面可以要求休假。

等到买好了列车车票,什么准备都做好了,后天晚上就要出发了,鱼津才站在常盘大作的办公桌前说了休假的事。

"经理，关于休假，"鱼津直截了当地说道，"我能不能请五天假？我想把假一并请了。"

"五天，就够了吗？"

常盘从文件上抬起眼，一动不动地说道。

"我想应该够了，不过也许要休六天。"

鱼津说道。他觉得自己这么说有点得寸进尺，但是五天内应该是赶不回来的。

"六天啊。"

常盘的表情还是没有任何变化。

"是的，不过我想应该不会需要请七天。"

鱼津试着说道。于是，常盘的眼睛猛地亮了起来。感觉就像是沉睡的狮子忽然醒了似的。

"你的意思是也有可能要请七天假了？"

常盘的声音大了起来。

"七天，也就是一周。是一个月的四分之一哦。你请那么多天假要去哪里呢？如果你要去登山的话，我是不赞成的。"

"不去山上。"

鱼津说道。他很少说谎，但不可思议的是，此时他用力地否定了自己要去登山。

"我想去某个安静的乡下，写一本关于登山的书。"

有人委托他写一本关于登山书,这一点是真的。

"哦,你想做的是这么好高骛远的事啊。不过,这也行吧。"

"我想后天晚上从东京出发,所以想从十一日开始休假。"

鱼津说道。

"你可以休假,但是会不会太早了。能不能再晚点呢?"

"可是我刚把票买了。"

于是常盘把身子探了出来,问道:

"在哪里?给我看下。不会是前往松本的吧?"

鱼津从上衣的内袋里面掏出车票,放在常盘的办公桌上。常盘稍微瞄了一眼,说了声"是去岐阜啊",就再没有别的反应了。常盘似乎认为要去登山就得从新宿出发到松本,经上高地去登穗高。

"岐阜啊,我跟岐阜还有点渊源呢。那里有一个酿酒商人的女儿曾经很想嫁给我。长得非常漂亮。她还说非我不嫁。我真是头疼啊。如果不是个美女的话也罢了,可偏偏还是个大美女。你可能没有过被美女倒追的经验,不过真成了当事人你就知道了,那可是相当不好受啊。"

常盘的声音不知道什么时候开始就高了起来,还有两三次说着就扑哧笑出声来了。

"那真是太可惜了。您跟她结婚不就行了吗？"

"不行啊。那会儿我已经跟我老婆订婚了。跟我老婆在一起，我从一开始就没什么热情，但是双方都已经约定好了的。为此，我老婆一直到现在都很感谢我。"

说到这里，他突然口气一变：

"去岐阜吧。给你休五天假。第六天就来上班吧。"

常盘一声令下，休假就变成了五天。

出发那天，鱼津晚上七点就离开了公寓。车票买的是十一点出发的快车，他跟阿薰约好了八点在有乐町见面，一起吃晚饭。

行李尽可能地压缩了。像替换的衣服、不是登山直接必备的东西，准备都由阿薰带去德泽，所以就另外装了个包裹。鱼津自己带的只有一个小小的背囊和冰镐。考虑到需要钻进瀑布攀登，所以选的是橡胶做的有防水内袋的背囊。

背囊中除了洗漱用品，还有毛衣裤、地图、指南针、铝制饭盒、水壶。除此之外，还有二十米长的登山绳、登山锤、两根钢锥。

鱼津在有乐町下了电车，刚走出中央出站口，就看到阿薰马上朝自己走了过来。

"哇，这一身看着真奇怪。"

一身登山装束，在山上自然没什么，不过在都市拥挤的人群中,看起来就很扎眼了。

鱼津把包裹递给阿薰,说道:

"穿成这样还想毫不在意地吃饭的话,这附近就只有那家店了。"

说着,他朝车站附近一条狭窄的餐饮街走去,走进了位于街中央的一家店。

店里的座位都是围着一个炖锅而设,此时店里只有三四个客人,但是鱼津没有朝那边的座位走去,而是在门口脱了鞋,朝通往二层的楼梯走去。阿薰也跟在他身后。

平时鱼津要去登山的时候,就会去银座的浜岸吃点好吃的,给身体补充好营养,但是今天他不想去浜岸。自从那次他带常盘去过浜岸之后,常盘似乎经常自己一个人去,万一正好在那里碰到了,那就麻烦了。

二层有六叠大和四叠半大的房间各一间,是开这家店的中年夫妇和两个女服务员的卧室兼起居室,不过有时也会让那些不需要客气的熟客来这里。

面对着街道的六叠大的房间里有小小的梳妆台和碗柜,看着不太像客厅,但是里面也放着一张桌子。阿薰还是第一次来这样的地方,她有些坐立不安地站在窗边,等到年轻的女服务员送上了啤酒和毛豆之后,隔着桌子,坐在了鱼津对面。

"还是这样的地方比较好吧?"

"嗯。"

"我们有自己的家的话,目前也只能是这样的房间吧。"

因为有女服务员在旁边,阿薰稍稍有点端着架子,她环视了房间一圈。每次有电车开过时,房子都会摇晃起来。

阿薰把啤酒倒在杯子里,喝了两杯。喝第一杯的时候还没什么,第二杯喝到一半,脸就变得通红了。

鱼津感觉今天晚上的阿薰话特别少。之前她勇敢地说了很多话,但是看今晚的阿薰,完全想象不到是同一个人。

"看起来心情有点低落啊,是身体不舒服吗?"

鱼津问道。

"没有。"

只有这个时候,阿薰才一脸认真地拼命摇着头。

"我感觉现在好幸福。我今晚才知道,原来人在幸福的时候,会什么都不想说,就想静静地待着。"

她这样说道。此时,鱼津感觉,自己或许会爱上这个美丽又可爱的生物吧。必须爱她吧。

两人点了很多菜,烤猪肉啊、炖菜啊、山药泥啊什么的,也不多说话,默默地动着筷子。阿薰是因为幸福而变得沉默,鱼津是因为在心中发誓一定要幸福而变得沉默了。

过了十点半,两人起身离开了饭桌。站起来的时候,阿薰朝鱼津伸出两只手,让他把自己拉起来。鱼津伸出两只手,握住了她柔软而纤细的手。

"我十三日在德泽休息点等你。一定要精精神神地下来哦!那时候我会多开心啊。我会穿上新做的衣服。衣服稍微有点花哨,也不知道你会不会不喜欢。"

说着,阿薰似乎很怕楼梯上传来的声音,缩回了手。

"我们走吧。万一迟到了就麻烦了!"

于是鱼津拿起了自己放在房间角落的背囊。

两人从有乐町乘上出租车前往东京站。

列车已经开进站台了。两人朝列车前部的三等卧铺车厢走去。

鱼津先上了车,又很快回到了站台上。阿薰再次朝鱼津伸出了双手。鱼津觉得此时阿薰的动作有些大胆。两人周围都是乘客和前来送行的人。

鱼津也借着被阿薰激起来的大胆,握住了阿薰的双手。接着,两人又什么都没说,放开了手。

开车的时候,鱼津从车窗中伸出了头。阿薰在站台上跟着列车走了一会儿,说道:"那我们十三日见。"说完,她停下脚步,举起右手,用力地朝鱼津挥了挥手。

鱼津从古川站乘坐巴士前往枥尾。又从枥尾出发,步行三个小时,来到了建在蒲田川边上的山中只此一家的新穗高温泉。这时已经是十一日傍晚。他在河边涌出的温泉中泡了泡,当晚很早就上床睡觉了。这一天入住的客人只有鱼津一人。

第二天,鱼津五点就醒了。夹杂在溪流的水声中,他还听到了几种小鸟的叫声。他很快起了床,来到房子外,用蒲田川冰冷的河水洗了脸。接着又匆匆吃了早饭,做了下准备工作,来到门口,系上了鞋带。时间正好是五点五十分。

当他把背囊背在肩上时,这家旅馆的老板出来了。这位老板是最早和藤木九三一起攀登了泷谷的人之一,当时正当壮年,如今已经快六十岁了。以前那个精干的登山向导,如今也和许许多多其他的登山向导一样,有着充满苦恼的表情和两只和善的小眼睛。"请注意安全。不过鱼津先生是第三次挑战了,所以应该不用太担心。"

在老板的送行声中,鱼津走到了屋外。天空一片晴朗。从这里到雄瀑、雌瀑下方的水流汇合处,慢慢走的话,需要四小时,不过今天鱼津准备三个小时就走完。

他沿着蒲田川,走在左岸森林地带的林间小道上。细想想,这还是小坂出事以来的第一次登山。不知不觉间半年的时光已经过去了。如果小坂还活着的话,当然会两人一起来,但是这次只有自己单枪匹马了。

来到两条瀑布的水流汇合处，鱼津把背囊从肩上卸下来，休息了一会儿。时间是早上九点。他只抽了一根烟，又马上站了起来。

接下来，他沿着水流的右侧往前走。都是陡峭的碎石场。又走了一会儿，变成了雪谷。到处都是张开着大口的雪缝。他怀着不安，走在不知道什么时候会陷下去的雪谷中。雪谷下方传来的河流的水声听来似乎都带着几分不祥。

从瀑布水流汇合处开始加快了速度，花了约三十分钟时间，来到了雄瀑下方。高达六十多米的瀑布从天而降，蔚为壮观。水量非常大。瀑布前方，雪谷形成了一个拱形的雪桥。

在瀑布的轰鸣声中，鱼津稍微休息了一会儿。他本来想吃午饭的，但是没有食欲，最后只喝了一口装在水壶里的可可，抽了根烟。

根据前两次的攀登经验，要征服雄瀑，至少需要一个小时。他打算这次也跟以前一样，先从左侧的雌瀑出发开始攀登，然后再登上雄瀑右边。虽然岩壁上生长着桦木，但是都不大能用来借力。

鱼津站起身，抬头看着自己接下来将要攀登的闪着水光的大岩壁，站了一会儿。以前在开始攀登之前，总会有一种令人陶醉的兴奋感弥漫全身，使他变得多话起来，但是今天鱼津没有人可以说话。他慢慢地吸完了最后一口烟。

他看了看手表，九点四十分。鱼津小心翼翼地朝岩石和雪谷之间的缝隙下降。在经过这样的危险操作之后，终于来到了对面的岩壁上。接着，他慢慢地寻找着落脚处往上爬。

过了约二十分钟，鱼津全身都湿了。一块长着青苔的大岩石上密布着欧洲花楸的根。但是这些根只要一拉，立马就从岩石上脱落下来，完全无法借力。连苔藓也被拉起了三十多厘米见方的大小。

雄瀑的水花一直像下雨一样从头顶掉落下来。对于一半身子泡在水中，手也泡在水中的鱼津来说，雪水的冰冷实在令他难以忍受。

登上三四十米高的流着水的岩壁之后，鱼津来到了一片小小的阶地。心想着可终于爬上来了，他打算在这里休息一下。这里正好是雄瀑岩壁的中部。但是也不能在这里停留太久。他感觉自己全身冷得像冰一样。

鱼津再次开始攀爬。接下来他准备像进行横切攀登一样，借着巨大的桦木向上攀登。大概花了三十分钟左右，终于爬到了雄瀑上方。

爬上的地方长满了高及胸口的野草，还算平坦。终于告一段落了，鱼津稍稍舒了口气。时间跟预先计划的一样，正好是十点四十分。但是他有点担心接下来要攀登滑瀑的情况，所以还不能放下心来休息。鱼津在这里把鞋子换成了草

463

鞋，在腰带上挂上铁锁，在其中插了三根钢锥，又把登山锤挂在肩上。

鱼津从长满野草的地方下降到山沟地区，发现积雪覆盖了整片山沟。于是整个山谷看起来更加狭窄了，抬头看去，雪谷呈曲线向上延伸着。

在雪谷中走了二十分钟左右，才来到了滑瀑下方。滑瀑看起来似乎是由多条瀑布接连而成的，说它是瀑布，不如说是水流在陡峭的岩壁上迅速滑落而形成的。瀑布两侧的岩石是黑色的，水流带着白烟，奔腾直下。无数黑色的小蝴蝶在山沟地上飞舞着。数量非常庞大。

鱼津在这里一边休息，一边思考接下来该怎么攀爬。这条瀑布的上半部分是向左拐弯的，最后的二十米极为陡峭，应该是最难攀爬的地方。而且，这处的岩石质地松脆。三年前的八月份，鱼津曾经跟小坂一起攀登过这里，所以知道只要征服了这最后的陡坡，前方就是一片光明了。狭窄的山谷到那里就没有了，那里的水流也相对比较平稳。

鱼津休息了十分钟，站了起来。他下降到山沟中，决定先在瀑布右侧的岩壁上向上攀爬三分之一左右来绕过险处。

下降到山沟中时，鱼津突然发现水边有一根长着铁锈的钢锥。他捡起来一看，钢锥很大，看起来应该是很有些年头的东西了。

鱼津冒着飞溅而下的水花,再次来到山沟边上。过了一会儿,鱼津来到了一个完全无处着手的寸步难行的地方。这里是瀑布的中间部分。于是他再次钉入一根钢锥,以此为落脚处向上攀登。到十二点,鱼津终于征服了之前认为最为难爬的最后二十米陡坡,来到了滑瀑上方。

来到滑瀑上方,这里的自然风光与之前的大为不同。视野变得非常开阔,积雪覆盖的台地在眼前呈扇形铺开。到这里为止,难爬的区域算是爬完了,接下来要走的地方是危险地带。

鱼津在瀑布源头第一次好好休息了一下。吃了一个饭团、一个牛肉罐头、一个小小的桃子罐头、喝了一杯可可,还抽了一根烟。

当手表的时针指向一点时,鱼津站起身来。他脱下草鞋,换上鞋子。接下来他要穿过D泽。他即将要攀登的是第四山脊末端像猫尾巴一样弯曲延伸着的右侧的碎石场。

在碎石场攀登了一个多小时,四周再次变成雪谷时,鱼津休息了一下。四周开始弥漫起淡淡的雾气。前面还有很长的路,所以鱼津想着还是快点往前走比较安全。要穿过这片雪谷至少要花一个小时的时间。

起初的二十分钟,鱼津走在雪谷左侧的碎石场上。不一会儿,碎石场走到了尽头,于是他只好在雪谷中前进。在这里，他又休息了一下。时间是两点四十分。四周的雾气时隐时现。必须加紧往前走。

雪谷中的雪被冻得硬邦邦的。鱼津什么都没有想，只是不停地往前迈着步子。在人迹罕见的穗高背面的大山中，鱼津不停地往前挪动着此时逐渐变得沉重起来的脚步。

穿过了雪谷。时间是三点三十分。雾气变得比刚才更浓了。鱼津没有休息，他从雪谷尽头的右侧向上爬。爬上去之后，眼前是一片岩沟。

到这里，山谷的模样又是一变。鱼津没有坐下，朝自己接下来将要攀登的最后一段路线——漫长的、冷漠的D泽看了一眼。

雾气依旧时隐时现。当雾气隐去时，可以看到左手边涸泽岳的西山脊和右手边第五山脊，带着难以用语言形容的冷漠，带着些许绿色，耸立在那里。接下来即将要踏入的D泽，就蜿蜒在这两座由岩石堆积而成的大山中间。

要走完D泽，至少得花一个半小时。鱼津在这里抽了两根烟。接着，他把背囊背在肩上，扔掉第二根香烟的烟蒂，正用脚把它踩灭时，岩石掉落的声音，带着一种不祥，这天第一次传到了他的耳朵里。

鱼津开始在到处都是巨石的岩沟中前行。不一会儿，远处又有石头滑落的声音传到了他的耳朵里。是右手边涸泽岳西山脊的陡坡上有石头滚了下来。

石头滚落的声音,是一种难以形容的独特的声音。如果不会影响到自身安全的话,这种会在山间产生回声的骨碌骨碌的声音会显得特别有穿透力,带着一种别样的欢快,但如果自己正处于可能威胁自身安全的危险地带的话,这种声音听来就显得极其阴沉,令人生厌。

石头滚落的声音不绝于耳,又传来了。

雾气越来越浓。脚下的路还看得见,但是两三米远的地方已经全都看不到了。鱼津摸着石头,一步步往前走。非常难走。

走了大概二十分钟左右,鱼津忽然紧张地停下了脚步。耳边传来了仿佛地鸣一般沉闷的声音,很快这声音又变成了轰隆声,仿佛大地都要被晃动了似的。这不是一块两块石头滚落的声音。因为大雾,视线不清晰,但是应该不会离得太远。此时,鱼津开始被一种巨大的不安笼罩了。

鱼津又开始往前走。

看样子雾气一时半会儿也散不去。鱼津在大雾中,紧盯着脚下的石头往前走着。远处还是会不时传来石头滚落的声音,但是那声音并没有达到令鱼津停下脚步的地步。

又走了大概十分钟,鱼津又停下了脚步。因为离他很近的地方又不断地传来了石头滚落的声音。他无法判断声音传来的方向是在前方还是在后方。他感觉到有数十块巨大的石头不停地、仿佛无休止地在滚落着。

终于,这令人生厌的声音停止了,但是鱼津还是呆立在原处。这么走下去的话,不知道什么时候就会被大石头砸中。这条山沟是一个半小时的行程。眼下才走了不到四十分钟,所以还不到一半。要远离这个危险地带的话,还是往回走更快一些。

但是,鱼津此时忽然想起了阿薰。阿薰此刻应该已经到了上高地吧,或者是正一个人走在从上高地到德泽休息点的森林地带吧。这个时间她应该正在做这些事。一想到阿薰,鱼津又开始往前走了。不可思议的是,鱼津开始变得大胆勇敢起来。阿薰也在前行。自己也必须往前走。他心里想道。

脚下的石头有大有小,从一块石头走到另一块石头非常困难。无论是哪块石头,每次鱼津踩上去的时候,都会因为他的体重而不停晃动。

鱼津前行着。在远远近近不绝于耳的石头滚落的声音中前行着。他感觉阿薰纤瘦的身体仿佛正在前方的浓雾中面朝着自己站着。

阿薰正在看着自己。——这种心情令鱼津不停地交替着双脚往前走着。

鱼津感觉自己就像一个人走在黑夜中一样。但是还能看清脚下石头的白色，只有这一点跟黑夜是不一样的。

不知道第几次，鱼津又紧张地停下了脚步。这次不再是之前那种有许多石头接连滚落的声音，而是离自己非常近的地方有小石头滚落下来的声音。声音一下子变得越来越大，仿佛是朝着鱼津滚过来的一样。不一会儿，二十多米远的前方，传来了石头砸落在山沟中的声音。

鱼津全身都紧张起来。他呆立在那里，心想再往前走太危险了。

鱼津突然调转方向，开始朝来时的路返回。他一边走一边想自己这是在撤退，忽然他心里产生了一个念头，为什么不可以撤退呢？

鱼津停下了脚步。他总感觉自己就这样返回的话，就意味着回到八代美那子身边。返回只是为了离开这个危险地带，并没有什么其他的含义，但是，此时鱼津却不这么认为。

鱼津在流动的雾气中呆立着。后方是八代美那子，前方是阿薰。鱼津心里这么想道。当他这么想的时候，仿佛真的相信两人就在他的前后方。

应该往前走，必须往前走，鱼津心道。自己必须要到阿薰身边去。自己不就是为了消除美那子留在心中的幻影，所以才决心要进行这场艰难又危险的登山的吗？

而且，不管是撤退，还是前行，都有可能遇到石头滚落的危险。

　　鱼津用力地闻了几下。他这时候才发觉，雾气中带着一种硝烟般的气味。这是在大规模的山崩之后这一地带长时间散发的一种独特的焦臭味。

　　鱼津再次改变方向朝前走去。阿薰正在等着自己。自己必须尽快赶到阿薰身边。

　　鱼津又走了五分钟左右。他已经不再考虑撤退了。

　　突然不知道从什么地方传来了巨大的地鸣声。那声音感觉就像从遥远的地方传来，变得越来越大，就像海啸一样朝自己席卷而来。作为巨石滚落的前兆，无数小石块从鱼津正走着的路右侧山上的斜坡处滚落下来。

　　小石块像雨点一样落在鱼津四周。阿薰！鱼津大叫道。为了靠近阿薰，鱼津朝阿薰的方向跑去。他心里想着要跑过去，但其实并没有跑。在雨点般掉落下来的小石块中，他感觉巨石滚落的轰鸣声正在朝自己靠近，但是，此时鱼津沉重的脚步挪动得异常缓慢。

*

　　十二日早上，阿薰坐上了早上八点十分从新宿出发前往松本的普快列车。她此行并不是去登山，只需要沿着梓川，从上高地走到德泽休息点，步行八公里左右就可以了，所以她并没有准备登山的物品。

她穿着黑裤子，白衬衣，脚上穿着旅行鞋，肩上背着帆布背包。

背包中装着鱼津让她带过去的替换衣物，还有自己这次新做的连衣裙、薄毛衣、凉鞋。此外还塞了很多食品。

从松本坐电车到岛岛，再从岛岛坐巴士到上高地。这条路阿薰已经是第三次走了。最开始时接到了哥哥乙彦遇难的消息急匆匆赶来那次，那会儿巴士只能到开到泽渡，所以在泽渡的西冈屋住了下来，每天看着越积越厚的雪，度过了不安的几天。那次旅行黑暗而悲伤。但是，初见鱼津，就是在那个时候。阿薰总感觉是哥哥把鱼津引向了自己。

第二次来是跟鱼津一起前来搜寻哥哥的遗体。那次是在德泽休息点住了好几天。自己在深夜的森林中看着焚烧哥哥遗体的熊熊火光，下决心要嫁给鱼津。

这次是第三次来。为了完成自己和鱼津之间只有彼此知道的约定，此刻自己坐在了巴士上。

巴士在四点半到达了上高地的河童桥。

阿薰背上背包，马上朝德泽走去。从巴士上下来的乘客们都走进了五千尺旅馆中的小店，或是在附近稍作休息，只有阿薰立刻往前赶路了。

阿薰想尽快赶到德泽休息点。顺利的话，鱼津今天会攀登沜谷，晚上会住在穗高休息点，虽然今天不会到德泽休息点，但是阿薰还是想要尽快赶到鱼津即将出现的地方。

梓川跟之前春天的时候相比，给人的感觉又有所不同。可能是梅雨季还没结束，降雨多的缘故吧，水量较之春天的时候大了很多，略微浑浊的河水冲过变窄的河滩，波涛滚滚地向前流去。

阿薰走过水池边，之前她曾在这里看到了大量从冬眠中醒来的青蛙群，仔细地朝四周看了一圈，但是一只青蛙都没看到，不知道都去了哪里。

沿着梓川边上的小路往前走，对岸的绿色非常美丽。钻天柳绿得郁郁葱葱，赤杨的绿色则要浅得多。钻天柳、赤杨，这些都是之前鱼津告诉她的。

七点左右，四周开始暗下来的时候，阿薰走到了德泽休息点。不知道是不是因为还没到登山季，住的客人很少，休息点里很冷清。

"欢迎！"

S很快从里面的屋子里走了出来，依旧是一脸的和善。他看到只有阿薰一个人进门，惊讶地问道："一个人来的？"

"一个人来的。"

阿薰如此说道。跟鱼津约好在这里见面这件事，虽然之前没觉得怎么样，但是一走进德泽休息点，她忽然就不想说出口了。

阿薰先就之前的多方帮忙向S表示了感谢,拿出在东京买的礼物送给他。接着又很快在S的带领下去了二层最靠里的房间。

点上油灯之后,阿薰才终于感觉自己是来到了远离城市的地方。窗外被夜色的黑暗笼罩着,万籁俱寂,这份安静简直静得令人出神。阿薰感到自己腿肚子有点酸痛。

她很快泡了澡,吃了一个据说是S家亲戚的女孩送来的饭菜。是煮的蕨菜,但是很好吃。

阿薰吃过晚饭,写了日记,很快就上床了。她想着自己早点睡的话,跟鱼津见面的明天就会早点到来。

凌晨四点,阿薰醒了。窗外已经天光大亮,耳边传来两三种小鸟的鸣叫声。其中有一种鸟叫起来是"咯啾啾、咯啾啾来"的声音。

阿薰想,此刻鱼津应该还睡在穗高休息点吧。虽然她想象不出来穗高休息点是个怎样的地方,但是应该跟德泽休息点不一样,是真正建在高山山顶上的小屋吧。鱼津正在那里仰面朝上躺着,大声地打着呼噜吧。阿薰一遍遍在眼前想象鱼津睡觉的样子,感觉想象多少次都不会厌倦。

五点半,阿薰起床下楼去休息点旁的小河洗脸。她刚走出房子,就碰到了刚刚起床的女孩。阿薰问她叫起来是"咯啾啾、咯啾啾来"的声音的,是什么鸟。

"你听,你也听到了吧?"

女孩侧耳倾听了一下,说道:

"啊,是叽啰零,叽啰零,零零零的叫声吗?"

确实,阿薰听她这么一说,觉得还真是这叫声。女孩跟她说,这是一种叫做白腹鸫的鸟儿的叫声。除了白腹鸫之外,还可以听到白脸山雀的鸣叫声。白脸山雀叫起来很吵,一个劲地叽叽叽。

小河里的水冰冷得冻手。洗完脸,从正面看着耸立在湛蓝晴空下的明神岳时,阿薰的脑海中忽然浮现出了一个新的想法。与其像这样在这里等着鱼津过来,不如出发去路上迎接他吧。

阿薰吃完早饭之后下了楼,问S自己想去涸泽,不知道能不能一个人去。她没有说鱼津的事。

"这个嘛……"

S没有明确回答。不只是此刻,只要是关于上山的事,S总是一副需要慎重考虑的表情,不会给出明确的答复。过了很久,他才说:

"挑夫(行李搬运工)阿幸今天早上应该会从横尾过来,等他过来了,就拜托他跟你一起去吧。"

阿幸大概五十五六岁,经常帮忙搬运搬运行李,或者做做登山向导,他昨天前往离这里大概8公里远的横尾工棚搬运木材了,应该今天早上就会回来。

"从这里到涸泽只有一条道吗?"

阿薰问道。她怕路上跟鱼津错过了就糟了。

"虽然不是只有一条道,但不是特殊情况的话,人们来往涸泽都会走固定的路线。"

"如果有人从那边过来的话,会在路上错过吗?"

"谁要过来?"

S问道。

"有个熟人今天可能会从涸泽过来。"

阿薰回答道。这次她还是没能把鱼津的名字说出口。

"唔,应该很少会在路上错过吧。难得到这里来,去涸泽走走也好。可以今晚住在涸泽的休息点,明天再回来。"

说完,S站起身来,走到门口,又走到屋外,但是很快又回转身来。

"天气应该没问题。不过,下午可能会下雨。昨天晚上有月晕。"

虽然S这么说,但是阿薰不觉得下午会下雨。天空一片湛蓝,万里无云,朝阳细细的光粒洒满了休息点前面宽阔的院子,看上去非常美丽。

阿薰回到二楼,刚把前往涸泽要带的行李收拾好,年轻姑娘就过来说挑夫阿幸回来了。

八点五十分，阿薰和阿幸一起走出了德泽休息点。

仿佛秋高气爽一般的好天气中，明神岳的山顶上涌起了团团白云。阿幸虽说已经五十六岁了，但是看起来完全没有这么大年纪。他的皮肤还像年轻人一样光滑，体型瘦削，但是正因为如此，身姿轻盈，仿佛走多远都不会累似的。

两人在森林中走了大概十五分钟，来到了新村桥。到这里为止，是阿薰之前来寻找哥哥的遗体时走过的路。那会儿，大家走过新村桥，去了河对岸，但是这次不过桥，而是沿着梓川一直往上游走。

抬头可以看到前穗山峰的一部分，桥下，梓川流水淙淙。昨天河水还有些浑浊，今天已经非常清澈了，连河底的小石头都能看得一清二楚。对岸的山麓一带是一片夏日树木的浓绿。

从新村桥再往前在森林中走了一会儿，穿过森林，就到了河岸边上。河滩上都是碎石头。两人在这里休息了一会儿。

"最好在没感觉到累的时候，就休息一下。"

阿幸说道。接着，他向阿薰介绍了前面将要走的大山。从这里开始，就可以看到前穗的全貌了，明神岳已经被抛在后面，只能看到一部分了。对岸山与山之间的褶皱中，白色的雪谷蜿蜒其中。

两人从这里沿着横穿断崖的栈道前行。走过栈道，再次来到一片河滩上。前方不仅可以看到前穗，还能看到北山脊的尾端。在这里再次稍作休息。阿薰把一个水果罐头放在河水中冰了冰，打开，和阿幸一人一半分食了。

两人从这里出发，又走了二十分钟左右，来到了横尾的河流汇合处。又在宽阔的河滩上休息了一会儿。时间是早上十点二十分。

接着，两人又在森林中穿行了三十分钟。不知道从什么时候起，梓川变成了在岩石间穿行的溪流，对岸被称为屏风岩的大岩壁已经露出了它峥嵘的面貌。

又走了三十分钟，两人来到了本谷的河流汇合处。两人坐在到处都是大石头的河滩上，抬头看着矗立在眼前的如同屏风一般的岩壁，吃了午饭。

据阿幸说，从这里到涸泽都是陡坡，如果他自己一个人走的话，一个半小时左右就能走到，但是按阿薰的脚程的话，得走三个小时。阿薰心想，这三个小时内或许能碰上从对面过来的鱼津吧。如果在路上突然相遇的话，鱼津该有多吃惊啊。

十二点三十分，两人再次出发。穿过河流，脚下的路很快变成了陡坡。阿薰心想，果然是很难走啊。到处都是石头的陡坡，仿佛永远也走不完似的。

背包由阿幸背着了，阿薰是空身前行，但是才走了两三分钟，她就气喘吁吁了。似乎是为了照顾阿薰，阿幸稍微走一段就休息一下，然后再稍稍走一段，又停下脚步。

狭窄的山路在大山的斜坡上不断地向上延伸着。右侧是高高的断崖，断崖下，长长的本谷横躺在那里，河床裸露，一片荒凉。

阿幸很规律地走五分钟就停下脚步，向阿薰介绍日本重楼、蕨菜等脚边的小植物。山樱正在萌发新芽。城市中已经是夏天了，这里才刚刚是初春。

每次休息的时候，阿薰都会想到鱼津。如果他昨天晚上住在穗高休息点的话，今天早上就会从涸泽出发，就算他在那边休息的时间足够长，这会儿也差不多要到这里了吧。

从河流汇合处出发，爬了约一个半小时的时候，阿薰忽然觉得很想跟人说说鱼津。这并非出于一种不安，而是出于一种难以名状的焦躁，她感觉自己再不提鱼津的话，就会一直见不到鱼津似的。

"你知道一个叫做鱼津的登山家吗？"

休息的时候，阿薰这样问阿幸道。

"鱼津？你说的是鱼津恭太吗？"

阿幸很快回答道。

"是的。你知道他吧。"

"知道啊。小坂先生出事的时候，我正在做盲肠手术，所以没能帮上忙，但是我跟鱼津先生和小坂先生都很熟的。小坂先生人很好，可惜发生了那样的事。鱼津先生的话，自从去年春天碰到过之后就再也没见过面，还挺想他的。"

"今天肯定能见到。"

"真的吗？"

"他昨天晚上应该住在穗高休息点，今天应该会来德泽。我就是来接他的。"

"啊，来接鱼津先生啊！"

"可是，他是不是来得有点慢啊？"

阿薰说道。但是阿幸没有接话：

"是吗，能见到鱼津先生啊，那真是太好了。"

"我们差不多也该在这一带遇到他了吧？"

"他可能在涸泽休息点等着吧。"

"可是他并不知道我会来啊。"

"他那个人，这会儿可能在涸泽休息点跟人闲聊呢，也可能在睡午觉吧。"

听了阿幸的话，阿薰稍稍安心了点。她想，也许鱼津真的是在睡午觉呢。

阿薰去滑雪的时候，爬过很多山，但是像这样正儿八经登山,还是第一次。再过半小时就能到涸泽了,但是阿薰全身已经被深深的疲劳包围了。

"要下雨了。在我们到达涸泽休息点之前可千万不要下。"

阿幸说道。阿薰抬头看看天空,果然,不知道什么时候,天空已经一片阴沉了,山上斜坡处的树木在风中激烈地摇摆着。

当前方的山坡上可以看到一部分涸泽休息点的建筑物时,一滴小小的雨滴冰冷地落在了阿薰的脸上。

虽然休息点近在眼前,但是通往那里的路是最后的陡坡,好不容易走到了被积雪覆盖的山谷,穿过山谷,又是一片碎石场。阿薰在细雨中,走一会儿,休息一下,休息一下,又接着走。

终于走到涸泽休息点前时,阿薰看了下手表,正好是下午三点。

休息点建在一片被北穗、奥穗、前穗高高耸立的大山所包围的盆地的正中央。四周的山上,白色的雪谷长长地蜿蜒着。

有一小会儿,阿薰被这巍峨险峻的穗高连峰吸引住了,但是她心里挂着鱼津,所以又很快推开了休息点的门,走了进去。入口处是一间没有铺地板的泥地房间,有四五个年轻的登山者正围着火炉坐在椅子上。

休息点的工作人员阿甚,大概六十多岁,他面无表情地朝阿薰说道:

"欢迎。"

他戴着一顶上面有个毛线球的毛线帽,个子很矮小。

阿薰朝里面看了一圈,没有看到鱼津的身影,就问道:

"鱼津先生呢?"

"鱼津先生!鱼津先生会来吗?"

阿甚说道。

"他应该今天从穗高休息点过来的。"

"是吗,还没见到他呢。"

"他应该早上就过来了的。难道他没有到这里来?"

"这不可能,只要他过来了,肯定会来我这里的。"

"可是……"

阿薰心里忽然涌起一阵不安,令她不敢再往下说了。

这时,不知道是不是去洗脸了,阿幸一边用手帕擦着脸,走了进来:

"别担心,我们先在这里等等。他肯定马上就到了。"

阿薰不大相信阿幸的话。她从阿甚端过来的托盘上拿起一杯茶,喝了一口,问道:

"现在出发的话,能走到穗高休息点吗?"

"走是能走到。"

"要多长时间？"

"慢慢走的话要三个小时吧。——不过，你今天是不行了。"

阿幸说道。阿薰带着些许不安，透过窗户，看着雨声越来越急的屋外。

阿薰离开火炉边，打开了休息点的大门。雨下得很大。阿幸来到阿薰身后，说道：

"雨并不是大问题，但是今天还是不能继续走了。因为从九点开始到现在一直都没停过脚。——累坏了吧？"

阿薰没有回答阿幸的问题，而是反问道：

"大叔你累了？"

"我吗？我没累。我是经常背着三四十公斤重的行李来回走的人哪。像今天这么走走，就跟玩儿似的。"

"那你能带我去穗高休息点吗？"

阿薰的语气很认真，阿幸有点吃惊地看着阿薰：

"真的想去？"

阿幸沉默了一会儿，走到雨中，抬头看了看天空。

"雨应该很快会停。云在慢慢散开。"

接着，他回到阿薰身边，说道：

"行，那我们就去吧。可是你已经很累了吧？"

"好，我没关系的。"

"现在几点？"

"三点半。"

阿薰看着手表说道。

"要去的话，我们就马上出发。路上再慢慢走。"

两人很快回到了休息点内。

休息了大概二十分钟左右，阿薰和阿幸离开了休息点。正如阿幸所说，雨已经基本停了，天空有一半已经是蓝天了。

阿甚送他们到屋外，说道：

"回来的时候住我这里吧。"

"好的，明晚或许会叨扰您。"

说完，阿薰跟在阿幸身后，从休息点所在的台地，往下走到了台地背后宽阔的雪谷中。正面高耸着奥穗的高山，穗高休息点所在的山脊，因此显得格外地低。穗高连峰的大斜坡几乎全部都被雪覆盖着，偶尔裸露着岩石的碎石场看起来又黑又小。

阿薰听阿幸说，自己两人将会从北穗绕一下路，沿着雪谷往上走，再改变方向，走一片名叫重太郎山脊的碎石场，直接爬上那片碎石场，再横穿一条雪谷，就可以到达穗高休息点了。粗粗一看的话，似乎用不了三个小时。

阿幸横穿过休息点后面的雪谷,来到第一个碎石场时,每走两三分钟就会停下脚步。阿薰不知道是不是因为心里紧张,几乎没觉得累。

"很美吧?"

每次停下脚步时,阿幸都会这样说。对于阿薰来说,第一次亲眼看到的穗高白雪皑皑,气势雄伟,非常壮观,但是并不美。人在大自然中是何其渺小,这令此刻阿薰心头的不安变得越来越浓重。

第一个碎石场上长着很多卧藤松。从那里继续走到雪谷,横穿雪谷之后,来到了重太郎山脊。这里到处堆着岩石,阿薰跟在阿幸身后,一丝不差地踩着阿幸踩过的岩石往前走。很快她就气喘吁吁了,但是阿幸总是稍微走一段就休息一下。岩石上生长着很多低矮的桦木,岩石和岩石之间的些许泥土中欧洲花楸和赤杨正在努力发芽。

藜芦、牛皮杜鹃、伏毛银莲花、毛茛、猩猩袴[①]——阿幸口中不停地说着这些小小的高山植物的名称。阿薰没有精力去关注究竟哪个名称对应哪种花,她只是稍微瞄了一眼紫色的小花、黄色的花,一边喘着气不停地挪动着脚步。

"雷鸟!"

[①] 学名:Heloniopsis orientalis 百合科胡麻花属。多生长于山地斜坡、湿地等处,叶细长,花紫红色。

听到阿幸的叫声,阿薰终于停下了脚步,朝那边看了过去。她看到一只半黑半白的小鸟如箭矢一般穿梭在岩石之间。

"是篱雀。"

当阿幸接着这么说的时候,阿薰没有再转过眼去。

穿过重太郎山脊的碎石场,再次站在一个雪谷中时,已经过了六点了。

到了雪谷之后,阿幸慢悠悠地修整了一下。阿薰很着急,但是阿幸怎么也不继续往前走。因为接下来要走的雪谷很陡,如果滑倒的话会很麻烦,所以阿幸想让阿薰好好歇歇脚。

但是,阿薰不觉得雪谷有什么可怕的。可能是因为阿薰经常滑雪,她已经习惯了该怎样保持身体的平衡,所以面对雪谷,从一开始她就不觉得害怕。但是,她还是遵照阿幸的命令,一步步沿着阿幸在雪地上留下的脚印,谨慎地往前走。

就这样,穿过了两个雪谷。穿过第二个雪谷时,穗高休息点粗矮结实的样子猛然间出现在了眼前。

阿薰在休息点前停了下来,说道:

"大叔,麻烦你先进。"

她没有勇气自己先进去。

阿幸走了进去，又很快出来了。说道：

"没有见到鱼津先生。"

阿薰突然感到眼前一黑。自己刚刚爬过的大斜坡上的积雪似乎都在摇晃，四周的风景仿佛蒙上了一层薄薄的紫色，变得阴沉起来。

阿幸身后紧跟着休息点的主人J。J以前是非常有名的登山向导，他有着像岩石一样健壮的身体，穿着朴素的衣服，一副登山家的样子。

"鱼津先生说了他要来这里吗？"

J问道。

"是的。"

"他说什么时候来？"

"他说过按计划昨天早上从新穗高温泉出发，攀登雌瀑、雄瀑，再攀登D泽，然后昨天晚上会住在这里。"

阿薰说着，眼睛一眨不眨地盯着J。她不想错过J脸上任何一丝表情的变化。

J一言不发。不知道他是不是在想什么，一脸严肃的样子，盯着地面，说道：

"不管怎样，请先进来吧。"

房子内部很暗。没有铺地板的房间内放着一张长方形的大桌子，桌子旁边放着几把木头椅子。四五个学生模样的人正在抽烟。进门右手边有一家小小的商店，一个二十岁左右的女孩站在那里，无所事事地翻着杂志。卖的货品很少，商店的台子上杂乱地放着几个图章。

阿薰在一把椅子上坐了下来，但还是静不下心来。她问女孩要了一杯茶，喝了之后，又走到了休息点外面。

休息点前面是狭窄的台地，一面是刚刚阿薰他们走过的靠近涧泽的斜坡，另一面是鱼津应该走来的靠近飞骅的斜坡。

阿薰走到台地边上，看了看靠近飞骅的斜坡。和靠近涧泽的斜坡不同，这里很难俯瞰。狂风嘶吼着。风仿佛是从下面往上刮的，又在斜坡中部形成了漩涡。

阿薰心神不宁地听着风声。她不得不担心鱼津究竟身在何处。

阿薰什么风景都没有看。她只是听着风声。台地上没有风，只有飞骅一侧的斜坡上有风声嘶吼，在阿薰听来，这风声仿佛是无数恶魔在吼叫。

不知道站了多久，阿幸在休息点门口叫道：

"可以洗澡了。"

阿薰没有心情洗澡，但是她感到自己整个人冷得像个冰坨子，于是走回了休息点内。

走进休息点内，阿薰吃惊地看着房间内的样子。不管是学生们,还是J先生、阿幸都在做着出发的准备,他们或是在系着登山鞋的鞋带,或是在卷登山绳,或是正把手电筒放在头顶上。一行人准备离开休息点,出发去寻找鱼津。

"谢谢。"

阿薰只短短地说了这么一句,就再也说不出话来。J先生、阿幸和学生们都没怎么说话,他们麻利地做好准备之后,就一个个离开了休息点。

阿薰觉得此刻的阿幸跟之前带领自己过来的阿幸似乎是截然不同的一个人。他精瘦的身体里仿佛有着千锤百炼之后的坚韧,表情也是一派严肃。

"你先洗个澡,好好吃饭,然后好好睡一觉。鱼津先生可能是出于什么原因没有从新穗高温泉出发去登山。不过,为了谨慎起见,我们还是会去趟D泽。鱼津先生这么有经验的人,你不用担心他。他哪用得着人担心啊。"

说着,阿幸最后一个走出了休息点。

阿薰和休息点的女孩一起,把一行人送到了休息点外。不知道什么时候,四周已经一片暮色,寥寥数颗星星,散落在天空中,不停地闪烁着。

一行人从休息点出发,直直地爬上了涸泽岳的斜坡。一两支手电筒的灯光时隐时现,越走越远,不一会儿消失在漆黑的夜色中了。阿薰的耳边再次传来了飞驒一侧斜坡上的呼呼风声。

"这会儿有点黑，过一会儿月亮就出来了。昨天晚上八点多月亮就出来了。"

女孩说道。女孩一句都没有提鱼津的事。她似乎想把阿薰的注意力转到别的地方去。阿薰也没有说鱼津的事。因为她知道，自己一旦说到鱼津，就会变得坐立不安。

她用烧开的雨水泡了澡，又坐在桌子边上，吃了女孩准备的晚餐。阿薰觉得煤油灯下，自己映照在地面上的影子，有点令人毛骨悚然。

正如女孩说的，八点钟，月亮从屏风一般的大岩壁顶上探出头来。黑色的大山在月光下清晰地显现出来，大山一片黝黑，雪谷泛着锋利的白光。

"二层已经铺好床了，现在休息吗？"

女孩这样劝了几次，但是阿薰一点都没有睡意，就说要在客厅坐一会儿。她劝女孩早点去睡。

十点女孩回自己房间睡觉了，阿薰一个人留在了客厅。

不知道什么时候阿薰睡了过去，又猛地睁开了眼。煤油灯变暗了。她看看手表，是凌晨两点。阿薰走到屋外。月亮已经升到头顶了。高山山巅上深夜的寂静，一下子抓住了阿薰的灵魂。

阿薰在两点醒来之后，就再也没有睡，她睁着眼睛，靠在桌子边上。寒气从四面八方袭来,她心想这点冷算什么。可是她的身体还是因为寒冷不停地颤抖起来,于是她开始绕着桌子走动起来。

塞在帆布背包里的衣服已经全部穿在身上了,所以阿薰的影子看起来鼓鼓囊囊的,一点也不好看。

凌晨四点,当拂晓的晨光即将洒向大地时,昨天晚上出去寻找鱼津的学生中的一个人回来了。

阿薰感到有人推开了门,赶紧站了起来。学生走进房子,站在门口,说道:"马上就回来了。"

他的语气很冷静。冷静到令阿薰脸上血色顿失。

"其他人呢?"

"还在后面。"

"为什么?"

对方没有回答。他走进房间,把厚夹克上的帽子摘下来,叼了根烟在嘴上,又从厚夹克胸口的口袋里拿出了一本笔记本。然后一言不发地递给阿薰。

阿薰双手颤抖着接过了笔记本。笔记本是湿的。

"里面还夹着个香烟盒。是打开着的。"

笔记本里夹着一个和平牌的空香烟盒。阿薰把它打开。笔记本有一半被雨淋湿了,但是用铅笔写的大大的字体还是能够清晰地读出来。

三点半进入D泽。落石频频,雾气浓重。

四时三十五分左右,在塔状岩峰附近遇到了滚落的巨石,受伤。

躲到从涧泽岳延伸出来的无名山脊上一块裸露的大石头背后,昏迷。

七点,恢复意识。大腿部位大量出血。

下半身麻痹,没有痛苦。

雾气还是很浓重。

间歇性神志不清。

此次遇险的原因非常清楚。——冒着浓重的雾气往前走。不顾落石频频等异常现象。简而言之就是太过鲁莽了。

在此之前也有很多有名的登山家因为原本能够避免的危险而丧命的。自己也踏上了他们的老路。

雾气已经完全散去了。月色皎洁。时间是两点十五分。

完全不觉得痛苦,也不觉得冷。

很安静。万籁俱寂。

手记到此为止。

第十一章

中午从事务所出去之后就再也不见人影的常盘大作，在快要下班的五点钟左右，又回到了事务所。

常盘把手上拿着的西服外套放在自己的椅子背上，把两只胳膊上的白衬衣一一卷起来，说道："大家请停下手上的工作。"

还是常盘一贯低沉的声音。

此时，在事务所内的员工，算上内勤、外勤，总共有二十人左右。随着常盘的一声令下，大家瞬间安静下来，都朝常盘看去。常盘看了大家一圈，走到自己的办公桌前，语气郑重地说道：

"我想大家看报纸可能也知道了，我们的好朋友鱼津君在穗高的D泽遇难了。虽然新闻上已经报道了，但是因为还不知道是真是假，所以到目前都没有发布正式通知。昨天早上，山谷、佐伯两位先生赶了过去，刚刚我接到了他们传来的消息，鱼津君确实是遇难了，他的遗体也已经被发现了。

请大家一起为鱼津君默哀。"

接着,常盘等大家一起站起来之后,说道:"默哀!"随着常盘一声令下,大家都低下了头。过了一会儿,常盘等大家都落座之后,又开始说道:

"如果有人问我,鱼津君是不是一名优秀的员工,我可能会犹豫,无法立刻回答说他就是一名优秀的员工。至少,对于我来说,他并不能算是一名理想的好下属。他向我申请暑期休假,说是要出去旅行休养。结果却是去登山了。向我撒了谎去登山。登山真有那么重要吗?比公司,比我都要重要吗?如果登山对他真有那么重要,为什么不直接明说呢?难道不能说吗?这是他处事不周之处,不够成熟之处,说明他还是个小毛孩子愣头青——"

常盘大作一边说着,一边不停地用手帕擦着脸和脖子。他一刻不停地擦着汗。事实上他的脸上和脖子上也不停地冒着豆大的汗珠,让他不能不时刻擦汗。不知道是不是情绪太激动了,他说到一半没话说了,不一会儿,又接着说道:

"为什么要被我这么说呢?他什么时候做过让我不能这么说的事啊!"

这次,他简直像是在咆哮。不过,很快,他就改变了语气。

"唉,算了。原谅他吧。我们不应该再去批判一个死去的人。作为登山家来说,鱼津君是非常出色的。是一名非常优秀的登山家。对于新东亚商事的工作,他并没有做好收尾工作,但是,作为一名登山家,他认认真真一丝不苟地完成了最后的工作。他在临死之前,还详细准确地记录了自己遇难的情况。这一点可能是你们和我都无法模仿的。"

汗水从常盘皮肤的各处流淌出来。

正好西晒透过窗户照进了事务所内,从背后照在常盘的上半身上,所以常盘看起来似乎非常热。

"鱼津恭太君为什么会遇难?他自己写下了原因。我刚刚也只是在电话中听了两句,无法准确地跟你们说,所以在这里就先不跟你们说了。大概用不了几天,你们就能读到吧。

"我现在想要说的不是这个。鱼津君为什么会死?原因很清楚。因为他是一名勇敢的登山家。老实说,我觉得勇敢的登山家最后都会死于登山。这也是理所当然的吧。他们既然挺身前往死亡概率最高的地方,不死反而是稀奇的吧。

"鱼津君就算这次没死,只要他还没有失去他的勇敢,肯定有一天还会死于登山。他们是以技术和意志为武器,前去挑战一个充满死亡的地方,一个拒绝人类靠近的大自然。这确实是一项人类可以用来验证自身可能性的工作。自古以来,人类就是这样征服了自然。科学和文化都因此而得以进步。人类的幸福由此而来。从这个意义上来说，登山是一件伟大的事情。但是，这项工作与死亡往往只有一线之隔。——如果鱼津恭太从内心深处就是一名公司职员的话，就算他去登山，也不会因此殒命吧。他会喜爱登山，从登山中得到乐趣，但是会避免去冒险吧。但是，遗憾的是，他虽然每个月从新东亚商事领着工资生活，但是他并不是一名公司职员，而是一位登山家。他并不是因为喜爱登山，为了从登山中得到乐趣，而去登山的。他是为了征服大山，或者说是为了验证自己作为一个人所拥有某种特质，作为一名登山家去登山的。"

接着，常盘对一名女员工说道：

"你，给我杯水！"

在等水拿过来的间隙中，他一副终于可以喘口气的样子，板着脸说道：

"我还有话说。"

他说这话的时候，仿佛鱼津还在他面前，他是在对着鱼津说似的。常盘喝了女员工拿来的水，又用手帕擦了擦脖子上的汗水。

"可能有人会说登山是一种近代运动，并不需要这样拼上性命，但是我不这么认为。登山的本质绝不是一种运动。人类征服喜马拉雅山，那不是一种运动。应该不是一种运动。——我觉得把登山视为一种运动,正是错误认识的根源。每年有那么多人丧命于登山,就是把登山视为一项运动所引发的悲剧。登山并非运动。所有的运动都是有规则的。如果说登山是运动的话,那就制作一个登山规则吧。如果有规则的话,也会少一些人遇难吧。没有规则的运动还能算运动吗?还有一点,所有运动,都有专业选手和业余爱好者的区别。但是在登山上,没有这种区别。业余爱好者登了一两次山,都会觉得自己已经是一个专业的登山家了。——要说专业登山家,指的是鱼津恭太这样的登山家。可是连鱼津君这样的专业登山家不也都死了吗?"

这场不知道该算是演讲还是咆哮的长长的讲话,最后以常盘大作的一声"傻瓜!"结束了。一直听着他说话的二十多名员工在听到这声"傻瓜!"时,都听出了一种异样的情绪。这声"傻瓜!"仿佛是在骂自己,又仿佛不是。

员工们不可能会明白。连说出这话的常盘自己也不知道自己为什么在讲话的最后要说这么一句。他不知道这话是对在登山中无端丢了性命的鱼津恭太说的,还是对因为鱼津的遇难而受到了难以言喻的沉痛打击的自己说的。他只知道自己心头有一种强烈的情感,让他不得不骂出这一声。

说完之后,常盘大作一动不动地站在那里,嘴巴闭得紧紧的,眼睛睁得大大的,盯着比自己眼睛略高的一个地方呆呆看着。这个大秃头的脸上、脖子上、衣袖挽起露出的粗壮的胳膊上还是在不停地冒汗。

把想讲的都讲完了之后，常盘的内心忽然一阵空虚。啊，如果鱼津在的话，他心想。如果鱼津还活着，在这里的话，他一定会以他独有的絮絮叨叨的方式马上反驳自己刚才所说的话吧。

——这样啊，可是呢，经理。

鱼津会这么说吧。

——登山是有规则的啊。虽然看起来似乎没有规则，但其实是有的。

接着，鱼津为了反驳自己，会把他那双总是充满自信的眼睛慢慢转过来看向自己吧。傻瓜！

常盘再次在心里骂了句"傻瓜"，走回到自己的办公桌前，心想鱼津的眼神真亮啊。

接着，他把两三本新出版的书放到抽屉中，从椅子背上拿起西服外套，放在左手上，挺着胸膛，傲然走出了这个已然如沙漠一般荒凉的事务所。对于常盘大作来说，没有鱼津的事务所就像真正的沙漠一般荒凉。

马路上，无力的夕阳正在西沉。常盘大作想着接下来去哪里。他感觉自己没有什么该去的地方。只觉得嗓子很干。

常盘大作打算先去有乐町坐电车，于是就沿着傍晚拥挤的马路，朝日比谷的十字路口走去。

在此之前，常盘大作从未在下班之后有过如此空虚的感觉。白发人送黑发人的父亲的心情，大概就是这样的吧。现在自己正朝着电车站走去，准备回家。虽然如此，可是为什么自己内心总有一种无处可去的感觉。

穿过日比谷的十字路口，沿着N大楼一侧的马路拐弯，来到N大楼前时，常盘忽然"啊呀"一声。原来他看到了身穿白色麻质衣服的瘦削的八代教之助正站在马路边上，似乎是在等车。

常盘快步走了过去，从背后喊了一声："八代先生。"

教之助马上回过头，露出笑容："啊呀。"接着又马上表情沉重地说道："真是太不幸了。我看了报纸。——那是真的吗？"

"就在刚刚公司派往当地的人传来了消息，确认鱼津君的确是遇难了。"

"啊。"

教之助一脸沉重。

就在这时，八代公司派来的新型的高级轿车开了过来。

"您去公司吗？"

"不，我准备回家了。——您呢？"

"我吗？我也准备回家了，可是因为鱼津君的事情，心里乱得很,所以就走走。"

接着,常盘又说道:

"如果方便的话,我们找个地方说说话?"

"好的。"说完,教之助似乎想了一下,对正打开车门等着自己的司机说道:"你先回吧。我自己叫出租车回去。"接着,常盘和教之助两人一起并肩沿着马路走去。

"您喝啤酒吗?"

常盘不知道该把这个生性讲究的绅士带到哪里去好,于是就问道。

"可以啊。"

"您去过啤酒馆吗?"

"没有,不过我可以陪您一起去。"

"那是个很平民的地方,会很吵哦。"

"没关系。这样的地方会更好吧。"

教之助说道。常盘也这么觉得。不知道为什么,比起那些得端着架子的安静场所,今天他更想去一个喧嚣热闹的地方。还想在那里跟八代教之助说说话。

常盘自己也是好多年没有去过啤酒馆这样的地方了,所以也不知道哪里有这样的店,但是他觉得有乐町附近似乎有一家这样的店,所以就朝那边走去了。

确实有这么一家店。到了店门口,常盘再次跟教之助确认道：

"就是这里，可以吗？"

"没问题。"

两人走进店内，坐在了正中间的一张空桌子前。店很大，里面放着十几张桌子，但是每张桌子旁都坐满了穿着白衬衣的年轻人。几个女服务员灵巧地拿着几个大啤酒杯，飞奔似的穿梭在桌子之间。啤酒杯相互碰触的声音、大着嗓门毫无顾忌的聊天声、还有门外的汽车声都夹杂在一起，使整个店都充斥着嘈杂声。

常盘和教之助面对面坐着，各自默默地把服务员送上来的啤酒杯拿到嘴边。

"鱼津是个不错的年轻人，真是太可惜了。他不在这世上了，我忽然觉得好孤单。"

常盘直言说道。说完之后，他觉得现在最合适跟自己聊聊鱼津的人，就是八代教之助了。因为登山绳的问题，教之助与鱼津有一定关系，虽然这种关系，对于鱼津来说未必是他所希望的，但是不知道为什么，常盘觉得在得知了鱼津遇难的确切消息的今天，他特别想跟这个难搞的人物就这样面对面坐着。仔细想想，对于鱼津来说，教之助是一个非常严厉的人。鱼津也因此而受到了极大的打击。可即使如此，常盘还是这么觉得，这又是怎么回事呢？

"唉，鱼津君遇难，我也觉得很遗憾。我跟鱼津君只见过两面。第一次是在N宾馆的大厅，你把他介绍给我那次，还有一次是那个登山绳实验的结果出来后的第二天，他到我公司提出了异议。只有这两次。虽然只见过两次，但是我很喜欢这个年轻人。对于自己喜欢的人，我总是反而会无法妥协。这是我的不是。如果我们再见第三次的话，或许我们之间的关系会好转吧。事实上，我还想着最近要见一见鱼津君。要是能早点见他就好了，可工作实在是太忙了。结果再也见不上了。"

"那真是太遗憾了。我一直希望您能再见他一面。"

"我妻子似乎是这个年轻人的狂热粉丝，这样的年轻人，也难怪她会推崇啊。"

常盘不知道自己该不该附和教之助的话，就"哦"了一声，一仰脖喝干了还剩三分之一杯的啤酒。

因为教之助话中提到了美那子，所以常盘想着最好能够趁机转换一下话题。

"刚刚您所说的登山绳实验，那是我拜托您做的，但是从结果来看反而对鱼津很不利。要是我当初没拜托您做实验就好了。"

"是的。不管是对我，还是对鱼津君来说，都不该做那个实验。刚刚我说本来想要再见一次鱼津君的，其实就是想跟鱼津君再谈谈那个实验。我作为一介工程师，我不可能自己来否定自己所做实验的结果。在那个实验中，结果就是那样。从那个结果来判断的话，尼龙登山绳的抗撞击性能比麻质登山绳更强。——结论只能是这样。

"但是，问题是，那个实验并不是为了追究事件的原因所做的实验。只是一个测试登山绳性能的实验。但是这个性能测试实验的结果直接被人们与那个事件挂上了钩。这是报纸报道的问题，也是鱼津君自身认识的错误。当然也有我说明不够充分的问题。

"实验的第二天，鱼津君过来找我，整个否定了我的实验，认为实验存在错误。老实说，我很生气，我跟他说实验绝对没有错误。我应该努力去纠正一下鱼津君关于那个实验的认识的，但是我没有那么做。只是非常地不快，非常地郁闷。"

"这样啊。"

"但是，在那之后，关于登山绳的问题，鱼津君没有再说过半句意见，所以我对他的不悦也逐渐消失了。我觉得他虽然年轻，但是却很稳重。事实上血气方刚的年轻人很少能做到那样。"

说到这里，教之助停了下来，喝了口啤酒润了润嗓子。

接着，他似乎是在思考什么似的，视线透过窗户，投向了外面。

"在那个实验之后,我也调查了一下登山绳。现在人们称登山绳为Seil,这应该以前从高中登山队中流传出来的说法吧,因为这是个德语词。——英语中称之为Climbing rope。在谈Climbing rope之前,我想先来说一下绳子。据我所说,大部分绳子在使用过程中,其质量都会慢慢下降。正如所有事物都有生命一样,绳子也有生命。决定绳子的生命,即使用时间的,主要有三个要素。第一个是与绳子相连的东西的材质以及粗细,第二个是负重大小,第三个是绳子的使用方法。——就是这三点。根据这三点的不同,绳子的使用寿命又长又短。"

喝完了啤酒的常盘又给自己叫了一杯。

"与绳子相连的东西的材质以及粗细、负重大小、绳子的使用方法——这三点决定了绳子的使用寿命。这三点中,最后一点绳子的使用方法,不管是钢丝绳、马尼拉麻绳,还是合成纤维做的绳子,不管是哪种绳子,都不能把绳子往回松。还有就是不能突然撞击。因为绳子的本质就是要静静地拉的。其次就是不能卷成小半径的绳圈。这涉及专业问题,所以具体数字我就不说了,但是与绳圈的半径有一定关系,如果弯成半径很小的绳圈的话,绳子就会损坏。以上三点是绳子的使用过程中必须要注意避免的。但是,就Climbing rope来说的话，以上我所说的绳子使用过程中必须要避免的这三点，全部都是不可避免的。"

"原来如此。"

常盘附和道。

"不管是哪种材质的，Climbing rope都是无法避免绳子使用过程中必须要避免的注意事项的，这样才成其为Climbing rope。所以，能够让Climbing rope不需要再避免这些注意事项的技术，就变得非常重要了。人们想到了不会令登山绳往回松的解决方法。把登山绳穿过铁锁，就可以不用弯成小半径的绳圈。接触粗糙的岩石表面时，会垫上东西。——总之，人们想了很多办法。"

"原来如此，还真是麻烦。"

"但是，将出了问题的尼龙登山绳和麻质登山绳进行比较的话，尼龙有尼龙的好，麻有麻的好，各有优缺点。尼龙的优点在于轻、抗拉强度大，以及在低温环境下，其结实程度也不输于麻质登山绳。比较耐高温高湿，只要不超过摄氏十五度就没什么问题。其缺点是熔点要比麻质登山绳低。所以当绳子遭遇到突然撞击时，很容易熔断。还有就是不耐紫外线照射。在紫外线照射下，其强度会降低。还有就是很容易被剪断。"

"哦。"

"嗯，尼龙登山绳的优缺点，简单来说，就是这些。最近出了两篇从力学角度比较尼龙登山绳和麻质登山绳的论文。这两篇论文的要点，就是我上面所说的那些。"

"那么，尼龙登山绳和麻质登山绳，究竟哪个更好呢？"

"这个我也无法判断。"

"可是，在那个事件当中，难道就不能让小坂君这位登山家死得更有意义吗？为什么登山绳会断裂——"

常盘的语气不知不觉间变得激烈起来，不过他很快又缓和了语气：

"您已经知道那不是鱼津君割断的吧？"

"我知道。我从做鱼津君拿来的登山绳断裂处实验的工程师那里听说了详情。据说从尼龙纤维的断裂面来看，可以明确看到是由于撞击而断裂的。"

教之助说道。

"可以知道的是，登山绳既不是鱼津君割断的，也不是小坂君割断的。它是由于撞击而断裂的。"

"登山绳因为撞击而断裂。——可是登山绳是登山家托付性命的东西呀，这么容易断裂的话，那可麻烦了。"

"是啊。——这就是问题所在。到底是什么原因导致它断裂的。确实，在这个事件，也就是登山绳断裂这件事当中，实际使用登山绳的登山家们最想知道的就是这个问题。

可是，作为我来说，正如我之前所说，我只能从比较麻质登山绳和尼龙登山绳性能的层面上来说。事件发生当时的状态，严格来说是无法再现的。从这个意义上来说，导致事件发生的原因，严格来说，是无法通过事件本身来追究的。"

"这样啊。"

"因为这个事件的发生，人们开始思考这个问题，我想这已经令小坂君的牺牲有了足够的意义。至于在这个事件中，登山绳为什么会断裂这个问题，绕了一大圈又得回到原点，还是得从纯学问的立场出发进行研究吧。尼龙登山绳于一九五六年一月某日在前穗东壁断裂了，这是事实。事件发生之后，很多人从各个角度出发，在登山相关的书刊或登山协会的杂志上讨论着尼龙登山绳的好坏。我之前曾把这些讨论的内容都收集起来看了一下。有几个登山团体强烈指出，在遇到尖锐的岩角时，尼龙登山绳有着致命的弱点。同时，在国外，也有登山家发表了相同的警告。对此，有人说，如果有技术能够弥补这个缺陷的话，可以继续使用尼龙登山绳。还有人举出了喜马拉雅登山队使用了尼龙登山绳的例子，认为尼龙登山绳在低温环境下性能卓越，所以才会被带往喜马拉雅，这类人是拥护尼龙登山绳的。还有某个技术工作者认为，从现在往后，直到发现更高性能的合成纤维为止，尼龙和涤纶至少还要被使用十年左右吧。"

"……"

"不管怎样，麻烦的是，正如之前所说，Climbing rope 从其特点上来说，其性能和使用者的技术是交织在一起的，不如此无以发挥其作用。但时，不管怎样，要使这个事件充分发挥其价值，还需要学者、登山家、制造商们一起，从各自的角度出发，来研究作为 Climbing rope 的尼龙绳。我本来想以鱼津君为中心来开展这件事。我认为他是最合适的人选。因为他既是事件的相关人员，又是一名活跃的登山家，而且他还是一位不顾一切地热爱着登山活动的年轻人。"

"是啊。他真的是不顾一切地热爱着登山——"

常盘的情绪突然激动起来。被八代教之助这么一说，常盘再也说不下去了。他的嘴里发出了一阵如同野兽低吼一般低沉的呜咽声。

周围人都不约而同地看向了常盘。

在报纸上报道了鱼津遇难的消息后一周，R 报社在它发行的周刊杂志上刊登了一篇两页的报道，名为"登山绳事件的结局"。上面写道：

随着今年一月登山家小坂乙彦先生在前穗东壁因为登山绳断裂而坠落身亡事件的发生，世人的目光都集中在了登山绳究竟是因其本身性能的问题而断裂的，还是由于其他原因断裂的这一点上。但是结论还没出来,身处舆论漩涡中的鱼津恭太先生就在穗高背面的D泽遇难了。鱼津先生因为登山绳事件一直处境艰难,再加上此次遇难事件距离上次事件仅仅半年工夫,因此,对于此次鱼津先生遇难事件,人们有着各种猜测。本刊针对此次事件,采访了鱼津先生的生前好友们。

——这样的前言写了有一页,接下来的内容是登山家和鱼津的朋友们的简短谈话。

A先生。——没有任何证据证明鱼津君是自杀的,但是我总觉得他是自杀的。身处未解决事件的舆论漩涡中,被世人投以各种怀疑的目光,他肯定很痛苦吧。

B先生。——像鱼津君这样的人物竟然会因为D泽滚落的石头而倒下,这实在是太奇怪了。我不知道他究竟是不是自杀的,但是不容怀疑的是,他此次登山是一次自杀式的行为。

C先生。——鱼津君死前所写下的笔记太了不起了。他当然是死于意外遇难。只是,问题是,他到底出于什么原因一定要选择冒着危险攀爬雄瀑、雌瀑,穿过落石频频的D泽这条路线呢?

还有另外两人也对鱼津的遇难发表了自己的意见,但是内容与前面几人基本相同。

八代美那子在田园调布家中的客厅读了这篇报道。这天附近的书店送来了周刊杂志,她吃过午饭之后无意间翻开,就看到了这篇报道。

美那子坐在桌子前,出乎意料地冷静地看完了报道全文。

美那子想起了最后一次与鱼津见面时候的情形。当时鱼津说绝不会再给她打电话,也不会再与她见面,现在她不能不觉得原来这话里还有另一层意思。

但是,现在美那子完全不在意鱼津究竟是不是自杀的。她在乎的只是鱼津已经不在世上了这个事实。鱼津已经不在世上了,每天她无数次想起这一点,心中都会传来一阵细细的然而绵绵不绝的痛苦。这一周,美那子就一直在与这种痛苦作斗争。

美那子把周刊杂志放在自己腿上,发呆似的表情空虚地坐在那里。这一周来她总是发呆。这时,教之助从二楼下来,走进了房间。

"忘了跟你说了,今天常盘先生打来了电话。说是将在明天两点坐快车把鱼津君的骨灰送回故乡浜松。你可以替我去一趟吗?"

鱼津遇难一事给自己的妻子带来的打击,教之助不可能没有察觉,但是他似乎毫不在意。

"我会去的。"

美那子说道。美那子自己也是完全没有心情去在意丈夫的内心活动。她感觉实在是太累了。鱼津的骨灰这句话，又令美那子心头一阵剧痛。

教之助准备返回二楼，但是又走回了房间，神情不变地说道：

"八月初我要去志贺高原的宾馆待上五天左右。有很急的工作要做，你帮我准备一下行李。"

听到志贺高原，美那子吃惊地抬起了头。过了一小会儿，她说道：

"我能一起去吗？"

她想起了去年和丈夫一起去志贺高原时那澄澈的阳光，还有初秋的风吹在身上的感觉，有点迫不及待地想要再次去感受。

"你当然也能去，不过我有工作要做的。"

"我不会打扰你的。要不再给你订一间工作的房间？"

"嗯。"

教之助稍微想了一下，但是可能觉得既然美那子都这么说了，那也只能如此了。

"那你再想想找谁来看家。就春枝一个人的话还是不够安全。"

教之助说完就走了出去。美那子觉得两个人的对话和去年这个时候两人说的话完全一样。

教之助想要自己一个人去，不想被任何人打扰，他只想带几本外国书籍为伴。虽然美那子很清楚丈夫的想法，但是跟去年一样，今年她也想跟着去。

只是去年，自己还会因为丈夫想要远离自己而生气，多少还想要黏着丈夫，但是今年却不一样。正如丈夫教之助已经失去了青春，作为妻子的自己，现在也已经不再拥有青春。丈夫是因为年龄而失去青春的，而自己则是因为鱼津之死，给自己的青春画上了句号。自己的青春已经在自己的身体中死去了。

她原本想通过鱼津这个年轻人，打开自己作为一个女人的全新人生。她甚至想，为此她可以付出任何代价。但是，这种想法转瞬即逝，鱼津之死改变了一切。自己已经什么都没有了。

第二天下午，美那子前往东京站，去给即将返回故乡的鱼津的骨灰送行。列车已经停在了站台上，一个似乎是近亲属的人手捧着鱼津的骨灰盒，站在车厢内的窗边。阿薰把鱼津的骨灰带回东京的时候，美那子没有去车站迎接，所以这还是她第一次见到已经化成骨灰的鱼津。

四周围着三十多人，但是美那子还是走近车窗边，对着骨灰盒，深深地鞠了一躬，然后很快走开了。她没有什么话想跟鱼津说的。这一个星期，她把所有想说的话都跟鱼津说了，现在已经没什么话说了。

美那子站在送行的人们的后面，低着头，度过了发车之前这段漫长的、令人不安的悲伤时光。当发车铃声响起时，她也没有抬头。她只是更深深地低下了原本就低着的头。

当站台上已经看不到列车，送行的人们开始纷纷离开时，美那子才抬起了头。没有列车，也没有鱼津的骨灰盒，只有对面的站台上有白色的纸片在打转。似乎是被风刮的。

美那子突然看到，距离自己大概两米的地方，常盘正在跟两三个人说着话。他身上穿着晨礼服，看起来似乎非常热。美那子不由得朝那边走了过去。

——归根结底就是相不相信他这个人的问题。我相信鱼津君绝不是一个会自杀的人。你们虽说从学生时代开始就是鱼津君的朋友，但是我觉得你们并不了解他。只能说你们对鱼津君的为人一无所知。所以你们才会怀疑他是不是自杀的。他可是一位登山家。是一位通过登山来锤炼自己意志的年轻人。在小坂君出事的时候，他就这么说过。他说小坂不是自杀的，说身为登山家怎么可能自杀。这样的鱼津君是不可能自杀的。

跟常盘说话的年轻人们被他的气势压倒，谁都没有说话，都是一脸惭愧的样子。

——呀，真是不好意思了。不管怎样，我就是把我的想法说给各位听听，仅供各位参考。

接着，常盘就离开了。他发现美那子就在旁边，就主动走了过来，也没有寒暄，直接问道：

"阿薰小姐怎么样了？"

一副正在找阿薰的样子。美那子也朝四周看了看。

阿薰在离他们十来米的地方一个人站着。她一动不动地站在那里，眼睛一直看着已经看不到列车的站台远方。美那子总觉得这样的阿薰带着一种冰冷，看到她就如同看到了锋利的刀剑一闪而过的寒光。

阿薰转过头来时，神色出乎意料地明朗。美那子看着朝自己走过来的阿薰，吃惊地发现阿薰似乎一下子成熟了。她的神情冷静而沉着，简直让人怀疑还是不是自己以前见过面的那个阿薰。

等阿薰和美那子互相问候完毕，常盘问阿薰：

"怎么了？是累了吗？不过总算是告一段落了。你什么都为他做好了，鱼津君肯定也会很开心的。"

"兄长出事的时候，是鱼津先生帮忙做了所有事情，这次轮到我为他做些什么了。——不过，公寓那边还是没有收拾，还得再乱上两三天。"

"他老家没人来吗?"

"不是,鱼津先生的妈妈会过来。不过在此之前,会由我先收拾好。"

"那你要辛苦了。——需要的话,我让公司的人来帮你,要多少人都可以。"

"我想接下来的事情我一个人就可以。"

接着美那子和阿薰站在常盘两边,三人一起朝站台的出口走去。

"啊呀,真是大吃一惊啊。你看了昨天的周刊杂志吗?竟然有人怀疑鱼津君是不是自杀的。我刚刚就抓住其中的一人,好好地教训了他一顿。难道就不能老老实实地相信鱼津君留下的日志吗?如果开始怀疑某个人的话,那么关于他的一切都会被怀疑。人与人之间的交往归根结底就是相不相信的问题呀。我相信鱼津君。——但是,还有很多人不相信鱼津君。真是太让人吃惊了。竟然会有那么多内心阴暗的人。"

常盘大作向周围人瞪了一圈,仿佛这些心思阴暗的人就走在自己身边,接着他又"呼——"地长长吐了一口气。刚才教训那些年轻人时的激情,似乎又再次回到了常盘大作身上。

被常盘带着,美那子也朝四周环视了一圈。但是美那子想的是别的事情。——谁都不知道。谁都不知道鱼津爱过自己，自己也爱过鱼津。鱼津正如常盘所说，可能并不是死于自杀，也有可能如常盘所鄙视的其他很多人所认为的那样，是死于自杀。可是，事到如今，两者不都一样吗？鱼津恭太已经不在这世上了。自己和鱼津在最后一次见面时互相呈现给对方的美丽耀眼的情感，只存在于那一瞬间，现在已经无处可寻了。

这时，阿薰带着她令美那子感到吃惊的冷静沉着的目光，也在想着完全不同的事情。

阿薰很不理解常盘为什么那么在意鱼津究竟是不是死于自杀。她觉得这个问题根本不成其为问题，是无足轻重的。

因为直到现在，阿薰依然觉得鱼津恭太正在朝自己走来。鱼津为了跟自己见面想要前往德泽休息点。虽然很不幸，他的行动不得不在中途戛然而止，但是他的意志应该依然存在于宇宙当中。阿薰没有向任何人询问鱼津倒下时候的样子，但是她相信鱼津肯定脸朝着自己，向自己伸着手。

在阿薰心中，鱼津已逝这已经是一个不容改变的事实，但是另一方面，她又觉得鱼津即使是现在也正在朝自己走来。

阿薰已经在这样不可能实现的期待中过了十几天了。所以阿薰的内心是充实的。她冷静地、沉着地看着正在朝自己走来的鱼津恭太。

三人走下站台的台阶，穿过上上下下的乘客人潮，走出检票口，停了下来。

"我们三人什么时候一起吃个饭吧。我去找凉快的地方。"

常盘一视同仁地看着眼前的两位女性，说道。

"让我们三个能够毫无条件地相信他的人一起来怀念他吧。"

"好的。"

美那子说道。

"知道啦。"

阿薰也说道。但是阿薰对于常盘所说的怀念一词并没有什么感觉。鱼津一天比一天更清晰地活在她的心中。

"那再见。"

常盘脱下晨礼服的外套，单手拿着，与两位女性告别之后离去。常盘大作挺着胸膛穿梭在人群中的背影，在阿薰和美那子看来似乎带着几分老相了。

"那我也告辞了。有空的时候请一定来我家坐坐——"

接着美那子也向阿薰告别，离开了。鱼津已经不在了。鱼津不在了，也就意味着自己也不在了。八代美那子朝着阳光照耀下空虚的车站广场走去，她自己也成了这空虚风景的一个小点。

常盘和美那子走了之后,阿薰还是站在那里。她眼睛闪着光,思考着去哪里买点花。虽然鱼津恭太已经不在了,但是小坂薰今天接下来的工作就是要用美丽的鲜花装饰他的公寓,然后在鲜花装饰的公寓中整理他的遗物。

　　阿薰还有很多必须要做的事情。明天和后天要忙于收拾公寓。等遗物整理好了,还得去趟鱼津老家。等事情忙完了,还得再去登一次穗高。虽然要登上穗高有点困难,但是她希望今年秋天能够实现。正如杜步拉的诗中所说的,要找个美丽的岩壁,堆起一个小小的石堆,把鱼津恭太和哥哥小坂乙彦用过的两根冰镐插在上面……

译后记

某天接到编辑魏女士的"命令",要求写一篇关于本书的译后记。想了半天,也不知道写些什么,若是写翻译的过程,未免有些枯燥。后来一想,作为《冰壁》的中文译者,其实也就是该书中译本的第一位读者,那么就作为一个读者,来聊两句本书的读后感吧。

本书的翻译从夏到冬,历经大半年,这么多天的时间,每天翻开书翻译的时候,自己就像是一个隐身的旁观者一样,静静地看着、感受着书中人物的喜怒哀乐。

感动于主人公鱼津的义气与勇气。好友小坂登山遇难之后,面对小坂是否是自杀的猜测,唯有他始终相信好友作为一名登山家,绝不会在登山过程中自杀。纵使世人都疑他谤他,我独信他。这份朋友之义,当得起"惺惺相惜、肝胆相照"八个字,令人动容。而面对感情时,鱼津明知道自己不应当喜欢上已为人妻,且曾经是好友情人的美那子,但还是不由自主地被美那子吸引了。他对这份情感的处理方法,同样充满了勇气。他在最后一次登山之前，约美那子见面，倾吐了自己的心意，同时也明确告知对方，告白即分手，从此不再相见。直面自己的内心，却绝不沉沦于这份不应该的爱恋。这是鱼津的理智，更是他的勇气。这份勇气，在译者看来，不输于他挑战绝壁时的勇气。

除了鱼津之外，还有像父亲一般守护着鱼津的上司常盘大作，他身上有一种像中国武侠小说中的江湖豪客般的豪气与义气。还有小坂的母亲。虽然在小说中，她只不过出现了寥寥数次，但是身陷失子的巨大悲痛而绝不乱行止的冷静与克制，令人印象深刻，常常令译者想起日本历史上那些武士的妻子。还有美丽却又经常处于矛盾挣扎中的八代美那子等等，这些人物塑造得有血有肉，栩栩如生，叫人不得不佩服作者井上靖对人物塑造、对人性的精妙掌握。

《冰壁》取材于1955年1月真实发生于前穗的登山遇难事件，但是很显然，井上靖在写作本书时，并没有将重点放在遇难事件本身，而是放在了围绕遇难事件的发生而带来的种种人性的纠葛。我们在阅读本书时能够深切地感受到这一点。

有人说，演员的工作是在不断地体验别人的人生。从某种角度来说，翻译如是，阅读同样如是。旁观书中人物的人生，从中收获感动与思考，这是译者作为译者、作为中文译本的第一位读者的独有体验。希望读者诸君也能从本书的阅读中收获自己的感动与思考。

傅玉娟

2018年岁末于杭城半山书斋

附录　井上靖年谱

1907年（明治四十年）
5月6日,出生于北海道上川郡旭川町,父亲井上隼雄,母亲八重,井上靖为二人的长子。
祖父井上洁。井上家是伊豆汤岛的医生世家。母亲八重是家中的长女。父亲隼雄为井上家赘婿。

1908年（明治四十一年）　1岁
父亲井上隼雄出征前往韩国,井上靖同母亲搬至伊豆汤岛。

1909年（明治四十二年）　2岁
因父亲调动工作,迁居至静冈市。

1910年（明治四十三年）　3岁
9月,妹妹出生,和母亲一起搬至汤岛。

1912年（明治四十五年） 5岁
父母离开汤岛,将井上靖交由其户籍上的祖母加乃抚养。加乃是已故的祖父井上洁的小妾,此时已入籍井上家,在法律上是井上靖的祖母,平时独居于仓库中。井上靖与加乃的感情十分深厚。

1914年（大正三年） 7岁
4月,入读汤岛寻常高等小学。

1915年（大正四年） 8岁
9月,曾祖母阿弘去世。

1920年（大正九年） 13岁
1月,祖母加乃去世。2月,来到父亲的任地浜松,和父母一起生活。转学至浜松寻常高等小学。4月,入读浜松师范附属小学高等科。

1921年（大正十年） 14岁
4月,以第一名的成绩考入静冈县立浜松中学,担任班长。同年,父亲前往中国东北工作。

1922年（大正十一年） 15岁
3月,因为父亲被内定为台湾卫戍医院院长,因此寄居于三岛町的姨妈家中。4月,转学至静冈县立沼津中学。

1924年（大正十三年） 17岁
4月,因家人全都去了台湾的父亲身边,所以被托付给三岛的亲戚照顾。夏天,旅行去台北看望父母亲。此时,受老师和友人的影响,开始对诗歌、小说等产生兴趣。

1925年(大正十四年) 18岁
学校发生了学生闹事事件,被认为是带头闹事者之一,被强制搬入了附近的农家,处于老师的监视之下。

1926年(大正十五年·昭和元年) 19岁
2月,在沼津中学《学友会会报》上发表短歌《湿衣》九首。3月,从沼津中学毕业。前往台北的家人身边,但因父亲调任,又搬家至金泽,为高中入学考试做准备。

1927年(昭和二年) 20岁
4月,入读金泽第四高中理科甲类。加入柔道部。同年,征兵检查甲种合格。

1928年(昭和三年) 21岁
5月,应召加入静冈第三四联队,但因为在柔道活动中肋骨骨折,退伍回家。7月,参加在京都举行的柔道高中校际比赛,进入半决赛。8月,拜访住在京都的远亲足立文太郎,初见其长女足立文。从这一时期开始创作诗歌。

1929年(昭和四年) 22岁
2月,在诗歌杂志《日本海诗人》上发表《冬天来临之日》。此后,到1930年年底为止,一直在该杂志上发表诗歌。4月,担任柔道部的队长,但不久便退出了柔道部。5月,加入由福田正夫主办的诗歌杂志《焰》,到1933年5月左右为止,一直在该杂志上发表诗歌。同时还活跃于《高冈新报》、《宣言》(内野健儿主办的无产阶级诗歌杂志)、《北冠》等刊物上。

1930年（昭和五年） 23岁
3月,从四高毕业。4月,入读九州帝国大学法文学部英文科,搬至福冈,但是不久就对大学生活失去了兴趣,前往东京,醉心于文学。从9月开始,放弃使用笔名井上泰,改为自己的本名。10月,从九州帝国大学退学。12月,在弘前,与白户郁之助等人一起创刊同人杂志《文学abc》。

1931年（昭和六年） 24岁
3月,父亲在军医监(少将)的职位上退休,在金泽住了一段时间之后,退隐于伊豆汤岛。

1932年（昭和七年） 25岁
1月,杂志《新青年》上征集平林初之辅的未完遗作——侦探小说《谜一般的女人》的续集,以冬木荒之介的笔名参加征集并入选。此后,不断参加《侦探趣味》《SUNDAY每日》等主办的有奖小说征集活动并入选。2月,应召入伍,半个月后退伍。4月,入读京都帝国大学文学部哲学科,但是基本不去听课。从同年夏天开始,诗风发生改变,从分行诗转向散文诗。

1933年（昭和八年） 26岁
9月,以泽木信为笔名,小说《三原山晴夫》参加《SUNDAY每日》的"大众文艺"征集活动,被选为优秀作品。11月,《三原山晴夫》被大阪的剧团"享乐列车"改编成剧目并上演。

1934年（昭和九年） 27岁
3月，以泽木信乃为笔名，参与《SUNDAY每日》的"大众文艺"征集活动，小说《初恋物语》当选。4月，以大学在读的身份加入新成立的电影社脚本部，往返于京都和东京之间。

1935年（昭和十年） 28岁
6月，在《新剧坛》创刊号上发表首部戏曲创作《明治之月》。8月，与友人创刊诗歌杂志《圣餐》。10月，以本名参加《SUNDAY每日》的"大众文艺"征集活动，侦探小说《红庄的恶魔们》当选。《明治之月》在新桥舞剧场上演。11月，与足立文结婚。

1936年（昭和十一年） 29岁
3月，从京都帝国大学哲学科毕业。7月，参加《SUNDAY每日》的"长篇大众文艺"征集活动，《流转》当选为历史小说第一名，并获第一届千叶龟雄奖。以此获奖为契机，8月就职于每日新闻大阪总部。在《SUNDAY每日》编辑部工作。10月，长女几世出生。

1937年（昭和十二年） 30岁
6月，成为学艺部直属职员。9月，应召为中日战争候补人员。《流转》被松竹公司拍成电影。被编入名古屋第三师团派往中国北部，11月，患上脚气病，被送进野战预备医院。

1938年（昭和十三年） 31岁
3月，因病提前退伍。4月，回到每日新闻大阪总部学艺部工作。负责宗教栏目。10月，次女加代出生，但不久就夭折了。

1939年（昭和十四年） 32岁
除宗教栏目外,开始同时负责美术栏目。专注于对佛典、佛教美术等相关内容的取材。

1940年（昭和十五年） 33岁
与安西东卫、竹中郁、小野十三郎、伊东静雄、杉山平一等诗人交往。9月,因职务调整,转至文化部工作。12月,长子修一出生。

1942年（昭和十七年） 35岁
在出版社工作的同时,还在京都帝国大学研究生院进行研究活动。

1943年（昭和十八年） 36岁
1月,《大阪每日新闻》与《东京日日新闻》合并,成立《每日新闻》。4月,与浦上五六合著的《现代先觉者传》发行,所用笔名为浦井靖六。10月,次子卓也出生。

1945年（昭和二十年） 38岁
1月,成为每日新闻社参事。因为学艺栏被裁掉,4月,调动到社会部工作。岳父足立文太郎去世。5月,三女佳子出生。6月,家人被疏散到鸟取县。每天从大阪茨木出发去上班。8月15日,撰写终战文章《听完玉音广播之后》。12月,将家人托付给妻子娘家足立家照顾。

1946年（昭和二十一年） 39岁
1月,就任大阪总社文化部副部长。再次开始诗歌创作。

1947年（昭和二十二年） 40岁

以井上承也为笔名,参加《人间》第一届新人小说征集活动,9月,小说《斗牛》在当选作品空缺的情况下,入选优秀作品。4月,兼任大阪总社评论员。8月,家人迁居至汤岛。

1948年（昭和二十三年） 41岁

1月,完成小说《猎枪》的创作,参加了《人间》第二届新人小说征集活动,但没有入选。2月,协助竹中郁等人创刊诗歌童话杂志《麒麟》,负责挑选诗歌。4月,任东京总社出版局书籍部副部长,独自一人前往东京,暂居于葛饰区奥户新町妙法寺。

1949年（昭和二十四年） 42岁

10月、12月,接连在《文学界》上发表《猎枪》《斗牛》。

1950年（昭和二十五年） 43岁

2月,《斗牛》获第22届芥川文学奖。3月,就任东京总社出版局代理负责人,专注于创作。4月,在《新潮》上发表短篇小说《漆胡樽》。5月开始在《夕刊新大阪》上连载第一部报刊小说《那个人的名字无法说出》。7月,长篇小说《黯潮》开始在《文艺春秋》上连载。8月,《井上靖诗抄》发表于《日本未来派》。

1951年（昭和二十六年） 44岁

1月,开始在《新潮》上连载长篇小说《白牙》(至5月)。5月,从每日新闻社辞职,成为社友。专心从事文学创作。8月,开始在《SUNDAY每日》上连载《战国无赖》,在《文艺春秋》上发表《玉碗记》。10月,在《新潮》上发表《某伪作家的一生》。

1952年（昭和二十七年） 45岁
1月,开始在《妇人画报》上连载《青衣人》(至同年12月),7月,开始在《新潮》上连载《黑暗平原》。

1953年（昭和二十八年） 46岁
1月,开始在《ALL读物》上连载《罗汉柏物语》,5月,开始在《周刊朝日》上连载《昨天和明天之间》。7月,在《群像》上发表《异域之人》。10月,开始在《小说新潮》上连载《风林火山》。12月,在《别册文艺春秋》上发表《古德鲁先生的手套》。

1954年（昭和二十九年） 47岁
3月,开始在《朝日新闻》上连载《明日将至之人》,在《群像》上发表《信松尼记》,在《中央公论》上发表《僧行贺之泪》。

1955年（昭和三十年） 48岁
1月,在《文艺春秋》上发表《弃媪》。从昭和29年度下半期(第32届)开始担任芥川奖的选考委员。8月,开始在《别册文艺春秋》上连载《淀殿日记》(后改名为《淀君日记》),开始在《小说新潮》上连载《真田军记》。9月,开始在《每日新闻》上连载《涨潮》。10月,由新潮社出版新著长篇小说《黑蝶》。

1956年（昭和三十一年） 49岁
1月,开始在《新潮》上连载长篇小说《射程》,11月,开始在《朝日新闻》上连载《冰壁》。

1957年（昭和三十二年） 50岁
3月,开始在《中央公论》上连载《天平之甍》。10月,开始在《周刊读卖》上连载《海峡》。正在连载的《冰壁》引起了社会热议,成为畅销书。10月末,开始了首次中国之旅,为期近一个月时间。

1958年（昭和三十三年） 51岁
2月,凭借《天平之甍》获艺术选奖文部大臣奖。3月,在《中央公论》上发表《满月》。5月,在《世界》上发表《幽鬼》。7月,在《文艺春秋》上发表《楼兰》。10月,在《群像》上发表《平蜘蛛釜》。

1959年（昭和三十四年） 52岁
1月,开始在《群像》上连载《敦煌》。2月,凭借《冰壁》等作品获日本艺术院奖。5月,父亲井上隼雄去世。7月,在《声》上发表《洪水》。10月,开始在《文艺春秋》上连载《苍狼》,在《朝日新闻》上连载《漩涡》。

1960年（昭和三十五年） 53岁
1月,开始在《主妇之友》上连载《雪虫》。7月,受每日新闻社派遣前往罗马奥运会采风,周游欧美各国,11月末回国。《敦煌》《楼兰》获每日艺术大奖。

1961年（昭和三十六年） 54岁
1月,与大冈升平就《苍狼》产生论争。在《东京新闻》晚报等连载《悬崖》。6月末开始进行为期约半个月的访华。10月开始在《周刊朝日》上连载《忧愁平野》。12月,《淀君日记》获野间文艺奖。

1962年（昭和三十七年） 55岁
7月,开始在《每日新闻》上连载《城砦》。

1963年（昭和三十八年） 56岁
2月，开始在《妇人公论》上连载《杨贵妃传》，在《ALL读物》上发表《明妃曲》。4月，为创作《风涛》，前往韩国进行为期约一周的采风。6月，在《文艺》上发表《宦者中行说》。8月，开始在《群像》上连载《风涛》。9月末开始，进行为期约一个月的访华。

1964年（昭和三十九年） 57岁
1月，成为日本艺术院会员。2月，《风涛》获读卖文学奖。5月，为创作《海神》，前往美国进行为期约两个月的旅行采风。9月，开始在《产经新闻》上连载《夏草冬涛》。10月，开始在《展望》上连载《后白河院》。

1965年（昭和四十年） 58岁
5月，在苏联境内的中亚地区进行了为期约一个月的旅行。11月，开始在《朝日新闻》上连载《化石》。

1966年（昭和四十一年） 59岁
1月，分别开始在《文艺春秋》上连载《俄罗斯国醉梦谭》，在《世界》上连载《海神（第一部）》，在《太阳》上连载《西域之旅》。

1967年（昭和四十二年） 60岁
6月，开始在《每日新闻》晚报上连载《夜之声》。夏，受夏威夷大学邀请担任夏季研究班讲师，前往夏威夷旅行。诗集《运河》刊行。

1968年（昭和四十三年） 61岁
1月，开始在《SUNDAY每日》上连载《额田女王》。5月，前往苏联进行为期约一个半月的旅行,为《俄罗斯国醉梦谭》采风。10月,《西域物语》开始在《朝日新闻》周日版连载。12月,《北之海》开始在《东京新闻》等刊物连载。

1969年（昭和四十四年） 62岁
1月,分别开始在《世界》上连载《海神（第二部）》,在《太阳》上连载《西域纪行》。4月,就任日本文艺家协会理事长。《俄罗斯国醉梦谭》获新潮日本文学大奖。7月,在《海》上发表《圣者》。8月,在《群像》上发表《月之光》。

1970年（昭和四十五年） 63岁
1月,开始在《日本经济新闻》上连载《榉木》。9月,开始在《读卖新闻》上连载《方形船》。

1971年（昭和四十六年） 64岁
1月,开始在《文艺春秋》上连载美术游记《与美丽邂逅》。3月,前往美国进行约两周的旅行,为《海神》采风。5月,开始在《朝日新闻》上连载《星与祭》。诗集《季节》刊行。

1972年（昭和四十七年） 65岁
9月,开始在《每日新闻》晚报上连载《年幼时光》。由每日新闻社主办的"井上靖文学展"举行。10月,开始在《世界》上连载《海神（第三部）》。新潮社版《井上靖小说全集》(共32卷)开始出版发行。

1973年（昭和四十八年） 66岁
5月,前往阿富汗、伊朗等地进行为期约一个月的旅行。11月,母亲八重去世。沼津骏河平开设井上文学馆。

1974年（昭和四十九年） 67岁
1月,开始在《文艺春秋》上连载游记《亚历山大之道》。开始在《每日新闻》周日版上连载随笔《一期一会》。9月末开始为期约两周的访华。

1975年（昭和五十年） 68岁
5月,作为访华作家代表团团长,在中国进行了为期约20天的旅行。

1976年（昭和五十一年） 69岁
2月,前往欧洲进行为期约一周的旅行。6月,前往韩国进行为期约10天的旅行。11月,获文化勋章。进行为期约两周的访华。诗集《远征路》刊行。

1977年（昭和五十二年） 70岁
3月,用约10天的时间历访埃及、伊拉克等地。8月,进行为期约20天的访华,前往新疆维吾尔自治区。11月,开始在《每日新闻》上连载《流沙》。

1978年（昭和五十三年） 71岁
1月,开始在《文艺春秋》上连载《我的西域纪行》。5月至6月间访华,首次到访敦煌。

1979年（昭和五十四年） 72岁
3月,每日新闻社主办的"敦煌——壁画艺术与井上靖的诗情展"在大丸东京店等地举行。从夏到秋,跟随电影《天平之甍》摄影组、NHK丝绸之路采访组等多次前往中国、西域等地旅行。

1980年（昭和五十五年） 73岁
3月,和平山郁夫一起参观印度尼西亚婆罗浮屠遗址。4月末开始,和NHK丝绸之路采访组一起行走于西域各地。6月,任日中文化交流协会会长。8月,访华。10月,和NHK丝绸之路采访组一起获菊池宽奖。获佛教传道文化奖。

1981年（昭和五十六年） 74岁
1月,开始在《群像》上连载《本觉坊遗文》。4月,开始在《太阳》上连载随笔《站在河岸边》。5月,任日本笔会会长。9月末,在夫人的陪伴下前往中国旅行,为创作《孔子》采风。10月,就任日本近代文学馆名誉馆长。获放送文化奖。

1982年（昭和五十七年） 75岁
5月,《本觉坊遗文》获新潮日本文学大奖。同月末、11月末、12月末到次年初,三次前往中国旅行。出席巴黎日法文化会议。

1983年（昭和五十八年） 76岁
6月(两次)和12月访华。

1984年（昭和五十九年） 77岁
1月至5月,由每日新闻社主办的展览"与美丽邂逅 井上靖 无法忘却的艺术家们"在横滨高岛屋等地举行。5月,作为运营委员长主持国际笔会东京大会。11月,访华。

1985年（昭和六十年） 78岁
1月，获朝日奖。6月，在夫人的陪伴下，和《俄罗斯国醉梦谭》摄影组一起访问苏联。10月，访华。

1986年（昭和六十一年） 79岁
4月，访华，被授予北京大学名誉博士称号。9月，因食道癌在国立癌症中心住院，接受手术治疗。

1987年（昭和六十二年） 80岁
5月，在夫人的陪伴下前往法国，并游历欧洲各地。6月，开始在《新潮》上连载最后的长篇小说《孔子》。10月，访华。

1988年（昭和六十三年） 81岁
5月，前往中国进行为期10天的旅行，访问孔子的家乡曲阜，为创作《孔子》采风。这是他第27次中国之行，也是最后一次。诗集《旁观者》刊行。

1989年（昭和六十四年·平成元年） 82岁
12月，《孔子》获野间文艺奖。

1991年（平成三年）
1月29日，在国立癌症中心去世。2月20日，在青山斋场举行葬礼，戒名：峰云院文华法德日靖居士。